D1869825

Zu diesem Buch

«Ein köstliches Buch, eine rundherum vergnügliche Lektüre. Im Mittelpunkt steht die sympathische Diana, die auf die glänzende Idee kommt, ein Hundehotel zu eröffnen. Was erlebt sie alles mit den Vierbeinern und den Menschen, denen sie gehören! Wieviel Liebe und Zuneigung investiert sie aber auch in die Arbeit und mit welchem unerschütterlichen Frohsinn läßt sie die Tiere an ihrem eigenen Alltag teilhaben! ... Dieses Buch ist so gut und dicht in der Schilderung, mit der nötigen Portion liebevoller Ironie, daß man sich nicht wundert, daß der Roman bereits internationalen Erfolg hat» («Neue Osnabrücker Zeitung»).

Die Engländerin Diana Cooper übte zahlreiche Berufe aus – unter anderem schrieb sie für Rundfunk und Fernsehen, betrieb eine Farm und, natürlich, ein Hundehotel – bevor sie mit ihrem vorliegenden Roman einen internationalen Erfolg hatte. Ihm folgte inzwischen die nicht minder humorvolle Fortsetzung «In glücklichen Umständen» (Rowohlt 1985)

Diana Cooper

Das Hundehotel

Ein heiterer Roman

Deutsch von
Jürgen Abel

rororo

Rowohlt

Die englische Originalausgabe
erschien 1979 unter dem Titel «Animal Hotel»
im Verlag Michael Joseph, London
Umschlagentwurf Tilman Michalski

Veröffentlicht im Rowohlt Taschenbuch Verlag GmbH,
Reinbek bei Hamburg, April 1986
Copyright © 1983 by Rowohlt Verlag GmbH,
Reinbek bei Hamburg
«Animal Hotel» Copyright © 1979 by Diana Cooper
Gesamtherstellung Clausen & Bosse, Leck
Printed in Germany
680-ISBN 3 499 15710 1

Für Pa

Hunde sind anders als Menschen – sie schlingen nicht deinen Hackbraten runter, um sich dann rülpsend zurückzulehnen und dir zu erzählen, wie du ihn «das nächste Mal» richtig machen mußt. Sie trödeln nicht im Badezimmer, schlafen nicht auf dem Sofa, lesen nicht auf der Toilette und rauchen nicht im Bett, und wenn sie es tun, kann man sie anschreien, ohne daß beim Frühstück dicke Luft ist. Das war so ziemlich das einzige, was ich damals mit Sicherheit wußte. Hunde lutschen keine Zitronen aus, stibitzen keinen Sherry und haben die angenehme Gewohnheit, faul auf dem Fußboden zu liegen, so daß man über sie hinwegsteigen (und sogar auf sie treten) kann, ohne Schwierigkeiten zu kriegen. Allerdings nehmen sie auch oft die besten Stühle in Beschlag, und ich muß mich auf den Teppich setzen, wenn ich mal richtig heulen möchte oder die Gummistiefel ausziehen will. Das tun Gäste aber auch. Ich wußte nur, daß ich Hunde, Katzen und kleine Raschelmäuse liebte, daß ich mich in ihrer Gesellschaft nie allein fühlte oder langweilte und ohne sie todunglücklich sein würde. Was ich von Gästen nicht sagen konnte …

1

«Bitte hier entlang», schlug ich vor, «ich zeige Ihnen die ... äh ... Räumlichkeiten.»

Mir war bewußt, daß es ein bißchen geschraubt klang, als führte ich einen piekfeinen Besucher zu dem Örtchen, das selbst Könige zu Fuß aufsuchen müssen, aber «Ich zeige Ihnen die Zwinger» hatte einen grausamen Unterton, so ungefähr wie Kerker. Der Sealyham-Terrier sah schon verängstigt genug aus.

Es war ein herrlicher Nachmittag im Frühsommer. Im Westen fielen die Felder sanft zu einem Stausee ab, der sich in der milden Brise wie knitternde Alufolie kräuselte. Rosarote Rosen rankten an dem alten Haus hoch, und die Gänseblümchen dahinter wirkten wie Milchtropfen auf einem grünen Tuch. Weiter unten glitt der Verkehr der Schnellstraße dahin, eine Hymne an die ewige Bewegung aller Dinge.

Mein erster Gast sah aus wie einem Roman der Jahrhundertwende entsprungen und seine Herrin gleichfalls. Es war einen Tag, nachdem meine kleine Anzeige in der Ortszeitung erschienen war – viel zu früh, denn ich war gerade eingezogen und fragte mich immer noch, in welcher Kiste die Teekanne sein mochte.

«Mein Name ist Farringdon, Bella Farringdon», sagte meine erste Kundin. Sie hielt inne. Ich hatte das unangenehme Gefühl, sie rechne damit, daß ich den Namen kenne, und sagte deshalb geistesgegenwärtig: «Natürlich.»

«Ich habe Ihre Anzeige gelesen und dachte», fuhr sie

fort, «ich komme mal vorbei und schaue mir an, was Sie hier zu bieten haben.» Nun ja – wir wissen alle, wodurch sich ein guter Milchmann empfiehlt, aber was hatte ich denn schon zu bieten? Bis jetzt nur drei Näpfe mit der Aufschrift *Hund* und eine Kiste «Bellfroh – für Ihren besten Freund», mehr nicht. Abgesehen von den trostlosen Holzzwingern, bei denen jeder sofort an ein Straflager für Hunde denkt.

Ich hatte eigentlich erwartet, daß die Leute anrufen und ihren Liebling für einen späteren Zeitpunkt anmelden würden, so wie man schon im Januar Kataloge wälzt, um eine Pauschalreise für die zweite Septemberhälfte zu buchen. Dann hätte ich den Rosen gut zureden können, damit sie vielleicht die Türen der Hundehütten umrankten, oder ich hätte Häkelgardinen anbringen können und die Türen mit einem tröstlichen Motto versehen: «Auf Wiedersehen!» Aber jetzt stand eine Dame vor mir, die nicht so aussah, als ob sie sich abwimmeln ließe.

Ich sagte, aber gern, sie könne sich selbstverständlich alles ansehen, machte die Haustür weit auf, trat zurück und gab den Blick auf eindrucksvolle Stapel unausgepackter Teekisten frei, die in der weiten Diele herumstanden. Das Licht, das durch die farbigen Butzenscheiben der Flügeltür fiel, warf rote und goldene Schatten auf die ausgebleichten Dielenbretter.

Bellas sind gewöhnlich drall, und diese war keine Ausnahme. Der Hund ähnelte ihr verblüffend. Sie erklärte, er sei ein Zwerg-Sealyham, was durch die zierlichen Pfoten und Ohren bestätigt wurde, doch ansonsten war er eindeutig übergewichtig. Beide waren makellos sauber und gepflegt. Beide hatten leuchtende Augen und eine helle, klare Stimme. Beide rochen nach Chanel Nr. 5. Der Hund trug ein blaues Halsband mit Glasperlen und sein Frauchen einen weißen Kragen mit Zuchtperlen. Man hätte sie beide als plusterig bezeichnen können. Mollige, kuschelige Hündinnen haben einen Reiz, der auf die meisten Leute unwiderstehlich wirkt, auf mich auch. Aber ich sah voraus, daß das ganze Projekt scheitern würde, wenn ich erst anfinge, die Kunden zu kuscheln.

Ich wählte ein herzliches, wohlwollendes Lächeln aus meiner Sammlung, die ich immer parat habe, und versuchte, nicht wie eine infantile Närrin mit Liebesbekundungen über Bustle herzufallen. Sie hing unter Bellas Arm und sah halb ängstlich, halb ungeduldig von ihr zu mir. Ich raffte mich auf und führte die beiden am Stall vorbei, um ziemlich abrupt vor den Zwingern mit ihrer deprimierenden desinfizierten Leere stehenzubleiben. Die Riegel und Vorhängeschlösser waren ein echter Schock nach dem geißblattumrankten Laubentor und dem anheimelnden Ziegelwerk hinter uns. Sie beschworen ein sibirisches Salzbergwerk herauf, das Zuchthaus von Dartmoor an einem regnerischen Abend im Februar oder ein Ferienlager, das ich einmal in einer Wirtschaftskrise an der Ostküste gesehen hatte. Mit schnellen, entschlossenen Schritten führte ich sie weiter.

«Da», verkündete ich, als die Zwinger außer Sicht waren, und machte eine schwungvolle Handbewegung, um mein Unbehagen zu kaschieren. «Das ist die Wiese zum Auslaufen und Abrichten.» Ich zeigte auf eine üppige, grasige Weite. «Hier können die Hunde nach Herzenslust in der Sonne herumtollen.» Es klang schrecklich kitschig, aber ich hatte einfach das Gefühl, ihr etwas Positives zeigen zu müssen, und die Wiese war zweifellos vielversprechend. Ich hoffte, daß es keine unerwarteten Probleme geben würde, aber das würden wir erst herausfinden, wenn die Hunde darauf herumliefen – und wahrscheinlich fortliefen, um mir zu demonstrieren, daß ich einen besseren Zaun brauchte. Auf jeden Fall hatte sie gewisse Vorteile; ich würde den Sommer mit interessanten Büchern und kühlen Drinks im Schatten der großen Kastanie verbringen und von weitem glückliche Hunde beaufsichtigen, die unbeschwert über das Gras tobten. In Gedanken setzte ich schon einen breitkrempigen Strohhut auf.

«Und wo würde Bustle schlafen?» fragte Bella mißtrauisch, während ihr Blick die Spielwiese nach eventuell drohenden Gefahren absuchte.

«Nun», entgegnete ich ebenso mißtrauisch, «wo schläft Bustle denn für gewöhnlich?» Ich konnte nicht riskieren, meinen ersten Kunden zu verlieren.

«Bei mir im Bett natürlich.» Sie schien überrascht, daß ich so dumm fragen konnte. Ich hatte damit gerechnet, «in ihrem Körbchen» zu hören, und sofort an das kleine Extrazimmer gedacht. Doch ehe ich mich eines anderen besinnen konnte, sprudelte ich schon los: «Dann kann sie auch hier im Bett schlafen, bei mir ...» Ich lachte schwach, um den idiotischen Fehler zu verdrängen, den ich machte, doch Bella war außer sich vor Dankbarkeit und Erleichterung. Ich überschlug schnell die wöchentlichen Wäschekosten. Na ja, tröstete ich mich, sie ist ja nicht so groß. Bei langbeinigen Rassehunden darfst du nicht so leichtsinnig sein, wenn du nicht mitten in der Nacht mit einer Pfote in der Nase aufwachen willst.

«Hat Bustle denn auch ein Körbchen?» fuhr ich tapfer fort, weil ich vielleicht doch ein paar Stunden ruhigen Schlaf nötig haben würde. Aber Bella hielt meinen Arm umklammert und rief begeistert: «Wie *wundervoll*, daß ich Sie gefunden habe! Jetzt kann ich beruhigt verreisen. Ich will nämlich mit einer Freundin nach Cannes, und wir schlafen immer zusammen ...»

Ich war sicher, daß sie den Sealyham meinte.

«... und deshalb muß ich mich darauf verlassen können, daß sie alles hat, was sie braucht. Wenn sie sich nicht wohl fühlen sollte, käme ich natürlich sofort nach Hause. Ich bin so froh, daß Sie sie nehmen wollen. Es könnte hier gar nicht schöner sein, und Sie sind so nett und aufopfernd!» Ich versuchte, entsprechend auszusehen, lächelte bescheiden und ein bißchen einfältig. «Ich hatte solche Angst, Sie seien ausgebucht!»

Bei jemand anders als Bella hätte die Bemerkung ironisch gemeint sein können. Immerhin gingen wir an unzähligen leeren Hundehütten und Gehegen vorbei, die nicht gerade den Eindruck erweckten, daß das Geschäft blühte. Friedliche Stille, nicht einmal von einem gelegentlichen Kläffen unterbrochen, hing über dem Nachmittag. Einem Impuls folgend, gestand ich: «Sie sind meine erste Kundin. Ich habe die Anzeige erst diese Woche aufgegeben. Mein Mann liegt im Krankenhaus, und ich kann nicht mal die Teekanne finden. Aber ich verspreche Ihnen, daß Bustle es gut haben wird. Ich habe mein Leben lang Hunde gehabt, und im Augenblick habe ich drei. Sie sind in der Küche. Ich glaube, ich kann einfach nicht genug Hunde um mich haben.» Ich bin keine Hellseherin, und damals glaubte ich, was ich sagte.

An dem Tag, als wir das heruntergekommene alte Haus mit zwei Hektar Grundstück in der Nähe der Schnellstraße von London zur Küste besichtigten, hatte ich gesagt: «Hier könnte man sehr gut ein Hundehotel aufmachen!» Mit der gleichen Begeisterung hatte ich bei anderen Objekten ausgerufen: «Hier werde ich Lilien züchten können!» oder: «Hier könnte ich einen großen Kräutergarten anlegen», «Tomaten pflanzen und verkaufen», «die Hotels in der Umgebung mit Pfirsichen beliefern» und so fort. Ich entdeckte das Leben und die Hobbies, die andere Leute zurückgelassen hatten, und sah sofort, wie ich sie zu meinem Vorteil nutzen konnte. Die Dreckarbeit war bereits getan, das gefiel mir. Ich würde eher einen gesäumten Vorhang in ein Cape verwandeln, als fünf Meter Stoff kaufen und von vorn anfangen («Stecken Sie das Schnittmuster fest»). Wenn schon jemand das Fundament gelegt hatte, schien es das einzig Richtige, die Chance zu ergreifen und, bildlich gesprochen, die Mauern zu errichten und das Dach zu decken. Dann brauchte ich mich nur noch über den Profit zu freuen.

Natürlich kam nicht immer Profit dabei heraus, aber man konnte es wenigstens versuchen. Ich habe mal gehört, wie mein Mann einem Freund sagte, falls wir jemals ins Gefängnis kommen sollten, würde ich garantiert einen Weg finden, Häftlinge bei mir aufzunehmen und sie für Kost und Logis bezahlen zu lassen, und in dem unwahrscheinlichen Fall, daß er das Priestergelübde ablegte, würde ich am Weihwasserbecken stehen und eine Leihgebühr für Kniekissen verlangen. Nicht daß ich eine Krämerseele hätte, aber ich bringe es einfach nicht fertig, eine Gelegenheit zu verpassen, und hier waren es zufällig fertig eingezäunte Zwinger mit soliden Eisenpforten und schön gezimmerten Hundehütten gewesen. Laufgänge und Tore auf eine Auslaufwiese. Um das eigentliche Gehege hohe Backsteinmauern, die nicht mal der gewaltigste Schäferhund überwinden konnte. Ich brauchte nur noch einzuziehen und bekanntzumachen, daß Hunde willkommen seien, eine Kiste Chappi zu bestellen und mich mit dem nächsten Schlachter anzufreunden. Es würde zumindest lohnender sein als Kräuter. All das Säen und Gießen und Jäten und dann noch Trocknen und Bündeln, und viele gingen vorher ein, und kein Mensch kaufte was, nein, es hatte mir nichts eingebracht als eine unüberwindliche Abneigung gegen Salatsaucen.

Ich versuchte, Lilien für Beerdigungen zu verkaufen, ehe der Tod den Sex als Modethema ablöste und in aktuellen Fernsehsendungen und Ratgeberkolumnen der Groschenblätter freimütig diskutiert wurde, und alle, die nicht unmittelbar betroffen waren, sich über Sterbehilfe und humanes Sterben informierten. Aber seinerzeit war der Tod eben noch nicht *in*, und als meine Lilien verlockend unter Plastikfolie posierten, kamen die Marktstrategen mit ihren Plastikblumen («Zur ewigen Ruhe die ewige Blume»), und das Echte war nicht mehr gefragt. Sogar der örtliche Blumenhändler sagte mir ziemlich unverblümt, mein Binder habe wohl zwei linke Hände und keinen grünen Daumen. Da ich nicht nur Züchter, Vertriebschef und Buchhalter in einer Person war, sondern auch jätete, schnitt und die Sträuße band, war ich natürlich entrüstet. «Es sind die Trauergäste, verstehen Sie?» erklärte er, als er mein Gesicht sah. «Die fühlen sich blamiert. Jeder meint, sie hätten an den Blumen gespart.»

Mit den Tomaten war es mir nicht viel besser ergangen. Ich hatte nur zwei Gewächshäuser, beide nicht beheizt, und keine Frühbeete, so daß meine Tomaten genau zu der Zeit reif wurden, als vor jedem Haus und an jeder Gartenmauer üppige tiefrote Früchte prangten. Im Laden brachten sie so wenig, daß ich nicht mal die Kosten für den Kunstdünger hereinbekam, und weil wir dann wochenlang von irgendwelchen Tomatenpampen lebten, bekamen wir alle Bindehautentzündung.

Und damit wäre ich bei meinem Gastspiel als Obstbäuerin. Wir hatten ein ausrangiertes Kloster mit einer großen Obstwiese gekauft, die offensichtlich als Anschauungsmaterial für den Kampf gegen irdische Versuchungen gedient hatte, denn die Bäume waren in einem jämmerlichen Zustand. Um die gleiche Zeit erstand ich bei einer Auktion das Los 88. Ich glaubte, es handle sich um das «Konvolut von Sattelklammern und Schleier», doch es stellte sich als «Konvolut von Büchern und politischen Schriften» heraus. Dieser Irrtum hätte jedem unterlaufen können. Die politischen Schriften waren alle auf deutsch oder gaben Tips, wie man Premierminister wird, und von den Büchern war nur ein einziges einigermaßen verständlich: *Obst anbauen leichtgemacht*. Kein Wunder, daß ich es für mein lächerlich geringes Gebot bekam, das ich überhaupt nur aus Neugier auf die Sattelklammern abgegeben hatte. Aber man wertet so etwas als Zeichen von oben, und zusammen mit der großen Obstwiese, die uns bald in den Schoß fallen würde, war es geradezu ein Wink mit dem Zaunpfahl. Gott weiß, daß ich ein schlichter Mensch bin und alles glaube. Gott weiß sicher auch, daß es ein bißchen vermessen war, doch als ich die Farbtafeln mit Granny Smith bewundert hatte, schien es kinderleicht. Ich brauchte nur den Winter über Kapitel 1 bis 12 zu lesen, Golden Delicious zu essen und mich an den Apfelbaumscheiten zu wärmen, die im Kamin brannten. Im Frühling würde ich die Apfelblüte bewundern und von meiner Sitzecke unter den Fliederbüschen aus zusehen, wie es Sommer wurde, um mich schließlich zu erheben und mit jenem breitkrempigen Strohhut schwerelos von Baum zu Baum zu tänzeln und die reifen Früchte zu pflücken, und dabei würde ich mich dann und wann umdrehen und dem verliebten jungen Sportsmann, der plötzlich hinter der Hecke erschienen war, schelmisch zulächeln. Glückliche Erntezeit.

So setzte ich mich den Winter über hin und las und wurde viel zu dick, um schwerelos zu tänzeln, und schreckte für den Rest des Jahres alle etwaigen sportlichen jungen Verehrer ab. Im Frühling dann von Apfelblüten keine Spur, auf den Bäumen nichts als keifende Stare.

Hunde waren zweifellos aussichtsreicher. Man braucht sie nicht zu binden oder auszuschneiden oder zu spritzen. Sie brauchen keinen Dünger, und wenn doch, machen sie ihn selbst. Außerdem mag ich Hunde, was ich von Lilien oder Minze nicht sagen kann.

Hier stand ich also, optimistisch wie immer, und Bella nahm Bustle von ihrem vollen Busen und drückte sie an meine unzureichende halbleere Bluse. Ich geriet ein wenig ins Taumeln. Bustle wog so viel wie ein vierjähriges Kind.

Ich war nicht sicher, ob es ein Vertrauensbeweis war oder ob Bella einfach der Arm weh tat. Doch als ich fühlte, wie Bustle an mir hochwuselte, das warme, weiche Fell, die braunen Augen, sogar das Chanel Nr. 5, wurde mir klar, daß ich niemals imstande sein würde, einen Hund seinem Besitzer zu entreißen und in diese freudlosen Zwinger zu sperren. Mir sank das Herz. Egal, was kommen würde, ich fühlte mich verpflichtet, Heim und Herd mit ihnen zu teilen, sogar das Bett, wenn es das war, was sie von zu Hause gewohnt waren.

Einige waren es zum Glück nicht gewohnt. Es waren die größeren, das heißt, ein paar von den größeren, und selbst die ... Das Dumme war, daß es ansteckend wirkte, daß sie es mit der Zeit als ihr Recht betrachteten und daß es zuletzt Zeiten gab, in denen ich Angst vor dem Kampf um eine Ritze hatte, wo ich schlafen konnte. Nachdem Bustle sich einen großen Zipfel der Daunendecke angeeignet hatte, brachte man mir jedenfalls Kisten und Körbchen samt dazugehörigen Wolldecken, Bällen und Knochen, und im Nu waren alle Ecken und Winkel und Schränke damit vollgestopft. Doch die Besitzer folgten mir abends weiter ins Schlafzimmer.

Es erinnerte mich an ein Haus, in dem wir früher mal gewohnt hatten, an der Küste von Cornwall, mit einem herrlichen Blick über eine weite blaue Bucht. Wir hatten jeden Sommer so viele Gäste, daß selbst auf dem Dachboden kein Fußbreit mehr frei war. Nicht daß sie mir abends ins Schlafzimmer folgten – sie waren gewöhnlich viel zu sehr damit beschäftigt, Rommé und Scrabble zu spielen, zu flirten oder sich zu zanken und zu essen. Wir waren ungeheuer beliebt. Freunde, von denen wir seit Jahren nichts gehört hatten; Leute, denen wir nur einmal begegnet waren; Bekannte von Leuten, an die wir uns kaum noch erinnern konnten; und es kamen sogar Typen, die sagten, sie hätten gedacht, wir seien jemand anders, und dann blieben, um herauszufinden, wie sehr sie sich geirrt hatten. Sie lagen an *unserem* Strand, liebten sich in *unseren* Betten, aßen alles aus *unserer* Kühltruhe, borgten und zerbrachen *unsere* Tennisschläger, nahmen *unsere* Bikinis und *unsere* Mäntel, *unsere* Unterwäsche und *unser* Geld und fuhren dann sonnengebräunt, mit zwei Dutzend frischen Eiern und einem halben Liter dicker Sahne nach Hause. Ah! Hätte ich bloß *damit* Geld gemacht! Statt dessen blieb ich jedesmal mit einem Haufen schmutziger Wäsche, einem leeren Kühlschrank und einer hastig zugesteckten Schachtel After Eight in der Hand zurück, nachdem sie mir angeboten hatten, ich könne ruhig mal in ihrer Souterrainwohnung in Fulham übernachten, wenn ich in die Stadt käme. Ich denke, es war die Erinnerung an jene selbstlosen Sommer, die all meine späteren unternehmerischen Wagnisse in Gang setzte.

Aber Hunde sind anders als Menschen. Sie schlingen nicht deinen Hackbraten runter, um sich dann satt zurückzulehnen und dir zu erzählen, wie du ihn «das nächste Mal» richtig machen mußt. Sie trödeln nicht im Badezimmer, schlafen nicht auf dem Sofa, lesen nicht auf der Toilette und rauchen nicht im Bett, und wenn sie es tun, kann man sie anschreien, ohne daß beim Frühstück dicke Luft ist. Das war so ziemlich das einzige, was ich damals mit Sicherheit wußte. Hunde lutschen keine Zitronen aus, stibitzen keinen Sherry und haben die angenehme Gewohnheit, faul auf dem Fußboden zu liegen, so daß man über sie hinwegsteigen (und sogar auf sie treten) kann, ohne Schwierigkeiten zu kriegen. Allerdings nehmen sie auch oft die besten Stühle in Beschlag, und ich muß mich auf den Fußboden setzen, wenn ich mal richtig heulen möchte oder die Gummistiefel ausziehen will. Das tun Gäste aber auch. Ich wußte, daß ich Hunde, Katzen und kleine Raschelmäuse liebte, daß ich mich in ihrer Gesellschaft nie allein fühlte oder langweilte und ohne sie todunglücklich sein würde. Was ich von Gästen nicht sagen konnte.

Bella Farringdons Besuch endete damit, daß wir beide auf umgedrehten Kisten saßen und Kaffee aus Bechern tranken. Sie ließ die Maske der Naiven, die auf große Dame macht, fallen. Sie wurde richtig menschlich. Wir kicherten, erzählten ein paar intimere Dinge aus unserem Leben und wurden Freundinnen. Sie bot mir an, aus Teeblättern meine Zukunft zu lesen, doch ich hatte zwar pfundweise Orange-Pekoe zur Hand, wußte aber immer noch nicht, wo die Teekanne war, und außerdem war ich keineswegs sicher, ob ich ohne Zwang in die Zukunft sehen wollte.

Sie gestand, daß sie mit dem Mann einer anderen verreisen wollte, und äußerte die Befürchtung, er könne kalte Füße bekommen. Ich hatte allerdings den Eindruck, dies sei die kleinste ihrer Sorgen, und sagte es.

«Oh, den Rest werde ich schon warmhalten», versicherte sie. Falls sie aber vorzeitig zurückkommen sollten, würde sie mir gern helfen, bis sie wieder ins Büro müsse.

Ich sagte ziemlich schnell, ich hoffe, ihr Urlaub werde so lange dauern, wie sie geplant habe, und sie dürfe ihn sich nicht mit dem Gedanken an eine vorzeitige Rückkehr verderben. Wenn er Muffensausen bekomme, brauche er sie doch nur auf seine Kosten bleiben zu lassen, das sei das mindeste, was er tun könne. An solchen Orten könne man viele, viele umwerfende, verheiratete Männer kennenlernen. Ich sei sicher, daß sie eine herrliche Zeit haben würde. Wirklich, ganz sicher. Wir brauchten keine Teeblätter, um das zu wissen! In Wahrheit schauderte mir bei dem Gedanken, daß das Chappi nach Chanel Nr. 5 riechen würde.

Sie kam dann einen oder zwei Tage später wieder, um Bustle, die Wolldecke, Ball und Bürsten zu bringen. Eine winzige für die Zähne, eine «Füßchenbürste» für die Krallen und eine richtige borstige Haarbürste für das Fell.

Bustle und ich saßen da und sahen uns an. Sie nahm ein Stückchen von meinem Vormittagskeks. Mattie, Rosie und Treacle, meine eigenen Hündinnen, lagen ein paar Meter weiter. Sie waren es gewohnt, mich zu teilen, und hießen jeden Neuen willkommen, solange er ihren Korb respektierte und ihren Knochen nicht zu nahe kam. Ich warf einen Blick auf die unerledigte Arbeit, Holzwolle aus den Umzugskisten, alte Zeitungen vom Porzellanauspakken, Kaffeeflecke auf der Tischplatte, und wünschte, ich könnte ein Stündchen schlafen.

2

Ich fühlte mich schrecklich einsam und rief meine Freundin Marsha an. Ich mußte einfach jemandem erzählen, wie es mir ging. Marsha lebt in London, zusammen mit Timmy, ihrem Kater. Ihre Ehemänner kamen und gingen, doch Timmy blieb, ein Tribut an Beständigkeit und die Vorzüge von Kabeljauköpfen. Einer der Liebhaber, die zwischen den Ehemännern kamen, hatte ihr gesagt, wer aus ihren Kochtöpfen esse, müsse auf der Stelle impotent werden, so daß sie gewöhnlich außer Haus aß, bei Ali oder King Ho oder in Dave's Dive. Heute war sie zum Glück zu Hause und arbeitete an einem ihrer kosmischen Kissen. Marsha applizierte mit Farbe, Glasperlen und getrockneten Blumen die unglaublichsten Motive auf Samtkissen, die ihr zu hohen Preisen als Liebeskissen aus der Hand gerissen wurden: ein Nickerchen mit dem Kopf darauf, und beim Aufwachen war man entweder scharf wie Rasputin oder von einer unersättlichen Leidenschaft geheilt. Marsha war es gleich. Sie sagte, das Geheimnis liege mehr in den Beschwörungen, die zusammen mit den Schaumstofflocken hineingingen, Kunden sehen lieber etwas, das sie nicht verstehen. Ich besaß eines ihrer Kissen, doch alle Ausstrahlungen, die es im Laufe der Jahre für mich gehabt hatte, waren ein strenger Fischgeruch. Ich hoffte immer noch, es bei einer passenden Gelegenheit zu benutzen, um jemanden auf mich aufmerksam zu machen.

«He, Marsha», sagte ich eifrig. «Ich bin's!» Im Hintergrund konnte ich eine jaulende Geige hören, und ab und zu schepperte ein Becken.

«Schatz, wie schön. Ich bin's auch ...» Was sie wohl meinte?

«Hör zu, ich bin eingezogen. Du weißt ja, hier unten an der Schnellstraße. Es ist einfach herrlich, du würdest nie wieder weg wollen. Du könntest dich von der Natur inspirieren lassen, von den Flugzeugen und ...»

«Ich bin allergisch gegen Flugzeuge», brummte sie, während das Becken auf den nackten Fußboden knallte und unter die Anrichte rollte.

«Das ist doch nicht das Radio, oder?» Aber auf zeitgenössische Magie stieg sie nicht ein.

«Nein, es ist Fraction. Eine neue Gruppe, der ich helfe. Fraction in Action, zwei Geigen und ein ...» Ihre Stimme wurde unhörbar.

Ich sagte: «Es liegt unter der Anrichte.» Die Geigen jaulten lauter. Ich fügte schreiend hinzu: «Ich ruf wieder an, wenn du mehr Zeit hast», und legte auf. Marsha würde es mir nicht übelnehmen. Sie würde es kaum bemerken. Komisch, wie zwei Leute, die Welten voneinander entfernt sind, ich so praktisch veranlagt und sie so mystisch, eine dauerhafte Beziehung haben können, die auf Zuneigung und gegenseitigem Verständnis beruhen. Mein Mann hat mal gesagt, wir seien wie Hexe und Aschenbrödel, aber das war, als wir uns gegen ihn zusammengetan hatten, weil er behauptete, der kleine und abgetretene Läufer, den er auf dem Trödelmarkt gekauft hatte, sei ein echter Aubusson.

Draußen zeigte die Sonne durch die Zweige eines schlanken Zwetschgenbaumes wie mit Fingern auf mich. Das Haus konnte warten. Ich mußte das Betriebsgelände inspizieren. Wenn die Zwinger mir Geld bringen sollten, waren sie wichtiger als Schöner Wohnen.

Die Hundehütten waren klamm und rochen modrig, denn sie hatten jahrelang leergestanden. Außer dem eigentlichen Eingang besaßen sie noch eine zweite Öffnung – man konnte das Dach abheben. Ich hob also mit einiger Mühe die Dächer ab, damit Sonne und frische Luft hineinkamen, und wünschte, man könnte bei einem Haus das gleiche tun. Ich setzte mich auf das Krankenrevier und machte mir Notizen. Im Schuppen gab es einen elektrischen Anschluß, einen Ausguß, eine Bank mit Regalen darüber und einen Kalender von 1969, auf dem zwei für einen Tanztee kostümierte Hunde Tango tanzten.

Es gab zwölf Einzelzwinger, vier doppelte und drei kleinere, mit Brettern abgeteilte Gehege, sicher für tollwutverdächtige und Fälle akuter Welpenpusteln. Von einem Auslaufgehege führten Zaungänge in jeden einzelnen Zwinger, und da der Boden überall abschüssig war, brauchte ich mich nicht um Entwässerung zu sorgen.

Hunde waren nicht so empfindlich wie Lilienbeete und wertvoller als Koriander und Basilikum. Die Schnellstraße führte zur Küste, und an der Küste standen Hotels, die keine Hunde nahmen. Sie konnten die verzweifelten Besitzer an mich verweisen. Diese würden ihre Lieblinge auf der Hinfahrt vorbeibringen und bei der Rückfahrt wieder mitnehmen. Schlau rechnete ich mir aus, ich könnte Herrchen oder Frauchen vorschlagen, während des Urlaubs ab und zu vorbeizukommen und den alten Bello für einen Spaziergang auf der Meerespromenade abzuholen. Ich staunte über mein Glück, und die Möglichkeiten raubten mir den Atem. Doch wie um alles in der Welt würde ich mit dem Ansturm der Hunde fertig werden, die sich in London aufmachten, um die Schnellstraße bei Abzweigung Nr. 7 zu verlassen und zu uns hochzuhecheln?

Es schien schon loszugehen, denn ich hörte ein Auto auf der Zufahrt. Ich sprang vom Dach des Krankenreviers, strich mir das Haar glatt, setzte mein herzliches Begrüßungslächeln auf und ging hinaus.

Es war das Postauto. Ich lächelte weiter, denn Postboten sind wichtig in einer ländlichen Gemeinde: Ihr Bericht kann über Sein oder Nichtsein entscheiden. Ich wartete, bis er sich genähert hatte, dann streckte ich die Hand aus, und wir machten uns miteinander bekannt. Der Postbote sagte, er heiße Humphrey.

«Wie Sie sehen, ist das Hundehotel noch ganz klein», sagte ich, doch ich plane bereits, den Betrieb nach allen Seiten zu vergrößern. Humphrey stellte seine Tasche auf die Kühlerhaube und wühlte auffallend lange in den Briefen, um etwas für mich zu finden. Eines seiner Augen mußte aus Kunststoff sein, denn es bewegte sich überhaupt nicht, während das andere doppelt so schnell hin und her blickte wie die Augen normaler Sterblicher – vielleicht als Ausgleich oder um zu prahlen, wie ein Kind mit gesunden Beinen vor einem, das an Krücken gehen muß. Das künstliche Auge schien meine Wenigkeit ohne große Begeisterung zu mustern. Ich verlagerte mein Gewicht von einem bloßen Fuß auf den anderen und wünschte, ich hätte mich für den wichtigen Anlaß besser angezogen. Der Besitz hatte früher einer Schule gehört. Dann einem pensionierten Offizier der Army. Ehe ich des Weges kam, war also alles sauber und ordentlich gewesen.

«Hundehotel? Major Forster hatte kein Hundehotel, er war Züchter.»

«Oh», sagte ich entwaffnet. Das Kunststoffauge rutschte weg, als er den Kopf beugte und mit einem Jakkenzipfel schützte, um seinen Zigarettenstummel wieder anzuzünden. Ich sah nervös zu. Ich hatte das Gefühl, eine Feuersbrunst würde durch das brennbare Auge noch schlimmer werden. Mein Vater hatte auf diese Weise mal seine Brieftasche in Brand gesetzt.

Als wir wieder in Sicherheit waren, fragte ich: «Was hat er denn gezüchtet?»

«Köter.» Er hüllte sein Gesicht in Qualm, und ich sah, wie das gesunde Auge zwinkerte und zuklappte. Ein eindrucksvoller Trick, der bei mir aber nicht zog. Humphrey hatte zu vieles andere zu bieten. Lokale Kenntnisse zum Beispiel. «Ja», wiederholte er, «er hat Köter gezüchtet, Köter.»

Für Kaninchen oder Rennpferde schien der Platz auch nicht gerade prädestiniert zu sein. «Was für Hunde?»

«Diese langhaarigen Biester. Ich weiß nicht, wie sie heißen – für mich sind es langhaarige Biester. Haben Sie auch einen Spanner da?»

Ich hatte ein paar Nägel in der Hand, um den Maschendraht zu befestigen, der sich an einer Stelle vom Pfosten gelöst hatte. Ein Spanner? Das eine konnte es nicht sein. Es mußte das Werkzeug sein, das mir dazu fehlte. «Ich könnte im Haus nachsehen», sagte ich unschlüssig. «Wie groß muß er sein?»

«Sie machen mir Spaß, Miss! Nie davon gehört! Wir hatten mal einen, der war gar nicht so übel, aber dann hat Onkel ihn mit seinem Rollstuhl überfahren und die ganze Federung versaut. Nein, wir wollen keinen wiederhaben.»

Ich hätte wissen sollen, daß er Spaniel meinte. Er fuhr fort: «Jedenfalls bin ich mal oben bei Rowanditch von einem Spanner gebissen worden. Er erwischte mich genau in ...»

«Ich nehme alle Rassen», unterbrach ich entschlossen. «Die kleinen können im Haus schlafen, die größeren kommen natürlich nach hinten.» Ich war begeistert, daß ich das Unterbringungsproblem so schnell gelöst hatte, deshalb sagte ich es noch einmal, um sicherzugehen, daß ich es richtig machte. «Ich hab's. Die kleinen im Haus, die großen draußen.» Ich versuchte, kein selbstgefälliges Gesicht zu machen, aber die Idee war wirklich fabelhaft. Wenn ich mich nur dazu aufraffen könnte, es auch zu *tun* ...

«Ich setze mich mit den Hotels an der Küste in Verbindung, damit die Feriengäste ihre Hunde bei mir lassen können. Ich könnte auch den Flughafen informieren –» ein brillanter Einfall –, «und ich werde den Leuten anbieten, ihre Hunde den Tag über zu holen, wenn sie wollen, und nach dem Tee zurückzubringen.»

Humphrey und ich starrten einander überrascht an.

«Sie können über die Klippen laufen und sich am Strand austoben», fuhr ich freudig fort.

«Hunde am Strand müßten verboten sein», sagte Humphrey mißbilligend. «Überall diese Haufen ...»

Ich verbesserte mich hastig: «Dann eben auf den Feldern, frei und ohne Zwang.» Ich sah bereits den Werbespruch vor mir.

«Wenn sie frei rumlaufen, reißen sie Schafe», ergänzte er düster.

«Na ja», wollte ich einwenden, fand aber kein Argument. «Jedenfalls glaube ich, daß es eine gute Idee ist. Viele Leute haben bestimmt darauf gewartet.»

Aber Humphrey hatte nicht darauf gewartet. Meine guten Ideen verblaßten angesichts der gerissenen Schafe. «Da wird wohl außer Ihnen und den Hunden keiner seine Freude dran haben», bemerkte er.

Das war deutlich. Aber schon fiel mir der Werbespruch ein. Ich sah die Reklameschilder gleich hinter der Kreuzung vor mir: «Hundefreuden in den Hundstagen. Pension Stechpalme 500 Meter». Ich bin froh, daß ich dieser Versuchung nicht nachgegeben habe. Das Haus hieß übrigens wirklich so, obgleich weit und breit keines dieser liebenswürdigen Gewächse zu sehen war.

Humphrey stieg wieder in seinen kleinen Kombi, sagte auf Wiedersehen und kurvte mit einem Auge auf der Straße fort. Ich beglückwünschte mich immer noch zu dem Großen Los, das ich gezogen hatte, fragte mich jedoch, wie sich der geschäftliche Erfolg auf die Steuern auswirken würde. Euphorie ist ein Zustand, der vom Finanzamt kontrolliert wird, und ich bin sicher, daß Pa selbst auf der Bahre im Krankenwagen an die demnächst fällige Gemeindeabgabe gedacht hatte.

Wir waren immer stillschweigend davon ausgegangen, daß ich mit dem Gewinn, den ich aus meinen jeweiligen Unternehmungen herausschlug, die Gemeindesteuern bezahlen könnte, und manchmal klappte es auch. Meine persönlichen Ausgaben waren schließlich lächerlich gering. Eine arbeitende Ehefrau ist weniger eine zusätzliche Einkommensquelle als ein verringerter Ausgabeposten. Wenn man viel um die Ohren hat, kann man nicht groß zum Schlußverkauf, zu Tupperware-Parties oder ins Kino gehen, und man hat auch keine Zeit für Einkaufsfahrten. Man kann nicht zum Bingo gehen, man kann nicht auf Wohltätigkeitsveranstaltungen und Golfplätzen herumtrödeln oder in den Cafés von Bath mit einem Liebhaber turteln. Das Motto eines Ehemanns sollte sein: «Eine berufstätige Frau ist ein Risiko weniger.» Frauen, die außer Haus arbeiten, haben selten Zeit, Illustrierte mit teuren Verbrauchertips zu lesen oder sehnsüchtig von Acapulco zu schwärmen. Und sie sind zu sehr mit ihren eigenen Techtelmechteln im Kollegenkreis beschäftigt, um sich um andere zu kümmern.

Am Nachmittag rief ich noch einmal beim Maler an und

meldete mich mit schleppender, gleichgültiger Stimme, um zu demonstrieren, wie wenig mir seine Unzuverlässigkeit ausmachte. Ich wußte nämlich, daß die Rechnung, sobald er sich an die Arbeit gemacht hatte, ein paar Tage später kommen würde, und der Gedanke quälte mich.

«Mr. Treddie?» fragte ich und lächelte ins Telefon. Es war das Lächeln Nr. 1 in meinem Repertoire. Gezwungen und starr. «Wie ich sehe, haben Sie doch noch nicht angefangen ...»

«Wie bitte?» sagte er, als zweifelte er daran, daß ich meine fünf Sinne beisammen hatte. «Haben Sie denn nicht unsere Leitern gesehen?» Er tat so, als wären damit die Wände schon gestrichen.

«Na ja», stimmte ich zu, «aber ...»

«Und in der Auftragsbestätigung sagten wir doch ‹baldmöglichst›, nicht wahr?»

Möglicherweise hatte er einen Durchschlag vor sich liegen. Ich nicht.

Ich seufzte. «Das ändert nichts an der Tatsache, daß Sie noch nicht angefangen haben, und wir sind inzwischen eingezogen. Wir sind beim Einrichten, und ich kann Ihre Leute jetzt unmöglich gebrauchen. Deshalb denke ich, es wäre vielleicht besser, wenn wir die ganze Sache auf später verschieben.» Ich schaltete auf Lächeln Nr. 3, Triumph, und lehnte mich zurück. Ich finde, man muß immer lächeln, nicht um Optimismus auszustrahlen, sondern weil es die Gesichtsmuskeln am besten trainiert. Es hilft einem, sich auf das zu konzentrieren, was wirklich passiert (und das ist, wenn man es richtig betrachtet, fast immer lustig), statt auf das, was passieren *könnte* (und das ist oft gar nicht lustig). Ich habe eine ganze Reihe von Lächeln drauf, und die meisten sind inzwischen unbewußt katalogisiert und in meinem Kopf gespeichert. Ein Druck auf die Taste meines Gedächtniscomputers, und ich hab's – rette sich wer kann.

«Ich verstehe», murmelte Mr. Treddie und dehnte das

Verb in die Länge, damit ich sah, wie gut er das kleine Manöver durchschaute, mit dem ich seinen absurden Kostenvoranschlag drücken wollte. Und damit ich sah, daß er ernstlich zu erwägen begann, mich für immer von seiner Kundenliste zu streichen.

«Meine Jungs haben im Augenblick furchtbar viel um die Ohren. Ein Gemeindeauftrag: bündige Leisten und so etwas, sehr kompliziert.» So ausgedrückt, klang es wie Wasserrohrbruch, dringend. Was er wirklich meinte, waren die Wandschränke in den gemeindeeigenen Sozialwohnungen, die sein Schwager, Gemeinderat X, nach seinem Geschmack bei ihm bestellt hatte. Ich hatte im Lokalblatt ein paar Leitartikel darüber gelesen, wie sehr die Gemeindeabgaben in die Höhe schnellen würden, weil man Fußbodenheizungen einbauen ließ und die (veralteten) von Hand zu öffnenden Garagentüren durch Schwingtore ersetzte, die auf ein elektronisches Signal von selbst hochklappten, und nach allem, was ich wußte, hätte es mich nicht gewundert, wenn sie außerdem noch Terrassenkamine in Auftrag gegeben hätten. Für Wohnungen, die von unseren Steuern bezahlt werden, kommt ja nur das Beste in Frage.

«Diese Steuern», seufzte ich beziehungsreich, und er sagte: «Sie geben uns dann Bescheid, ja?» Wir überlegten beide stumm, ob die Arbeit wirklich notwendig war und woher das Geld kommen würde.

Mit der Großzügigkeit von Gemeinderat Midas, Stadtkämmerer, kann ja doch niemand konkurrieren.

Andererseits hatte es keinen Sinn, mir einzureden, der Zustand des Hauses sei gar nicht so übel. Die Mauern standen zwar und würden vielleicht genug Bildern Halt geben, um die schlimmsten Schäden zu kaschieren, aber der Anstrich sah aus wie von tausend Mäusen angenagt. Vielleicht hatte es Zeit, bis ich mit den Hunden so viel Geld verdient hätte, daß ich es davon bezahlen konnte? Vielleicht konnte ich es selbst machen? Ich erwähnte die Leitern im Wohnzimmer nicht mehr – womöglich würden wir sie selbst brauchen können. Wir verabschiedeten uns höflich voneinander, und ich legte auf und griff zum Branchenfernsprechbuch. Ich bin sicher, Nicky Hilton hat sich nie damit aufgehalten, eine Wand zu tünchen, als er sein Imperium errichtete.

Die lokale Presse mag nicht so viel Einfluß haben wie die überregionale, aber sie ist unvergleichbar billiger. Ich brauchte die zahlenden Gäste, um die Rechnungen zu begleichen, um die Farbe für die Wände zu kaufen, um die Gemeindeabgaben zu entrichten, um in dem Haus zu wohnen, das ich mir ausgesucht hatte, und um diese Kettenreaktion in Gang zu setzen, mußte ich annoncieren.

3

Am nächsten Morgen fuhr ich in die Stadt. Sie war zwölf Kilometer entfernt und begann zurückhaltend mit ein paar viktorianischen Wohnhäusern, die sich dezent hinter einem Saum angemessener Bäume verbargen. Vor der Stadtbücherei wurde die Straße plötzlich breiter und mündete geradewegs in einen Marktplatz, der von Supermärkten, Verkehrsampeln und bedrohlichen doppelten gelben Linien auf dem Pflaster umgeben war. Es herrschte eine gravierende Parkplatznot, und die beiden Parkplätze, mit denen die Gemeinde auf großen Hinweisschildern angab, waren besetzt, als ich sie endlich gefunden hatte. Nachdem ich den Ort zweimal auf Einbahnstraßen umfahren hatte, die von eifrigen Verkehrspolizisten bewacht wurden, fuhr ich schließlich auf der Küstenstraße weiter und fand ein kleines freies Plätzchen, wo eine Reihe von Tagelöhnerhäusern abgerissen worden war und gewissenhafte Zeitgenossen ihre Wagen unmißverständlich *neben* der Straße geparkt hatten.

Es war ein langer Weg zurück in die High Street, wo sich die Redaktion des Lokalblatts befand, so daß ich ein Bündel Reinigungswäsche für ein anderes Mal im Auto ließ.

Es ist immer ratsam, sich vor grauhaarigen Damen hinter Stapeln von Formularen in acht zu nehmen. Wahrscheinlich liegen die Formulare schon seit Urzeiten da, und die Damen sind vor Langeweile rechthaberisch geworden. Man muß zwar sicher auftreten, aber freundlich und verbindlich.

Munter sagte ich: «*Guten* Morgen! Ich glaube, in *London* findet man leichter einen Parkplatz als hier! Das nächste Mal komme ich am besten mit dem Hubschrauber und sehe nach, ob das Rathausdach noch frei ist.» Als Einheimische nahm sie jede Kritik automatisch als persönliche Beleidigung. Nicht die Spur eines Lächelns, obgleich ich innehielt, damit sie Zeit hatte, sich etwas einfallen zu lassen. Ich sah, daß sie nur durch Geschäfte zu überzeugen war, und sagte hastig: «Ich würde gern eine Annonce aufgeben.»

Es klang wie eine verhüllte Drohung, aber sie ruckte den Kopf zu einem Formularstapel hin, und ihre großen Ohrringe flappten hoch und zerrten an dem empfindlichen Fleisch, in dem sie hingen. Ich nahm ein liniertes Formular mit einem kleinen Kasten rechts unten. Ich hatte mir schon eine ziemlich reißerische Überschrift und die darauf folgenden einprägsamen Einzelheiten zurechtgelegt. Ich fischte einen Kugelschreiber aus einem alten Joghurtkarton auf dem Tresen und fing an: *«Wohin mit dem guten alten Rex? Sie* verleben die schönsten Wochen des Jahres und wollen *ihn* bei Freunden lassen, denen er ein

Klotz am Bein ist? Bei Verwandten, die Hunde nicht ausstehen können? Schicken Sie ihn auch in die Ferien! Lustige Gesellschaft, Dreisterne-Futter, eigenes Bett, tägliches Unterhaltungsprogramm, Feuer im Kamin. Diätwünsche werden berücksichtigt. Medizinische Versorgung gesichert ...» Ich schrieb quer über das Kästchen am Ende des Formulars (das ich eigentlich freilassen wollte, damit die Anzeige mehr ins Auge fiel, aber dann wurde mir klar, daß es für die Zahl der Worte bestimmt war). Dann zählte ich zusammen, schrieb schnell noch meine Telefonnummer dazu und schob das Ganze über den Tresen.

Die Eisgraue las es mit wachsendem Unwillen. Dann zählte sie ebenfalls die Worte. Sie schrieb etwas oben auf das Formular, das sehr gut «Gefährliche Irre» heißen konnte, und fragte dann: «Soll es in die Reiserubrik oder unter Tiermarkt?» Sie fügte hinzu, es handle sich um die Maximalzahl von Worten und würde 4,96 Pfund kosten.

Das war zuviel. Ich nahm das Formular wieder an mich und knüllte es zusammen. Sie ließ mich nicht aus den Augen, während ich ein zweites nahm und schrieb: *«Ferien für Hunde»*, um lediglich noch die Telefonnummer hinzuzufügen. Ich hatte im Kopf ausgerechnet, daß ein Wort vielleicht fünf Pence kostete, vielleicht auch acht, höchstens zehn, und bei diesem Preis könnte die Anzeige unter verschiedenen Rubriken erscheinen und eine hohe Leserquote erreichen. Sie klang natürlich nicht so gut (ich hatte mir schon immer so einen Urlaub gewünscht, und ich konnte sehen, daß es der Dame ähnlich ging), aber ich war neu in der Werbung und ging mit ihr wahrscheinlich ein geringeres Risiko ein.

Sie sagte, es würde 1,50 Pfund kosten, das sei der Mindestpreis, allerdings auch für soundsoviel Worte mehr, und ich müsse sofort bezahlen.

Ich nahm das Formular wieder an mich, wurde ein bißchen rot und warf es ebenfalls in den Papierkorb. Ich nahm ein drittes, las die Anweisungen auf der Rückseite und fing an: «*Wohin mit dem guten alten Rex?* Ferienheim für Hunde», gefolgt von meiner Telefonnummer. Zur Strafe ließ sie mich eine geschlagene Minute warten, so daß ich ihren Kugelschreiber in die Tasche steckte. Die Tatsache, daß sie ihn später laut zurückverlangte, als ich schon die Türklinke in der Hand hatte, demoralisierte mich nicht.

Sie schlug derweil vor, ich solle es für 69 Pence extra auch noch in die Ferienrubrik einrücken lassen, wo es zwischen den Hotels stehen und Leuten auffallen würde, die eine Reise vorhätten. Ich fand das einleuchtend und gab ihr noch eine Pfundnote, und während sie unter dem Tresen das Kleingeld zum Herausgeben suchte, fragte sie: «Nehmen Sie auch Katzen?»

Sie schien immer noch sauer zu sein, und es klang, als hätte sie mich im Verdacht, an der Spritze zu hängen. Man weiß nie, worauf sie als nächstes kommen. Also sagte ich: «Nein, im Augenblick nur Hunde, aber ich hoffe, ich kann bald anbauen.» Ich redete wie der Geschäftsführer eines Supermarktes, der eine Imbißecke erwägt.

Sie sagte, sie habe eine Katze, Fusty, es sei ein Kater, und er habe nur falsche Zähne. Sie glaube, seine Augen ließen ebenfalls nach. Ich sagte, er bräuchte vielleicht auch eine Brille, aber sie sah mich abermals kühl an, und plötzlich wurde mir klar, daß sie «vier Zähne» gesagt hatte, nicht falsche. Das Dumme beim vielen Umziehen sind natürlich die Dialekte. Ich schaffe sie nie so ganz, und wenn wir uns gerade den schnarrenden Tonfall des Westens angewöhnt hatten und nicht mehr in jedem Laden als Fremde auffielen, mußten wir schon wieder die Koffer packen und im Osten nuscheln lernen. Alle Dialekte sind anderen Dialekten suspekt, und vielleicht würde es viel weniger Vorurteile geben, wenn wir nur einen einzigen

Dialekt hätten. Für mich persönlich ist es am leichtesten, den Tonfall von Süd-London beizubehalten, aber er wirkt ein bißchen affektiert und stempelt einen als Snob ab. Manchmal sehnte ich mich immer noch nach einem Dolmetscher.

Ich dachte, sie wüßte vielleicht besser Bescheid als die meisten anderen Leute und fing an, sie auszufragen, wer der beste Tierarzt und wo Hundefutter am billigsten sei und wo es die besten Knochen gebe? Sie hätte sagen können: Auf dem Friedhof, dann hätten wir wenigstens was zu lachen gehabt. Aber sie hatte genug von mir und behauptete, sie habe keine Ahnung. Im stillen wettete ich, daß Fusty nur köstlich zubereiteten Kochfisch bekam. Sie sagte, sie würde dafür sorgen, daß meine Anzeige umrandet würde, was recht verlockend klang, aber extra bezahlt werden mußte. Ehe ich Zeit hatte, auch das dritte Formular wieder an mich zu nehmen (inzwischen hatte sie es in dicken schwarzen Versalien mit *Umranden* versehen), sagte sie, es mache insgesamt 3,71 Pfund, und ob ich so freundlich sein würde, ihr den Rest zu geben. Sie erklärte nicht, warum es eine so krumme Zahl war, doch sie hatte mich gründlich eingeschüchtert. Vielleicht hatte sie noch schnell den Preis für Fustys Abendessen draufgeschlagen. Ich sagte, ich würde mich wieder melden, wenn die Anzeige noch mal erscheinen sollte, und sie sagte, dann sollte ich besser auch noch ein blaues Formular ausfüllen.

Aber ich wollte es nicht zu meinem Lebenswerk machen. Ich murmelte etwas über einen Bus, den ich nicht verpassen dürfe, und floh.

Als nächstes stand der Tierarzt auf der Liste. Ich hatte mehrere Adressen aus dem Branchenfernsprechbuch herausgesucht, und ich entschied mich für Dr. Lamb, weil es nicht so aggressiv klang wie Dr. Schlacht und zuverlässiger als Dr. Stagger. Ein Dr. Lamb würde bereit sein, erprobte alte Hausmittel wie Epsomer Bittersalz und Schwedentee zu verschreiben, nicht die neuen Sachen, bei denen es auf sechs Spritzen à 5,35 Pfund hinausläuft, obgleich man genau zu wissen meint, daß eine großzügige Dosis Rhabarber-Wurzel von dem Gewucher hinter dem Komposthaufen die gleichen Dienste geleistet hätte, nur viel schneller.

Ich marschierte zurück zum Auto. Daneben stand ein Mann und betrachtete es gerade. Es ist ein bescheidenes kleines Ding. Es will nicht originell sein, erregt keinen Neid, reißt keine Zuschauermenge zu stummer Bewunderung hin, es kostet nicht viel Versicherung und löst keine Minderwertigkeitskomplexe bei Nachbarn aus. Außer mir hat sich noch kein Mensch verzweifelt gewünscht, es zu besitzen. Und ich wünsche es auch nicht mehr verzweifelt. Ich finde es nur nützlich, wenn es endlich anspringt. Das tut es in regelmäßigen Abständen, wenn man weiß, wie man es behandeln muß.

Ich konnte mir nicht vorstellen, was der Mann, der es anstarrte, daran finden konnte, das heißt, außer dem Bündel Vorhänge für die Reinigung, das auf dem Rücksitz lag, einer abgebrochenen Harke, um zudringliche Anhalter abzuwehren, und Pas Schlapphut mit dem Loch oben, wo ihn bei einer Teegesellschaft im Garten des Pfarrhauses eine verirrte Kugel getroffen hatte, weil er mit einem Mädchen namens Brenda hinter dem Schießplatz gestanden hatte. Es erregte seinerzeit großes Aufsehen, nicht nur wegen der Gefahr von Schießständen. Er schwört, der Hut habe wenn nicht seinen guten Ruf, so doch sein Leben gerettet. Ich lasse den Hut immer im Auto, um ihn an Brenda zu erinnern. In einer Ehe kann man sich eine Menge solcher Dinge leisten.

«Hallo», sagte ich sehr freundlich zu dem Mann, um jedem geplanten Raubüberfall bei hellichtem Tag die Spitze abzubrechen. «Schöner Tag heute.» Es schmeichelte mir, daß er mein Auto beachtenswert fand. Ich schloß die Tür auf und stieg ein. Ich lächelte Nr. 6, Entwaffnend.

«Hab es gerade verkauft», sagte er. Es klang irgendwie blasiert.

«Verkauft? Was?»

«Die Kiste da.»

Lächeln Nr. 6 schwand. Ich sagte: «Was zum Himmel meinen Sie? Es gehört mir. Ich hab es erst vor einer halben Stunde hier geparkt.»

«Es ist also schnell weggegangen», stimmte er zu. «Glück gehabt.»

Was sollte das? Jemand, dem wir Geld schuldeten? Es gab eine ganze Reihe davon. Warum sonst war ich im Begriff, das Geschäft aller Zeiten aufzuziehen? Das landesweite Netz von Hundeferienheimen, das so berühmt werden würde wie eine gewisse amerikanische Motelkette – aber mit besserem Service.

Kühl sagte ich: «Gibt es hier einen Parkwächter? Wenn nicht, gehen Sie bitte sofort aus dem Weg, oder ich hole die Polizei.»

Ich brach das Eis nicht. Er starrte mich lange vorwurfsvoll an. Dann grinste er – eine Verballhornung meines Lächelns Nr. 3, Triumph. Deshalb ordne ich sie ein, man erkennt immer, was hinter der Maske vorgeht.

«Hören Sie», sagte er mit geduldiger Resignation, «Sie denken, das hier ist ein Parkplatz, stimmt's? Ist es aber nicht. Es gehört zu Joes Autoverwertung. Da hinten ist ein Schild...» Er zeigte zum anderen Ende. Ich war weiter vorn auf den Platz gefahren, wo ein paar Pfosten brutal herausgerissen worden waren.

«Na und?» fragte ich unbehaglich. Jetzt, wo ich wußte, daß ich auf Joes Grund und Boden war, wurde mir langsam mulmig.

«Joe garantiert jedem zwanzig Mäuse. Was ich darüber

hinaus kriege, gehört mir. Für Ihres hab ich ein bißchen mehr gekriegt.»

Die Schmeichelei prallte an mir ab. Die anderen Autos waren ein bißchen ramponiert, und meines hatte Extras. Zum Beispiel Vorhänge, die zur Reinigung mußten, und einen Hut mit einem Loch, das uns an Brenda erinnern sollte.

«Wirklich ein lustiger Irrtum!» lachte ich und fragte mich, was unsere perversen Gesetze – die das Schloß eines Mannes dem zusprechen, der es zuerst betritt, wenn der Eigentümer zu den Kreuzzügen aufgebrochen ist – über einen Morris Minor sagen würden, der leer auf dem Autofriedhof eines anderen steht.

«Er will es gleich abschleppen.»

«Wenn der versucht, meinen Wagen abzuschleppen, wird man ihn wohl anschließend selber abschleppen müssen», sagte ich grimmig und ließ den Motor an. Der Mann nahm es mit Fassung. Er seufzte.

«Na gut», sagte er, «wenn Sie die Kiste unbedingt behalten wollen ...» Er machte eine Pause. «Für fünf Pfund können Sie fahren.» Er trat näher, beugte sich drohend herunter und legte seine Pratze aufs Steuerrad.

«Lassen Sie den Quatsch», sagte ich. «Sie haben die ganzen Sachen auf dem Rücksitz gesehen und konnten sich an fünf Fingern abzählen, daß es versehentlich hier geparkt wurde und nicht zur Autoverwertung sollte. Und jetzt nehmen Sie Ihre Pfote weg!» Ich kuppelte aus. Seine Pratze war immer noch da. Ich riß das Steuer herum, gab Gas, und er fiel hinter mir in den Dreck. Ich sah ihn im Spiegel auf dem Rücken liegen. Ich schoß auf die Straße und genau auf die Fahrspur eines entgegenkommenden Busses. Der Fahrer brüllte etwas Obszönes, das ich verdient hatte, also schenkte ich ihm Nr. 2, Berückend, und drückte auf die Tube, um das verdammte Kaff möglichst schnell hinter mich zu bringen und das sichere Hinterland zu erreichen.

Ich hatte eine Sterbensangst, daß der Busfahrer und der Mann von der Autoverwertung sich meine Autonummer notiert hatten, mich ausfindig machen, anzeigen, niederschlagen, erdrosseln oder die Hunde auf mich hetzen würden. Ich beschloß, den Ort zu meiden, bis Gras über die Sache gewachsen war. Und ich hielt erst, als ich zwei Kilometer vom Rathaus entfernt war – als mir nämlich mein Portemonnaie einfiel. Ich nehme nie eine Handtasche mit. Es sieht idiotisch aus mit Jeans und Cowboystiefeln. Ich habe einmal erwogen, alles in einen Futterbeutel für Pferde zu tun, was zumindest kein Stilbruch gewesen wäre, aber dann beschloß ich, meine Kämme und Lippenstifte, Einkaufslisten und Bibliotheksausweise in die Jeanstaschen zu stopfen. Ich nehme an, Cowboys machen das auch so, oder sie schieben ihre Brieftasche in den Stiefel und gehen deshalb so komisch. Ich habe nie einen guten Platz für mein Portemonnaie gefunden. Deshalb habe ich es meist in der Hand, aber da war es jetzt nicht. Meine Hände zitterten so heftig, daß der eine kleine Finger dauernd an den Blinklichthebel stieß.

Ich guckte auf dem Beifahrersitz nach, auf der Kartenablage, im Handschuhfach und in der Türablage.

Dann fiel mir ein, daß ich sicherheitshalber auf meinem Portemonnaie saß. Ich fuhr also an den Straßenrand und hielt. Ich rezitierte vierzehn Verse aus Tennysons *‹Princess›*, die mich normalerweise beruhigen, obgleich ich nicht sicher bin, wovon sie handeln, und dann blickte ich mich um, um zu sehen, wo ich überhaupt war. Es hätte überall auf der Welt sein können. Die Straße ähnelte allen Straßen, die aus Kreisstädten hinausführen: links und rechts viktorianische Häuser mit Efeu oder wildem Wein, Vorgärten mit Ligusterhecken, farbiges Glas in den Haustüren und bescheidene Giebel. Man glaubt förmlich, Kohleintopf und gebohnertes Linoleum zu riechen.

Ich war immer noch ein bißchen mitgenommen und sah

mich dauernd um. Ich habe oft Angst, verfolgt zu werden. Früher hatte die Feder der Kofferraumklappe eine Macke und die Klappe sprang in den unpassendsten Augenblikken auf. Zum erstenmal passierte das, als ich eine Hauptstraße entlangfuhr, auf der ziemlich viel los war. Ich dachte, ein riesiger Lastwagen habe sich an mich gehängt. Ich gab etwas Gas, um ihn abzuschütteln, aber der Bursche fiel nicht zurück, sondern blieb mir gefährlich auf den Fersen. Ich bin beinahe verrückt geworden. Zuletzt konzentrierte ich mich so sehr darauf, ihn loszuwerden, daß ich ein paar rote Ampeln überfuhr und von einem Polizisten an den Straßenrand gewinkt wurde.

Ich erzählte ihm von dem Lastwagen, der plötzlich verschwunden war, nachdem er irgendwie die Klappe meines Kofferraums aufgestoßen hatte. Der Polyp meinte, ich solle doch lieber mal ins Röhrchen pusten. Da ich nur Nescafé getrunken hatte, färbte es sich natürlich braun, so daß er mich weiterfahren ließ. Er dachte wohl, ich gehörte zu den Spinnern, die sich von fliegenden Untertassen verfolgt glauben.

Aber im Moment war mir niemand auf den Fersen. So machte ich die Augen wieder zu und rezitierte noch ein paar Verse Tennyson, mußte jedoch feststellen, daß mir einige Worte entfallen waren, was zeigt, wie es um mich bestellt war. Gewöhnlich weiß ich Dutzende von Strophen auswendig. Gedichte, vor allem endlos lange alte Balladen, sind ein äußerst praktisches und billiges Beruhigungsmittel. Nicht so zeitraubend wie transzendentale Meditation, die sich vielleicht für Gurus, Fakire und Soulsänger eignen mag, weil solche Leute nicht viel zu tun haben, aber nicht für mich. Ich gehöre zu den gewöhnlichen Sterblichen und habe kaum Zeit für einen schnellen Keats, während ich das Bad putze oder einen Hund entlause.

Als ich die Augen wieder aufmachte, ging es mir schon viel besser. Ich konnte die beiden großen Torpfosten aus

Stein sehen, die ein großes altes Haus ankündigten. An einem prangte ein blitzendes Arztschild aus Messing. Ich hatte mich schon ein- oder zweimal gefragt, ob ich mich nicht endlich mal bei einem Arzt anmelden solle. Jetzt war genau der richtige Moment dafür. Ich würde herausfinden, wie es um mich stand, und könnte endlich anfangen, mir Sorgen um etwas anderes zu machen. Ärzte und Zahnärzte entdecken immer etwas, das nicht in Ordnung ist, schon um genügend Krankenscheine zu sammeln. Vielleicht würde der Arzt mich sogar ins Haus bitten und mir etwas gegen den momentanen Stress geben; vielleicht einen Martini mit Eis und Zitrone. Selbst dafür haben sie Rezeptformulare.

Ich sah in den Spiegel, brachte meine Haare notdürftig in Ordnung, lächelte Nr. 0,5, Lauwarm, stieg aus, stand neben einer späten Forsythie in der Sonne und spähte um die Pfosten herum. Der Name auf dem Messingschild lautete Hebgraben. O Gott, dachte ich, der ist bestimmt in den besten Jahren und grau von Kopf bis Fuß. Familiennamen sind beinahe so verräterisch wie Vornamen. Bei einem Harry oder Julian weiß man, woran man ist. Rauhe Schale, weicher Kern. In gewisser Hinsicht ist es bei einem Familiennamen noch schlimmer. Die Wurzel aller Familiennamen liegt im Beruf oder Wohnort irgendeines Vorfahren, und ein Hebgraben, nahm ich an, konnte nur in einem Graben gehaust haben. Ich bin nicht sicher, wieso er dort gelandet war, aber ich bin ziemlich sicher, daß er ein langweiliger Mensch gewesen ist, der nicht viel Initiative besaß und diese Eigenschaften an alle seine Nachkommen vererbt hatte.

Die Kirchturmuhr zeigte kurz vor zwölf. Der Arzt konnte natürlich gerade Hausbesuche machen. In diesem Fall würde Frau Doktor mich widerwillig und mit der Hälfte ihrer Gedanken noch in der Küche empfangen. Ich würde noch etwas gewinnender lächeln müssen als in der

Schlange an der Supermarktkasse, wenn ich einen Scheck ausschreibe und die hinter mir wartenden Barzahler aufhalte. Ich hatte noch einen Riegel Nuts in der Tasche. Das würde helfen. Arztfrauen sind brodelnde Vulkane, was sie nur mühsam unter ihrem gewinnenden Lächeln verbergen. Sie brodeln, weil sie ihren Schlaf und ihre Schönheit schon frühzeitig für schwangere Schülerinnen opfern müssen. Sie trösten sich mit Schokolade oder Gin.

Sie machte auf. Ich sah auf einen Blick, daß sie der Gin-Typ war. Nicht exzessiv, sondern mit Wermut und Stiletto-Absätzen. Ich schob den Nuts-Riegel tiefer in die Tasche und legte mir schnell eine andere Taktik zurecht. Sie trug einen weißen Kittel ihres Mannes und eines von ihren eigenen rosa Halstüchern. Keine Frau ihres Kalibers würde einen Mann haben, der rosa Halstücher besaß.

Ich bewunderte überschwänglich ihre Forsythie. Ich geriet buchstäblich ins Schwärmen. Ich war sicher, daß der Garten ihr Hobby war. Wenn Arztfrauen eine Baumschere in der Hand haben, vergessen sie, daß das Stew kalt wird und das Wasser um den Plumpudding verkocht. Dann bemerkte ich aber, daß sie lila Fingernägel und überkronte Schneidezähne hatte. Ich verlor kein Wort mehr über die Forsythie und sagte: «Ich würde mich gern zur Sprechstunde anmelden.»

«Das ist eine Tierarztpraxis», antwortete sie. Ich hatte nur auf den Namen, nicht auf «med.» oder «vet.» geachtet. Aber war es nicht genau das, was ich eigentlich gesucht hatte?

«Oh», sagte ich andächtig. «Nicht zu fassen! Es hätte auch eine Zahnarztpraxis sein können! Aber ein Tierarzt ist eigentlich genau das, was ich brauche ...»

Sie musterte mich intensiv, als vermutete sie einen fortgeschrittenen Fall von Räude.

«Ist Herr Dr. Hebgraben denn zu Hause?» Schwamm über den Namen. Dr. Lamb wäre fromm und zahm gewesen, was bei Tollwut verhängnisvoll sein kann. Wenn es wenigstens ein Dr. Shepherd gewesen wäre – aber dann fiel mir ein, daß der Vorfahr vielleicht Gräben ausgehoben hatte, warum sonst das «Heb», und Gräbenausheben ist eine sehr nützliche Tätigkeit, die Kraft, Geduld und Ausdauer erfordert. Er würde schon reichen.

Die Dame lachte dumpf. «Zu Hause?» wiederholte sie. «Er ist nie zu Hause.»

Wenn ich nicht eine ganze Menge über freiberufliche Frauen – ich meine Frauen von Freiberuflichen – gewußt hätte, hätte ich garantiert gedacht, Dr. H. habe sie sitzenlassen und brüte jetzt in einem anonymen Apartmenthaus mit einer attraktiven Veterinärstudentin über Statistiken zur künstlichen Besamung oder so. Seine Frau fuhr fort: «In letzter Zeit kann ich schon von Glück sagen, wenn wir zusammen frühstücken.» Ich war überrascht. Ihr Haar war ein Werbespot für Kurspülungen, und ich würde sagen, sie hätte jede strebsame junge Studentin jederzeit in den Schatten gestellt.

Ich blickte an ihr vorbei und sah, daß das Haus innen makellos spätviktorianisch war, doch sehr zwanglos möbliert, ein Anflug von Skandinavisch, aber nicht steril. Es gab zum Beispiel kein Linoleum, sondern gute braune Teppichvierecke. Behandlungszimmer, Labor und Wartezimmer im Erdgeschoß. Wohnzimmer, unpraktische Küche, Arbeitszimmer im ersten Stock. Darüber Schlafzimmer, höchstens drei. Ich sagte mitfühlend: «Ich weiß, wie das ist, die Pastete hin, die Kartoffeln matschig und der Yorkshire-Pudding platt.»

Sie sagte spitz: «Nein, der Salat ist lappig und wäßrig. Er muß Diät essen.»

Wenn eine mir was von einer Diät erzählt, plage ich mich meist gerade selbst mit einer Diät herum oder ich behaupte es wenigstens. Die Leute knien sich so sehr in eine Diät hinein, daß sie jedes andere Gesprächsthema irgendwie mit Erdbeereis-Baiser in Verbindung bringen. Und wenn sie sagt, ihr Mann mache eine Diät, sage ich eben, meiner mache auch eine. Wenn sie sagen würde, er mache gerade eine Einradtour durch Grönland, er sei auf einer Sauftour, er habe nur ein Bein oder mache Kopfstand in der Diele, würde ich etwas Entsprechendes finden. Jede verheiratete Frau braucht alles Verständnis, das sie bekommen kann, und wenn er zufällig gerade einen Seitensprung macht, wird sie ebenfalls Hilfe nötig haben. Wie ich festgestellt habe, ist eine geteilte Diät nicht unbedingt eine halbe Diät, aber man ist auf dem gleichen Ausdauertrip, und das ist ungefähr so, als wäre man von derselben Bombe getroffen worden. Das schafft sofort eine Gemeinsamkeit. Also sagte ich wie aus der Pistole geschossen: «Meiner auch! Das heißt, jedenfalls die meiste Zeit. Ab und zu sündigen wir aber mit Würstchen ...»

Sie sagte: «*Ich* mache keine Diät», es klang ziemlich abwehrend, als habe sie das Thema satt. Bewundernd sagte ich: «Sie haben es auch nicht nötig, wie man sieht. Ich brauch es auch nicht, weil ich nervös bin.» Wie allgemein bekannt, leiden nervöse Leute nie an Übergewicht. Das ist einfacher, als Kalorien zu zählen.

Ich fand, wir bräuchten ein konkreteres Gesprächsthema, und sagte, ich würde ihren Mann abends anrufen. Ich würde ihn nur kurz aufhalten, versicherte ich ihr und wandte mich zum Gehen. Gemessen sagte sie: «Ich nehme an, es ist geschäftlich?» Es klang feindselig, als hätte sie den entgegengesetzten Verdacht, so daß ich stehenblieb. Mir wurde klar, daß meine Haare zu rötlich waren, weil ich viel zuviel Henna genommen hatte. Ich hatte gedacht, es würde mich hinreißend rotblond machen, aber jetzt sah es aus, als sei meine Kopfhaut rot geworden oder als sei ich ein schwerwiegender Fall von Herpes. Vielleicht dachte sie, ich sei ein Animiermädchen im Ruhestand, das nicht aufs Animieren verzichten könne. Vielleicht dachte sie, ich sei gekommen, um ihn zur vierten Abtreibung bei meinem Pekinesen oder Siamesen oder bei mir selbst zu überreden. Oder ich gehörte zu denen, die einen größeren Busen haben möchten. Was übrigens der Fall ist.

Ich kannte mal einen Zahnarzt, es ging ihm nicht allzu gut, der unerlaubte Abtreibungen aufgeben mußte, weil sie legalisiert und von der Kasse übernommen wurden, und deshalb anfing, nach Feierabend Busen und Nasen zu operieren. Er gab Silikonspritzen, um die Form und Größe aller erdenklichen Organe zu ändern, bei beiden Geschlechtern. Er wurde sehr beliebt und fuhr einen Mercedes und einen Mini mit getönten Fenstern, bis er einer Stripteasetänzerin begegnete, der es auch nicht allzu gut ging. Er verliebte sich in die phantastischen Formen, die er geschaffen hatte, wie Gainsborough, der einen Hang zu seinem Blauen Knaben entwickelte, und wurde rasend vor Eifersucht auf alles, was sie damit tat. Er erschoß sich später, aber sie bekam es nicht mehr mit, weil sie eine Überdosis genommen hatte, als ein Ölscheich ihr einen Job als Vortänzerin in seinem Harem in Aussicht stellte, falls sie ein bißchen abspecke, denn er stand auf knabenhafte Formen. Wenn ich richtig darüber nachdenke, komme ich zu dem Schluß, daß ich die Geschichte auf dem Flug von Holland im Magazin der Luftfahrtgesellschaft gelesen habe. Sie lenken einen oft mit den verrücktesten Sachen von den berühmten losen Tragflächen oder den lauernden Terroristen ab. Aber das wirkliche Leben ist nicht viel anders. Ich kannte zum Beispiel ein Mädchen, das Mistletoe hieß und auf Kassenkosten einen größeren Busen und eine kleinere Nase haben wollte. Der Schönheitschirurg hatte jedoch so viel um die Ohren, daß er ihr Formular nicht richtig las und die Teile verwechselte. Aber sie kommt jetzt ganz gut mit komischen Rollen in Fernsehserien zurecht.

«Geschäftlich?» echote ich. «Natürlich ist es geschäftlich, für beide Seiten!» Und fügte hinzu: «Wollen wir wetten?» Ich vermasselte mir die Sache immer mehr.

«Nun gut, ich könnte ihm etwas ausrichten, oder möchten Sie hereinkommen und es mit *mir* besprechen?» Ich konnte nicht entscheiden, ob es drohend oder nur interessiert klang. Oder aber gelangweilt. Tierarztfrauen haben oft Langeweile und nicht einmal Freundinnen. Wer will schon Tee trinken, wenn unten ein Siamese plärrt? Petits Fours üben keinen großen Reiz aus, wenn jemand eine Flasche mit einer Tinktur für *«Pferde»* neben dem Schaubild des Schweineinneren auf dem Sofatisch stehengelassen hat.

Im Haus war es überraschend still. Kein Plärren oder Jaulen. Eine weiße Perserkatze glitt lautlos über das Treppengeländer und verschwand. Zwei makellos gepflegte Lhasa Apsos mit dunklen Augen und orientalisch undurchdringlichem Gesichtsausdruck lagen zusammengerollt auf einem Korbsessel und genossen die Sonne, die durch einen verglasten Anbau, wo früher vielleicht eine Küche gewesen war, ins Zimmer fiel. Ein Stereogerät spielte Musik. Duft von Jasmin. Die Tür zu einem kleinen Büro stand offen, und es machte trotz des üblichen geschäftigen Drumherums ebenfalls einen ordentlichen Eindruck. Man sah einen Schreibtisch mit ein paar sauber zusammengeklammerten Schriftstücken, aber das war nur psychologisch. In der Ecke stand natürlich ein Rollsekretär. Jeder Tierarzt, der seine Liquidation wert ist, beweist das sogleich, indem er einen Rollsekretär kauft und eine Flasche Ercol daraufstellt. Dann kann er die Füße beruhigt auf *‹Das Jersey-Rind›* Band 1–5 legen und *Penthouse* lesen.

Wir saßen in dem sonnigen Anbau, wo ein Tablett mit Kaffee stand, als hätte sie jemanden erwartet. Ihre Tasse war voll, und sie schenkte mir aus einer hübschen grauen Kanne ein. Sie sagte, sie stelle immer eine Extratasse bereit, aber sie verschwieg, für wen sie bereitstand. Sie zeigte auf einen Teller mit Keksen aus dem Supermarkt. Wenigstens kann sie nicht backen, dachte ich froh und erleichtert, einen Sprung im Lack gefunden zu haben. Ich hatte den Nuts-Riegel entzweigebrochen, bot ihr ein Stück an und versuchte, eine Atmosphäre von Ehefrauen unter sich herzustellen, indem ich gleichzeitig herzhaft vom anderen Stück abbiß (womit ich auch demonstrierte, daß ich sie nicht vergiften wollte, um an den Drogenschrank ranzukommen). Wir hätten sofort Freundinnen sein können, und ich hätte mir ihren Beistand sichern können, um Dr. Hebgraben für mich einzunehmen; denn ein Tierarzt in der Familie ist für jeden wichtig, der mit Hunden zu tun hat. Aber in diesem Augenblick suchte sich ein kleiner Nußsplitter meinen verwundbaren Zahn aus. Den mit dem Loch. Zuzubeißen war plötzlich eine unaussprechliche Qual, die mir die Tränen in die Augen trieb. Ich saß mit offenem Mund und triefenden Augen da, wie ein Spaniel.

«Leider habe ich nicht viel Zeit», sagte sie. Hastig trank ich ein bißchen Kaffee und bemühte mich zu verhindern, daß er mir das Kinn hinunterlief, während ich auf den Nußsplitter zielte. Ich konnte schließlich nicht laut gurgeln. Ich schätzte, auch meine Zeit wäre begrenzt, wenn ich die Nuß nicht aus dem Zahn bekäme. Ob Bluthunde wohl Löcher in den Zähnen haben? Es würde ihren flehenden Blick und den Geifer erklären. Ich fragte mich, was sie so dringend zu tun haben mochte. Vielleicht hatte sie einen Kuchen im Ofen oder eine Schwiegermutter im Bad. Tierarztfrauen haben selten ungeduldige Liebhaber unter der Decke, weil Liebhaber beim Geruch von Äther und Strahlfäule garantiert Reißaus nehmen. Er setzt sich nämlich nicht nur im Bettzeug, sondern auch in Oberhemden fest. Ich hörte mal von einem, der sagte, er habe mehr Angst vor Tollwut als vor einem Baby.

«Ich werde Sie nicht lange aufhalten», versprach ich ihr, und es klang komisch, weil mein Mund offenstand, um jeden Druck von der Nuß fernzuhalten. «Ich wollte nur kurz über die Pension sprechen.»

«Wir haben nicht vor, in Pension zu gehen», sagte sie, wieder sehr spitz. «Oder meinen Sie eine andere Pension?»

«Nein, nein», rief ich, «ich bin dabei, eine Hundepension aufzumachen, zwei Kilometer weiter an der Schnellstraße. Früher hat dort jemand, ‹langhaarige Biester› gezüchtet, wie der Postbote sagt. Ihr Mann kennt es bestimmt. Ich möchte, daß er regelmäßig zu mir kommt. Ich hoffe, wir finden eine Einigung, die für beide Seiten akzeptabel ist ...» Ich meinte natürlich Mengenrabatt, aber so umschrieben klang es besser.

«Er würde es bestimmt sehr gern tun», sagte sie sarkastisch.

Verzweifelt fuhr ich fort: «Ich lasse nicht decken, noch nicht. Ich dachte, dabei könnte er mir vielleicht in der Nachsaison helfen, wenn ich mehr Zeit habe.» Jetzt lachte sie. Vermutlich hatte ich mich etwas mißverständlich ausgedrückt.

«Er wird sich freuen, daß Sie gekommen sind und Hilfe brauchen. Was Decken betrifft, ist er sehr kompetent», sagte sie. «Er ist Ingenieur und sehr männlich. Der Tierarzt bin ich.»

Sie hieß Henrietta, aber alle nannten sie Hetty. Sie hatte auch viel Sinn für Humor. Sie nahm das Nuts-Stück an und borgte mir einen Zahnstocher. Sie war eine Instant-Freundin, die Art, wo man Lachen hinzufügt und kurz umrührt. Sie war meine erste Freundin in der Gegend und lange Zeit meine einzige. Es war wie Liebe auf den ersten Blick, nur ein bißchen dauerhafter.

Ohne Hetty, die durch Zufall gefundene, hätte ich bestimmt nur eine weitere Pleite zustande gebracht.

4

Es war Frühsommer. Wie die Vögel polsterten wir unsere Nester gewöhnlich im Frühling, und wie jede Henne, war ich dann diejenige, die daheim blieb und mich um die Eier kümmerte. Man kommt letztlich doch nicht von der Natur los. Diesmal war das Nest ein viel zu großes altes Haus aus Backstein und Schiefer, mit Nebengebäuden, einem Erker, einem Grenzgraben und einem unkrautüberwucherten Tennisplatz. Die Vorbesitzer hatten den Charme des 19. Jahrhunderts schließlich gegen den Komfort des 20. Jahrhunderts eingetauscht und waren auf eine Insel gezogen. Das Haus hatte einige Jahre leergestanden, und kein Mensch hatte mehr daran gedacht, bis ein cleverer junger Hausmakler es als Fußnote auf einer Liste hoffnungsloser Angebote entdeckte und es uns vorschlug, als wir nach etwas fragten, das keiner haben wollte.

Die Schnellstraße machte es für andere indiskutabel, aber für mich um so attraktiver. Ringsum lagen Felder in allen Farben, geformt wie Puzzlestücke. In diesem Teil der Grafschaft hatten die Hecken bleiben dürfen, sie schlängelten sich in bizarren Windungen durch die Gegend und leuchteten in den Farben des Frühlings. Das Grundstück lag zu einsam und abgelegen für eine Frau, die allein wohnte, doch eine Frau, deren Mann im Krankenhaus ist, kann selten große Ansprüche stellen. Und wenn ich vor dem Haus stand und über das weite Land blickte, war es immer die Autostraße, die mich am meisten tröstete und faszinierte.

Frühmorgens, mit einer sicheren Nacht hinter mir, duftendem Kaffee, den Zeitungen, Toast und dem Radio vor mir, gab es keinen anderen Ort der Welt, an dem ich lieber gewesen wäre. «Zähle deinen Kredit», pflegte meine Mutter zu sagen, als gute Wünsche aus der Mode kamen, und auf Kredit war ich gebettet wie auf einem sechsstelligen Kontoauszug. Natürlich hatte ich auf der Sollseite zuviel zu tun, und niemanden, der mir zuhörte, wenn ich es sagte.

Ich leide unter meinem Geselligkeitstrieb wie andere Leute unter Zahngeschwüren. Ich genieße es, im Mittelpunkt einer Party zu stehen, ich freue mich darauf, durch ein Zimmer voller fremder Leute zu gehen; ich habe dann immer das Gefühl, in eine Tüte mit einer bunten Bonbonmischung zu langen. Ich finde Schlangen an der Bushaltestelle herrlich, ich liebe den Schlußverkauf bei Harrods und das herrliche Gewühl auf Rummelplätzen am Wochenende. Warum also nun die offene Weite? Wir müssen fast alle Kompromisse machen. Dies war meiner.

Ich hatte einen Mann, der sich nichts Schöneres vorstellen konnte, als in entlegenen Wäldern über schmutzige Wurzeln zu stolpern. Ich hatte mal ein Pferd, das ich adoptierte, weil die Hundefutterfabrik beunruhigend nahe war. Außerdem habe ich eine Sammlung: unzählige Möbelstücke, Kunstgegenstände (Nichteingeweihte nannten es Trödel), viktorianische Gemälde, für die selbst die größten Wände zu klein waren, Kaminvorsetzer aus Messing und sogar so absurde Dinge wie eine Sänfte, eine fünf Meter lange Krokodilhaut und die verschiedensten herrschaftlichen Pfostenbetten.

Ich konnte keine Auktion versäumen und an keinem Ramschladen vorbeigehen, und ich war das ideale Opfer für Leute, die teure und nutzlose Dinge an den Mann bringen wollten. Ich sammelte alte Bücher wie andere Leute Alkohol trinken müssen. Am Anfang waren es Viktoriana gewesen, aber mehr konnte ich mir damals nicht leisten, und da wir in den riesigen Mausoleen, die schon damals kein Mensch außer uns gewollt hatte (nur Narren waren bereit, die eisigen Korridore und aberwitzigen Reparaturkosten auf sich zu nehmen), genug Platz für meine Irrtümer hatten, blieben meine seltsamen Launen und eingestandenen Fehlkäufe bei uns und wurden schließlich Antiquitäten, was jedermann verblüffte. Wir schleppten sie bei jedem Umzug mit und erstanden unterwegs noch was dazu, trennten uns aber von nichts, und jedesmal, wenn mein Mann beruflich in einen anderen Ort ziehen mußte, suchten wir uns eine Bleibe, die noch größer war als die vorige, denn die ständig wachsende Sammlung siegte über alle praktischen Erwägungen. Ich würde wohl nie ein Haus besitzen, das billig im Unterhalt war.

Bustle, die Sealyham-Dame, war in der ersten Nacht schrecklich unruhig. Aus irgendeinem nervös bedingten Protest kaute sie sich förmlich durch den Schirm der Lampe auf meinem Nachttisch. Als ich aufwachte, lagen seine Fetzen auf meinem Kopfkissen. Zuerst dachte ich, die Decke sei eingestürzt. Bella hatte daran gedacht, die Filzmaus mitzubringen, mit der Bustle zu Hause ins Bett ging, und als ich dann noch ein- oder zweimal aufwachte, hatte ich den Eindruck, Bustle knabbere an ihrem Schwanz, nicht an den Fransen. Gegen Morgen hatte sie jedoch eine Ecke der Daunendecke in Besitz genommen, an ihren Schnauzhaaren hing noch ein dunkelrotes Fransenende, und sie schlief den Schlaf der Gerechten. Sie trank morgens auch gern eine Untertasse Tee. Ich erfüllte ihr den Wunsch und entschuldigte meine Nachgiebigkeit damit, es sei ein fabelhafter Werbegag für meine nächste Anzeige.

Die Annonce sollte zuerst in unserer Ortszeitung und dann in mehreren anderen Blättern erscheinen, die zum selben Anzeigenverbund gehörten. Die Tage dazwischen würde ich damit verbringen, eine Geschäftsatmosphäre zu schaffen und ein paar häusliche Akzente zu setzen. Zunächst brauchte ich ein Büro.

Beim Frühstück rief Marsha an. «Schatz», gurrte sie ins Telefon, «ich hab gestern nacht dauernd an dich denken müssen.»

Ich war gerührt. Unter ihrer augenscheinlichen Egozentrik ist Marsha eigentlich richtig süß.

«Es ist furchtbar heiß in London», fuhr sie fort. «Was würdest du dazu sagen, wenn ich dir die Fraction hochbrächte, Schatz? Ich habe Krach mit den Mietern unter mir bekommen. Sie sagen, die Geigen ängstigen das Aupair-Mädchen zu Tode. Oben bei dir würde kein Mensch die Jungs hören, und wir könnten dir eine oder zwei Wochen Gesellschaft leisten.»

Ich würde sie allerdings hören. Was schlimmer war, sie würde voraussetzen, daß ich alle bekochte und bewunderte und mit den grundlegenden Dingen versorgte, besonders mit meiner nicht nachlassenden Aufmerksamkeit.

Langatmige Entschuldigungen waren unangebracht. Ich sagte nur: «Tut mir leid, Marsha. Es geht *wirklich* nicht.» Sie sagte, sie verstehe mich *ganz und gar*. Mir ginge es sicherlich ganz toll, und sie würde sich wieder melden. Ich glaube, sie dachte, ich hätte schon jemanden bei mir. Für Marsha gab es nur eines auf der Welt – Männer.

Ich kehrte zum Büroproblem zurück. Mein Büro richte ich gewöhnlich zwischen Herd und Kühlschrank ein, je nach Laune und Wetterbedingungen. Ich flegel mich gern auf einen breiten Küchentisch, wärme die Füße auf einem wuscheligen Hund und greife nach dem Teekessel. Ich brauche die Gewißheit, daß eine Ecke Käse oder ein paar Brösel Cornedbeef in Reichweite sind, wenn ich Ablenkung nötig habe. Wenn ein Haus bequem und gemütlich sein soll, braucht es nichts als eine riesige Küche, eine weiträumige Diele, um Eindringlinge zurückzuschlagen, und ein wundervoll romantisches Schlafzimmer, um Besetzer zu ermutigen. Ich beschloß, diese drei Zonen als erstes in Angriff zu nehmen und alles andere auf später zu verschieben – wenn und falls ich Zeit hatte, etwas davon zu erledigen.

Abends und morgens rief ich pflichtschuldigst im Krankenhaus an. Dem Patienten ging es immer «gut» (was ich von mir nicht sagen konnte), und ich legte nicht eher auf, bis ich ihm plausibel gemacht hatte, warum ich ihn unmöglich besuchen konnte.

Ich faßte den Entschluß, nach dem Mittagessen in die Stadt zu fahren. Bustle hielt gern ein Nickerchen. Sie begriff, sobald ich ihr die arme Maus reichte. Sie nahm sie zwischen die Zähne und sprang auf die Daunendecke. Meine eigenen Hunde blieben ganz gern zu Hause und bewachten es. Wenn ich sagte, ich müsse allein ausgehen, ließen sie sich an strategischen Punkten nieder und spitzten die Ohren, um vor drohenden Begegnungen der dritten Art auf der Hut zu sein. Ich lobte ihre enorme Wachsamkeit, worauf sie prompt einschliefen.

Ich mußte meinen Kunden guten Gewissens versichern können, daß alle Gäste täglich gutes, frisches Fleisch bekommen würden – schon weil Dosenfutter bei den vielen Hunden, mit denen ich zum Sommer fest rechnete, ein Vermögen kosten würde.

Ich kaufte einen Karton mit unerwünschten Endstükken von diesem und jenem, Ringelschwänze und dergleichen, und einen anderen Karton mit Schweinsköpfen, die glücklich aus dem offenen Kofferraum herauslugten. Darunter lagen verschiedene Ohren und ein paar ziemlich eifrige Füße. Für einen festen und erschwinglichen Preis überredete ich den Supermarkt zu einer wöchentlichen Lieferung von Sachen, die keine anständige Hausfrau kaufen würde.

Als ich heimkam, saß ein kleiner Junge auf dem Zaun am Tor. Ich sagte «Hallo» und hielt neben ihm. Er trug gutgeschnittene Designerjeans und ein enges T-Shirt, aber keine Schuhe. Seine Haare waren popperig, nicht punkig. Internat. Alles an ihm roch nach Privatschule. Ich will mich jetzt nicht streiten, ob das gut oder schlecht, ich sage nur, es ist ein bißchen angenehmer als Gesamtschule, und meinetwegen könnt ihr Maggie zu mir sagen. Er rutschte vom Zaun und sagte «Hallo», und wir lächelten beide. Dann fügte er hinzu: «Das ist Lady.»

Lady war ein Hund undefinierbarer Rasse, aber sie hatte ein Fell, das jeder Jak für sonntags in den Schrank gehängt hätte. Es war schwer zu sehen, wo vorn und hinten war, doch als ich sagte «Hi, Lady!», wackelte das hintere Ende so begeistert, daß ich für einen Sekundenbruchteil braune Augen und eine feuchte Nase in meiner unmittelbaren Nähe glänzen sah. Als das Pelzgestöber sich gesetzt hatte und wieder wie eine Luxusbürste zum Autowaschen aussah, sagte ich: «Sie ist Spitze.»

Das meinte ich auch so. Lady war einer von den Hunden, die in Begleitung pummeliger Kinder und berückender Fotomodelle auf Karikaturen und Kalendern, auf Puzzlespielen und Pralinenschachteln vorkommen. Aber in erster Linie war Lady sicherlich ein Hund, der ein Dutzend gute Eigenschaften von doppelt so vielen verschiedenrassigen Ahnen geerbt hatte. Ich denke oft, daß Menschen immer die schlimmsten Seiten ihrer Vorfahren mitbekommen, Hunde dagegen die besten.

Ich beugte mich aus dem Seitenfenster. «Und du?» fragte ich. Der Junge sagte: «Mein Name ist Adam Adair» und streckte eine kleine saubere Hand aus. Wir begrüßten uns, dann öffnete ich die Beifahrertür, und sie stiegen ein. Lady blieb am Boden sitzen, ohne auch nur den Versuch zu machen, auf den Sitz zu springen, ein Gehorsam, den ich absolut umwerfend fand. Als wir zum Haus fuhren, sagte Adam herzzerreißend direkt: «Würden Sie sich bitte um Lady kümmern, wenn ich wieder zur Schule muß?»

Bis zu den nächsten Ferien waren es zwölf Wochen. Das ist regelmäßiges Geld, dachte ich freudig erregt, aber dann fragte ich mich, warum der Junge gekommen war und nicht die Mutter. Im Geschäftsleben sind es solche Kleinigkeiten, die Zweifel beim erfolgreichen Magnaten wekken.

«Wir können darüber reden, während wir ein bißchen was knabbern», schlug ich vor. Bei Kindern beweist man seine Gastfreundschaft nicht mit Drinks. Man bietet ihnen vielmehr Chips mit Speckgeschmack oder Schokoflips an. Sogar meine eigenen Kinder stöbern in den Hängeschränken herum, wenn sie aus irgendeinem fernen Hilton zu uns kommen, obgleich sie uns vor langer Zeit verlassen haben, um sich dem Martini-Set anzuschließen. Aber vielleicht würden sie den Weinkeller heimsuchen, wenn wir einen hätten.

Als wir mit einigen Marmeladetörtchen und Pudding-Crackern wieder in der Sonne waren, sagte ich: «Also ... möchtest du, daß ich Lady die ganze Zeit behalte, während du in der Schule bist?»

Er nickte. Dann sagte er zögernd: «Es ist wegen Mami.» Er verstummte, und ich wartete. Dann brach es aus ihm hervor, die ganze angestaute Angst. «Wissen Sie, sie muß dauernd gebürstet werden, und zu Hause hat niemand Zeit. Ihre Haare werden schrecklich zottelig und verfilzt.» Er blickte flehend zu mir hoch. Ich mußte mir ins Gedächtnis zurückrufen, daß er den Hund meinte, nicht die Mutter. Sie schien sowieso längst nicht so einnehmend zu sein wie Lady. «Sie würde auch am liebsten den Hörer abnehmen, wenn das Telefon klingelt, und vor dem Abendessen läuft sie dreimal um den Fischteich und ihr Frolic herum. Sie hat Angst vor Gewittern und vor Mr. Hollingbury und vor Leuten, die niesen.» Er hielt inne, und wir starrten Lady beide respektvoll an. Sie wandte den Kopf bescheiden ab, als wolle sie um Entschuldigung bitten. Ich hatte selten erlebt, daß jemand so feinfühlig und sensibel war.

«Hat Mami denn erlaubt, daß du Lady herbringst?»

«Äh, nein, noch nicht. Ich dachte, es ist besser, wenn

ich *Sie* frage, was Sie davon halten, ehe ich sie darum bitte. Aber sie sagt in einer Tour, Lady sei ein Nagel zu ihrem Sarg, und deshalb habe ich gedacht, sie wird bestimmt nichts dagegen haben.»

«Was Mr. Hollingbury und niesende Leute betrifft, kann ich für nichts garantieren», warnte ich ihn. «Aber ich werde natürlich an all das denken, und ich werde sie beruhigen, wenn es donnert. Sie darf auch jedesmal abnehmen, wenn das Telefon klingelt. Ich wäre sogar dankbar. Wenn sie um den Fischteich laufen will, hab ich nichts dagegen, obgleich im Moment nicht viel Wasser drin ist, von Fischen ganz zu schweigen. Aber alles andere werde ich schon regeln.»

«Danke! Danke! Ich glaube, wenn sie woanders ist, wird sie alles das vielleicht gar nicht brauchen. Vielleicht mag sie dann sogar Gewitter und Niesen. Mr. Hollingbury natürlich nicht, aber es wäre alles neu für sie, meine ich. Vielleicht hat sie nur deshalb Angst vor Gewittern, weil Mami diesen Wutanfall gekriegt hat oder weil Mr. Hollingbury ihr einen Tritt gegeben hat oder ...» Er verstummte, weil ihm klarwurde, daß er zu weitgehen könnte.

«Das kann sein», stimmte ich zu, «und Frolic kann sie bei mir auch bekommen.» Er sah mich an, seine angstvollen Augen waren eine einzige Bitte: ihn von all den Sorgen zu befreien, die seinen kleinen Kopf zu sprengen drohten.

«Ich würde sie sehr gern nehmen», versicherte ich ihm herzlich und brachte den Magnaten zum Schweigen, der sich zu Wort melden wollte. «Ich verspreche auch, daß ich gut für sie sorgen werde. Ich würde sie bürsten, und sie hätte es bestimmt gut. Aber zuerst müssen wir natürlich deine Eltern um Erlaubnis fragen.»

«Denen ist es bestimmt egal.» Er schüttelte den Kopf. «Mami mag sie sowieso nicht, und Daddy lebt in Frankreich.»

Ich wunderte mich, daß jemand Lady nicht mögen konnte. Sie saß neben den Pudding-Crackern und leckte sich nicht einmal die Lefzen. Ich gab ihr mein halbes Marmeladetörtchen, und sie krümelte kein bißchen. Ich sagte vorsichtig: «Verstehst du, es könnte ziemlich teuer werden.» Ich mußte es sagen. Mami brauchte ohnehin eine Rückzugsmöglichkeit.

«Das geht schon in Ordnung», sagte Adam eifrig. «Ich kriege fünfzig Pence Taschengeld die Woche, wenn ich in der Schule bin, und das können Sie alles haben. Und außerdem habe ich zwei Pfund von meinem Feriengeld gespart, und die können Sie auch haben.» Ich schob seine Hand zurück in seine Tasche.

«Sieh mal», sagte ich und hatte keine Ahnung, wie ich erklären sollte, daß 50 Pence ein Tropfen in den Hundenapf war, «reden wir zuerst mal mit Mami. Gib mir eure Nummer, und ich rufe sie an. Wenn Lady morgen früh das Telefon hört, kann sie meinetwegen ruhig abnehmen.»

Ich meinte es als kleinen Scherz, aber das Problem war zu überwältigend, um ins Lächerliche gezogen zu werden. «Ich versuche wirklich, es ihr abzugewöhnen. Im Ernst. Mami wird immer schrecklich böse. Sie hat mal mit einem Reitstiefel nach ihr geworfen, und er traf sie über dem Auge.» Mit dem dicken Fell hat sie es bestimmt ganz gut verkraftet, dachte ich, aber ich konnte sehen, daß es dem Jungen um so weher getan hatte.

Wir saßen da und redeten von der Schule und Lady und seinen Ferien und ihren Krallen, die sich zu sehr krümmten, wenn sie länger wurden, so daß man auf sie achten müsse. Ich war gerade nicht ganz bei der Sache gewesen und hatte «Waschen» verstanden und schlug allen Ernstes vor, die Krallen regelmäßig mit einer Nagelbürste zu bearbeiten. Adam sagte: «Achten, nicht waschen», und langsam breitete sich ein Lächeln, das erste, seit er da war, über sein ganzes Gesicht aus. Danach waren wir nicht mehr so ernst und lachten viel.

Mami schien oft fort zu sein. Daddy kam selten aus Frankreich zu Besuch. Adam machte all das nichts aus, weil er es zu Hause leichter hatte, wenn nur Großmutter und Mrs. Hollingbury da waren. Großmutter blieb die meiste Zeit auf ihrem Zimmer, und Mrs. Hollingbury duldete Lady weder in der Küche noch im Eßzimmer oder Wohnzimmer und oben schon gar nicht, aber Adam brachte es immer irgendwie fertig, sie im letzten Moment außer Sichtweite der Haushälterin in sein Zimmer zu bugsieren. Er sagte, er habe eine gewisse Meisterschaft darin entwickelt, in die leere Hundehütte zu sprechen, wo Lady eigentlich schlafen sollte, wenn sie in Wahrheit oben in seinem Zimmer war und wohlig in der Sonne döste. Sie liefen viel zusammen herum. Er berichtete, Lady verstehe so ungefähr alles, was er zu ihr sage. Ich zweifelte kein bißchen daran.

Ich sagte, ich müsse ein paar Schweinsköpfe aus dem Auto laden und betrachte es nicht gerade als Vergnügen. Adam meinte, er würde mir gern helfen. Ich sagte, man könne sich einfach nicht vorstellen, daß sie etwas mit echten, molligen, alten Schweinen zu tun hätten, oder? Er fand, es sei wie bei toten Menschen – wie bei seinem Großvater. Als die Oma zu ihnen gezogen sei, hätten sie ihm gesagt, Großvater sei gestorben, doch der Großvater, den er kannte, konnte Monopoli spielen und die elektrische Autorennbahn reparieren und dann wieder kaputtmachen und allen zeigen, wie gut er damit umgehen konnte. Menschen seien lebende Dinge, oder? Wie Schweine.

Wir beluden die Schubkarre mit dem Wochenvorrat. Ich zählte und stellte fest, daß es zehn Köpfe und unzählige Einzelteile waren. Ich fragte mich, was um alles in der Welt ich machen sollte, wenn ich nicht genug Gäste für all die Schweinediners bekäme, die ich von nun an kochen würde. Mein Gott, dachte ich, kochen! Wie bereitet man einen Schweinekopf zu, wenn nicht im Bratofen mit einer Orangenscheibe in der Schnauze und einer Krause um den Hals? Ich war plötzlich so ernüchtert, daß ich ganz still wurde. Ich dachte immer wieder: O Adam, wir haben beide ganz schöne Probleme. Doch Adam bedankte sich und sagte, mittags sei die beste Zeit, um mit Mami zu reden. Dann ging er.

Ich machte mir einen Becher Kaffee zu den übriggebliebenen Marmeladetörtchen und ließ es mein Mittagessen sein. Dann fuhr ich zum Dorfladen hoch. Morgen würde die Anzeige erscheinen und das Telefon nicht aufhören zu klingeln, und die Ferienhunde würden Schlange stehen, um eine schöne Zeit bei mir zu verbringen – und den ganzen Sommer über das Haus mit Beschlag zu belegen. Heute mußte ich also alles organisieren und mir den Beistand der Einheimischen sichern.

Das Dorf war sechs Kilometer entfernt. Es hatte weder Strohdachhäuser noch einen grünen Platz in der Mitte. Nur eine Reihe kleiner Häuser auf beiden Seiten der schmalen Straße. Einige waren alt, die anderen neu. Es begann mit einer Autowerkstatt samt Zapfsäulen und endete mit der Grundschule samt Pfadfinderhütte. Die Kirche stand auf halbem Weg vornehm abseits an einem leichten Hang und hatte hinten einen nackten Friedhof. Sechs Häuser, die die Gemeinde für sozial Schwache gebaut hatte, trugen den unvermeidlichen Stempel der Wohlfahrt, der den Armenhäusern früherer Zeiten soviel Charme verliehen hat. Man hatte ihnen Maschendrahtzäune bewilligt; eine grausame Erinnerung an Amtsgewalt und beschränkte Freiheit.

Der Dorfladen befand sich neben der Schule und hatte ein schaukelndes Schild an einer Stange, auf dem *«Walls»* stand. Jemand, der – vielleicht nach der Polizeistunde – aus dem Pub gegenüber gekommen war, hatte mit roter

Farbe ein großes «B» über das «W» gemalt. In die Mauer war ein Briefkasten eingelassen, und an der Bushaltestelle gab es eine Telefonzelle. Der Bus fuhr zweimal die Woche und im Sommer zusätzlich sonnabends und sonntags. Es war eigentlich ein ganz hübsches, durchschnittliches englisches Dorf, schlicht, zurückhaltend und ruhig.

Über der Ladentür stand in sehr kleinen Buchstaben der Name der Besitzerinnen, «Misses Priddle». Das einzige Zeichen von Tradition waren die neu eingesetzten runden Erkerfenster, und die rosa Grundierung unter dem einen ließ sofort an züchtige Unterwäsche denken. Dorfläden haben selten einen Namen, obgleich ich einmal einen gesehen habe, der «Nancys Speisekammer» hieß. Das junge Paar, das ihn übernahm, fand die Bezeichnung fehl am Platze und änderte «Speisekammer» in «Einkaufsparadies». Ob die Dorfbewohner das angemessener fanden, entzieht sich meiner Kenntnis.

Zögernd ging ich hinein. Hinter dem Tresen standen zwei Damen, davor drei. Eine wartete darauf, bedient zu werden, eine andere stapelte Brot, Konserven und Kekse in einen Drahtkorb, und ein kleines Mädchen verwandelte den Süßigkeitsständer in ein Schlachtfeld. Die dritte Frau zahlte und wandte sich zum Gehen. Als sie mich sah, blieb sie stehen und fing an, die neuen Zeitschriften in einem Ständer durchzublättern. Sie spitzte die Ohren. Ich nahm einen Drahtkorb und zwängte mich zwischen den Regalen durch. Ich mußte daran denken, was für eine wichtige Rolle Draht in unserem Leben spielt – Zäune, Körbe und Stacheldraht. Alles ungemein praktisch, nützlich und kalt.

Ich wußte, daß ich sie alle auf irgendeine seltsame Weise befangen machte. Ich war die unwillkommene Zuschauerin einer sehr privaten Szenerie. Ebensogut hätte ich in eine Orgie platzen können. Als das Mädchen bedient worden war und die Frau ihre Sachen eingepackt hatte, unterbrach ich die unbehagliche Stille und stellte mich vor. Die Dame bei den Zeitschriften, die mich wie eine neugierige Schildkröte beäugte, ging einen Schritt weiter zu den Geburtstagskarten.

«Ich eröffne ein Hundehotel bei den ‹Stechpalmen›», sagte ich, setzte das gute alte Lächeln Nr. 6 auf und schob den Korb mit meinen Einkäufen zur Kasse. «Wenn Sie zufällig hören, daß jemand eine Unterkunft sucht, wo er seinen Hund in den Ferien lassen kann, wäre ich Ihnen sehr dankbar, wenn Sie mir Bescheid sagten. Ich lasse Ihnen meine Telefonnummer da. Und wenn meine Karten gedruckt sind, könnte ich Ihnen auch ein paar davon dalassen.» Die eine Miss Priddle betätigte den Wurstschneider sehr, sehr langsam, während sie mir zuhörte. Die andere fing an, meine Sachen einzutippen. Ich fuhr fort: «Übrigens, liefern Sie auch frei Haus?»

Ich war sicher, daß sie es nicht taten, aber ich mußte fragen, um zu zeigen, daß beide Seiten einen Vorteil von dem Geschäft hätten. Ich dachte, wenn sie zugeben müßten, daß sie nicht lieferten, wäre ich diejenige, die zuletzt lacht, und ich würde meine Karten mit gutem Gewissen dalassen können, um anschließend zum Supermarkt zu fahren, der viel billiger war.

Aber die größere, grauhaarige Miss Priddle hielt mitten beim Eintippen inne und sagte wie aus der Pistole geschossen: «Selbstverständlich liefern wir. Oben bei Ihnen dienstags», und fuhr fort, das Toilettenpapier und Reismehl in meinem Drahtkorb zu berechnen.

Ich bekam einen Schreck. Ich sagte: «Ist ja toll» und «super», wie ein Viertkläßler, der einen neuen Fußball bekommen hat. Dann wurde mir plötzlich klar, daß ich die Wahrheit sagte, denn trotz der Dorfladenpreise wäre es billiger und bequemer, als in die Stadt zu fahren. Selbst wenn ich die Hunde allein lassen könnte, was nicht der Fall war, mußte ich mich vor städtischen Versuchungen hüten, was zweifellos leichter war, wenn ich zu Hause bliebe. Bei 50 Pence täglich für große Hunde und 30 Pence für kleine würde ich kaum den Kapitalistentraum vom Marktführer wahrmachen. Ich konnte höchstens mit zwei T-Shirts im Jahr und dicken Socken für den Winter rechnen, und alles, was auch nur ein bißchen gewagter war, würde warten müssen, bis alle ausstehenden Rechnungen bezahlt waren und jemand anders wieder seinen Pflichten als Brötchenverdiener nachkam. Außerdem hatte ich schon beschlossen, das Auto für den Rest des Sommers stillzulegen, um Geld zu sparen.

Die kleinere Miss Priddle hatte eine goldene Waschtönung in ihren grauen Haaren, und mehrere Zähne paßten zu beidem. Sie sprachen astreines Englisch, nicht die Spur von Dialekt, und das machte mich nervös. Ich habe es gern, wenn Damen in Dorfläden «meine Beste» oder «Schatz» zu mir sagen und vor großen Gläsern mit bunten Bonbons hin und her huschen.

«Fabelhaft», fügte ich hinzu. Und dann: «Phantastisch.» Man hätte denken können, sie wollten mir ihren gesamten Ladenbestand schenken. Sie sahen mich neugierig an, als ich faselte: «Ein süßer kleiner Laden.» (Er war verchromt, verglast und abscheulich.) «Sicher eine Goldgrube.» Die Worte rutschten aus mir heraus, rollten den Hang hinunter, wurden immer schneller. Ich vergaß, daß sich Leute auf den Schlips getreten fühlen, wenn man ihnen zu einem Erfolg gratuliert, der lediglich finanzieller Natur ist.

«Vielleicht müssen wir dichtmachen», erklärte die goldige Priddle, die sich wie eine Rhodeländer-Henne an einem Schock Eier zu schaffen machte. «Wir kommen einfach nicht gegen all diese Greifzus und Vergißnichts an.» Ich hatte noch nie so umwerfende Variationen von Supermarktnamen gehört und starrte sie bewundernd an, doch sie verzog keine Miene. Ihr Schnabel war streng geschlossen. Also sagte ich: «Das wäre ein Jammer! Hoffentlich nicht so bald?»

«Wir warten ab, was der Sommer bringt», sagte sie dunkel. Ihre Schwester fügte hinzu: «Wir hoffen aber, ein Seniorenheim in Newhaven aufzumachen, wenn wir ein geeignetes Haus finden. Für die ruhigen Jahre.» Ich fragte mich, ob sie sich oder ihre Patienten meinte. «Wenn Sie zufällig etwas hören sollten ...?» Es war, wie wenn man Zeitschriften tauscht, nachdem man sie ausgelesen hat. *Playboy* für *Das aktuelle Strickmuster*. Jedem das Seine.

Ich fuhr mit dem Gefühl nach Hause, wenigstens einen Grundstock für mein Unternehmen gelegt zu haben. Schon zwei Kunden, wenn man Lady mitrechnen konnte. Die Anzeige würde morgen erscheinen, das Futterproblem war fürs erste gelöst, die Lebensmittel würden ins Haus gebracht werden. Jetzt konnte einfach nichts mehr schiefgehen.

Als jedoch die Sonne unterging, war mir plötzlich, als würde mir der Boden unter den Füßen weggezogen, und alle Zuversicht schwand. Draußen brach die Dunkelheit herein, und ich hatte das Gefühl, von Feindseligkeit umgeben zu sein. Wenn ich bloß eine menschliche Stimme in dem beängstigend leeren Haus gehört hätte. Ich brauchte unbedingt Trost. Fast unter Tränen rief ich im Krankenhaus an.

Die Stationsschwester war ungnädig wie immer. Sie wußte, daß es ein Ferngespräch war und sagte zwar: «Einen Augenblick bitte», stellte es zur Strafe aber nicht durch. Sie räumte wahrscheinlich gerade ihren Schreibtisch auf und feilte ein paar Fingernägel. Dann nahm sie wieder den Hörer und sagte ungeduldig: «Ja?» Ich sagte: «Guten Abend, Schwester. Wie geht es Ihnen?» Sie zischte: «Sagen Sie bitte, was Sie wollen!» Als ob ich es nicht bereits versuchte. Dann forderte sie mich auf, noch ein bißchen Geduld zu haben, als sei ich ein Patient, der die Frechheit besaß, noch kurz vor dem Ende ihrer Schicht zu sterben.

Sie sagte nie, wie es ihr ging, und gab nie eine direkte Antwort auf irgendeine Frage. Nachdem es sechs Minuten geklickt hatte und meine Telefonrechnung weiter hochgeschnellt war, drückte ich den Mund an die Muschel und schrie: *«Hüülfe!!!»*

«Warum?» sagte mein Mann verwirrt und fügte hinzu: «Ich sehe gerade das tolle Stück in BBC 2.» Er klang verletzt. Bestimmt war es sein Trommelfell.

Ich sagte: «Oh, tut mir leid», womit ich den Schrei meinte, und er sagte, wenn wir uns kurz faßten, würde er noch die Nacktszene mitbekommen, vor denen die Zeitungen empfindliche Gemüter gewarnt hatten. Bestimmt saßen alle Männer von der Inneren und der Chirurgie im Fernsehraum und warteten geduldig auf diesen Höhepunkt, sogar die schweren Fälle. Die Schwestern konnten sich ein bißchen von den Stechbecken, Rückenmassagen und Waschungen erholen.

«Nein, ich meine, es tut mir leid, daß ich geschrien habe, aber der Drache hat mich eine Ewigkeit hängenlassen.»

«Schon gut», beruhigte er mich. «Das ist die Blonde, die ein Auge auf einen Typen geworfen hatte, vielleicht haben sie auch was zusammen gebastelt und jetzt will er ...»

«Wie geht es dir?» fragte ich überflüssigerweise.

«Ganz gut, warum?» Die Frage schien ihn ebenso zu befremden wie die Schwester. Wirklich, dachte ich, man könnte meinen, die Leute kämen aus allen möglichen Gründen ins Krankenhaus, nur nicht weil sie krank sind. Warum reagieren alle bloß so empfindlich auf eine höfliche Frage, die man in der Leihbücherei dauernd stellt?

«Du würdest es sehr schnell erfahren, wenn es mir nicht gutginge», nörgelte er. «Sie wundern sich sowieso schon alle laut, warum du nie herkommst und dich selbst vergewisserst.» Und das, nachdem er wieder und wieder erklärt hatte, ihm sei es viel lieber, wenn ich in der Nähe seines silbernen Tauflöffels bliebe.

«Ich muß leider daran denken, wovon ich meine Brötchen kaufen soll», protestierte ich spitz. «Erzähl ihnen einfach, daß ich ganz allein einen Umzug bewerkstelligt und ein Geschäft aufgebaut habe, damit wir in unseren ruhigen Jahren nicht hungern müssen.» Er grunzte. Es war nicht gerade der zärtliche Austausch, den ich geplant hatte und so verzweifelt brauchte. Ich fragte mich, warum wir am Telefon immer wie mißtrauische Fremde waren.

«Schon gut, schon gut», brummte er. «Dieser Anruf wird die Rendite von zwei Jahren kosten. Wenn es was Neues gibt, sage ich sofort Bescheid. An deiner Stelle würde ich hier aber nicht zu oft anrufen. Sie sehen es nicht gern.» Gefühle, sagte ich mir, äußern sich bei den meisten Männern reichlich sonderbar. Wahrscheinlich kämpfte er gegen aufsteigende Tränen: der Kloß im Hals, der Stich im Herzen. Ein Sturm von Empfindungen unter der liebenswerten rauhen Schale.

Aber er verbaute sich den Ausweg, den ich ihm bereitet hatte. Seine Stimme erwärmte sich, doch nicht für mich. «Das blonde Gift verführt gerade den Kerl mit den Koteletten», sagte er aufgeregt. «Ich kann es durch die Glastür erkennen. Ich muß jetzt hin und sehen, was passiert.»

Ich hoffte, er meinte das Stück, denn falls diese Sachen auf der Station geschahen,5 war es kein Wunder, daß sie alle aus der Haut fuhren, wenn sie nach ihrem Wohlbefinden fragte.

Ich legte auf und ging wieder in die Küche. Die Hunde hatten alle ihre Nachtlager aufgesucht, außer Bustle, die oben darauf wartete, unter die Daunen zu krabbeln, wenn ich die Tagesdecke abgenommen hatte. Ich dachte daran, wie froh ich sein werde, wenn das Haus voll von Hundegebell und Pfoten und zotteligen Ohren wäre und von liebevollen braunen Augen, die liebevoll blieben. Hunde empfinden mehr wahre Liebe als alle Männer, dachte ich bitter. Und sie haben mehr Sinn für echte Prioritäten und Werte.

In der Gesellschaft meines eigenen Schweigens ging ich langsam zu Bett und erinnerte mich daran, daß ich keine Chance hatte, ein Bad zu nehmen, bis ich den Heizkessel anmachen konnte. Aber der Heizkessel konnte kaum angemacht werden, ehe etwas da war, das ihn erhitzte, und es würde erst etwas da sein, wenn ich in der Lage wäre, Kohlen zu bestellen.

Ich schluchzte vor Selbstmitleid einmal laut auf und zog mir die Decke über den Kopf, als könnte ich so der Wirklichkeit entfliehen. Im nächsten Moment ließ sich etwas Schweres an meinem Hals nieder. Ich rutschte ein paar Zentimeter zur Seite, und eine Zunge berührte mein Ohr. Ich war nicht allein, nicht vergessen, nicht ungeliebt oder nutzlos. Ein Herz schlug für mich, wenn auch nur das von Bustle. Ich streckte die Hand aus und kraulte sie hinter den Ohren, und sie kam noch näher gekrabbelt, seufzte und rollte sich zusammen, um weiterzuschlafen. Als ich aufwachte und von zwitschernden Vögeln vor dem Fenster in die Welt zurückgerufen wurde, lag sie immer noch neben mir.

5

Heute erschien die örtliche Wochenzeitung, und schon vor neun Uhr begann das Telefon zu klingeln. Ja, Mrs. ... äh ... Wallis, ja? Sie haben Glück, gerade eben hat jemand abgesagt, Sie können Ihren kleinen Muffin bringen. Gürtelrose. Nein, nicht ich, die Kunden. Sie mußten ihren Urlaub absagen. Zwei Wochen ab Freitag? Sehr gut. Verstehe, Mrs. Wallis. Ja, selbstverständlich. Sollte Muffin durchdrehen, wenn er allein in einem Einzelbungalow (Bungalow? Für wen hält sie uns? Die Ewings?) untergebracht wird, werde ich ihn natürlich zu mir ins Haus nehmen. Mein Schlafzimmer? Er ist nicht gern allein? Einverstanden, Mrs. Wallis. Braucht er vielleicht auch eine Nachttischlampe? Nein, Mrs. Wallis, nur ein kleiner Scherz. Mein Bett? Nun, da ist im Moment ziemlich viel los. Lange Warteliste, hoffentlich macht es Muffin nichts aus. Ungefähr wie der Andrang am Hyde Park Corner. Aber er ist uns willkommen. Leider ist nicht mehr viel Lampenschirm da, wenn er nachts Hunger kriegt.

Huldvoll wehrte ich die Dankbarkeitsbekundungen ab – darunter eine Therapie gegen Gürtelrose, für alle Fälle. Im Laufe der Zeit bekam ich von meinen Kunden so viele Tips und Hinweise und Rezepte und Ratschläge, daß ich zu einem wandelnden Nachschlagewerk wurde.

Die Zeitung war mit der Morgenpost gekommen. Ich blätterte sofort zu der *Tiermarkt*-Rubrik. Nichts. Außer «Süße Möpse, 20 Pfund» oder «Warum keinen Pekinesen für 50 Pfund?» Irgend jemand war auch bereit zu melken, gegen ein geringes Entgelt, je nach Größe. Oh, dachte ich, ich wette, ihr Telefon hört heute morgen nicht auf zu klingeln. Ich hätte auch mit unterschwelliger Erotik arbeiten sollen. Wo *war* meine Annonce überhaupt?

Der Toast hüpfte heraus, und ich bestrich eine Scheibe mit Butter und schenkte mir Tee aus der Kaffeekanne ein. Die Sonne schien ermutigend durchs Fenster. Mattie und Rosie saßen kerzengerade neben meinem Stuhl und hofften auf Krümel. Rosie würde ihre in meinen Gummistiefeln verstecken. Sie war ein vorausschauender Hund und dachte an magere Tage. Sie teilten meine Leidenschaft für Toast nicht, aber als ich ihnen etwas abgab, wußten sie die Geste zu schätzen. Das Radio spielte ‹*Guantamara*›, meinen Lieblingsschlager, bei dem ich unweigerlich euphorisch werde. Nichts, nicht mal die fehlenden Worte in der Zeitung, die mein Glück hätten machen sollen, konnte die Hochstimmung mindern, die mich und die Vögel an diesem sonnigen Morgen überkam.

Und dann sah ich sie, in der ersten Spalte, eingerahmt, unter der Rubrik *Persönliches*. Ich habe nie herausgefunden, warum sie dort gelandet war, aber sie wurde so erfolgreich, daß ich sie den ganzen Sommer über in jeder Ausgabe an der gleichen Stelle ließ. Sie begann: *«Wohin mit den guten alten Recks?»* Ich mußte sie mehrmals lesen, ehe der Groschen fiel. Fustys Frauchen hatte sie sicher telefonisch durchgegeben, und der Hörfehler war auf seine Weise genial ... Guter alter Rex wäre nie so werbewirksam gewesen. Ich meine, jeder hat irgendwo ein altes Reck, in der Garage oder auf dem Speicher, in der Mansarde oder im Seniorenheim oder sogar eines, das in einem Büro in der Stadt auf die Pensionierung wartet.

Bis zum Mittag bekam ich fünfzehn Anrufe und versprach Unterkunft, Liebe und zahllose individuelle Dienstleistungen. «Er braucht abends noch einen Snicker-Snack.» – «... muß seinen Tee aus der Tasse trinken, aber ich bringe eine mit.» – «Sie hat eine Schachtel mit Fächern für die verschiedenen Pillen, sie sind natürlich beschriftet, wenn Sie ihr nur helfen, jeweils die richtige Pille zu nehmen.» Aber auch: «... mindestens zehn Kilometer am Tag, und bitte keine Reste aus der Flasche!» (Wofür hielt die mich eigentlich?) Ich machte überall Notizen, an der Wand beim Telefon, auf meinem Blusenärmel, auf dem Telefonbuch und auf der Rückseite der Preisliste. Ich schrieb sogar die halb leeren Rubriken für «Meldungen nach Redaktionsschluß» in zwei Zeitungen voll, mit denen ich eine Schublade ausgelegt hatte, und dann noch die Seite für den 25. Dezember in meinem Kalender. Ich würde alles systematisieren und übertragen müssen, vielleicht in ein liniiertes Hausaufgabenheft. Ich würde richtig Buch führen müssen und brauchte dringend einen Terminkalender.

Ich hatte eine heillose Angst vor all dem Papierkrieg. Ich wollte den Kapitalaufwand möglichst gering halten. Warum fünf Pfund verlieren, um fünf Pfund auszugeben, sie wieder zu verdienen?

Ich leerte noch ein paar Teekisten und fand ein gebundenes Hausaufgabenheft mit liniierten Seiten und Rand. Die Randspalte hatte ich «Ausgaben» betitelt, und auf der ersten Seite stand ganz unten links «Petersilie». Dahinter hatte ich «4 Kästen» geschrieben, was ich nicht mehr gut lesen konnte, weil ich irgendwann versucht hatte, es auszuradieren. Ich wunderte mich nicht besonders. Ich erinnerte mich vage an eine Petersilien-Mißernte. Jeder andere hätte es mit Petersilie schaffen müssen. Sie wächst überall wie Unkraut, nur da nicht, wo ich sie mit viel Liebe und Kompost gesät hatte.

Die Fehler der Vergangenheit lösten sich wie Morgendunst im Erfolg der Gegenwart auf, so vergänglich er sein mochte. Ich riß die erste Seite heraus und schrieb mit Druckbuchstaben eine neue Überschrift: *Name*. Das würde die erste Spalte sein. Dann hielt ich inne. Sollte es der Name des Hundes oder des Besitzers sein? Da ich nicht sicher war, schrieb ich daneben *Besitzer*, dann *Anschrift* und dann *Rasse*, *Ankunft*, *Preis*, *Abr* ... Damit war ich am äußersten Rand der Seite. Ich riß sie heraus.

Und fing noch einmal an. Dann sah ich, daß ich *Klasse* geschrieben hatte. Ich riß auch diese Seite heraus. Zuletzt beschloß ich, alle meine Aufzeichnungen mit einer überdimensionalen Briefklammer zusammenzuhalten, die irgendwo mein ausrangiertes Haarteil zusammenhielt. Später würde ich mir dann ein richtiges Hauptbuch besorgen und alles übertragen. Ich packte noch eine Teekiste aus, während Treacle und unsere Katze Frilly sich über das zusammengeknüllte Papier hermachten und es in tausend

Fetzen rissen. Frilly konnte phantastisch schnurren. Ein Energiebündel. Sie kam immer sofort in Schwung und pausierte nur gelegentlich, um ihre Batterien mit einem Teller Kitekat aufzuladen.

Ich machte gerade eine Liste mit den Aufgaben des Tages, eine Taktik, um den Aufgaben aus dem Weg zu gehen, als Mr. Mathews kam. Die Hunde in der Küche, die sich die Zeit mit einem leeren Schuhkarton vertrieben hatten und plötzlich um die Wette zu bellen begannen, um den Eindringling abzuschrecken, warnten mich. Ich rannte hinaus, fiel beinahe über einen walkieferähnlichen Teil der Schweinskopf-Sammlung und einen Bindfaden, der müde vom Tisch baumelte und sich zur Kommode schlängelte.

Ich machte die Hintertür auf. Davor stand ein Mann.

«Mein Name ist Walter Mathews. Ich habe vorhin angerufen. Das ist Teddy.»

«Kommen Sie doch herein», sagte ich und tätschelte Teddy dankbar. Er sollte der Trost meiner alten Tage werden, der mich mancherlei Unbill vergessen ließ.

Mr. Mathews war mittleren Alters und hatte Flecken auf den Anzugtaschen. Man brauchte nicht Psychiater oder Kojak zu sein, um zu sehen, daß er immer abgebrannt war, familiengeschädigt und ausgelaugt. Ich sagte: «Hi, Teddy! Er ist hinreißend. Wie lange kann er bleiben?» Das klang viel netter als: «Wieviel wird er mir einbringen?» Außerdem war er wirklich hinreißend. Eine richtige, schlichte, kleinbürgerliche Promenadenmischung. Keiner von diesen feinen Rassehunden, auch kein frecher Straßenköter. Vielleicht eine Kreuzung von Bedlington-Terrier und Bulldogge, mit ein paar unbekannten Komponenten. Wolle und Beine. Eine sympathische Mischung aus Ängstlich und Entschlossen.

«Wir fahren nach Clacton», sagte sein Herrchen stolz. Er bückte sich und kraulte den Hund hinter dem Ohr. Sie tauschten einen Blick, in dem Vertrauen und Liebe lagen

... und Verzweiflung. Wenn Mr. Mathews seiner Frau jemals einen solchen Blick schenkte, konnte Mrs. Mathews sich glücklich schätzen. «Morgen in zwei Wochen kommen wir wieder», fuhr er tapfer fort. «Die Kinder haben geweint, weil ich ihn herbringen mußte. Dürfen wir Ende der Woche anrufen und fragen, wie es ihm geht?»

«Aber natürlich, jederzeit, so oft Sie wollen.» Diejenigen, die sich Sorgen machen, zahlen anstandslos. Ich nahm die Leine und trat zurück. Wenn ich anfing, die Leute ins Haus zu bitten und ihnen Tee zu machen, sank die Rendite. Diesmal würde ich hart bleiben. Ich mußte hart bleiben. Aber Mr. Mathews zauderte.

Dann sagte er unsicher: «Da wären nur noch eine oder zwei Formalitäten, ich hab versprochen, es Ihnen zu sagen. Ich meine, er ist nicht verwöhnt, was das Futter betrifft. Kann er sich gar nicht leisten. Er rennt gern herum, aber er kommt sofort, wenn man ihn ruft. Ich habe seinen Korb mitgebracht und sein Lieblingsspielzeug, ein Stück von einer alten Handtasche.» Er hielt inne und lachte verlegen. Ich wartete. Dann sprudelten die Worte hervor: «Also, ich weiß, es klingt verrückt, aber ... nun, er ist es gewohnt, sein Gutenachtgebet aufzusagen.» Er verstummte wieder. «Sie wissen ja, wie das ist. Meine Frau will, daß die Kinder zu anständigen Menschen erzogen werden und nicht alle diese Unsitten übernehmen, von denen man dauernd liest. Sie findet, daß Gebete und so etwas gut sind, selbst wenn sie es jetzt noch nicht einsehen.» Er wurde rot und trat unbehaglich von einem Fuß auf den anderen. Auf ihre sexuellen Probleme bilden sich die meisten Leute etwas ein, aber ihre religiösen Überzeugungen sind ihnen peinlich.

Er fuhr fort: «Wenn Sie nur dafür sorgen könnten, daß er vor dem Schlafengehen neben seinem Körbchen kniet und die Pfötchen faltet?» Ich nickte beruhigend, als sei ich zu einer vollständigen religiösen Erneuerung bereit.

«Sie brauchen sich keine Sorgen zu machen, Mr. Mathews, ehrlich», versicherte ich ihm herzlich. «Vielleicht wäre es sogar eine gute Idee, die anderen dazu zu holen und eine richtige kleine Abendandacht zu halten.»

Seine Schüchternheit verwandelte sich in Pein, und meine Worte taten mir sofort leid. «Die Kinder würden nicht beten, wenn Teddy ihnen kein Beispiel gäbe, verstehen Sie?» stammelte er. «Und ich möchte nicht, daß er es verlernt – nicht daß wir dächten, es sei gut für *ihn*.»

«Warum nicht?» rief ich, weil ich eine Möglichkeit sah, meinen Fehler zu korrigieren, aber wie üblich, machte ich alles nur noch schlimmer. «Er ist so ein netter, glücklicher, friedlicher Hund. Wie wollen Sie wissen, daß er es nicht der Kraft des Gebets verdankt?»

Ich war zu weit gegangen. Mr. Mathews nickte nur und wandte sich zum Gehen. Ich fügte schnell hinzu: «Entschuldigung, aber irgendwie meine ich es so. Jedenfalls ist es kein schlechter Gedanke. Oh, warum kommen Sie nicht einen Augenblick herein und trinken einen Schluck mit mir? Ich kann keinen Kaffee mehr sehen und habe meine eigene Gesellschaft satt.» Ich wußte plötzlich, daß es die Wahrheit war. Es war keine leere Geste und keine Wiedergutmachung. Er drehte sich um, strahlte mich an, und ich schenkte uns einen kleinen Whisky ein, von einem Vorrat halbleerer Flaschen, die von Weihnachten übriggeblieben waren.

Mr. Mathews machte es sich auf einem Küchenstuhl bequem und fing an zu reden. Seine Haare waren schütter, und sein ausgemergeltes Gesicht wirkte hungrig und erschöpft. Er erzählte von seiner Familie. Vier Kinder, jedes Jahr für zwei Wochen ein gemieteter Ferienbungalow bei Clacton, eine überarbeitete Frau mit Asthma. Teddy saß zu seinen Füßen und blickte ihn flehend an, um nicht allein gelassen zu werden. Sie waren sich sehr nahe, der Mann und sein Hund, und Mr. Mathews kratzte ihn zärtlich unter dem Halsband, und alle paar Sekunden lächelte er ihm beruhigend zu. Ihre Beziehung war ergreifend eng.

Ich hatte einen dicken Kloß in der Kehle, den keine Liebe zwischen Vater und Sohn hätte bewirken können. Wenn seine Kinder es kaum ertrugen, daß Teddy nicht mitkommen konnte, ertrug ihr Vater es noch weniger. Als er endlich aufstand und mir die Leine gab, wußten wir beide nicht, was wir sagen sollten, und zuletzt murmelte er etwas, drehte sich um und floh. Teddy versuchte nicht, hinter ihm herzulaufen. Er stand nur da, ohne sich zu rühren, und starrte auf die geschlossene Tür. Ich kniete mich hin und legte die Arme um ihn.

«Komm, Teddy», flüsterte ich und ließ meine Tränen auf seine Nase tropfen, ohne zu wissen, für wen ich sie eigentlich vergoß. «Wir gehen in die Küche und essen was Süßes, einen Hundekeks und ein Crispie.» Was soll's, es war natürlich schlecht für seine Zähne, aber einen Zahn zu verlieren, kann nicht annähernd so schlimm sein, wie ein geliebtes Wesen ans Unbekannte zu verlieren, und genau das war Teddy eben passiert. Ferienhäuser wurden neuerdings nur noch unter der Bedingung vermietet, daß die Leute kein Haustier mitbrachten. Es war absurd, da ein Hund gewöhnlich nicht so viel kaputtmacht wie ein Kind und mehr zur Familie gehört als Tante Käthe.

Wir teilten uns also ein paar Ingwerplätzchen, und ich machte ihn mit den anderen bekannt. Mit Treacle, der kurzbeinigen Mischlingsdame, die ich vor Jahren in einem Straßengraben gefunden hatte, wo sie zu Tode verängstigt und blutend jaulte; irgend jemand, der das Leben – es durfte nur nicht sein eigenes sein – so geringschätzte, daß er es fortwerfen konnte, hatte sie einfach aus dem fahrenden Auto gestoßen. Mit Rosie, die ich auf einem Markt entdeckt hatte, wo sie jämmerlich und verfloht in einem zweckentfremdeten Lebensmittelkarton hockte und sich wie rasend kratzte. Und mit Mattie, einer Altenglischen

Schäferhündin, die es immer gut meinte, aber unweigerlich allen Leuten angst machte. Jetzt grummelte sie unter dem Tisch vor sich hin, beklagte sich bitter und bemitleidete sich, weil ihr niemand zuhörte. Mattie war das Opfer liebloser Besitzer gewesen, die sich vor ihren Gläubigern aus dem Staub gemacht hatten und sie im Keller eingesperrt zurückließen, wo sie erst viel später halbverhungert und nahezu verdurstet gefunden wurde.

Treacle begrüßte immer die neuen Gäste. Sie hatte einen ausgeprägten Sozialtrieb, ließ andere oft am Wassernapf vor und verschenkte manchmal sogar etwas von ihrer Abendportion Latz. Teddy war zunächst mißtrauisch, aber Treacle wedelte mit ihrem langen, buschigen Schwanz und lächelte breit. Dann rutschte sie auf dem Po zurück, Mattie hörte auf zu grummeln, und Rosie barg ein Stück Zwieback aus meinen Gummistiefeln, und alles war in Ordnung. Ich ging zum Elektrokessel und schob den Stecker wieder hinein.

Ich redete dabei in meinem tröstlichen Tonfall auf Teddy ein, doch sein Blick wanderte immer wieder zur Tür. Ich fragte mich, wieviel Leid man stellvertretend ertragen konnte. Ich wünschte, wieder bei der Petersilie zu sein.

Dann klingelte es wieder. Mrs. Wallis und ihr Muffin waren erst Freitag fällig. Ob es Monty war, mit Mr. Friar? Ich machte auf, und es war keiner von beiden. Vor mir stand ein Mädchen. Sie war ungefähr vierzehn und trug eine Kombination von Schuluniform und Maurermontur, Jeans, Freizeitstiefel und Blazer. Sie hatte einen weißen Pudel dabei, der nervös auf den Zehenspitzen neben ihr stand. Er trug ein Halsband, das mit Glasperlen besetzt war, und eine blaue Flechtleine. Ein Hund, der Bustle als Königin des Tages Konkurrenz machen wird, dachte ich. Das Mädchen hatte einen Korb mit allem möglichen Krimskram in der Hand.

«Willy», sagte sie und reichte mir die Leinenschlaufe. Heutzutage irrt man sich ja leicht im Geschlecht.

Ich wollte gerade sagen: Sehr erfreut, einen Willy hatte ich noch nicht, aber sie wandte sich schon zum Gehen, also hielt ich sie am Arm zurück und sagte: «Warte mal, wer bist du denn? Und woher kommt Willy? Ich kann mich nicht erinnern, daß er angemeldet worden ist. Ich glaube, du kommst am besten kurz mit rein und erzählst mir sein Geheimnis.»

Sie hieß Marilyn, und sie brachte Willy für ihre Schwester her, die morgen heiraten wollte. Sie sagte, zu Hause zankten sie sich schrecklich, wer den Hund die Zeit über haben solle. Die künftige Schwiegermutter ihrer Schwester sagte, ihr Bruder habe den Hund gekauft, selbst wenn er ihn dann Sarah geschenkt hätte, und deshalb würde Willy natürlich bei ihnen bleiben, bis die Flitterwochen vorbei seien. Sarahs Mutter hatte zwar einen eigenen Hund, aber sie behauptete, sie habe sich die letzten beiden Jahre fast ausschließlich um Willy gekümmert, und deshalb würde sie den Hund natürlich nehmen. Sarah schluchzte. Türen knallten.

Marilyn sagte: «Keiner hat Willy gefragt.»

Zuletzt gab Miss Priddle ihnen meine Adresse, und sie einigten sich. Marilyn hoffte, sie würden das Problem lösen, indem sie die Hochzeit absagten. Sie wollte keine Brautjungfer sein und gräßliche rosa Rüschen tragen.

Treacle griente und zeigte zwei makellose Zahnreihen, ein wohlerzogener Weißer Hai in Kleinformat. Rosie kam angetrottet und starrte das flaumige Wölkchen ehrfürchtig an. «Rosie mag ihn. Seltsam, sonst steht sie nämlich mehr auf Weibchen», sagte ich.

«Willy ist eines», erklärte Marilyn. «Sie heißt eigentlich Wilhelmina Stitch.» Na ja, heutzutage tragen viele solch einen Pelz, von Glasperlen ganz zu schweigen. Selbst Hunde machen auf Unisex, vielleicht haben sie ihn erfunden.

«... und sie schläft in Sarahs Zimmer», fuhr sie fort. Ich hätte es mir denken können. «Und sie hat es gern, wenn man ihr beim Schlafengehen vom Bett aus ein paar Schokodrops zuwirft, hier im Korb ist eine Dose.» Ich kritzelte hastig Notizen in mein Hausaufgabenheft – «Schokodrops vom Bett aus zuwerfen», gleich unter Teddys Betanweisungen «Pfötchen falten!» Ich sah, daß ich von nun an abends ziemlich viel um die Ohren haben würde, Schokodrops werfen und Hundegebete überwachen und natürlich Bustle in Ermangelung eines anderen an mich drücken.

«Ach ja», fügte Marilyn hinzu. «Drei Mahlzeiten am Tag, aber das steht alles auf dem Zettel, er ist in dem Umschlag mit den Tabletten. Eine täglich gegen ihre Neurosen. Ich fahre nach Paris», gab sie an, «im Schüleraustausch. Sie fahren nur nach Jersey.» Jetzt war ihr Ton verächtlich.

Ich sagte: «Jersey ist wunderschön», obgleich ich nie dagewesen war. Manchmal scheint es überall wunderschön zu sein, nur nicht am Spülbecken.

Sie rümpfte die Nase. «Wenn ich nach all der Aufregung nicht irgendwohin fahren könnte, wo es wirklich romantisch ist, würde ich gar nicht erst fahren.»

Das Telefon klingelte wieder, so daß ich mich nicht damit aufhielt, ihr zu sagen, daß eine Ehe fünfzig Jahre länger dauert als eine Hochzeitsreise, und außerdem war ich selbst nicht sicher, ob das stimmte.

Den Hörer in der Hand und Willy unter dem Arm blickte ich ihr nach.

«Wenn ich jetzt gleich komme», sagte eine Grabesstimme, «würden Sie es *dann* machen?» Die Worte klangen recht anzüglich. Ich sagte mit fester Stimme: «Ob Sie jetzt gleich oder irgendwann kommen, ich werde meine vier Polizeihunde auf Sie hetzen, und wenn Sie noch mal anrufen, lasse ich die Bluthunde Witterung aufnehmen.»

Er legte schneller auf als ich, aber ich hätte lieber einkalkulieren sollen, daß die Perversen sich melden würden.

Sonderbar, dachte ich, um mich selbst habe ich keine Angst. Jedenfalls nicht, was das betrifft. Ich fürchte mich nur vor dem Dunkeln und vor sehr stillen Nächten, Spinnweben und der eigenen Unzulänglichkeit.

Mit all diesen Hunden befand ich mich doch bestimmt in Sicherheit? Teddy schien der geborene Beschützer zu sein, und Mattie haßte die meisten Leute und alle Männer, obgleich sie nur dann angreifen würde, wenn man sie darum bat oder provozierte. Der Verein zur Rettung ausgesetzter Haustiere hatte sie nicht in ein Haus geben wollen, wo Kinder oder Schafe oder Männer lebten, in dieser Reihenfolge, doch seit sie bei uns war, hatte sie drinnen für Frieden gesorgt und draußen Fremde abgeschreckt. Sie pflegte Eindringlinge mit brutaler Gewalt zu Boden zu werfen und dann zu beißen. Nicht unbedingt die Regeln des Polizeihundevereins, aber sie war Autodidaktin. Ich redete mir ein, ein Wort von mir würde genügen, damit sie losließ. Ich brauchte es jedoch nie zu versuchen, und für die Rettung von Telefonschmutzfinken war mir sowieso jedes Wort zu schade.

Ich wollte gerade Essen machen, Würstchen für alle, als das Telefon wieder klingelte. Ich griff zum Kugelschreiber und fing an, tüchtig auszusehen, aber es war Marsha.

«Schatz», murmelte sie, «nur eine Warnung. Ein gewisser Scheich Abu Alimar wird dich anrufen – er nennt sich allerdings Mr. Follicle, aus offensichtlichen Gründen. Er möchte, daß du dich um seine *Flotte* – Ausländer drücken sich manchmal köstlich aus – von Salukis kümmerst. Persische Windhunde, du weißt schon. Er muß wieder dorthin zurück, woher er gekommen ist, ich glaube, nach New York, und kann sich nicht darauf verlassen, daß sie in seinem Landhaus in Berkshire gut versorgt werden. Ich habe gesagt, du würdest es sehr gern machen.»

«Aber was ist eine Flotte von Hunden?» fragte ich, denn ich hatte keine Ahnung, ob es fünf oder fünfzig sein würden und wie groß das Schlafzimmer sein müßte. Vielleicht wäre es am besten, gleich in die Scheune zu ziehen. Die Hunde sollten das Haus für sich haben.

«Oh, na ja, sicher eine ganze Menge, Liebling», sagte Marsha vage, «aber er hat natürlich Geld wie Heu. Wie Heu. Du kannst also verlangen, was du willst. Er überläßt solche Sachen seinem Sekretär. Ich frage mich, ob du mich und Mischa nicht gern für ein paar Tage da hättest. Um dir zu helfen, verstehst du?»

Marsha und Mischa (ich glaube, es handelte sich schlicht um Mike, bis Marsha ihn zu ihrem Geschöpf machte) hatten eine sehr stürmische Beziehung. Ich war überrascht, seinen Namen zu hören. Ich hätte schwören können, daß sie mir erst von ein paar Wochen erzählt hatte, sie hätten sich furchtbar gestritten, und er habe sich daraufhin mit einem edelsteinbesetzten Krummsäbel erdolcht.

«Sehr nett von dir, Marsha, aber es geht nicht, ich kann euch nicht mal ein Bad bieten, und es gibt keine Heizmöglichkeit. Es ist alles noch sehr primitiv...»

Sie seufzte. «Es ist genau das, wonach wir uns sehnen – Tau für die Füße und Regenwasser für die Haare.» Ich erinnerte mich, daß sie zweimal die Woche zu Vidal Sassoon in die Sloane Street ging, und blieb auf Kurs.

«O ja, das stimmt», log ich, «und vor allem das Strohlager unter den Sternen, und die Beeren, die wir uns zum Essen suchen müssen. Oder Schweinsköpfe», fügte ich niederträchtig hinzu.

Ich glaube, das gab ihr den Rest.

Später fragte ich mich, ob der Freak, der das telefonische Angebot gemacht hatte, nur der Scheich mit seinem komischen Englisch gewesen sei. Wenn ja, konnte ich dem Himmel danken, daß ich ihn so schnell abgewimmelt hatte. Eine Saluki-Flotte reizte mich ebensowenig wie ein Telefonstrolch.

Ich wandte mich den Würstchen zu, schnitt sie klein und fügte eine Portion Hundeflocken und den Inhalt von vier Büchsen hinzu. Ich bemerkte, daß Teddy pedantisch alles aufaß, bis auf das größte Wurststück, das er fortbrachte und, wahrscheinlich mit seinem Herrn im Sinn, unter dem Vorleger versteckte. Leider wählte er eine schlechte Stelle, wo sich das sehr alte Linoleum gelöst und Schmutz und Silberfischchen in gleichen Mengen freigegeben hatte. Und Rosie, die immerfort Hunger hatte, beobachtete ihn verstohlen. Armer Teddy, er war sicher an Mahlzeiten im Familienkreis mit Amen vorher und hinterher gewöhnt. Es war schwierig, das Wurststück fortzubringen, aber er schaffte es und setzte sich genau daneben, um es zu bewachen. Vielleicht war es auch sein Notgroschen oder so.

Frilly benutzte ihre Wurstscheibe als Ersatzmaus, warf sie auf den Tisch hoch und wieder hinunter, fing sie auf und schubste sie ein paarmal hin und her, ehe sie sich niederließ und sie langsam verspeiste. Ich teilte Käse aus und goß Milch in einige Näpfe. Ab morgen, versprach ich laut, gibt es regelmäßig Schweinebraten für alle. Das heißt, für alle bis auf mich. Nachdem ich einen Schweinskopf aufgeschnitten hatte, war ich nicht sicher, ob ich jemals wieder einen Baconstreifen sehen konnte.

Die Hunde beschwerten sich nicht. Sie aßen noch ein paar Ingwerkekse und waren mehr als zufrieden. Die meisten Hunde lieben Abwechslung im Essen und etwas besonders Schmackhaftes als Belohnung, wie Kinder Eiskrem. Jeder Extraleckerbissen wird als Zeichen der Liebe gewertet, und Tierärzte, die keine Leckerbissen zwischen den Mahlzeiten empfehlen, verstehen einfach nicht, daß diese wie kleine Küsse sind, die man seiner Freundin unvermutet gibt, einfach nur, um sein Gefühl auszudrücken.

Wir alle brauchen gelegentlich eine Streicheleinheit. Schaden kann es nur, wenn man übertreibt, wie bei der Frage, wieviel Bewegung ein Hund braucht: Keiner muß in einen Herzanfall gehetzt werden, um seine Muskeln zu trainieren. Eine Frau, die ich kannte, brachte drei Spaniels zur Strecke, ehe sie acht Jahre alt waren. «Und dabei hatten sie doch soviel Bewegung», jammerte sie. «Sie mußten jeden Tag gut acht Kilometer laufen, ich fuhr auf dem Rad, und sie rannten daneben her. Und abends hab ich sie noch mal um den Block getrieben.»

Gewöhnlich wissen Hunde selbst am besten, wieviel Bewegung sie brauchen. Man soll sie je nach Alter und Kondition einfach so lange herumlaufen lassen, bis sie müde sind. Nur die sehr großen – und manchmal nicht einmal die – sollten wirklich sehr viel laufen. Ein Garten, in dem sie toben können, sogar ein Haus mit Treppen genügen als Auslauf. Sie lieben Spaziergänge, weil es eine Abwechslung von der täglichen Routine ist oder weil sie dann mit ihrem Herrn allein sein können. Von uns erwartet ja auch niemand, daß wir außer dem Weg, den wir normalerweise jeden Tag zurücklegen, wenn wir ins Büro müssen oder einkaufen, noch acht Kilometer zusätzlich laufen, und man vergleiche unsere Größe mit der eines durchschnittlichen Hundes!

Eine der erschütterndsten Geschichten – ich erinnere mich nur sehr ungern daran – wurde mir von einem alten Mann erzählt, der seinen geliebten Schäferhund verloren hatte. Er war sicher, daß das Tier an gebrochenem Herzen gestorben war, und ich auch. Der Tierarzt war ins Haus gekommen, um die Krallen des Hundes zu schneiden, und wies auf sein offensichtliches Übergewicht hin. Er sagte, sie müßten ihm weniger zu essen geben: keine Hundeknochen zwischendurch, nichts Süßes, kein Stück vom Morgentoast oder Abendkeks seines Herrn. Der alte Mann berichtete, das arme Tier habe dagesessen und ihn angestarrt und die plötzliche Änderung einfach nicht fassen können. Zuerst dachte es, es sei aus irgendeinem Grund bestraft worden, und schlich beschämt und zerknirscht umher, und dann mußte es allmählich die Überzeugung gewonnen haben, daß es nicht mehr geliebt wurde. Es magerte immer mehr ab (was zumindest den Tierarzt befriedigt hatte), und als der alte Mann ein paar Wochen später eines Morgens nach unten kam, war der Hund tot.

Der Tierarzt stand vor einem Rätsel. Organisch alles in Ordnung, sagte er. Der Hund war in der Tat gesünder gewesen, seit er abgenommen hatte. Er hätte es zumindest sein sollen. Aber der alte Mann wußte, daß sein geliebter Kamerad an gebrochenem Herzen gestorben war. Er sagte mir, er habe es an den todtraurigen Augen, dem schlaff herunterhängenden Schwanz, den angstvoll angelegten Ohren gesehen.

Denken wir daran, daß ein Schokodrops, der aus dem Bett geworfen wird, nicht nur ein Schokodrops ist, der aus dem Bett geworfen wird. Wirklich nicht. Er ist eine Botschaft zwischen zwei Wesen, ein Geben und Nehmen von Liebe.

Der alte Mann starb sechs Monate nach dem Hund. Was immer die Ursache gewesen sein mag, ich wußte in meinem Herzen, daß sie durch Reue verschlimmert wurde.

Mit Würstchen, Keksen und dünnem Tee für alle konnte ich sie ein wenig über den zeitweiligen Verlust ihres Herrchens oder Frauchens hinwegtrösten. Wir aßen zusammen in der unpraktischen alten Küche, deren Wände schon seit Jahren auf einen frischen Anstrich und Bilderschmuck warteten, aber es gab wenigstens noch den alten schwarzen Ofen, in dem nun dicke Scheite brannten. Der Schein drang aus der Ofentür und wurde von den darüber hängenden, vom jahrelangen Gebrauch eingedellten und abgenutzten Kupferpfannen golden zurückgeworfen. Nun ja, der Fußboden hatte dringend einen neuen Belag nötig, und die Topfspüle hatte die Größe so mancher modernen Badewanne und warf die gleichen Reinigungsprobleme auf, aber es war gemütlich mit den Katzen und Hunden, es herrschte Friede, sie aßen und schliefen, sie liebten mich und brauchten mich. Ich haßte die Ruhelosigkeit des Menschen und seine ewige Unzufriedenheit. Der Drang, etwas zu ändern und zu erneuern, ist Tieren fremd, sie sind glücklich, wenn sie nur *sein* können. Vielleicht hat der Mensch diese Fähigkeit verloren, als er sich zum erstenmal darüber freute, seine Kiepe gegen das Rad einzutauschen.

Ich beschloß, einen gründlichen Frühjahrshausputz zu machen, ehe die Gäste rudelweise einträfen, und die Malerarbeiten zu verschieben. Und ich ging wieder ziemlich früh schlafen. Meine eigenen Hunde blieben bei Frilly in der Küche und suchten ihre Kisten oder Körbe auf, nachdem ich gute Nacht gesagt hatte. Die anderen folgten mir nach oben. Bustle ließ sich auf ihrem Stammplatz nieder und schnappte einmal kurz nach Willy, als diese am Bett hochsprang, um die Lage zu peilen. Ich schob Willys Korb an meine Bettseite, damit ich sie nachts beruhigend tätscheln konnte, und sie setzte sich hinein und wartete freudig erregt auf ihre Belohnung. Teddy stand besorgt da und wußte nicht, was er unter diesen neuen und schwierigen Umständen – wahrscheinlich wurde Gott schon ungeduldig – tun sollte. Ich sagte mir, gut, daß dich hier keiner sieht, faltete seine Pfötchen, und er seufzte erleichtert, als er den Kopf an das Seitenbrett lehnte und die Augen zumachte. Ich war nicht sicher, wie es ging, aber ich sagte: «Beten, Teddy», und hörte, wie er wieder leise seufzte. Ich kam mir absolut lächerlich vor und murmelte:

Lieber Gott, ich bitte Dich,
Schütz mich vor der Flöhe Stich,
Bin ein Hündchen brav und klein,
Will auch immer reinlich sein.

Vielleicht war es nicht das, was er sonst zu hören bekam, aber er war zufrieden, und der liebe Gott hoffentlich auch. Willy war offensichtlich beeindruckt und sah genau zu, wie Teddy sich auf seiner Decke in der Kiste zusammenrollte, die ich unten in den Kleiderschrank gestellt hatte, damit er keinen Zug bekam. Ich warf ihr schnell ein paar Schokodrops zu und streichelte Bustle kurz, aber liebevoll. Dann machte ich das Licht aus.

Ich weiß noch, daß ich kurz vor dem Einschlafen dachte, vielleicht gäbe es keine leichtere und angenehmere Art, sein Brot zu verdienen, aber es müsse bestimmt eine weniger überkandidelte geben.

6

Ich wachte auf, weil das Telefon klingelte. Bustle hatte mir eine Pfote ins Ohr gelegt, als wollte sie verhindern, daß ich es hörte. Ich mag Hunde mit Willenskraft und Phantasie, selbst wenn sie nicht ganz uneigennützig sind, so daß ich ihr einen Kuß gab, ehe ich etwas ergriff, um die Tatsache zu kaschieren, daß ich nackt schlafe, und nach unten rannte.

Früher einmal, vor langer Zeit, war das alte Haus eine Schule gewesen – ein feines kleines Mädcheninternat – mit unzähligen Telefonglocken, so daß es bei jedem Anruf in fast allen Zimmern bimmelte. Ich hielt das zur Hälfte bestickte Altartuch an mich gedrückt, das ich ganz hinten in einem ehemaligen Nähschrank gefunden hatte, und sauste von der Diele in die Küche, vom Arbeitszimmer ins Wohnzimmer, ehe mir der kleine Windfang vor dem Wintergarten einfiel. Dort, hinter einer eingetopften, aber toten Azalee stand es und schrie nach mir.

«Entschuldigen Sie die Störung», sagte eine Männerstimme mit einem Anflug von Humor. «Aber ich muß mein Flugzeug erwischen. Könnten Sie für ein paar Wochen meine beiden Afghanen nehmen?»

Ich hatte beschlossen, *«Nie nein sagen»* mit Kreide an die Küchenwand zu schreiben. Ich hatte bereits *Lerne, nein zu sagen»* angeschrieben, was ich in jedem Haus tue, um mich daran zu erinnern, daß ich nicht zuviel essen darf. Jetzt würde ich einfach lernen müssen, zwischen beidem zu unterscheiden. Ich hatte auch schon *«Wenn du keinen Kredit mehr hast, bestell Champagner»* (um dem Schicksal die Stirn zu bieten) aufgeschrieben, und, quer über dem Ofen: *«Nichts ist sehr wichtig, und das meiste ist völlig unwichtig»*, was mir hilft, wenn ich die Kartoffeln anbrennen lasse. Ich liebe Worte. Alles, was ich habe, ist geschmückt mit Bemerkungen, Ratschlägen, Trost oder Zuspruch, sogar meine Schlüpfer. Es hilft einem tatsächlich, die Tage ohne Stress zu überstehen. Ich schreibe es mit Kreide auf glattes braunes Packpapier, das ich dann an weiße Wände hefte, und ich wollte es dauerhafter anbringen, wenn ich streichen ließ – falls ich streichen ließ. Ich hatte beschlossen, meine Sinnsprüche direkt auf die Wände zu schreiben und mit Farbe zu umranden. Sie wären meine zeitgenössische Version der alten viktorianischen Weisheiten, die bereits die Wände meines Schlafzimmers zierten. Ich freute mich richtig darauf. Es gehört zu den Dingen, die man tun kann, wenn der Ehemann aus dem Weg ist. Er würde es nämlich nie erlauben. Er wäre entsetzt über die Idee, so ungefähr, als wollte ich mir grüne Strähnen einfärben lassen. Doch das fertige Produkt wird oft nicht einmal bemerkt. Ich finde, Wände warten nur darauf, interessant gestaltet zu werden, und wenn man sich nicht Gauguins *‹Tahiti›* leisten kann, macht man's eben mit Graffiti. Das Leben sollte aus exotischen Gegensätzen bestehen, aber

Männer sind dieser Erkenntnis noch nicht teilhaftig geworden.

«Augenblick», tat ich geschäftig, «ich denke, es wird gehen.» Ich täuschte vor, die Reservierungen durchzublättern, hielt die Sprechmuschel ans Telefonbuch und raschelte mit den Seiten. «Aha, Sie haben *wirklich* Glück. Eine Absage, die Besitzer sind krank geworden ... äh, Windpocken.»

«Ich verstehe», sagte er mitfühlend.

«Ja, nun, wann wollen Sie sie bringen?» Ich blickte mich um. Afghanen sind nicht wie Perser. Sie können nicht zusammengerollt und in einer Ecke verstaut werden. Sie brauchen Entfaltung. Es war kurz vor sieben. Draußen hörte ich einen von diesen gemeinen Vögeln, die den Schnabel nicht zukriegen können, wie gewisse Fernsehmoderatoren. Ich hielt an mich, um nicht auch loszuplappern, und fügte gemessen hinzu: «Wir machen aber erst um neun auf.»

«Hm, ich dachte eigentlich, ich komme am besten *sofort*?» Er hatte einen leichten amerikanischen Akzent und kleidete seinen Vorschlag in Frageform, was Amerikaner oft tun. Es ist sehr wirkungsvoll.

«Wo sind Sie denn?» Ich blickte hinaus. Über den Feldern hing Dunst, die Sonne war noch nicht ganz durchgekommen, und ein Eichhörnchen hüpfte über den Rasen. Rasen? Daß ich nicht lache, dachte ich, und schrieb *Rasenmäher* auf das Telefonbuch, Erster Teil, A–D.

«In einem Dorf an der Schnellstraße», sagte er. «Ich glaube, ich kann Sie von hier aus sehen.» Ich zog das Altartuch enger. Ich hatte daran gedacht, die Stickerei selbst zu beenden, wenn ich den Sommer unter dem Maulbeerbaum verdöste und mir die saftigen weinroten Früchte in den Mund fallen ließ. Aber jetzt rutschte es hinunter, blieb mit einem ziemlich kratzigen Goldfaden an einer Schulter hängen und verhüllte züchtig meine Knie.

«Na gut», sagte ich munter. «Geben Sie mir nur fünf Minuten, damit wir hier fertig werden können.» Es klang entschieden merkwürdig, aber das «wir» war ein guter Trick. Ich wollte einen großen Haushalt vorspiegeln, keinen Ein-Mann-Betrieb, dessen Besitzer damit ausgelastet war, das Telefon zu bedienen.

Ich zog schnell saubere Jeans und ein T-Shirt an und fuhr mir mit dem Kamm durchs Haar. Ich benutzte einen dunklen Lippenstift, den ich eigentlich nicht ausstehen kann, aber er würde meinem Gesicht vielleicht einen gewissen Zusammenhalt geben (es fällt morgens um sieben auseinander) und von allem anderen ablenken. Dann hörte ich das Auto die Zufahrt hochkommen.

Auf dem Weg zur Haustür ergriff ich einen Tennisschläger. Es ist natürlich ein Spiel, das man nicht allein spielt, nicht mal dann, wenn man einen Tennisplatz hat. Wir hatten keinen, jedenfalls keinen, auf dem man spielen konnte. Ich schwang ihn bedeutungsvoll, als ich die Tür öffnete.

Er war noch eindrucksvoller als seine Stimme. Nicht ganz so umwerfend wie die Hunde, die er mir brachte, und das alte amerikanische Kabriolett, das er in einem Winkel geparkt hatte, der die Art-Deco-Linien vorteilhaft zur Geltung kommen ließ, so wie ein nicht mehr ganz taufrischer Star im Bikini etwas von unten fotografiert wird, damit man gewisse Erschlaffungen übersieht. Ich wünschte auf einmal, die Hunde müßten ihn für ein paar Wochen dalassen und nicht umgekehrt.

Wir lächelten beide. Er warf einen Blick auf den Tennisschläger und sagte: «*Das* haben Sie also gemacht?»

Ich ließ ihn fallen wie eine heiße Kartoffel und schüttelte mein Haar nach hinten. Ein kleiner Knochen fiel aus einem Jeansbein. Bustle hatte die Angewohnheit, ihre Schätze in meiner Unterwäsche zu verstecken, aber dies ging zu weit.

«Bob und Bill», stellte der Mann die Hunde vor. Es war eine nette Abwechslung von all den langen, langweiligen, unaussprechlichen Namen, mit denen man in Rassehundevereinen jeden Hund versieht, der nicht einfach der geliebte Hausgenosse von irgend jemandem ist. Ich wagte ein respektvolles Kraulen pro Stück. Die beiden langen, eleganten Köpfe fuhren zurück, die großen feuchten Augen flehten mich an, die exquisite Frisur nicht zu zerstören. Ihr attraktiver Besitzer fügte hinzu: «Und ich bin Ross Washington.» Er reichte mir die Hand. Sie war groß und viereckig, und wenn ich Handleserin gewesen wäre, hätte ich gesagt, er solle sein Leben, ob lang oder kurz, am besten mit mir verbringen.

«Kommen Sie doch rein», sagte ich. «Das Spiel kann warten.» Ich meinte Tennis, aber es klang irgendwie zweideutig. Ich machte es noch schlimmer, indem ich fortfuhr: «Ich spiele wahnsinnig gern vor dem Frühstück.» Er zog eine Augenbraue hoch. Ich beschloß, das Thema zu wechseln.

«Wir wollten gerade Kaffee machen», sagte ich huldvoll, denn ich war sicher, er müsse seine Maschine erwischen und würde deshalb ablehnen. «Möchten Sie eine Tasse?» Aber er nickte und lächelte und folgte mir zu meinem Entsetzen in die große unaufgeräumte Küche mit dem bröckelnden Putz und den Ratschlägen auf braunem Packpapier.

«Suchen Sie sich einen Stuhl», schlug ich vor. Es war nicht leicht. Sie waren alle mit Hunden besetzt.

Er setzte sich auf den Tischrand, während ich sechs Becher vom Regal holte und eifrig nebeneinander aufreihte, als erwartete ich die örtliche Tennismannschaft. Er schien vertrauenswürdig zu sein, aber man kann einen Sittenstrolch nicht an seinen Augen erkennen. Ich wette, manche von ihnen sind blauäugig, sonnengebräunt, blond wie eine Dachsrute und haben ein Lachen wie ein durchdrehender Mixermotor. Ich tat etwas Pulverkaffee in die Becher und goß kochendes Wasser hinzu, während wir über das Wetter redeten. Ich reichte ihm einen Becher und schubste Rosie vom Großmutterstuhl.

«Wohin fliegen Sie?» fragte ich und nickte auffordernd zu dem freigewordenen Stuhl hin. Ich bemerkte ein paar Haare, aber es war zu spät, um sie noch schnell wegzuwischen. Ich mußte gewisse Dinge einfach noch organisieren. Einen Raum für den Empfang von Kunden einrichten; richtigen Kaffee kaufen; Tassen benutzen. Und *jeden* Tag einen Büstenhalter tragen statt nur dann, wenn ich in die Stadt fuhr. Und einen Schlapphut an die Flurgarderobe hängen.

«New York, nach Hause.»

Automatisch sagte ich, was man zu sagen pflegt, wenn jemand im Begriff ist, alles für eine Reise ins Unbekannte aufs Spiel zu setzen: «Sie haben's gut» und schob ihm den Zucker hin.

«Wieso?» Bob und Bill waren zusammengeschrumpft wie zwei Fallschirme aus großer Höhe, langsam und vom Wind gebläht. Sie bildeten jetzt einen Haufen am Boden, ohne etwas von ihrer Eleganz und Schönheit eingebüßt zu haben. Meine eigenen drei Hunde saßen kerzengerade da und waren eifersüchtig auf die Afghanen – wie Dorfschüler auf Eton-Zöglinge. Der Klassenkampf flammt überall in kleinen Nischen der Unsicherheit auf.

Ich sagte: «In New York ist doch viel los!» Er sah sich in der Küche um und griente. «Schätze, hier ist auch ganz schön was los», sagte er auf seine nette amerikanische Art. «Außerdem ... Wer möchte überhaupt, daß was los ist?»

«Ich.» Die vier anderen Becher verdampften langsam ihre Hitze. Als er seinen ausgetrunken hatte, reichte ich ihm abwesend einen anderen und nahm ebenfalls einen zweiten. Ich hatte die Tennismannschaft total vergessen.

«Nun», sagte er, «ich nicht. Ich wäre lieber hier. Genau an diesem Fleck.»

Von oben hörte ich Willy und Teddy, die vielleicht auf das Morgengebet warteten. Oder auf eine weitere Runde Schokodrops-Werfen. Sie kläfften kurz und befehlend, und es klang, als ob sie mit Stiefeln durchs Schlafzimmer schlurften. Mattie reckte sich plötzlich und ging hinaus, passierte die Afghanen mit gesenktem Kopf und abgewandtem Blick – das Mittelmaß schleicht an der Majestät vorbei. Ihre Verlegenheit wurde nur durch meine in den Schatten gestellt. Wie konnte jemand dieses monströse Mausoleum von Viktoriana einem todschicken Karrieregirl in einer New Yorker Wohnung mit Klimaanlage, Fernheizung und elektrischen Jalousien vorziehen?

«Aber es ist doch schön, wenn man wieder nach Hause fährt. Zurück zur Familie und so», sagte ich und erschrak wieder, weil ich immer spießiger klang.

Aber er sagte nur: «Keine Familie. Ein-Zimmer-Wohnung mit Reinigungsservice, Nordseite des Häuserblocks.» Schweigen. Wir sahen auf seine beiden Hunde. Ihre großen braunen Augen waren ganz Pein ob der ungepflegten Umgebung. Afghanen sehen in jeder neuen Situation eine Rolle, die sie zu spielen in der Lage sind. Sie chargieren gern und genießen es, wenn sich ein Drama anbahnt, und dies war eine große Gelegenheit. Die beiden machten Laientheater, und Bob übernahm die Hauptrolle.

«Sie müssen eine wahre Hundenärrin sein», sagte Ross Washington bewundernd. «Oder wäre das ein Handikap für Ihre Arbeit?» Er war reif für den dritten Becher.

«Es reicht nicht, wenn man solch einen Beruf nur *mag*», sagte ich. «Man muß besessen sein, so sehr, daß man weint, wenn man etwas über eine ausgestorbene Tierart liest.»

Er lachte, und plötzlich klang es überhaupt nicht mehr wie ein durchgedrehter Mixermotor, und seine blitzenden

Zähne waren vollkommen, ohne Gold und Lücke. Die Geräusche über uns waren verstummt. Die Stille war besorgniserregender als der Lärm, aber ich schaltete entschlossen ab. Ein jegliches hat seine Zeit unter der Sonne, und dieser Augenblick bedeutete vielleicht eine Wende in meinem Leben und – was mir momentan wichtiger erschien – ein Rettungsanker in der Monotonie, die mir womöglich bevorstand.

Als er endlich aufstand, um zu gehen, registrierte ich eine gewisse Spannung und sechs leere Kaffeebecher auf dem Tisch. Wir standen zusammen auf der Veranda, und ich dachte kurz, er würde mir gleich den berühmten schnellen Kuß geben, der bei einem bleibt, wenn man wieder allein ist. Es würde eine jener vorübergehenden Launen befriedigen, wie ein Eis-Lolly statt Torte am Sonntag, wenn man gerade eine Hungerkur macht. Ich bin wirklich keine Nymphomanin, aber ich bin auch kein Eis-Lolly. Merkwürdig, wie man als Sexersatz an Essen denkt. Vielleicht erklärt das die Obsession der Hunde für Knochen. Aber wir wahrten beide die Anstandsformen – wie die meisten Leute, außer in Romanen –, und das Ungeschehene, das einen solchen Reiz ausübt, schwang zwischen uns in der Luft.

Bob und Bill äußerten nicht das geringste Interesse für das, was im Keim erstickt worden war. Bob war schwarz und hatte dunkle, kummervolle Augen, und Bill war bernsteinfarben und hatte eine sehr aristokratische Schnauze, die am Ende leicht nach unten abknickte, was Geringschätzigkeit andeutete. Sie schienen jede Minute mit der Erhebung in den erblichen Adelsstand zu rechnen. Sie nahmen ihre Mahlzeiten im Eßzimmer ein, unter dem polierten ovalen Tisch mit den Klauenfüßen aus Messing. Sie hatten eine sonderbare Art, sich hinzulegen, um in aller Muße zu essen – ich hatte das noch nie bei einem Hund beobachtet. Die übrige Zeit verbrachten sie im Wintergarten, wo sie sich der Länge nach auf Korbsesseln mit Kissen aus den alten Tagen des Empires ausstreckten.

Ich verbrachte einige Zeit damit, im Wintergarten Ordnung zu schaffen, indem ich eine Reihe von Topfpflanzen hinausschleppte, die von vielen Sommern zu Tode gesengt worden waren. Der geschrubbte Boden erwies sich als Mosaik mit eisvogelblauen und rotgoldenen Tüpfelchen. Die endlosen Glasflächen blitzten, als ich sie mit dem Gartenschlauch abgespritzt und überpoliert hatte. Die Diele war hell und kühl. Sie brauchte lediglich eine Staubsaugerrunde und ein paar Pflanzen auf der langen Konsole mit der Marmorplatte; die alte Krokodilhaut machte sich sehr gut in der Mitte. Die Malerarbeiten konnten warten. Ich hängte eingerahmte Landkarten, illustrierte Gedichte, Verleihungsurkunden und Plaketten, Teilnahmebescheinigungen von viktorianischen Sonntagsschulen, Zeugnisse und kolorierte Adressen auf. Meine Tochter bemerkte einmal trocken, es sehe aus wie in einer U-Bahn-Station, und man hatte tatsächlich etwas zu gucken, während man auf das nächste Ereignis wartete.

Mein Schlafzimmer hatte Fenstertüren auf dem Balkon, wo ich mich zuerst als Greta Garbo in Monte Carlo gesehen hatte, aber jetzt wurde ich mir bewußt, daß ich die Bettvorleger-Minna war, die Hundehaare auf die Begonien schüttelte. Mein Bett war zweieinhalb Meter im Quadrat und mindestens zweihundert Jahre alt und hatte angeblich zahlreichen Königinnen und ihren Gefährten gedient. Wir nannten es «Die Spielwiese», aber dazu wurde es inzwischen nur noch von Teddy und Willy und Bustle benutzt.

Das Wetter war zu schön, um beim Auspacken von Umzugskisten versäumt zu werden. Ich war sogar froh, als Humphrey die Post brachte. Es war ein echter Grund, nach draußen zu gehen. Ich lehnte am schmiedeeisernen Bogen mit den Kletterrosen, als er am späten Nachmittag des nächsten Tages kam. Ein Scheich hatte sich nicht blikken lassen, niemand hatte sich blicken lassen außer Mrs. Flutey.

Mrs. Flutey war ein bißchen taub. Sie hatte ein Hörgerät, und eine Brille hing an einer Schnur um ihren Hals, aber soweit ich feststellen konnte, war beides ziemlich sinnlos, denn sie hörte nie zu, wenn ich etwas sagte, und sah nie hin, wenn wir von etwas sprachen.

Sie kam sofort, nachdem sie angerufen und gesagt hatte, sie sei gleich da. «Ich komme», hatte sie verkündet, als ginge es in die Schlacht. «Wo liegt das? Ich finde Sie schon. Was kostet es? Maribou ißt nichts – buchstäblich nichts. Wir essen wie die Spatzen. Eigentlich dürfte es gar nichts kosten, weil sie nur Wasser braucht, nur etwas zu trinken. Maribou ist eben so. Bis gleich.»

Und dann stand sie in der Tür. Eine kleine dünne Dame, jünger als ich gedacht hatte, mit scharfen Zügen und einem schmalen Mund, der sich wie ein Schnabel öffnete und schloß. Maribou war ein Malteserhündchen.

Mrs. Flutey sagte: «Da ist sie. Ich kann nicht bleiben. Sorgen Sie bitte dafür, daß ihre Schnauzhaare genug Dorschlebertran bekommen. Achten Sie auf ihre Bewegungen. Schneiden Sie ihre Krallen. Wischen Sie ihr die Augen aus. Haben Sie ein richtiges Rektalthermometer? Macht nichts, versuchen Sie's mit dem Ohr. Spülen Sie ihre Nase aus. Schneiden Sie die langen Haare unter ihrem Schwanz ab, sie pinkelt sie leicht voll. Da fehlt eine Fliese. Sie brauchen dringend neuen Kies. Schöner Blick hier! Diese Schnellstraße ist ein Jammer. Komme Donnerstag, den Vierzehnten, wieder ...»

Aber sie ging nicht. Sie kam hinter mir her, mit zuckender Nase wie ein Jagdhund. Ich bot ihr eine Tasse Tee an, aber sie schüttelte den Kopf, während sie den Kamin inspizierte, mit einem Finger den Sims entlangfuhr, mit einem Zeh den Vorsetzer, mit dem Blick die Kommode.

Dann sagte sie: «Ölen Sie die Türen. Zitronenzusatz ist sehr gut. Sie sind nicht sehr ordentlich, nicht wahr?» Sie warf einen Blick auf Maribou und fügte mehr für sich als für mich hinzu: «Blaue Waschtönung.» Dann schritt sie zur Tür, krähte «Das wär's» und ging.

Ich vergaß alles, was sie gesagt, gefragt, befohlen hatte. Maribou war niedlich, sensibel und makellos sauber. Sie hatte einen sanften Gesichtsausdruck und war unglaublich ausgeglichen und autark. Sehr kuschelig, aber sie forderte nicht zu Zärtlichkeiten heraus. Ich stellte ihr Körbchen zu Bob und Bill in den Wintergarten, und sie ließ sich darin nieder, nachdem sie ein wenig mit der Decke und dem Kissen herumgepusselt hatte – und mit einem kleinen Hut, den ich zuerst für ihre Nachtmütze hielt, doch wie sich herausstellte, war es Mrs. Fluteys Hut. Aber ich erfuhr nie, ob sie ihn für Maribou dagelassen hatte, was ihrer panzerähnlichen Strenge etwas Menschliches gegeben hätte, oder ob sie ihn vergessen hatte, was ihre automatenhafte Perfektion gemindert hätte.

Humphrey brachte einen Brief von meinem Mann, der alle Mängel des Krankenhausessens und andere Entbehrungen aufzählte. Er fügte hinzu: «Am Telefon kann ich Dir nicht die *Wahrheit* sagen, und womöglich fangen sie sogar den Brief ab und *rächen* sich», als wäre er im Gulag. Ich glaube, er dachte wirklich, daß es passieren könne. Er schrieb auch: «Schwester X (Du weißt schon, welche) trägt eine Perücke! Ihr Häubchen verhakte sich hinter Mick Laffertys Galgen, und beides fiel ins Stechbecken (Häubchen und Perücke, nicht Lafferty und Schwester!). Niemand wagte zu lachen. Sie trägt jetzt eine rote mit Afrolook und sieht aus wie Coco der Clown.» Aber kein Wort über seine Gesundheit. Ehe wir an jenem Abend telefonierten, hatte ich versucht, ein paar Erkundigungen einzuziehen.

«Guten Abend. Ich möchte gern mit jemandem über meinen Mann sprechen, er liegt auf der Chirurgie.»

«Sie möchten *was*?»

«Mit jemandem sprechen, der für meinen Mann zuständig ist.» Es klang, als wäre er ein gefährlicher Irrer. Hastig fügte ich hinzu: «Mit jemandem, der kompetent ist.» Ich meinte, mindestens mit einem Oberarzt. Ich kam langsam ins Schleudern.

Eine kurze Pause entstand. «Hier sind alle kompetent», warnte die Stimme, die jetzt so steif und kalt wie ein Leichnam war. Sie erinnerte mich an die Sprechstundenhilfe unseres Hausarztes, als ich in Todesangst anrief, weil Pa mit einem Herzanfall zusammengebrochen war. Sie hatte in demselben Ton gesagt: «Herr Doktor ist sehr beschäftigt», als könnte er höchstens dann beim Deckenstreichen unterbrochen werden, wenn die Pest die Leute zu Tausenden dahinraffe.

«Ich bin sicher, daß Sie alle Spitze sind», versicherte ich ihr. «Ich meine, ich hätte gern kurz mit ...» Aber sie hatte mich schon wütend irgendwohin weiterverbunden.

Ich wartete und wartete. Dann legte ich auf, mindestens ebenso wütend. Ich mußte mich einfach damit abfinden, daß sie mich schmoren ließen, es sei denn, ich fuhr hin und warf mich vor ihnen in den Staub. Vielleicht, dachte ich, sollte ich einen meiner berühmten Briefe schreiben. Ich schreibe sie immer an Geschäfte, die mich übers Ohr gehauen haben, an Dienstleistungsbetriebe, die mich sitzengelassen haben, und an Ärzte oder Steuerberater, die meine Rechte als honorarzahlende Kundin verhöhnen. Sie fangen stets so an: «Sehr geehrte Herren! Ich bin Journalistin und recherchiere momentan für eine Serie über gerechtfertigte Verbraucherbeschwerden / spezifische Fälle von augenfälligen Diskrepanzen im Preis-Leistungsverhältnis ...» Sie machen ihnen gewöhnlich so viel angst, daß sie sofort antworten und manchmal sogar Schadenersatz leisten. Wenn nicht, schicke ich einen zweiten Brief, der so anfängt: «Sehr geehrte Herren! In meiner Eigenschaft als Journalistin habe ich nunmehr vor, unsere kleine Meinungsverschiedenheit und Ihr konsumentenfeindliches Verhalten in einem Artikel zu schildern, dem ich folgenden Titel geben will ...» Und dann bitte ich (sehr, sehr höflich) um ein paar diesbezügliche Einzelheiten, zum Beispiel, wie viele tausend andere Kunden darum kämpfen mußten, daß ihre berechtigten Forderungen wenigstens zu einem Bruchteil anerkannt wurden. Ja, die Macht der Presse! Ich brauchte nie mehr, als diese beiden Briefe zu schreiben, damit die Angelegenheit zumindest schnell untersucht wurde.

Ich schrieb gewöhnlich an den Leiter der Kundenberatung oder an den Geschäftsführer oder sogar an den Geschäftsführenden Direktor, wenn alle anderen mich ignoriert hatten. Einmal ging ich bis zum Vorstandsvorsitzenden, nachdem bei einem neuen Fernsehgerät schon nach zehn Tagen schauerliche Bildverzerrungen auftraten. Der Händler gab schlicht auf und behauptete, bei BBC 1 habe man eben diesen Winter lange Nasen und spitze Füße. Spieler auf der Bühne oder dem Sportplatz liefen abrupt in die Kulissen oder ins Aus, wie Tinte, die aufs Papier gespritzt wird, hinunterrinnt und einen Fleck hinterläßt. Nach der siebzehnten Verzerrung schrieb ich den ersten Brief und bekam zur Antwort, die Störungen könnten auf schlechten Empfang auf Grund lokaler Besonderheiten zurückzuführen sein. Ich rief den Geschäftsführenden Direktor an, aber sie sagten, er habe keine Ahnung, und die übrige Firmenleitung auch nicht. Also wandte ich mich an den Vorstandsvorsitzenden und schrieb *Streng persönlich!* auf den Umschlag.

Er antwortete nicht nur, er schlug ein Zusammentreffen vor. Er spendierte mir einen Sherry aus seinem Barschrank, ein Mittagessen im Savoy und einen brandneuen Fernseher, nachdem seine eigenen Leute meinen untersucht und festgestellt hatten, daß er genauso vermurkst war, wie ich gesagt hatte.

Der Brief ans Krankenhaus war ein bißchen respektvoller. Ich konnte nicht riskieren, daß sie den Patienten darunter leiden ließen. Sie würdigten mich nicht einmal einer Empfangsbestätigung, aber er half mir jedenfalls, Dampf abzulassen, und ich hatte das Gefühl, etwas getan zu haben. Ich vertraute ihn Humphrey an, der sein gutes Auge benutzte, um die Adresse zu lesen, während das Plastikauge durch mich hindurchsah. Man gewöhnte sich daran, aber ein gewisses Unbehagen blieb, wie bei der Steuererklärung.

Um mich abzulenken, sage ich: «Schöner Tag heute. Ich wette, wir kriegen einen tollen Sommer.»

«Sehen Sie den Vogel da?» Er ruckte den Kopf zu seiner linken Schulter. Ich folgte der Richtung seines Ohrs.

«Nein», sagte ich.

«Das ist ein Waldsänger. Sie sagen bestimmt Großbrust dazu.»

Noch nie im Leben hatte ich das zu irgend jemandem gesagt. Ich protestierte. «Nein, wirklich nicht. Sie irren sich.»

«Nie, Miss, nie. Ich hab auf Großbrüste geachtet, seit ich ein kleiner Junge war. Ich erkenne sie auf den ersten Blick. Und sie bedeuten Frost, so wahr ich ein Collie bin.» Ich sah ihn an. Selbst im Traum konnte er kein ... ach so, es war sicher sein Familienname. Auch eine Herausforderung. Ich mußte zurückschlagen.

«Na ja», sagte ich liebenswürdig. «Wir werden sehen. Was mich betrifft, so hab ich heute morgen ein Blaues Stachelschwein gesehen, und *das* bedeutet eine Hitzewelle, so wahr ich eine Meise bin!»

Was zu beweisen war, denn am nächsten Morgen fing die Hitzewelle an ...

Colonel Pelmett wollte um die Teezeit kommen. Er war am Telefon sehr militärisch gewesen, allerdings höflich, und hatte mir mit einer befehlsgewohnten Stimme etwas über seinen Hund vorgebellt. Er sagte, er würde mit seinem Rover um Punkt vier da sein. Ich wußte nicht, ob er den Hund oder seinen Wagen meinte, und selbst als er da war, hätten es beide sein können.

Der Colonel war die Verkörperung aller Fernsehoffiziere in reiferen Jahren. Weiße Haare und Schnauzbart. So kerzengerade, daß man das Hornsignal hörte. Ich fühlte, wie meine Muskeln Haltung annahmen, und wünschte, er würde viel öfter kommen, damit meine Figur in Form blieb. Ein sehr alter Hund folgte ihm.

«Rover!» verkündete der Colonel, nachdem er sich selbst vorgestellt hatte. Der alte Hund blickte auf und wedelte mit dem Schwanz.

«Platz!» befahl der Colonel. Es war ein Jammer, daß sein künstliches Gebiß so schlecht saß. Es vermasselte jedes Z. Zuerst erschrak ich jedesmal.

Rover verstand ihn zum Glück richtig und setzte sich.

«Ein Kamelhund», behauptete der Colonel stolz und keinen Widerspruch duldend.

«Wie schön!» sagte ich beeindruckt. «Ich hab noch nie von einem gehört.»

Der Colonel fixierte mich mißtrauisch, um zu sehen, ob ich Zweifel hegte. Ich hegte keine. Wenn es wirklich Wüstenmäuse und Pyramidenkatzen gibt, warum dann nicht auch Kamelhunde? Ich bin nie weiter östlich als Felixstowe gekommen, aber ich glaubte immer alles.

«Kommen Sie doch herein», schlug ich vor und hielt die Tür weit auf.

«Hopp!» bellte er. Er war ein Mann, der wenig Worte machte, und es war schade, daß er sie wie Kugeln abschoß, denn nur ein mitfühlender Blick Rovers hinderte mich daran, selbst loszuspringen. «Sauarbeit», sagte der Colonel. «Verwittert schon.» Ich nickte tapfer. Ich hätte ihn nie gefragt, was für eine Sauarbeit er meinte. Sollte er selbst verwittern.

Er ging zum Auto zurück und entlud einen spartanisch aussehenden niedrigen Bretterverschlag, der mit sauberen *Times*-Blättern ausgelegt war (keine Decken für dieses Bataillon – den Softies werden wir's schon zeigen). Dann holte er zwei Näpfe heraus, auf dem einen stand *Hund*, auf dem anderen *Wasser*. Dann noch einen kleinen Ball zum Exerzieren. Das war alles.

«Schläft überall», sagte der Colonel. Er war hinter mir, und als ich mich umdrehte, ihn zu sehen, tauschte er einen Blick mit dem Hund aus, und seine alten Züge wurden weicher. Seine hellen Augen waren feucht vor Liebe. «Wenn möglich, im Haus», fügte er barsch hinzu.

«Selbstverständlich», stimmte ich zu und vergaß wieder mal die Zwinger. «Wir haben eine große gemütliche Küche. Das heißt, allzu warm ist sie nicht», verbesserte ich mich schnell.

«Einmal Futter am Tag, aber reichlich Wasser.» Er hielt inne. «Ein bißchen Bewegung.»

«Soviel er braucht», sagte ich leise. Der alte Hund sah aus, als hätte er eher ein bißchen Ruhe nötig. Ich hob den Ball auf. «Wird er ihn kriegen?» fragte ich, als ob es sich um einen Spulwurm handle. Der Colonel sah mich wieder streng an. Er nahm mir den Ball ab und schraubte ihn auf. Drinnen lagen einige rote Pillen.

«Eine am Tag», sagte er und schämte sich der Schwäche in seinem Lager. «Eine kleine Herzgeschichte.»

Er verstummte und blickte besorgt drein. «Er nimmt seine Medizin nicht wie ein Mensch. Ich muß sie aus diesem Ding holen. Wenn sie aus einem Ball kommt, nimmt er sie, weil es ihn an die Tage erinnert, als wir zusammen Kricket gespielt haben.»

Ich bückte mich, tätschelte Rover und betrachtete ihn aus nächster Nähe, die vielen grauen Haare und die etwas schlaffe Nase. «Er ist nicht mehr der Jüngste», sagte ich vorwitzig. «Armer alter Knabe.» Sein Herr sah mich lange an. Dasselbe hätte man über ihn sagen können. Es tat mir leid für beide.

«Siebzehn», behauptete er herausfordernd. «Ich weiß, daß sie im Pandschab zwanzig und älter werden. Nun, das Fünfzehnte Infanterie hatte einen Basenji in der Messe, und er hat viele von ihnen überlebt. Weiß noch, daß er Dumbo hieß. Muß siebenundzwanzig gewesen sein, als er dahinging.» Sein Blick besagte: Wagen Sie ja nicht, es nicht zu glauben. «Rover kam mit sechs Wochen zu uns. Betete meine Frau an. Wir sind richtige Kumpel ...» Er gestattete sich ein Lächeln. «Es wird noch eine Weile dauern, bis er geht.» Er versuchte, sich selbst etwas vorzumachen und hatte eine schreckliche Angst, er könne sich irren. Ich dachte, wie furchtbar der letzte Abschied für zwei Wesen sein mußte, die einander so liebten.

«Keine Angst», versprach ich. «Ich werde so für ihn sorgen, daß Sie ihn wohlbehalten wieder abholen können.» Ich meinte natürlich: Daß Sie ihn lebend wieder abholen können, aber das konnte ich schlecht sagen. Ich konnte nicht mal sicher sein, ob ich es schaffen würde.

«Ich komm bald wieder, Junge», murmelte der Colonel und räusperte sich zweimal. Er steckte die Hände in die Taschen. Es war ein solcher Stilbruch, daß ich wußte, er war derart erschüttert, daß er es nicht mehr mit der gewohnten Selbstdisziplin überspielen konnte.

Rover stand schwerfällig und mühsam auf und wartete auf die letzte Liebkosung. Es tat mir weh, als ich sah, wie sehr er sich anstrengte, wie flehend er blickte. Aber der Colonel zögerte, biß die Zähne zusammen, und sie tauschten eine stumme Botschaft aus. Dann wandte er sich ab und ging zurück zum Auto. Ich wußte, eine Berührung, und er wäre vielleicht weich geworden und hätte seinen eisernen Willen aufgegeben. Er sah sich kein einziges Mal um, und der Wagen fuhr die Einfahrt hinunter und durch das Tor auf die Straße.

Rover und ich sahen ihm nach und stellten uns Fragen.

Der Verschlag stand mitten in der Küche. Rover stellte sich daneben, ein frischgebackener Rekrut, der auf die Spindinspektion wartete. Treacle kam angetrottet und knörzte ihn freundlich an. Sie hätte Mutter Oberin bei der Begrüßung neuer Patienten auf der Geriatrie sein können. Treacle hätte eine großartige Mutter Oberin abgegeben. Freundlich, aber sehr resolut, was die Hausordnung betraf, und nicht zu viel Aufhebens um ihre Schutzbefohlenen. Kein anderer Hund durfte sich je unter meinen Stuhl in der Küche legen. Daneben – ja. Dahinter – okay. Sogar *darauf*, wenn ich nicht darauf saß. Aber unter gar keinen Umständen *darunter*.

Rover kletterte in die Kiste und legte sich seufzend hin. Ich konnte sehen, daß er schwer atmete und zitterte und empfand um erstenmal Panik. Auf was um alles in der Welt hatte ich mich da eingelassen? Pflanzen welken dahin und werden nicht weiter beachtet. Menschen werden schnell ins Krankenhaus gebracht, wo sich andere um sie kümmern, aber geliebte Haustiere blieben, damit ich sie beschützte. Und ich war mir durchaus bewußt, daß sie in den meisten Fällen wichtiger waren als die Ernte und manchmal sogar wichtiger als ein Verwandter.

«Sieh mal», erklärte ich, «ich muß dich leider woandershin schieben, weil ich sonst dauernd über die Kiste stolpere.» Ich bückte mich und zog sie zur Wand unter das Fenster. Rover knurrte. Kaum hörbar, sogar entschuldigend, aber genug, um Mißbilligung zu zeigen. Aus naheliegenden Gründen war dieser Platz gegenüber der Tür und dem Eingang nun seiner, bis sein Herr zurückkam und ihn abholte. Rover hatte keinen Zweifel, daß sein Herr wiederkommen würde, sie hatten sich verstanden, und er war entschlossen aufzupassen und bereit zu sein, wenn die vertrauten Schritte sich näherten.

Also ließ ich ihn dort. Die Kiste war zwar ein bißchen

lästig, aber was machte das schon? Ich füllte den Wassernapf und stellte ihn in Reichweite hin, noch ein Hindernis auf dem Parcours. Aber ich hätte alles auf mich genommen, damit Rover glücklich war.

Mir fiel ein, daß ich Adams Mutter wegen Lady anrufen mußte. Adam war gestern abend dagewesen, den Tränen nahe. Mrs. Hollingbury, erzählte er, packe seine Koffer, er solle schon zwei Tage vor Ferienende zur Schule zurückfahren. Mami hatte ein verlängertes Wochenende bei Freunden noch weiter verlängert und war noch nicht wieder da, und er wagte es nicht, Lady zu Hause zu lassen, wenn niemand da sei, der sich um sie kümmere. Sie sahen mich beide so flehend an, daß mir nichts anderes übrigblieb, als die Ingwerplätzchen zu holen und den Handel zu 20 Pence die Woche perfekt zu machen (Adam hatte mir wieder sein gesamtes Taschengeld geboten, aber wir kamen schließlich überein, daß ich 20 nehmen würde, damit er 30 behielt). Lady sollte bis zu den Sommerferien bleiben, und ich würde mit Mami reden, sobald sie zurück sei.

Lady fühlte sich sofort heimisch. Sie machte einen äußerst zufriedenen Eindruck. Sie lugte durch ihren dichten Pony, ihre Augen leuchteten, und ihre schwarze dicke Nase, die aussah wie eine eingelegte Walnuß, feucht und verrillt, zuckte aufgeregt. Ihr ganzes Hinterteil wackelte. Es stimmte mich traurig, daß sie nur außerhalb ihres Zuhauses Freiheit fand. Natürlich vermißte sie Adam, aber sie war nicht der erste Hund, der mich davon überzeugte, daß ein sechster Sinn ihnen sagte, ihr Besitzer werde zurückkommen.

Sobald der Colonel fort war, wählte ich Adams Nummer. Und sprach mit Mrs. Hollingbury. Sie war gelassen, höflich, ein bißchen distanziert und sagte, sie erwarte Mrs. Adair, Adams Mutter, in ein paar Tagen zurück. Ob sie etwas ausrichten könne? Helfen könne? Ich hielt es für das beste, Lady nicht zu erwähnen.

Sie schrieb meine Nummer auf. Mrs. Adair würde mich anrufen, wenn sie einen Moment Zeit hätte, und falls es um einen Beitrag für ein Dorffest ginge, könnten wir uns auf ihre Großzügigkeit verlassen.

Aber nicht auf ihre mütterliche Fürsorge, dachte ich brutal.

Lady war der perfekte Gast. Zurückhaltend, anspruchslos, sie aß meine Cornflakes ebenso gern wie Mrs. Adairs Kaviar. Nur wenn das Telefon klingelte, verwandelte sie sich in eine Furie: Mit markerschütterndem Kläffen sauste sie zum Apparat, warf unterwegs einen oder zwei Hunde und alles andere um, was im Weg stand, einschließlich mich. Ich brauchte eine Woche, ihr beizubringen, daß sie nur Laut geben mußte, statt gleich anzugreifen. Ich schaffte es, indem ich ihr in dem Augenblick, in dem sie zum Kriegsruf anhub, blitzschnell ein Ingwerplätzchen ins Maul schob, und nach meinen ersten überraschenden Gegenangriffen warf ich es ihr zu, um ihre Aufmerksamkeit abzulenken, und schließlich bot ich ihr eins an, während ich zum Telefon ging, um abzuheben. Zuletzt brauchte ich nur noch «Brav» zu murmeln, während sie mit gespitzten Ohren dasaß und die Keksdose anstarrte. Es war unorthodox, aber wirksam.

Wenn es donnerte, bekam sie jedesmal Angst, aber vielen anderen ging es genauso. Sie fingen an zu zittern und verkrochen sich mit eingezogenem Schwanz unter Tischen und Stühlen oder in ihren Körben. Ich weiß noch, daß einer den Kopf unter die Wolldecke steckte. Nur Maribou liebte Gewitter – übrigens als einziger Hund, von dem ich jemals gehört habe –, und sie begann buchstäblich zu tanzen, wenn Blitze den Raum erhellten. Sie hatte vor nichts Angst, aber da sie mit Mrs. Flutey zusammen lebte, war das verständlich.

Das einzige Niesen, das Lady erschreckte, war mein eigenes, so daß ich mir alle Mühe gab, das Problem im Keim zu ersticken. Sie schien es mit einem letzten Keuchen oder dem rasselnden Atem eines Sterbenden oder irgendeiner Todesgefahr zu verbinden, und nur bei Leuten, die sie kaum kannte, machte es ihr nichts aus.

Die Afghanen lagen herum und waren schön. Rover behielt die Tür im Auge und träumte von der Rückkehr seines Herrn. Teddy machte das beste aus der Situation und half Treacle bei ihren Aufgaben als Hüterin des Hauses, begrüßte neue Gäste und sagte mir ziemlich vorwurfsvoll Bescheid, wenn das Wasser im Napf zur Neige ging. Willy beobachtete Rosie – aus sicherer Entfernung –, wenn sie zwischen den Narzissen Jagd auf Tiger machte, und die anderen balgten sich ein bißchen oder belästigten den Kaminvorleger, um die Zeit totzuschlagen, so ungefähr wie der Hund Montmorency in Jerome K. Jeromes unvergeßlicher Geschichte *Drei Mann in einem Boot* mit den Teelöffeln spielt, während er darauf wartet, daß die Fahrt endlich beginnt.

Im Augenblick waren wir eine zufriedene kleine Gemeinschaft. Mattie und ich spielten die Elternrolle, und Frilly hatte die Funktion des unbändigen Jüngsten, das dann und wann für Aufregung sorgt. Ich glaubte, der Ewigkeit eine Sekunde des Glücks abgerungen zu haben.

7

Aber wenn nun keine Kunden mehr kämen? Sollte ich ein neues Reklameschild neben dem Tor und vielleicht noch ein etwas größeres Schild direkt an der Schnellstraße aufstellen lassen? *«Laßt Eure Lieben bei den ‹Stechpalmen›»* oder so ähnlich. Das klang freilich eher nach Bestattungsinstitut als nach einem zweiten Zuhause. *«Laßt Eure Lieben bei den ‹Stechpalmen› – Ferienheim für Hunde»* wäre unmißverständlicher, aber bei der Geschwindigkeit, die sie auf der Überholspur fuhren, würden sie wahrscheinlich nur die ersten drei Worte lesen und die richtige Abfahrt verpassen. Wie wär's mit *«Zur ‹Stechpalme› – Ferienheim für Hunde»*? Aber Stechpalme klang entschieden stachlig, winterlich, ungemütlich. Ich sollte einfach *«Ferienheim für Hunde»* schreiben. Das Problem lenkte mich wenigstens von meinen Geldsorgen ab, vertrieb das Selbstmitleid und verhinderte Tränen. Ich schlürfte einen oder zwei Becher Kaffee, während Mattie auf meinen Füßen lag und Teddy neben Rover in der Kiste unter dem Fenster saß. Treacle hatte ihre Wache unterbrochen, um einen Gang durch den Garten zu machen. Die anderen lagen wunschlos glücklich herum. Vielleicht sollte ich mir doch keine Sorgen machen. Ich fing an, alles in einem Brief an Pa festzuhalten.

Als das Telefon klingelte, und ein Mann fragte, ob ich einen Boxer fürs Wochenende einschieben würde, kicherte ich nervös und sagte, ich könne es kaum erwarten.

Die Lage normalisierte sich wieder.

8

Und dann bekam Willy einen Anfall.

Ich hatte beschlossen, schnell ins Dorf zu flitzen und einzukaufen. So manch ein Neandertaler muß genauso gefühlt haben, wenn der Stamm von Hunger bedroht war. Ich wollte die Hunde in den Zimmern einsperren, wo sie ihre Nachtlager, ihr Wasser und ihre Freunde hatten. Ich wollte ein letztes Mal den Wagen nehmen und ihn volladen wie für eine Belagerung, und selbstverständlich würde ich eine Verbeugung zum Haus hin machen. Meine Mutter hatte sich immer an der Pforte umgedreht und sich vor dem Haus verbeugt, das sie für ein oder zwei Stunden allein ließ, denn sie war fest überzeugt, daß dann nichts passieren konnte. Und tatsächlich passierte nie etwas!

Nach einer bewölkten Nacht, in der es ein bißchen geregnet hatte, kam jetzt die Sonne durch. Der Tag war risikofreundlich. Ich würde nicht die grünen Jeans anziehen, die sauber waren. Ich würde ja doch nur gottverlassene Landstraßen fahren. Ich würde in sicherem Abstand von Ladenmarkisen bleiben (meine Tante wurde von einer getroffen, die mitten am Nachmittag herunterfiel und sie so beschädigte, daß sie einen Mann heiratete, der in einem Chor die Altstimme sang und sich gegen Katarrh Frühlingszwiebeln in die Nasenlöcher steckte) und mich von Gerüsten und steilen Böschungen fernhalten. Um kein Mißverständnis aufkommen zu lassen: Ich hatte nicht etwa Angst um mich, sondern um die Hunde.

Ich zog mich bei geöffneten Balkontüren an und dachte, wie herrlich alles im Grunde war – herrlich auf eine kleine, bescheidene Weise. Ich dachte daran, daß der Mensch seit frühesten Zeiten im Hund den besten Ersatz für den selten idealen Partner gefunden hatte. Vielleicht, dachte ich, würde die Menschheit auf den richtigen Weg zurückfinden, wenn jedermann ein Haustier hätte, wie eine Notration im Krieg, das er lieben und umsorgen könne.

Teddy stand auf dem Balkon, steckte den Kopf zwischen zwei Gitterstäben hindurch und paßte auf, daß wir nicht von Vandalen heimgesucht würden. Maribou und Bustle hatten sich selig zu einem großen Schwanenflaum zusammengerollt. Ich wollte gerade zu Rover hinunterlaufen, dem immer meine erste Sorge galt, als Willy einen leisen, erstickten Ton von sich gab und anfing zu zittern.

Das Zittern wurde immer heftiger, und dann sackte sie in sich zusammen und rührte sich nicht mehr. Ich dachte, sie sei tot, aber sie begann wieder zu zittern und zuckte konvulsivisch.

Ich rannte zu ihr und nahm sie auf den Arm, aber sie reagierte nicht. Ihr Maul stand halb offen. Speichel tropfte auf meinen Ärmel. Ich war außer mir vor Schrecken. In diesem Augenblick traten die Probleme, all die Verantwortung des neuen Broterwerbs in ihrem ganzen ungeheuerlichen Ausmaß zum Vorschein. Ich legte Willy behutsam aufs Bett und lief zum Telefon. Ich zwang mich, ruhig zu bleiben. Ich mußte bei meiner Tierärztin den Eindruck erwecken, daß ich in Krisen einen klaren Kopf behielt. Katastrophen mit Fassung nahm. Ich war kurz, kühl, unbewegt. Ich täuschte und verblüffte mich selbst. Manchmal tue ich das . . .

Hetty Hebgraben sagte: «Es ist ein Anfall.»

«Sicher», antwortete ich, als hätte ich es die ganze Zeit gewußt. Ich mußte mich am Telefon festhalten, weil ich zitterte wie eine alte Klapperkiste auf einem Feldweg.

«Hat der Besitzer Sie gewarnt?»

«Nein», sagte ich. «Der Hund wurde von jemand anders gebracht.»

Sie sagte beruhigend: «Hören Sie, keine Angst.» Wer sagte denn, daß ich Angst hatte? Zugegeben, mein Mund war ausgedörrt, meine Kehle tat weh, und ich bebte wie Espenlaub. Aber wer sagte, daß ich Angst hätte?

Ich sagte beiläufig: «Kann ich etwas tun?» Zum Beispiel Teddy bitten, niederzuknien und bei Gott ein gutes Wort für uns einzulegen?

«Eigentlich nicht. Sie müßte es jeden Augenblick überstanden haben und wieder genau wie sonst sein. Möchten Sie, daß ich nachher vorbeikomme und sie mir ansehe?»

«Das wäre vielleicht das beste», stimmte ich zu. Wenn sie es nicht vorgeschlagen hätte, hätte ich darauf bestanden.

«Werden Sie da sein?» Ich würde nie wieder einen Schritt aus dem Haus tun. Willy lag bewegungslos da und atmete, aber sie sah so tot aus, wie ein Hund nur aussehen kann.

«Ja, ich bin da», versicherte ich. Und dann brach die Fassade der Gelassenheit und Kühle plötzlich in sich zusammen. «Kommen Sie bitte schnell! Ich habe schreckliche Angst, daß was Schlimmeres passiert. Sie könnte vielleicht sterben ...»

Sie lachte. «Es wird nichts passieren, ehe ich da bin. Das wagen sie nicht! Vielleicht ist sie epileptisch. Das gibt's auch bei Hunden. Aber sie rappelt sich bestimmt gleich wieder auf. Sorgen Sie dafür, daß sie es kühl hat und nicht gestört wird, und stellen Sie ihr Wasser hin. Lassen Sie sie schlafen, wenn sie möchte.»

«Einen Moment, bitte», sagte ich, legte den Hörer hin, ging zu Willy und kniete mich neben ihren leblosen Körper hin. Sie machte die Augen auf und wedelte schwach mit dem Schwanz. Ich legte mein Gesicht an ihre lockige Kehle, und meine Tränen benetzten ihr Fell. Dann lief ich zurück.

«Es scheint ihr schon besserzugehen, aber kommen Sie bitte trotzdem so schnell wie möglich.» Sch ... auf die Kosten, dachte ich. Rechnungen warten, aber die Willys dieser Welt machen manchmal einen Satz in die nächste.

«Ich werde in etwa einer Stunde da sein. Ich muß vorher noch ein paar Dinge besorgen.»

Ein paar Dinge besorgen, das konnte Einkaufen heißen ... Essen. Mein Magen knurrte um Hilfe und zog sich schmerzhaft zusammen.

«Ich bitte wirklich nicht gern darum, aber wenn man am Verhungern ist, vergißt man seine Kinderstube. Könnten Sie mir ein oder zwei Brote mitbringen und vielleicht noch ein Paar Würstchen?» Es klang vermessen – konnte man sich nicht mit Wasser und Brot bescheiden?

Als ich Willy später Cornflakes und Milch brachte, sah sie mich an, als wollte sie um Verzeihung bitten. Sie wedelte mit ihrem kleinen Stummelschwanz und lächelte. Ich umarmte sie. Die anderen waren hinausgegangen, und sie lag am Fenster in ihrem Korb, im Schatten der Vorhänge. Es wurde allmählich ein sehr heißer Tag.

«So», sagte ich, «versuchen wir, das nicht wieder zu tun, ja?» Sie setzte sich auf und reckte sich. Dann gähnte sie. Sie schlappte die letzten Cornflakes auf und trank die Milch aus. Sie hatte bereits Unmengen von Wasser getrunken, genug, um eine Badewanne zu füllen.

Die anderen kamen und gingen, ohne uns zu beachten, bis auf die großspurige Bustle, die es für notwendig hielt, herzukommen und nachzusehen, was los war. Bustle wäre sich noch ausgeschlossen vorgekommen, wenn man sie von der Arbeit eines Bombenentschärfungsteams ferngehalten hätte.

Schwach und schlaff vor Erleichterung ging ich nach unten. Frilly hatte sich zwischen Rovers Vorderpfoten gekuschelt. Sie kannte keine Vorsicht. Ihre neun Leben waren ihr genug. Sie mußte immer oft sein, wo etwas los war, und wenn nichts los war, half sie oft ein bißchen nach. Aber Rover hatte gern Gesellschaft; sein eines Auge war offen, und eine seiner alten Pfoten ruhte leicht auf dem Rücken der Katze. Endlich konnte er wieder Beschützer sein.

Als ich in die Küche ging, hörte ich ein Auto wegfahren. Oben konnte man die Haustürklingel nicht hören, und ich befürchtete, den Hundefutterlieferanten verpaßt zu haben. Womöglich würden wir nun alle diese Woche hungern müssen. Ich riß die Hintertür auf und hätte beinahe einen Irischen Schäferhund erdrosselt. Seine Leine war an den Türgriff gebunden. Der Ärmste – er war fast so groß wie ich – wurde so unvermittelt hochgerissen, daß wir zusammenprallten. Doch diejenige, die hinfiel, war ich.

Einen Augenblick saß ich benommen da, und er war über mir.

«Wer zum Teufel bist du?» fragte ich wütend. Er hatte eisgraue Haare und sah aus wie ein alter Grislybär, der allen Förstern entkommen ist. Seine Beine waren fast unnatürlich gerade, und er hatte einen durchtrainierten, kraftvollen Körper mit einem Sparschwanz. Keine Afghanenmähne, keine Lhasa-Fransen. Sein Kopf war schlank und umwerfend schön.

Riesige, dunkle Augen starrten mich an. Ich stand auf. Riesige weiße Zähne bleckten mich an. Ich nahm mich zusammen. An der abgestorbenen Tanne, die in die rostende Wanne hing, lag ein Zettel.

Ich las: «In Eile. Nehmen Sie bitte Toby und Angel. Versuche, vom Flughafen anzurufen. Sonst am 29. zurück. Vielen Dank.» Die Unterschrift lautete R. Shane.

Ein Engel war allerdings weit und breit nicht zu sehen, und ich bin ganz sicher, ich hätte ihn bemerkt, wenn einer dagewesen wäre. Einen lauernden Dämon kann man übersehen, einen Engel aber nicht. Ich drehte den Zettel um und las: «Eine Mahlzeit pro Tag, bitte reichlich» – nun, das verstand sich von selbst. «Und wenn Sie dafür sorgen könnten, daß er gelegentlich deckt, nur der Übung halber?» Ich nehme an, nicht nur Schäferhunde brauchen das, aber ich fand es entschieden zuviel verlangt und wußte nicht, ob ich mich ärgern oder lachen sollte. Aber Ärger zieht die Mundwinkel nach unten, Lachen nach oben. Wenn man über vierzig ist, hat man keine Wahl.

Also lächelte ich und sagte, nur um zu sehen, was geschehen würde: «Dann deck mal schön, Toby.» Er starrte mich an. Dann klappte er mißbilligend das Maul zu und setzte sich.

Hetty Hebgrabens Auto kletterte den Weg zum Haus hoch. Es war klein und schick, blitzblank und neu, sportlich und offen. Durchs Rückfenster glotzten keine Schafe, und es war ganz anders als die komischen alten Tierarztkisten aus Fernsehserien. Aber Hetty war ja auch kein komischer alter Tierarzt. Sie war genau die Sorte Frau, die ich mag, und es gibt Zeiten, in denen ich lieber mit so einer Frau zusammen bin als mit irgendeinem Mann.

«Hi!» Sie sprang heraus und nahm einen nüchternen schwarzen Aktenkoffer vom Beifahrersitz. Ihre Füße steckten in eleganten, hochhackigen Sandalen, aber ich sah, daß auf dem Rücksitz Gummistiefel lagen. Sie trug eine Leinenhose und ein loses Baumwollhemd. Ihr Haar war kurz und blond und an den Ohren gelockt. Wir gingen ins Haus und sprachen über Willy.

Toby blieb uns auf den Fersen. Wie viele andere übergroße Hunde schien er sich wegen seiner Größe schrecklich zu schämen. Er senkte den Kopf, stapfte bekümmert einher und ließ Ohren und Schwanz hängen. Womöglich hatte er auch nur Heimweh. Auf jeden Fall litt er unter irgend etwas. Ich tätschelte den breiten, knochigen Kopf und kraulte ihn mit einer Hand in einem fort hinter den Ohren. Er erinnerte mich an eine Schulfreundin namens Paula (wir nannten sie Telegrafen-Paula), die mit sechzehn Jahren 1,79 Meter groß war.

«Glauben Sie, er hat etwas?» fragte ich Hetty und warf einen besorgten Blick auf Toby.

«Flöhe», sagte sie sachlich.

Ich sprang hoch, als ob mich soeben einer gebissen hätte. *«Flöhe!!?»* Und dann: «O nein ... Keine Flöhe!» Sie zuckte mit den Schultern. «Sehen Sie selbst.» Ihre Hand blieb, wo sie war, drückte die kurzen Haare gegen den Strich. Ich konnte sie sehen, sie hüpften wie russische Bodenturner.

«Mein Gott!» rief ich, als ob sie eine Lösegeldforderung für den Tauflöffel gestellt hätte. «Er wird sie an alle anderen weitergeben!»

«Wenn er es nicht schon getan hat, und die Daunendecke nicht zu vergessen», stimmte Hetty zu. Sie schien es fast zu genießen. Ich muß sagen, daß meine Sympathie für sie etwas nachließ.

Aber sie streckte die Hand aus und tätschelte meine. «Ich werde etwas dagegen tun.» Um mich zufriedenzustellen, würde es wenigstens eines Voodoo-Zaubers bedürfen. «Läusepulver und Ungezieferhalsbänder. Wird höchstens ein Pfund pro Tier kosten. Schwere Fälle, die stark befallen sind, sollten ein Alugan-Bad bekommen. Das ist ein zuverlässiges Mittel gegen alle Läuse und Flöhe, die sie bestimmt haben.» Sie sah das Gesicht, das ich machte. «Ein Hundehotel ist mehr als Gutenachtstreicheln.»

«Mäuse und Flöhe?» rief ich. Ich war verständlicherweise ein bißchen durcheinander. Die Flöhe waren schlimm genug...

«Ungeziefer und Parasiten sind nur andere Formen des Lebens», wandte Hetty nüchtern ein. «Ich verstehe nicht, warum alle Leute eine Gänsehaut dabei kriegen. Na ja, sie sind vielleicht nicht sehr angenehm, und es macht mehr Spaß, Goldfische zu beobachten, aber verstehen Sie, sie sind auch lebendige Wesen und haben ein Recht zu leben.» Ich kam mir auf einmal vor wie ein sadistisches Biest. «Dumme Vorurteile des Pöbels!» fügte sie tröstend hinzu.

Auf der Treppe sagte sie: «Die meisten Hunde bekommen ab und zu Flöhe. Oder irgendwelche Milben. Es ist ein natürliches Risiko für jeden Hund, der normal lebt. Nur die Tiere, die immer im Haus eingesperrt sind und nichts von Feldern und Wäldern und Freiheit wissen dürfen, haben nie welche. Wenn ich höre, daß jemand behauptet, sein Hund habe nie einen Floh gehabt, tut mir das arme Tier leid. Wahrscheinlich verbringt es den ganzen Tag in der Küche oder angebunden auf der Hauptstraße vor dem Supermarkt.»

Ich öffnete die Schlafzimmertür, und sie ging vor mir

hinein. «Es hätten ja auch Spinnen sein können und keine Flöhe.» In dem Fall wäre ich jetzt schon halb durch den Ärmelkanal geschwommen. Zumindest kann ich es mit jedem hüpfenden Bodenturner aufnehmen, dachte ich irgendwie beruhigt.

Die Patientin stand am Rand der Spielwiese und bellte Teddy an, und Teddy jagte Bustle in den Schrank und wieder hinaus. Bustle fand es herrlich. Ihr Schwanz zuckte von einer Seite zur anderen, und sie blickte sich dauernd spitzbübisch um.

Hetty blieb stehen und betrachtete die drei. Sie zog unnachahmlich langsam die Augenbrauen hoch. Ich wurde verlegen. Wenn man den Tierarzt wegen eines Notfalls ins Haus zitiert, rechnet man schließlich kaum damit, daß der Kranke ein verliebtes Match über vier Paar Schuhe und einen Filzhut leitet.

Entschuldigend sagte ich: «Mein Gott, Bustle hat es wirklich faustdick hinter den Ohren. Aber Willy ist heute morgen tatsächlich zusammengebrochen und hatte Schaum vor dem Mund, sie sah aus wie ein Paar Socken, die bis zur Ferse in Seifenschaum liegen.»

Hetty ging hin und nahm Bustle wortlos hoch. Dann sagte sie: «Sie ist diejenige, die Hilfe braucht. Sie ist läufig. Ich hoffe, es ist nicht zu spät, um uns vor einem Korbvoll Promenadenmischungen zu bewahren.»

Auch das noch, dachte ich. Dann fiel mir Bella ein, und ich wurde blaß vor Wut. Ich hatte nichts dagegen, daß sie sich mit irgendeinem Stenz in Südfrankreich vergnügte, aber bitte nicht, wenn sie genau wußte, daß dies hier passieren würde. Wie der Herr, so's Gescherr ...? Es war unfair – auch mir gegenüber. «Sie hat kein Wort gesagt», jammerte ich, «und ich hätte nie gedacht ...»

«Wahrscheinlich sind es noch die ersten Tage», tröstete Hetty mich. «Sonst wäre schon längst eine Orgie auf dem Bett im Gang. Ich werde Ihnen ein paar Tabletten dalassen.» Weiß Gott, die brauchte ich, aber sie meinte Bustle. «Geben Sie ihr zweimal täglich eine, aber passen Sie auf, daß sie sie auch nimmt.» Nach einer Pause fügte sie hinzu: «Sonst ...»

Ihr Tonfall war unzweideutig warnend. Jetzt wußte ich den Grund für all das Gerenne von gestern. Sie waren oben viel weitergekommen als ich mit Ross in der Küche, und ich hätte es wissen sollen. Wie naiv kann man eigentlich werden?

«Mein Gott!» rief ich wieder und nahm ihr Bustle ab. «Ich werde ihr nichts als Tabletten geben, das schwöre ich. Sie kommt in eine Isolierzelle und wird mit Verhütungsmitteln vollgestopft.» Bustle nahm uns den Ton des Gesprächs übel und zappelte sich unvermittelt von meinem Arm. Ich schubste sie in den Schrank und drehte den Schlüssel um. Hetty untersuchte Willy. Ich fragte besorgt: «Ist es was Ernstes?»

«Nun, es ist nicht wie bei Masern. Ich meine, man sieht es nicht auf den ersten Blick. Aber wir werden ihr ein Beruhigungsmittel geben, solange sie hier ist, damit sie sich nicht zu sehr aufregt.» Wir könnten alle eins brauchen, dachte ich grimmig. In einem Tollhaus könnte es nicht verrückter zugehen. Wer sagte, daß nur woanders was los war?

«Soll ich mir schnell noch die anderen ansehen, wo ich schon mal hier bin?» schlug Hetty vor. Sie genoß den Blick vom Balkon. Sie konnte kaum erwarten, das Schlafzimmer zu bewundern. Es sah aus, als habe eine Räuberbande das unterste zuoberst gekehrt. Teddy saß in einer Ecke und schämte sich ein bißchen.

«Nett von Ihnen, aber lieber nicht», sagte ich hastig. «Noch ein Problem, und ich drehe durch.» In ein paar Wochen, dachte ich, ist diese Meute fort. Inzwischen würde ich das Schicksal nicht herausfordern, sofern sie alle glücklich und gesund zu sein schienen. Vielleicht würde

Hetty keine anderen Probleme mehr finden, sondern nur Nebenwirkungen, und Nebenwirkungen von Problemen sind nichts als weitere Probleme.

Ich ließ Bustle oben auf dem Bett liegen und nahm Willy mit nach unten. Bustle schien froh, nach dem Getechtel auf dem Schuhgestell ausruhen zu können. Ich machte Kaffee, und Hetty blickte sich um und bemerkte, ob Lady nicht ein bißchen rundlich sei? Und Matties Nase sei zu warm. Treacle, diagnostizierte sie, habe einen Knoten am Rumpf. Ich sagte, der Knoten sei ein Biß oder ein Stich. Sie sagte, es sei eine Zyste. Es müsse irgendwie vom Gras kommen, fügte ich störrisch hinzu, und Mattie habe lediglich mit der Nase zu dicht am Heizkessel gelegen. Hetty sagte, wir sollten darauf achten, und wir starrten uns an. Sie warf mir *fast* vor, meine Fürsorgepflicht zu verletzen, und ich warf ihr *fast* vor, zu geschäftstüchtig zu sein.

Ich nahm Rover mit nach draußen, um ein bißchen frische Luft zu schnappen. Hetty sah in seine Ohren, um ein neues Problem zu finden. Sie hatte sich bereits mißbilligend über seine Lethargie geäußert. Sie fügte hinzu: «Wenigstens hat er im Augenblick keine Strahlfäule.»

Überrascht sagte ich: «Sie kennen ihn?» Jemand hatte sich heimlich neben der Gartenbank erbrochen. Ich führte meine kleine Gesellschaft sicher daran vorbei.

«Er ist ein Patient von mir. Der Colonel ist ein alter Schatz. Vernarrt in Rover, regelrecht vernarrt. Ich kann kaum glauben, daß er sich von ihm getrennt hat. Er wollte ihn nicht einmal bei mir lassen, als ich seine Gallenblase herausnahm.» Ich nehme an, sie meinte Rovers Gallenblase. Er sah in der Tat aus, als sei er nicht mehr ganz komplett.

«Er ist nach Witterding gefahren», sagte ich.

Mattie fraß irgend etwas Unbekömmliches vom Feld. Wenn sie schmollte, haute sie immer ab und suchte etwas, das sie krank machte. Es sicherte ihr Mitgefühl und Aufmerksamkeit. Mattie war ein Hypochonder: Sie mußte sich und andere aufregen, egal womit. Sie konnte völlig unvermittelt die Stimme verlieren, lahmen, Zuckungen bekommen oder am ganzen Körper Ausschlag kriegen. Es beunruhigte mich nicht weiter: ein paar tröstende Worte, und sie genas blitzartig, aber ich haßte die Aasfetzen von Mäusen, Ratten oder Maulwürfen, die sie immer genau neben mir ablegte oder von sich gab. Abgewandten Blicks nahm ich ihr einen halben Kaninchenkopf aus dem widerstrebenden Maul. Ich fragte mich, wohin meine Euphorie von vorhin entschwunden war.

«Nach was für 'n Ding?» erkundigte sich Hetty und untersuchte Rovers Zähne.

«Wo lasse ich so was, wenn die Heizung noch nicht in Gang ist?» Ich hielt den Kopf auf Armeslänge von mir entfernt. «Witterding. Ich weiß auch nicht, wie man dort verwittert. Aber der Colonel will's wohl schnell hinter sich bringen. Soll ich ihn einwickeln und in den Mülleimer tun?» Ob Müllmänner noch nach Trophäen wühlen?

«Ich glaube, seine Frau ist dort», sagte Hetty nachdenklich. «Hinter die Hecke.»

Ich warf den Kaninchenkopf über die Hecke, obgleich ich wußte, daß er irgendwann zurückkommen würde. Aber bis dahin käme ich vielleicht auf eine bessere Idee, wohin damit. Verzögerungstaktik.

«Rover war ihr bedingungslos ergeben – mehr als der Colonel, glaube ich. Seitdem sie fort ist, geht es mit ihm bergab.»

Mattie schnüffelte bereits hinter der Hecke, und ich war total durcheinander. War der Hund der Frau des Colonels ergebener als der Colonel? Und warum war sie fort? Und mit wem ging es bergab? Meine Aufmerksamkeit war inzwischen geteilt, denn jetzt hatte Rosie den Kaninchenkopf, und Teddy, Mattie und Treacle waren ihr kläffend auf den Fersen.

«Ich kann Ihnen nicht ganz folgen ...» sagte ich.

«Die Frau des Colonels», erklärte Hetty übertrieben geduldig, «ist in einem Pflegeheim in Witterding für altersschwache Patienten. Ich bezweifle, daß sie je wieder herauskommen wird.»

Ich vergaß den Kaninchenkopf. «Der arme alte Mann», murmelte ich. Dann dachte ich wieder an Rover und fügte hinzu: «O Gott! Er wird doch nichts Ernstliches kriegen, während er hier ist?»

«Er ist sehr alt. Mit einem Bein im Grab, sagt man wohl.» Ich wünschte, sie hätte es nicht gesagt. «Sein Herz schlägt immer schwächer, wie eine erschöpfte Batterie. Es hängt davon ab, wie lange er noch hier ist ...»

Sie brachte mich um den letzten Rest meiner inneren Ruhe. Ich war entsetzt. Zum Glück schleifte Maribou gerade ein ziemlich scheußliches weißes Kaninchenfell um die Ecke. Es mußte seit Monaten irgendwo gelegen haben. Mrs. Flutey wäre in Ohnmacht gefallen.

«Hat hier zufällig vorher ein Zauberer gewohnt?» fragte Hetty. Und fast im selben Augenblick murmelte ich:

«Jetzt fehlt uns nur noch ein Schwanz ...» Die Atmosphäre war wieder entspannt. Als wir wieder in die Küche kamen, lag Rover keuchend, mit geschlossenen Augen in seiner Kiste. Sein Unterkiefer hing herunter, so daß man ein paar gelbliche Zähne und sehr blasses Zahnfleisch sehen konnte. Sogar Frilly schien beunruhigt zu sein.

«Ist mit ihm alles in Ordnung?» flehte ich.

Hetty kniete sich hin und hob eine Pfote an. Sie ließ los. Die Pfote fiel schlaff und kraftlos nach unten. «Nun ... nein», sagte sie widerstrebend. «Ich fürchte, nein.» Sie zog ein Lid hoch, fühlte seinen Puls – vergewisserte sich, daß er noch nicht tot war, um Gottes willen! Mir war noch nie ein Hund unter den Händen weggestorben, das heißt, jedenfalls nicht so. Ich hatte schon ein paar zum Tierarzt bringen müssen und war geblieben, während sie eingeschläfert wurden, hatte zugesehen, wie das treue alte Leben sie verließ, ich hatte auf dem Heimweg ununterbrochen geweint, den schon verblassenden Namen vor mich hin geflüstert, eine Liebe zurückgelassen, wie ich sie für wenig Menschen empfunden hatte. Aber so ...

«Er wird doch nicht ... Nicht hier! Ich könnte es nicht ertragen! Wie sollte ich das dem alten Herrn beibringen? Hetty, um Gottes willen!» Sie sah mich lange und kühl an und richtete sich wieder auf. Ich schämte mich plötzlich.

«Hat er die Tabletten mitgebracht, die ich ihm gab?» Ich nickte.

«Hat er sie regelmäßig genommen?» Ich nickte wieder.

«Dann müßte es gutgehen. Geben wir ihm jetzt eine.» Ich reichte ihr den Tablettenball und versuchte, mich an die tägliche Dosis zu erinnern, um mich zu beruhigen. Ich hatte gedacht, es genüge, wenn ich ein kleines Bord mit ein bißchen Verbandszeug für kleinere Verletzungen besäße, mit Ohren- und Augentropfen, um so zu tun, als sei ich den Anforderungen gewachsen, aber in eben diesem Augenblick versagte ich. In eben diesem grausamen Augenblick sah ich wieder alles vor mir, die geknickten Lilien, die unverkauften Kräuter, die späten Tomaten und die Apfelbäume, die nicht trugen.

Dann sagte Hetty milde: «Es hat keinen Sinn, schon bei der ersten Hürde zu straucheln, meine Liebe. Er wird es noch eine Weile machen, und der Colonel wird nur so lange in Witterding bleiben, wie er unbedingt muß. Sehen wir es doch mal so, wie es ist. Wenn das arme Tier stirbt, können Sie sich wenigstens damit trösten, daß sie dem alten Mann die Qual abgenommen haben, Zeuge seines Endes zu werden. Vielleicht denkt er, er hätte den Hund länger am Leben halten können, vielleicht macht er sich Vorwürfe, daß er fortgefahren ist. Vielleicht macht er Ihnen sogar Vorwürfe – aber ist das so wichtig, wenn Sie ihm diese schrecklichen letzten Stunden abgenommen haben?»

So mußte man es wohl sehen. Leben und Tod sind beide so groß, daß man ihnen nicht ausweichen kann, und wenn sie einen treffen, kommt es darauf an, das Gleichgewicht zu behalten. Wie ich fühlte, spielte kaum noch eine Rolle.

Ich sah sie dankbar an. Dann kniete ich neben der Kiste und streichelte die letzten Spuren Panik fort.

«Ich muß jetzt gehen», sagte Hetty, «wirklich. Ich muß noch einen Hengst kastrieren.»

Ich stand auf und brachte sie zur Tür. Kaum vorstellbar, daß diese zierliche Person, die geradewegs einem Titelbild von *Cosmopolitan* entstiegen zu sein schien, etwas so Brutales machte. Ich sagte es ihr.

«Gestern war es ein Schwein.» Ich fragte mich unwillkürlich, was der Supermarkt mir nächstes Mal außer den Köpfen und Haxen bringen würde.

Sie zögerte. «Sie zittern ja immer noch.»

Tränen stiegen mir in die Augen. Ich sagte: «Ich nehme an, ich bin ein bißchen erschöpft.» Es war stark untertrieben.

«Hören Sie», sagte Hetty bestimmt, «wenn ich schnell mal telefonieren darf, könnten wir einen Schluck auf Rover trinken, ehe ich gehe. Wir setzen uns wieder nach draußen unter die Bäume, und Sie erholen sich ein wenig, und wenn ich Sie mit Gewalt dazu zwingen muß. Los, holen Sie was mit Alkohol drin. Wie wär's mit einer ‹Dakkelschnauze› – kühl und feucht.»

Ich entschied mich für Pampelmusensaft, Eis und einen kräftigen Schuß Gin. Es ist mein Mittel gegen Stress. Ich muß es oft nehmen. Als ich zur Bank unter den Bäumen zurückging, hatte Hetty die Füße auf den runden Metalltisch gelegt und die Augen wegen der Sonne geschlossen.

«Alles klar, der Hengst kann warten. Ich hatte die halbe Nacht mit dem alten Schwein zu tun.»

«Den Fehler machen wir alle mal», sagte ich, um die Atmosphäre zu lockern.

Wir stießen an.

«Ich glaube, ich sollte Ihnen eine unangenehme Wahrheit sagen», sagte Hetty. «Wirklich.» Sie nahm die Füße vom Tisch und kam meinem Protest zuvor. «Bitte. Ich kann so was ganz gut. Wenn es soweit ist, können Sie das gleiche für mich tun.» Ich fand das ungefähr so unwahrscheinlich, als würde der Stallmeister des Buckingham-Palasts mich bitten, einen Corgi der Königin in Pension zu nehmen.

Die Hunde waren ins Haus gegangen. Sie fanden die Sonne nicht so unwiderstehlich wie ich. Ich fragte mich, ob wir alle nicht zu wetterabhängig seien. Rosie blühte bei Windstärke 9 oder einem Unwetter förmlich auf und rannte ins Freie, schüttelte ihre langen, zotteligen Haare nach hinten wie ein Teenager in der Disco und stieß ein Freudengeheul aus. Aber ein warmer, sonniger Morgen trieb sie oft ins Haus zurück, wo sie sich auf den kalten Fußboden in der Diele legte.

«Nun, ich sehe es so», fuhr Hetty ein bißchen geschraubt fort. «Sie haben sich mit mehr Begeisterung als Know-how in ein Projekt gestürzt. Okay, die Idee war wirklich ganz gut. Aber mir scheint, Sie haben eine Stufe übersprungen.»

«Als ich die Anzeige aufgab, war alles gut vorbereitet», wandte ich ein. Ich fand immer noch, daß alles gut vorbereitet war. Die schönen Zwinger, viel Freizeit, und bald würden die großen Ferien anfangen ... Es war nicht wie mit der Petersilie, bei der ich mir vorgestellt hatte, sie würde verkaufsfertig in den kleinen Plastiktöpfen wachsen, oder wie mit den Lilien, die von selbst zu den Friedhöfen eilen würden. Ich muß jedoch gestehen, daß ich zwischen dem Anfang und Ende einer Arbeit oft Schwierigkeiten habe.

«Wenn wir mal etwas mehr Zeit haben, können wir eine richtige Kalkulation machen und es unter geschäftlichen

Gesichtspunkten betrachten», sagte Hetty seufzend. Hauptsächlich vor Erleichterung dachte ich, daß es im Augenblick nicht möglich war. «Im Moment nur das Wichtigste. Erstens: Haben Sie überhaupt schon etwas verdient?» Ein wunder Punkt, aber ich vertraute auf die Kraft der Selbstheilung. Ich zuckte mit den Schultern.

«Dann müssen Sie die Durststrecke überbrücken, ehe Sie sich eine Werbekampagne und Personal leisten können.» Aus ihrem Mund klang es so furchtbar ernst.

«Zunächst mal werde ich einen um den anderen Morgen vorbeikommen und nach Rover sehen», fuhr sie fort. «Er ist schließlich mein Patient, und ich halte es für angebracht. Nein, nein, ich kann es ohne weiteres einrichten. Ich komme auf dem Weg zur Farm der Feathers sowieso hier vorbei. Sie haben eine Herde trächtiger Ziegen. Die Böcke müssen früh geschlachtet werden. Ich werde zusehen, daß ich Ihnen eine Ziege und ein Zicklein besorgen kann. Damit wäre Ihre Milchrechnung bezahlt, und Sie hätten noch mehr als genug übrig für die Hunde. Vielleicht wäre Fred Feathers mit einem Tauschhandel einverstanden ...»

«Was könnte ich ihm schon anbieten?» fragte ich heftig, denn ich sah bereits ein widerliches gehörntes Geschöpf vor mir, das meine paar Sessel aufschlitzte. Lieber jeden Morgen zum Milchladen fahren als eine säugende Ziege im Wohnzimmer.

«Eier», sagte Hetty und sah mich verschmitzt an.

«Aber ich habe keine Hühner», konterte ich noch verschmitzter.

«Noch nicht, das stimmt.» Wir beäugten uns wachsam.

«Niemals», warnte ich sehr, sehr entschieden. Ich hatte mal Hühner gehabt.

Hetty meinte, wir würden sehen, ja? Ich solle mir wegen Rover keine grauen Haare wachsen lassen. «Er wird warten, bis sein Herr zurückkommt, ehe er etwas so Einschneidendes unternimmt wie sterben. Mouldy, meine alte Sealyham-Hündin, hat ihre Jungen immer erst geworfen, wenn ich wieder zu Hause war. Einmal wartete sie, bis wir vom Skiurlaub in der Schweiz zurück waren. Sie war seit vier Tagen fällig. Sie platzte förmlich, als ich zur Tür hereinkam, und ehe ich meine Skier in die Ecke stellen konnte, lagen vier Welpen auf dem Axminster-Teppich!»

Sie stieg in ihren kleinen Wagen. «Die anderen Tiere sind in Ordnung, und ich werde Sie überall empfehlen. Es gibt bei uns nicht genug gute Hundehotels. Sie werden das Haus im Nu voll haben. Wenn Sie sowieso immer dableiben müssen, um sechs zu versorgen, können Sie genausogut sechzig versorgen. Denken Sie an das Geld –» sie sah das wachsende Entsetzen in meinem Gesicht – «vielleicht werden Sie noch selbst in den Zwinger ziehen! Ich komme nachher noch mal mit den Tabletten und Sprays und dem anderen Zeug vorbei. Vergessen Sie bitte nicht, nach den kritischen Daten zu fragen, wenn Sie Hündinnen aufnehmen. Und wenn die Leute sie nicht wissen, lehnen Sie jede Verantwortung ab. Am besten, Sie lassen einen betreffenden Passus auf die Formulare drucken» (was für Formulare?), «und passen Sie gut auf.» Sie ließ den Motor an und rief: «Es nützt nichts, wenn man sie lediglich *isoliert* ...», und das Auto rollte fort. Der Wind trug noch ihre warnende Stimme zu mir her: «Sie müssen Tabletten *und* Hundespray benutzen, sonst wird es schlimmer zugehen als im Puff!»

Ich sah mich unbehaglich um, aber niemand hörte zu, nur Toby, und seine Verlegenheit war größer als meine.

Die langen, sorglosen Tage, die ich mit einem Buch unter den Bäumen verbrachte, während meine kleinen vierbeinigen Freunde unbeschwert über die Wiesen tollten, entschwanden in einem schmutzigen Schlund von Unzucht und Verhütungsmitteln.

Als ich mich gerade umdrehen und wieder ins Haus gehen wollte, schoß das kleine Auto im Rückwärtsgang die Einfahrt hoch und bremste so scharf, daß die Räder blokkierten und der Kies nach allen Seiten spritzte. «Und was Ihren Mann betrifft», rief Hetty, «sehen Sie es doch einfach mal so: Es geht ihm besser. Das ist alles, was zählt. Lassen Sie bloß keinen Zweifel aufkommen, was Sie schaffen können und was nicht. Rufen Sie ihn an, aber sagen Sie *nicht*, wie sehr es Ihnen leid tut, daß Sie nicht kommen können, um bei seiner Fahrt Händchen zu halten. Sagen Sie einfach, was für ein Glück er hat, daß er an die See fährt. Sagen Sie, Sie wünschten sich, auch mal Urlaub machen zu können. Denken Sie daran, ab und an auch mal von Ihren Problemen zu sprechen. Aber im positiven Sinne. Sagen Sie, Sie schaffen es schon. Nicht jammern. Tragen Sie einfach den Krieg in sein Lager, damit *er* zur Abwechslung Schuldgefühle bekommt. Versichern Sie ihm immer wieder: ‹Mach dir bitte keine Sorgen um mich, hörst du? Ich werde es schon schaffen.› Es gibt keine bessere Methode, Verzweiflung durchblicken zu lassen.»

Sie schaltete den Motor aus und erwärmte sich für das Thema. «Sie können ruhig hinzufügen: ‹Gestern nacht hab ich es endlich geschafft, vier oder fünf Stunden zu schlafen.› Flechten Sie kurz ein, wieviel Geld Sie dadurch sparen, daß Sie selbst streichen und die Vorhänge anbringen werden. Sie brauchen nicht zu sagen, daß Sie es tatsächlich tun. Sehen Sie, Sie sind bestimmt schon länger verheiratet als ich, Sie müßten eigentlich wissen, wie es läuft.» Sie klang ungeduldig. «Es ist schließlich nur von Vorteil. Für ihn, meine ich. Wenn er sich der Probleme bewußt ist, die Sie hier haben, kommen seine eigenen ihm kleiner vor. Sagen Sie ihm, Sie wünschten sich, ihn besuchen zu können, weil das endlich mal *einen freien Tag* für Sie bedeuten würde. Er muß überzeugt sein, daß er das bessere Los gezogen hat. Verstehen Sie?»

Als sie zum zweitenmal davonsauste, fand ich, daß sie

ein bißchen aussah wie eine schlaue Siamesin. Ich mochte sie deshalb nicht weniger, aber ich kam mir doch vor wie eine schlichte Hauskatze. Wenn sie es trotz ihrer vielen Arbeit schaffte, weiter attraktiv und verführerisch auszusehen, gab es überhaupt keinen Grund, weshalb ich mich in eine von diesen unförmigen Hausfrauen in graublauen Kittelschürzen verwandeln sollte, die man unweigerlich mit irgendwelchen hungrigen Mäulern in Verbindung bringt.

Ich ging in die Küche zurück und sah in den Spiegel neben der Tür. Nach dem nächsten Bad würde ich mir die Augenbrauen zupfen. Baden? Ich rief den Kohlenhändler an und bestellte Koks, Kohle und Anthrazit mit dem Eifer Satans, der Kundschaft erwartet.

Die Schweinsköpfe mußten aus dem Ofen genommen werden. Ein Paar Haxen und andere, schwer zu identifizierende Teile waren ebenfalls fertig. Ich zwang mich, sie anzusehen, ein Messer zu nehmen und sie zu zersäbeln. Es war, als schnitte ich den Sonntagsbraten aus dem Hauptstück. Vielleicht weniger. Zumindest machte ich es für andere. Trotzdem hatte ich den scheußlichen Verdacht, es würde mir für den Rest meines Lebens jedes Hotelfrühstück verderben.

Es hatte sich wirklich etwas getan. Vielleicht hatte Hettys Tüchtigkeit auf mich abgefärbt. Man kann es vielleicht Selbsterhaltungstrieb nennen: Gestern hatte ich das Abendessen noch mit abgewandtem Gesicht serviert (und mir dabei Scheiben von den Fingern geschnitten), aber heute war mir, als teilte ich Eiscreme aus. Das machte alles viel leichter. In Gedanken entwarf ich Aufnahmeformulare, organisierte Spaziergänge, regelte alles. Ich bewegte mich zielbewußt, redete wie Schwester Maude mit Rover und kommandierte die übrigen Hunde – sie lungerten wie Wochenendgäste, die sich vor dem Abwasch drücken wollen, in ihren Ecken herum – mit Stentorstimme zu ihren Näpfen.

Und als sie aufgefressen hatten, nahm ich sie alle an ihre Leine und machte mit ihnen den ersten Spaziergang, die Zufahrt hinunter, am Gehölz vorbei und zurück zu den Zwingern, wo ich sie festentschlossen verteilte, pro Gehege einen. Ich nahm eine große Gießkanne und füllte die Wassernäpfe. Dann sagte ich: «Es ist ja nicht für lange. Nur eine Stunde oder so, damit ich Zeit für etwas habe, was ich nötiger brauche als ihr. Ein bißchen Freiheit und Ruhe.» Und ging ins Haus. Ich ignorierte einfach alles, den entrüsteten Blick der Afghanen, Tobys rosa Pfoten am Maschendraht, Willys komisches, kleines, verlorenes Kläffen und, als ich schließlich wieder die Küche betrat, Bustles mitleiderregendes Heulen.

«O Gott!» sagte ich laut zu Rover, dem einzigen Gast, der im Haus geblieben war. «So schlimm ist es doch gar nicht! Mit der Zeit wird es ihnen sogar gefallen.» Dann holte ich die Kreide aus der Schublade und schrieb: *«Entschlossenes Handeln befreit.»*

Es klang wie ein Werbespruch für ein Abführmittel.

9

Ehe ich an jenem Abend zu Bett ging, ließ ich die Hunde in zwei Gruppen hinaus. Da sie kein eigenes Revier zu verteidigen hatten, wandte keiner von ihnen etwas gegen die Anwesenheit der anderen ein, und abgesehen von ein paar leisen Protesten und kleinen Meinungsverschiedenheiten kamen sie sehr gut miteinander aus. Meine eigenen drei akzeptierten alles, was ich für richtig hielt. Jedenfalls war Rosie fast so gesellig geworden wie ich; Treacle hatte einen ausgeprägten Mutterinstinkt entwickelt, und nur Mattie hielt sich abseits. Wir waren wie eine fidele alternative Schule, friedliebend und mit dem ehrgeizigen Ziel, eine neue Form des Zusammenlebens zu finden.

Draußen war es sehr dunkel. Ein mickriger Mond geizte mit dem Schein, und unten auf der Schnellstraße zerstachen dunstige Scheinwerferkegel die beinahe unheimliche Schwärze. Die Afghanen blieben immer ein Stück von den anderen fort. Toby hielt sich dicht hinter mir, seine traurige aristokratische Nase war nur Zentimeter von meiner ängstlichen Schulter entfernt. Meine drei liefen frei herum und wurden von den angeleinten Gästen beneidet. Obgleich die Backsteinmauer rings um das kleine Gelände ziemlich sicher machten, hatte ich keine Lust, auch nur das geringste Risiko einzugehen und die halbe Nacht rücksichtslos Versprengte einzusammeln.

Rover war besonders pingelig, was regelmäßiges Gassigehen betraf. Seine Körperfunktionen waren gedrillt wie ein Infanteriezug. Ich ließ ihn frei laufen, und selbst wenn er hypersensibel gewesen wäre und nicht so, wie er war, wäre eine Leine überflüssig gewesen. Rover hätte sich unter allen Umständen verantwortungsbewußt benommen.

Vor dem Schlafengehen hatte ich gerade noch Zeit, mir die Haare zu waschen, sie mit kaltem Tee zu spülen, ein bißchen Ordnung zu schaffen, den Bratofen wieder mit Schweinsköpfen zu füllen und nebenbei die Nachrichten im Radio zu hören, um wenigstens einigermaßen auf dem laufenden zu bleiben. Aber die Probleme der Welt kamen mir verglichen mit meinen recht klein vor. Und ebenso natürlich ihre paar Freuden und Triumphe.

Bustle hatte sich, gepillt und gesprayt, auf ihre Deckenecke zurückgezogen. Ich hatte sie gebürstet und gekämmt. Willy und Teddy auch. Die Afghanen machte ich jeden Morgen schön. Ich schloß ab, knipste die Lampe aus und ging, dicht gefolgt von Toby, die breite Eichentreppe hoch. Auf halber Höhe blieb er plötzlich stehen und gab kurz und scharf Laut. Dann drehte er sich um und sauste hinunter. Als ich ihn an der Hintertür einholte, bebte er vor Erregung, seine Nase war an dem Spalt unter der Tür, und er jaulte und hechelte.

Ich hatte echt Angst. Er mußte etwas gehört haben und erwartete vermutlich irgendeine Katastrophe wie eine jüngferliche Tante über den Tarock-Karten. «Toby, komm, schlafen gehen, schnell!» Aber er ignorierte mich völlig. Wer oder was war draußen? Ein Fuchs? Eine Eule? Nur ein aufkommender Sturm? Aber solche Dinge hatten ihn vorher nie beunruhigt. Ich ging zur Tür, ergriff sein Halsband und rief so laut, daß es weit und breit deutlich zu hören sein mußte: «Schon gut, Schatz, ich mache auf! Sag Harry und Joe, sie sollen runterkommen, sie könnten ein bißchen Judo trainieren!» Aber meine Stimme bebte, und die letzten Worte waren ein nervöses Krächzen. Dann schob ich die Kette kluger- oder unklugerweise so weit zur Seite, daß ich die Tür einen Spaltbreit öffnen und nach draußen spähen konnte.

Toby zitterte und japste. Sein Schwanz sagte mir, daß draußen etwas Gutes zu erwarten war. Etwas, das uns nicht bedrohte. Seine Nase machte Überstunden, seine Schnauzhaare standen zu Berge. Er versuchte hinauszulaufen, aber ich hielt ihn fest. Ich beugte mich nach hinten, knipste die Verandabeleuchtung an und sah hinaus.

Dann traf eine winzige Nase die seine, ein aufrechter Schwanz ruckte so heftig hin und her, als wolle er sich selbständig machen, ein freudiges Miau ertönte, und Tobias und der Engel waren wieder vereint. Angel war offensichtlich siamesischer Abstammung, doch ihr kleines, dreieckiges Gesicht war geflammt wie Schildpatt. Die niedlichste Katze, die ich je gesehen hatte.

«Hal*looo*!» sagte ich. «Wo um alles in der Welt bist du so lange gewesen?»

Es gab keinen Zweifel, daß sie es war. Sie mußte sich in

der Scheune oder im Schuppen versteckt haben. Tobys Besitzer hatte sie wohl zusammen dagelassen, weil er sicher war, daß sie sich nicht aus den Augen lassen würden. Ich hatte plötzlich eine Stinkwut auf R. Shane, wer immer er sein mochte. Ich dachte an die Pein in Tobys Augen, die nicht gewichen war, seit ich ihn vor der Tür gefunden hatte, und ich sah Angels Rippen, die sich deutlich unter ihrem seidigen Fell abzeichneten. Ich konnte es kaum erwarten, R. Shane die Meinung zu sagen, wenn er wiederkam. Ich würde kein Blatt vor den Mund nehmen.

Die Katze lief herein, ich legte die Kette wieder vor und freute mich für Toby. Er war plötzlich ein anderer Hund, hüpfte, sprang und wußte sich vor Glück nicht zu halten. Ich bückte mich, nahm das winzige Ding auf den Arm und drückte es an mein Gesicht.

Frilly setzte sich auf und beäugte uns. Sie hielt es für angebracht, langsam und ostentativ ihr linkes Bein zu putzen, ließ dabei aber Angel nicht aus den Augen, die derweil eine Untertasse mit Vollmilch aufschlappte und von Frillys Lieblingskatzenfutter fraß. Sie waren etwa gleichaltrig, doch Angel hatte schließlich Toby auf ihrer Seite. Frilly stelzte steifbeinig in die Kiste zurück. Sie hatte Rover.

Ich sah zu, wie Toby die Katze mit seiner großen rauhen Zunge putzte, während sie seine Ohren und Nase mit ihren kleinen spitzen Krallen kitzelte und zwackte. Dann legte ich Tobys Decke aufs Sofa, ließ sie im Frühstückszimmer und ging dankbar nach oben ins Bett.

In der Nacht fiel Bustle auf Maribou, als sie sich umdrehen wollte, und verursachte eine Störung, weil Maribou aufsprang und sich auf Willy warf. Schnaufend beruhigten sie sich dann und schliefen vor mir wieder ein. Doch ich genoß den Trost ihrer kleinen warmen Körper, die dicht bei mir lagen, und die Sicherheit, die sie mir gaben. Ihr Vertrauen zu mir, ihre Liebe und ihre Zuversicht waren ein mystischer Zauber in einer unbarmherzigen Welt. Schließlich sank ich auch wieder in Schlaf, wunschlos glücklich.

Als es hell wurde, wachte ich auf und stellte fest, daß Willy eine Pfote ausgestreckt und in meine Gesichtscreme gelegt hatte. Sie hatte sich im Schlaf mit «Overnight Sensitised Moisturising Ebullient» eingeschmiert. Die Creme hatte 2 Pfund gekostet, und ich muß verrückt gewesen sein zu glauben, sie sei den Versuch wert. Und noch verrückter, den Tiegel nicht wieder zuzuschrauben. Wahrscheinlich war es sowieso nur parfümiertes Schweineschmalz. Ich umwickelte die fettige Pfote mit Kleenex und zog einen alten Strumpf darüber, den ich mit einer Schleife zuband, damit sie nicht abrutschte. Ich hoffte, die Creme würde für Willys Pfote mehr leisten, als sie für mein Gesicht getan hatte.

An jenem Tag stand niemand mit mir auf. Es gibt nichts, was ein Hund um sechs Uhr in der Frühe tun kann, wenn er nicht fähig ist zu tapezieren. In der Küche zitterte Rover leicht in seinen Träumen, aber seine Nase war kühl und feucht. Solche kleinen Freuden waren alles, was ich erwarten konnte. Toby schlief mit einem Lächeln auf seinem großen Gesicht und der Katze unter seinem Kinn. Mir kamen die Tränen, als mir aufging, warum der Hund so gelitten hatte, seit er an der Hintertür angebunden worden war. Er mußte das Gefühl gehabt haben, er habe seinen Herrn und seine Busenfreundin im Stich gelassen. Ich hätte sehen müssen, daß es mehr gewesen war als Heimweh.

Ich stellte den Kessel auf und nahm mit der anderen Hand den Hörer hoch. Es war Marsha. «Schatz, wie geht's? Ich bin auf dem Weg zu dir – das heißt, erst muß ich noch schnell ein paar Stunden schlafen. Ich bin eben erst fertig geworden.» Sie sagte nicht, mit wem oder was, und ich fragte nicht. Ich war zu entsetzt.

«*Hier*her?» fragte ich sehr unhöflich.

«Ja, Schatz, und ich bringe Timmy und Bongo mit.»

Timmy, ihr Hexenutensil, den getigerten Kater, kannte ich nur zu gut. Er war diabolisch und machte selbst den Unerschrockensten angst.

«Wer ist *Bongo*?»

«Du wirst ihn toll finden, Schatz. Er ist seit ein oder zwei Tagen bei uns.» Alle Männer, die Marsha auf der Straße aufgabelte, waren für sie «toll», bis sie mit ihrer Handtasche verschwanden, sich mit ihrem Nerz aus dem Staub machten oder ihre Schwester verführten und mit ihrem Auto davonfuhren.

«Hör zu, Marsha», sagte ich entschlossen, «es geht nicht. Ich kann euch hier absolut nichts bieten, nur Hunde und Pansen. Das Haus ist eine Ruine. Ich werde erst warmes Wasser haben, wenn die Kohlen kommen. Es ist sehr primitiv. Eine Räuberhöhle. Nicht mal Betten, nur meins, und das ist übervölkert.»

«Quatsch», sagte Marsha nur und gähnte. «Ich nehme an, du hast ein paar Sessel? Ich kann überall schlafen.» Ihre Stimme wurde schwer. Offensichtlich konnte sie auch am Telefon schlafen. «Das Wetter ist viel zu schön für die Stadt. Außerdem möchte Bongo nichts lieber als aus London raus. Er ist es einfach nicht gewohnt, hier zu leben. Ich bringe ein paar makrobiotische Sachen mit.» Marsha nahm nichts zu sich, was nicht in einem Alternativladen verpackt und verkauft worden war, obgleich wir beide genau wußten (nach einer stillschweigenden Übereinkunft aber nie eingestanden), daß eine Menge davon auch in Supermärkten zu haben war, mit einem anderen Etikett und zum halben Preis.

«Wer ist Bongo?» fragte ich noch einmal. Marsha überfuhr mich immer. Ihre drei Ehen und unzähligen Gurus und Liebhaber (ich konnte sie nie voneinander unterscheiden) hatten ihr eine Kraft gegeben, die einfach keinen Widerspruch gelten ließ. Sie ging einfach davon aus, daß alles, was sie wollte, auch für uns andere gut war. Es war der einzige bleibende Aktivposten aus den vielen Kults und Religionen, die sie wechselte wie ihre Slips.

«Er ist eine Wucht», gurrte sie. «Tibetaner. Mit Philosophie getränkt. Er ißt kaum was. Trinkt Quellwasser und bringt seine eigenen Nüsse mit.»

Ich versuchte es mit brutaler Offenheit. «Ich kann hier niemanden gebrauchen, nicht mal dich und ... äh, Bongo. Erst wenn ich einigermaßen eingerichtet bin und nicht mehr soviel um die Ohren habe.»

«Eben deshalb kommen wir ja», sagte sie. «Um zu helfen. Bongo ist nicht sein richtiger Name, Schatz, ich nenne ihn nur so. Sein richtiger Name ist entsetzlich komisch, eine verkappte Obszönität – Bongo wird vielleicht sogar ein paar Wochen bleiben. Leider muß ich vor dem Ersten wegen Sven wieder nach London zurück.» Ich fragte nicht, wer Sven sei. Ich war zu wütend wegen Bongo.

Hinter dem kleinen Verandafenster stand eine Frau und plierte mich an. Ich sagte zu Marsha: «Warum schläfst du nicht erst mal richtig aus und rufst wieder an, wenn du wach bist? Ich sag dir dann, wie ihr fahren müßt.» Dankbar erinnerte ich mich, daß sie bis jetzt nur meine Telefonnummer hatte.

Die Frau an der Tür sah wie ein Bierfaß in geblümter Seide aus. Das Faß schien undichte Stellen zu haben, denn sie war überall feucht. Sie hatte einen mißmutigen Pekinesen unter dem Arm. Dort wäre jeder mißmutig geworden.

«Es tut mir *so* leid, daß ich einfach hereinplatze», sagte sie keuchend im gleichen Rhythmus mit dem Pekinesen. «Aber die Tierärztin hat mir Ihre Adresse gegeben, und Sie stehen anscheinend noch nicht im Telefonbuch.» Sie sagte es, als wäre es die Heilige Schrift. Für manche ist das Telefonbuch fast genauso wichtig. «Mir blieb also nichts, als unangemeldet zu kommen.» Sie lachte, was sie noch mehr zu entkräften schien.

«Kommen Sie doch rein, und setzen Sie sich einen Augenblick», sagte ich mitfühlend und streckte die Arme nach dem mürrischen Pekinesen aus. Sie reichte ihn mir, und meine Knie gaben nach. Er war halb so schwer wie sein Frauchen, und das war ungefähr so viel, wie ein normaler Mensch tragen konnte.

Sie plumpste auf einen Stuhl und seufzte. «Das ist das Schlimmste am Winter», sagte sie zusammenhanglos.

«Was denn?» Ich war verwirrt, denn draußen schien die Sonne jede Minute heißer.

«Ach, Sie wissen schon. Essen, keine Bewegung ...» Sie lachte grimmig. «Die vielen Festtage, man nimmt dauernd zu.»

«Ja», sagte ich, «ja, natürlich», obgleich jene Tage der Freuden fast sechs Monate zurücklagen. Vielleicht hatte sie die Fastenzeit nicht eingehalten.

«Ich muß jetzt für eine Woche auf eine Schlankheitsfarm, und ich hoffe, Sie nehmen mein Baby so lange.» Ich war einen Moment sprachlos. Aber sie strahlte den Pekinesen an. «Er kann leider nicht mitkommen», fuhr sie fort. «Ich habe gefragt. Ich habe gesagt, er könnte getrost auch hier und da ein bißchen abspecken, aber sie sagten, sie seien keine Schlankheitsfarm für Hunde.»

Ein Anbau! Ich würde einen Anbau eröffnen. Für Hunde-Schlankheitskuren! Aber dann dachte ich daran, wie sehr sie sich immer auf ihr Abendessen freuten, und beschloß, dieses aussichtsreiche Zukunftsprojekt vorerst zu vergessen.

«Und deshalb hat Mrs. Hebgraben gesagt, wir sollten hierherkommen.»

«Ich weiß nur nicht, ob er hier schlank wird», wandte ich ein.

«Sie sagte, Sie seien wunderbar zu Tieren, und Sie würden ihm sicher helfen, ein paar Pfunde zu verlieren.» Ich betrachtete den Pekinesen. Die hervorquellenden Augen, die japsende Zunge und die Art, wie er mühsam, mit hängenden Bauchfalten, dasaß wie eine ältere Tante, all das war ein stummer, aber unübersehbarer Appell.

Unbehaglich sagte ich: «Ich werde sehen, was ich tun kann. Ich kann Ihnen nicht allzuviel versprechen, aber ... hm, wir werden es versuchen und das Dessert streichen.» Ich wußte, daß er zu Hause in Mousse au Chocolat und Buttercremetorten badete. Und ich konnte ihr beruhigt versichern, daß er so etwas nie bei uns bekommen würde.

Sie sagte, sie sei Mrs. Roland Frobisher von Frobisher Antiques. Der Hund sei Mr. Perkin Pearl, aber zu Hause sagten sie Perky zu ihm. Ich fände, sagte ich, Percy würde besser zu ihm passen (am liebsten hätte ich Pummel gesagt – ich habe nie einen üppigeren Hund gesehen), und sie lächelte abwesend und sagte, er komme nie, wenn er gerufen werde, weil er wegen des dicken Fells kaum hören könne. Sie war regelrecht stolz darauf. Ich wartete, bis sie wieder fort war. Dann warf ich einen Blick in seine Ohren und stellte fest, daß sie voll von Haaren und Ohrenschmalz waren. Als wir das beseitigt hatten, brachte ich den Mut auf, ihm mit dem stumpfen Ende der Schere die Augen freizulegen, damit er besser sehen konnte, und auch die Haare abzuschneiden, die ihm auf die Linsen hingen und Geschwüre verursachen konnten. Er hockte da wie ein Sandsack, ließ mich gewähren und erhob nicht den leisesten Protest. Ich glaube, er wurde es gar nicht richtig gewahr. Er war eingesperrt in seinem Fett, aber irgendwo drinnen brannte ein netter kleiner Hund darauf, befreit zu werden.

Mrs. Roland Frobisher hatte außer Kamm und Bürste und Schleifchen und Kissen und Wolldecke und so fort auch einen Umschlag dagelassen. Sie sagte, darin stehe alles, was er «brauche». Ich dachte, sie meinte sein Gewicht, und nickte verständnisvoll. Sicher hatte sie geschrieben, ich solle alle Kohlehydrate streichen und ein paar Dutzend Kalorien dazu. Was ich fand, war eine Fünf-Pfund-Note mit einem angeklammerten Zettel. Darauf stand: «Perkys Taschengeld». Ich nahm an, es sei für Mars-Riegel und Crème fraîche.

Ich mußte mir jetzt etwas einfallen lassen, das Marsha und diesen fürchterlichen Bongo abschreckte, aber es schien unmöglich. Ich beschloß derweil, vorher im Krankenhaus anzurufen.

Schwester Maude war so schnell am Telefon, daß ich wußte, sie hatte etwas auf Lager. Es war sonst immer sehr kompliziert, zu ihr durchzukommen. Rückblickend habe ich allerdings den Eindruck, daß ich nie zu ihr durchgekommen war.

«Guten Morgen, Schwester. Wie geht es meinem Mann heute?»

Gewöhnlich pflegte sie ihre komplette Nummer abzuziehen, von «Name, bitte» bis «Ich sehe schnell im Krankenblatt nach», aber jetzt sagte sie genüßlich, alle Reserven von Mißbilligung ausschöpfend: «Ich fürchte, er ist von uns gegangen.»

Einen entsetzlichen Augenblick lang, in dem die Zeit und die Ewigkeit eins zu werden schienen, glaubte ich, sie meine – aber dann wußte ich, daß sie sich so ausgedrückt hatte, damit ich eben das glaubte, und weigerte mich, darauf hereinzufallen. Also sagte ich gelassen: «Du meine Güte ... Er wird mir fehlen. Aber es ist wohl nicht zu ändern.»

Ich hörte, wie sie scharf einatmete. Dann sagte sie spitz: «Vor einer halben Stunde.» Aber es hatte nicht die gewünschte Wirkung.

«Fein», sagte ich aufgekratzt. «Könnten Sie mir bitte seine neue Nummer geben? Dort oben oder hier unten, wo immer er hin ist.» Ich konnte einfach nicht widerstehen.

Sie ließ Gnade vor Recht ergehen und teilte mir widerwillig mit, er werde müde sein, nachdem er die Reise *allein* gemacht habe. Ich akzeptierte es als fairen Kommentar, obgleich ich gern meiner Verwunderung darüber Ausdruck gegeben hätte, daß sie ihm erlaubt hatten, einen Krankenwagen zu fahren. Statt dessen fragte ich freundlich, ob es ihm einigermaßen gegangen sei, ehe er ging, und sie hatte die Chance zu sagen: «Natürlich, sonst hätten wir ihn ja hierbehalten!»

Ich legte schließlich auf. Ich hatte die neue Nummer, es war ein Rehabilitationszentrum an der Küste, und ich konnte jetzt in Erfahrung bringen, wie es ihm ging, ohne jedesmal schwere Geschütze auffahren zu müssen. Ich konnte relaxen, denn ich wußte, daß er sich am Meer erholte und in besseren Händen war als meinen, die nur noch sprayten, entlausten, bürsteten und trösteten – und Schweinsköpfe zerhackten. Unser Sohn fuhr, soweit ich wußte, per Anhalter durch Äthiopien, unsere Tochter machte die Träume wahr, die ich hatte – in der begehrenswertesten Stadt der westlichen Hemisphäre, mit dem begehrenswertesten Mann, den sie bis jetzt gefunden hatte. Unsere andere Tochter war glücklich verheiratet und freute sich tagtäglich über ihr unglaublich rothaariges und süßes Baby. Wir liebten und dachten aneinander. Wir brauchten uns um nichts auf der Welt Sorgen zu machen, höchstens um das Auto, das die Einfahrt hochkam – und dann sah ich, wessen Auto es war.

Niemand konnte in so kurzer Zeit in die Staaten und wieder zurückfliegen und trotzdem eine Ewigkeit fortgewesen sein, wenn nicht Ross Washington. Ich rannte zum Spiegel und brachte meine Frisur in Ordnung. Ich benutzte den rosaroten Lippenstift, den ich immer in der Tasche habe. Ich erinnerte mich an den Rat meiner Mutter, immer so an der Tür zu erscheinen, als warte draußen ein früherer Liebhaber. Die Afghanen (die noch wichtiger waren) ruhten gebürstet auf ihren Korbmöbeln. Ich ließ sie dort im Wintergarten liegen, wie zwei müde und schmachtende edwardianische Damen aus einem Stück von Oscar Wilde. Willy und Toby lagen draußen in der Sonne wie zwei gelangweilte Senioren auf Mallorca. Toby und Angel ärgerten Frilly im Frühstückszimmer. Toby war so froh, seine Freundin wiedergefunden zu haben, daß er mir Gott sei Dank nicht mehr wie ein Schatten folgte. Bustle lag im Einkaufskorb, Maribou spielte mit einem weichen Spielzeug von Percy, und Percy suchte im Teppichkehrer eifrig nach Krümeln. Lady behielt das Telefon im Auge.

Alles war friedlich und schön. Es wurde himmlisch, als Ross vor dem Haus stand. Ich brauchte kein Lächeln aus der Sammlung abzurufen: Ich strahlte instinktiv.

Ich machte Kaffee und brachte das Tablett, gefolgt von Bob und Bill, zu den Bäumen. Keiner von uns ließ sich Gefühle anmerken. Sie hatten nur leicht die Pfote gehoben, huldvoll den Kopf gesenkt, sich gnädig hinter den Ohren kraulen lassen und gemessen den Schwanz bewegt, um Freude zu signalisieren. Das war alles, bis Bill mit einem tiefen Seufzer die lange Schnauze in Ross' Hand legte, seine dichtbefransten Augen schloß und äußerstes Behagen ausdrückte. Jetzt lagen sie links und rechts von ihm, wie Staffordshire-Figuren.

«Wollen Sie sie schon wieder abholen?» fragte ich und wußte nicht recht, was ich verlangen sollte. Hetty hatte vorgeschlagen, die Preise so zu kalkulieren, daß sie alle möglichen Risiken und Ausgaben deckten, und ich nahm an, das gelte auch für ihre regelmäßigen Visiten. Sie hatte aber nie etwas von ihrem Honorar gesagt. Was die Hunde betraf, hatte ich vorgeschlagen, eine Pauschalgebühr nach laufenden Metern zu berechnen. Hetty hatte geantwortet: «Warum nicht gleich nach der Schwanzlänge?» Weiter waren wir nicht gekommen.

Ross lehnte sich zurück und streckte seine langen, eleganten Beine von sich. Jetzt sah ich, daß die alte Weisheit von der Ähnlichkeit zwischen Hunden und ihren Besitzern und umgekehrt einen wahren Kern hatte. «Nein», sagte er, «am Flughafen lag eine Nachricht, und ich muß gleich wieder in die Stadt. Ich dachte, Sie hätten nichts dagegen, wenn ich vorher schnell vorbeikäme, um Ihnen etwas mitzuteilen.»

O nein! dachte ich ... aber auch: O ja, wie ein hin und her gerissener Backfisch. Ich lächelte gefaßt, als ob regelmäßig Männer kämen, um mir zu sagen, sie beteten mich an.

«Ich möchte Ihnen etwas geben», sagte er. «Wirklich.»

Ach so – aber was? Geld? Den Ehering seiner Mutter? Eine Locke von seinem Haar? Genauer betrachtet, von hinten, ist es gar nicht voll genug, dachte ich kühn. Er holte etwas aus der Tasche. Seine Hände waren schmal und braun gebrannt: Ich hätte auf den langen weißen Umschlag verzichtet, wenn er mir angeboten hätte, statt dessen sie zu nehmen.

Mein Gott, noch eine Liste mit Maßregeln, dachte ich innerlich stöhnend. Ich hatte eine schwere Phobie gegen Listen entwickelt. Einige Kleinigkeiten wie Beten und Nicht-Niesen gingen ja noch, aber ich fing langsam an, die Besitzer zu verfluchen, die hinter jedem kleinen Bellen ihres Lieblings etwas Bestimmtes vermuteten, und ich hatte bereits beschlossen, die genauen Gesundheitsvorschriften zu mißachten, die jeder Patient einer Sterbeklinik als Verletzung der Menschenrechte betrachtet hätte.

Ross fuhr fort: «Stammbäume, Mitgliedsausweise für Hundevereine und eine unterschriebene Erklärung, daß ich Sie bitte, die Hunde zu nehmen, falls mir etwas passieren sollte. Wenn Sie es als Belastung empfinden, werde ich dafür natürlich Verständnis haben und mich darum kümmern, daß sie eingeschläfert werden. Ich fühle mich für sie verantwortlich, und wir haben jetzt nur noch uns.» Ich war geschockt. An einem solchen Tag, an einem solchen Ort. Warum ausgerechnet ich?

«Sie rechnen doch hoffentlich nicht damit ...?» Ich zögerte. Der Mann war ein Schwarzseher von der schlimmsten Sorte, falls er nicht eine Art Unteragent von James Bond war.

«Man kann nie wissen ...» protestierte er sanft.

Er sah nicht aus wie jemand, der gleich vom Ende der Mole springen würde. Es wäre eine schreckliche Verschwendung. Hatte ihn gestern etwa ein besorgter Arzt aus dem West End vom Flughafen zurückzitiert? Um ihm mitzuteilen, der Befund sei positiv, und er habe bestenfalls noch drei Monate? War er vielleicht im Einsatz für M 15, den Geheimdienst, und wußte nur zu gut, daß es im Kugelhagel linker Terroristen für ihn kein Morgen geben würde? Ich starrte ihn entsetzt an.

«He», sagte er besorgt, «kein Grund zur Aufregung. Ich bin nur ein einigermaßen pflichtbewußter Hundebesitzer. Ich organisiere lieber alles rechtzeitig.»

Ich fand es immer noch ein bißchen morbide. Genausogut könnte man seine Katze jedesmal, ehe man über die Straße geht, dem Briefträger vermachen.

Ich fragte, ob er Angst vorm Fliegen habe. Es klang ein bißchen daneben, weil ich ihn eigentlich für todesmutig hielt. Aber er nahm es nicht übel. «Keine Angst. Ich bin mir nur über das Risiko im klaren. Das gilt nicht nur fürs Fliegen, sondern auch für Autounfälle, für Bomben und Leute mit einem Messer zwischen den Zähnen, die aus dunklen Ecken auf einen losgehen. Und jedem, der sich nicht darüber im klaren ist, geht etwas ab, finde ich.»

Er lachte ein bißchen, aber ich sah, was er meinte. Man konnte sich schließlich beim Schlipsbinden erdrosseln oder an einem Rosinenbrötchen ersticken. Man muß sich der Hürden bewußt sein, aber keine Angst vor ihnen haben, sonst schafft man sie nie.

Dann sagte er etwas ziemlich Merkwürdiges. «Jedenfalls wird dieser Trip kein Honiglecken sein.» Es konnte alles mögliche bedeuten, aber er sagte es irgendwie wie Humphrey Bogart. Dinge wie Mafia, Mikrofilme, Gras und Speed lagen einen Moment in der Luft, um gleich danach zu entschwinden.

Der Kaffee war alle. «Und die anderen vier Becher?» fragte er. Wir lächelten wieder, gleichzeitig. Das Schweigen, das nun zwischen uns stand, war ebenfalls geteilt, nicht verlegen. «In letzter Zeit ein nettes Morgenspielchen gemacht?» Ich wollte schlagfertig sein, brachte aber nur ein gezwungenes Lachen zustande. Lauren Bacall wäre sicher etwas eingefallen.

Wir blieben sitzen und redeten über Städte und Hunde und andere unverfängliche Dinge. Die Sonne übertrieb. Sie hatte eine seltsame Wirkung. Ich kam mir immer mehr vor wie die müßige Frau eines Plantagenbesitzers aus dem Tiefen Süden, die nichts Besseres zu tun hat, als mit Clark Gable zu flirten (etwas Moderneres fällt mir bei Liebeleien nie ein).

Ich benutzte ein relativ seltenes, langsames Lächeln (Nr. 11) aus den hinteren Fächern meines Gefühlsspeichers und sagte: «Wollen wir etwas Kaltes trinken? Vielleicht einen Mispelsaft mit Eis?» Es wäre zu schön gewesen, wenn ich jetzt nach dem Hausmädchen klatschen könnte, aber selbst wenn ich es wider besseres Wissen versuchte, würde höchstens Rosie mit einem toten Kaninchen angelaufen kommen.

In allen Kühlschränken, die ich besaß, schien immer dieselbe Dose mit Mispelsaft gestanden zu haben. Ich ließ sie immer drin stehen und vor sich hin rosten, weil sie Eindruck machte. Ich hoffte, Gäste würden sie erblicken. Wir hatten aber selten Gäste, die nachsahen, was im Kühlschrank war, und wir tranken nie Mispelsaft.

Ich brachte zwei hohe Gläser mit klirrenden Eiswürfeln

in den Garten, nachdem ich dem Drang widerstanden hatte, nach oben zu laufen, schnell zu baden, mir die Haare zu waschen, ein verführerisches Gewand anzuziehen und zurückzuschweben, alles in fünf Minuten. Aber ich war in keinem Fernsehspot für Haarfestiger, so daß ich mich damit begnügte, meine Füße irgendwohin zu stekken, wo er sie nicht sah. Die Zehennägel waren entschieden zu lang und zu schmutzig.

«Dies ist wirklich ein herrliches Fleckchen Erde», murmelte er, die Augen wegen der Sonne halb zugekniffen. «Ich werde daran denken, wenn ich fort bin.» Mein Herz hämmerte. Ich wünschte, er würde aufhören, irgend etwas Sinistres und möglicherweise Endgültiges anzudeuten, das vor ihm lag. Spielte er vielleicht einen sonnenverbrannten Guerilla, der sich für eine letzte Stunde der Leidenschaft vom Buschkrieg freigemacht hatte? Womöglich sah ich das alles falsch, weil ich fast nie ins Kino gehe und das Fernsehen am Sonntagnachmittag gerade wieder «Bonanza» bringt oder noch ältere Schinken mit Frank Sinatra, in denen man die Guten schon nach zehn Sekunden von den Bösen unterscheiden kann. Leute wie ich müssen sich auf Filmkritiken und Anzeigen verlassen. Von meinem ersten hart verdienten Überschuß würde ich bestimmt den Fernseher reparieren lassen und aufholen. Möglicherweise waren sie schon bei Julie Andrews angelangt.

Ich vergaß die Arbeit, die zu tun war, die Wände, die nackt auf den Maler warteten wie eine Haremsdame auf den Gebieter. Die Sonne und der Gast, das regelmäßige Atmen von zwei schönen Hunden und die vorübergehende Erlösung von Problemen, die mich zu übermannen drohten, versetzten mich in eine köstliche Hochstimmung. Dann klingelte das Telefon.

Das mußte ja so kommen – oder ein Hund, der am Ersticken war. «Entschuldigung», sagte ich mit einer

Stimme, die signalisieren sollte, daß ich eher vom Dach gesprungen wäre, als freiwillig von seiner Seite zu weichen. Ich ging ins Haus, nahm ab und knurrte etwas.

«Hör mal», sagte mein Mann, ohne einen Augenblick zu warten, ob ich bereit, gewillt und fähig war. «Das Paket ist nicht angekommen. Gar nichts.»

Bei offenen Türen und Fenstern ist eine Stimme meilenweit zu hören. Ich zischte zurück: «Natürlich nicht! Ich habe erst gestern erfahren, daß du umgelegt worden bist.» Das war schlecht ausgedrückt, denn normalerweise werden wohl nur Gefangene umgelegt. «Ich habe alles abgeschickt. Der Postbote hat das Paket gleich morgens mitgenommen. Die Sachen müßten morgen da sein. Wie geht es dir?» Ich hoffte, er würde denken, die Unruhe in meiner Stimme gelte ihm. Nicht daß ich mir keine Sorgen um ihn machte. Natürlich tat ich das. Möglicherweise trug Humphrey jetzt das rote Hemd, die grünen Socken und die lebenswichtige Pyjamakordel, und mein Mann wurde untersucht und hin und her gerollt, mit Kissen hochgestützt, gespritzt, ausgepumpt, sediert und narkotisiert und was sie nach solchen Verlegungen alles tun.

Ungeduldig sagte er: «Gut, gut, aber ich brauche meine Sachen. Es ist ein Jammer, daß du sie nicht selbst bringen konntest. Die Schwester hat auch gesagt ...»

«Ich scheiße auf die Schwester», sagte ich ordinär, aus meiner Rolle als schmachtende Louisiana-Gattin fallend. «Du weißt verdammt gut, daß ich es nicht konnte. Du verstehst es vielleicht, ohne daß ich dir alles noch mal von A bis Z erklären muß. In Wahrheit macht es dir auch gar nichts aus, du sagst es doch bloß, weil jemand anders dich darauf gebracht hat, daß du mir Vorwürfe machen solltest. Außerdem wartet gerade ein Kunde, und wenn du noch mehr in petto hast, werde ich dich wohl zurückholen müssen. Er bringt *zwei* Hunde, so daß ich ab morgen vielleicht nicht mehr von Brennesseln und Beeren leben muß.» Er will immer vom Segen der Natur profitieren, und ein- oder zweimal hat er tatsächlich Brennesseln gesammelt, gekocht und (wie ich vermute) mit Freuden fortgeworfen. Ich habe nie gesehen, daß er sie aß, jedenfalls nicht, nachdem wir etwas von den Hunden gemurmelt hatten, die an der betreffenden Stelle gern das Bein hoben. Ich persönlich traue der Natur nicht über den Weg. Lieber jeden Tag einen Kohlkopf vom Laden an der Ecke. Ich esse Pilze von Marks and Spencer, nie von meiner eigenen Wiese. Vielleicht würde ich es jetzt tun, aber ich würde jeden Augenblick damit rechnen, als nächste gespritzt und ausgepumpt zu werden.

Der Patient brummte etwas und knallte den Hörer auf. Ich stellte fest, daß ich am ganzen Leib zitterte. Warum mußten wir uns am Telefon jedesmal zanken, wo wir es zu Hause nie taten? War es nur die Anspannung? Frustration? Angst? Enttäuschung? Meine Nase war voller Tränen, so daß ich noch einen Moment in der Küche blieb, ehe ich wieder hinausging, um eine neue Rolle zu spielen – diesmal eine zornentbrannte Charlotte Rampling, die auf allen Männern mit scheußlich ungepflegten Füßen herumtrampelte.

Ich dachte zum millionstenmal, daß nur Hunde Verständnis für mich hätten, ohne mich anzukläffen. Ich warf einen liebevollen Blick auf den alten Rover. Er schlief in seiner Kiste. Er war sehr ruhig, ganz still. Ich ging rasch zu ihm, kniete mit tränenbrennenden Augen nieder, um seine Decke glattzuziehen. Er war irgendwie anders als sonst, und mein Herz schien plötzlich stehenzubleiben. Ich hörte, wie Bustle oben durch das Balkongitter einen Vogel anbellte. Die Hitze hatte die anderen Hunde in Schlaf gelullt, und sie träumten von kühlen Wäldern und munterem Wild oder von Metzgern und Würstchen – jedenfalls von Dingen, die Tiere im Schlaf vor Aufregung jaulen und trampeln lassen.

Rover war so still. Viel, viel zu still. Selbst Schlaf verursacht winzige Vibrationen. Aber er hatte keine Vibrationen. Nichts. Nur eine trockene Nase, geschlossene Augen, diese schreckliche Stille.

Ich wich zurück und flüsterte vor mich hin: «O nein, bitte nicht . . .» Und dann schüttelte ich vor Entsetzen zitternd den alten Kopf, um den Funken einer Reaktion auszulösen. Nichts geschah. Ich flehte: «Laß ihn bitte nicht tot sein . . .» Aber es schien offensichtlich, daß hier jedes Gebet zu spät kam.

Starr vor Entsetzen hockte ich da und starrte auf das, was von einem langen und treuen Leben übriggeblieben war. Die Erinnerung an die Augen seines Herrn beunruhigten mich mehr als das unvermeidliche Ende, das niemand hätte verhindern können. Ich hätte alles getan, um die Uhr zurückzudrehen, dem stehengebliebenen Herzen ein noch so schwaches neues Leben einzuhauchen. Zitternd unter dem Ansturm von verschiedenen Gefühlen hob ich den eisgrauen Kopf mit beiden Händen an und bedeckte den Mund mit meinem eigenen, pustete vorsichtig in seine Kehle. Ich tat es mit Widerwillen und nur aus einem bestimmten Grund. Das heißt, in Wahrheit aus zweien, und beide waren nicht sehr löblich. Der erste war, daß ich später aufrichtig behaupten konnte, alles getan zu haben, was in meinen Kräften stand. Der zweite, daß ich ein moralischer Feigling war und dem alten Mann nicht mit der Hiobsbotschaft entgegentreten mochte. Es war leichter, etwas zu tun, was mich körperlich abstieß (und das tat es), als etwas, das jemand anderen seelisch zugrunde richtete (was es tun würde).

Mir wurde übel, als der Speichel des Hundes über mein Gesicht lief, aber ich machte immer weiter, bis der Kopf schlaff auf die Wolldeckenfalten zurückfiel. Ich taumelte zum Ausguß, würgte und spülte mir wieder und wieder den Mund aus. Ich gurgelte, wusch mir das Gesicht, bürstete meine Hände, als ob der Tod ansteckend wäre. Dann nahm ich eine saubere Decke und breitete sie über die Kiste, die immer noch gegenüber der Tür stand, wo er seine letzten Tage gewartet hatte, auf jemanden, der jeden Augenblick kommen konnte. Aber nicht kam.

Erst als ich die Kiste weggeschoben hatte, so daß man sie nicht mehr auf den ersten Blick sah, in die Ecke zwischen dem Herd und der Wand, die mir immer zu stickig erschienen war, um etwas hineinzustellen, erst dann fiel mir wieder ein, wer draußen wartete. Es schien nicht mehr wichtig zu sein. Mit rotgeweinten Augen, strähnigen Haaren und verschmiertem Make-up ging ich hinaus. Man hätte denken können, ich sei schnell zu einem Liebhaber gelaufen, der sich in meinem Schlafzimmer versteckt hatte, zu einem anderen Gorilla – oder ein Anruf, vielleicht das Ende einer leidenschaftlichen Affäre, habe mich zu sehr mitgenommen. Aber das Herz war verstummt. Meine Lippen hatten nur auf denen eines toten Hundes geruht, und das ließ sich nicht so schnell abschütteln.

«Entschuldigung», sagte ich und setzte mich hin. Ich zitterte immer noch. Er muß gedacht haben, es sei wegen des Anrufs, denn er beugte sich zu mir, sah mich mitfühlend an und nahm meine Hand. Mit all dem Getue vorhin hast du viel weniger erreicht, sagte ich mir spöttisch: Du mußt daran denken, deine Eroberungsversuche möglichst für die wirklich erschütternden Augenblicke im Leben aufzusparen.

Nach kurzem Schweigen fragte er: «Es ist etwas passiert ...?» Seine Augen waren besorgt, seine Stimme zärtlich. Freundlichkeit war ein längst verloren geglaubtes Gut. Als mir das aufging, stürzte ich in einen Abgrund von Selbstmitleid und brach in Tränen aus.

«Erzählen Sie», sagte er. Es klang, als würde er alle Mühsal und Pein der Welt auf seine breiten Schultern nehmen. Noch in diesem Moment hoffend, daß meine Augen eher tränenumflort als geschwollen aussahen, schüttelte ich den Kopf und stammelte schluchzend: «Es hat keinen Sinn. Er ist tot.»

Wieder Schweigen. Dann ließ er meine Hand los und legte einen Arm um mich, was nicht leicht war, weil wir immer noch ein gutes Stück voneinander entfernt saßen und uns beide zur Seite lehnten, so daß unsere rechte bzw. linke Schulter keinen näheren Kontakt hatten. Es war, als dirigiere eine prüde Tante den ersten Annäherungsversuch zweier Teenager. Menschliche Körper scheinen von der Taille aufwärts schlecht für diese Sache konstruiert zu sein. So viele Winkel, Vorsprünge, Ecken. Nasen behindern die einfachsten Küsse.

Unsere Stellung war furchtbar unbequem. Ich rutschte ein wenig zur Seite und lächelte, um zu zeigen, daß es nur Selbsterhaltungstrieb war, und schluckte, um eine gewisse Atemnot zu überwinden. Leidenschaft hat ihre eigenen Strafen. Ich strich meine Haare zur Seite und fand in meiner Jeanstasche ein Papiertaschentuch.

«Ich weiß nicht genau, wann es passiert ist», gestand ich. «Irgendwann in der letzten Stunde, schätze ich. Aber das spielt kaum eine Rolle. Es war wohl wirklich sein Alter und weil ihm der Colonel und die alte Dame so gefehlt haben. Er hatte nicht genug Zeit, mit mir warm zu werden, ehe seine Kräfte nachließen ...» Ich hielt inne. Ross runzelte die Stirn.

«Seine alte Dame?»

«Ja. Sie ist seit einiger Zeit in einem Pflegeheim, und als der Colonel sie in Witterding besuchen fuhr, muß es wie der letzte Strohhalm gewesen sein, an den er sich klammerte.»

Er sah noch verwirrter aus, murmelte aber: «Wie schrecklich für Sie ...»

«Das Schlimmste kommt erst noch. Wie, um Himmels willen, bringe ich es ihm nur bei?» Tränen begannen mir die Nase herunterzulaufen und fielen zwischen meine Füße, eine nach der anderen. Ich hoffte, er würde nicht denken, daß meine Nase tropfte.

«Wem beibringen?»

«Dem Colonel, wenn er kommt, ihn abzuholen. Vielleicht sollte ich besser herausfinden, wo er ist, und ihn anrufen. Ach nein, das ist nicht nötig, es würde nur alles noch schlimmer machen, wenn er noch dortbleiben muß, und ...»

Ross unterbrach mich. Seine Stirn hatte sich endlich geglättet: «Sie meinen, ein *Hund* ist gestorben?»

«Natürlich, Rover ... der, von dem ich Ihnen erzählt habe. Der in der Kiste, über die Sie in der Küche gestiegen sind. Ich habe ihn gefunden, als ich den Hörer aufgelegt hatte. Ich habe versucht, sein Herz zu massieren, habe ihn geschüttelt und Mund-zu-Mund-Beatmung gemacht und ...»

«Jesus!» rief er. «Ich dachte, Sie meinten Ihren Mann!»

Wir gingen ins Haus. Ich war wieder einigermaßen gefaßt. Ross war herrlich beruhigend gewesen, herrlich verständnisvoll, er hatte genau den freundlichen, gesunden Menschenverstand, den ich brauchte. Ich dachte, ich sollte Hetty anrufen und es ihr sagen: Rover war schließlich seit langer Zeit ihr Patient gewesen. Ross meinte, er würde mit mir jetzt hineingehen. Ich wußte, daß ihm klar war, wie sehr ich mich davor fürchtete, den zugedeckten Körper zu sehen. Hand in Hand betraten wir die Küche.

Rover saß in seiner Kiste, und die Decke hing ihm wie ein Brautschleier vom Kopf.

Ich rannte hin und nahm ihn in die Arme. «Vor einer halben Stunde *war* er tot», beteuerte ich. «Es muß die Beatmung gewesen sein. Es muß eine Spätzündung sein. Das heißt, es muß ...» Ross lehnte an der Wand und lachte, bis ihm die Tränen in die Augen traten.

Ich wurde knallrot. Ross kam näher und half mir hoch.

Ich holte Wasser für Rover, der ein paar Schluck schlappte und sich, kaum merklich mit dem Schwanz wedelnd, wieder niedersetzte. Ich dachte an die Mundspülungen, das Gurgeln am Ausguß. Sie gehörten nicht zu den Dingen, von denen man spricht, wenn man gerade mit seinen eindrucksvollen Wiederbelebungskünsten angegeben hat. Man hechtet nicht ins Wasser und rettet einen Freund vorm Ertrinken und erzählt dann, wie kalt das Wasser war und wie mühsam, die Haare wieder zu trocknen und die Frisur hinzukriegen. Aber ich fragte mich doch, ob Ross mich draußen wohl geküßt hätte, wenn ich die Mund-zu-Mund-Beatmung für mich behalten hätte. Ich meine, wie weit kann man sich Männern anvertrauen? Wäre der Herzog von Windsor doch noch zum König gekrönt worden, wenn Wallis Simpson ihm plötzlich mitgeteilt hätte, sie habe ihrem Mops ins Maul gepustet? Andererseits nahm Antonius die schöne Kleopatra trotz Schlange und allem. Ich mußte mich damit abfinden, daß dies doch keine der großen Affären unserer Zeit sein würde.

Ich rief Hetty an, während Ross mit Bob und Bill spazierenging, ehe er fahren mußte. Bill war blasiert wie ein spanischer Grande. Beide sahen mich triumphierend an, als hätte ich sie jeden Tag in Pekinesenzwingern angekettet.

Als ich Hetty fragte, ob sie zufällig heute noch in unsere Richtung komme, antwortete sie: «Ich wollte gerade los.» Sie seufzte, als rechne sie damit, ich riefe wegen eines humpelnden Neufundländers um Hilfe.

«Es geht um Rover», sagte ich schnell, um zu zeigen, daß meine Besorgnis nicht grundlos war. «Er ist gestorben. Aber ich habe ihn geküßt, äh, beatmet, und jetzt ist er wieder da. Ich dachte nur, es würde Sie interessieren.» Ich hoffte, nicht so zu klingen, als erwartete ich einen Eintrag in die Jahresbestliste. Hetty war tatsächlich nicht sehr beeindruckt.

«Schön», sagte sie. «Was soll ich tun? Den Nachruf in der *Times* absagen?»

Schnippisch sagte ich: «Ich wollte es Ihnen nur *sagen*, das ist alles. Sie sagten, Sie würden kommen, wenn ...»

«Na gut», meinte sie, «ich komme, wegen Rover, aber ich schaffe es erst in etwa einer halben Stunde. Also küssen Sie um Gottes willen weiter.»

In diesem Augenblick bemerkte ich, daß Percy fort war. Ich hatte ins Frühstückszimmer gehen müssen, um meine Sonnenbrille zu holen, weil meine Augen inzwischen auf die abstoßendste und liebestötendste Weise gedunsen waren, wie nach einer nächtelangen Zechtour. Willy und Teddy lagen mit Toby in den kühlen Ecken unter dem offenen Fenster. Vorhin war Percy auch noch dort gewesen. Jetzt nicht mehr. Ich sauste durchs Zimmer, schob die Sessel zurück und riß die Schränke auf.

Teddy schnarchte, Willy reckte sich. Irgendwie sahen beide verschlagen aus. Ich fragte mich, ob sie ihm geholfen hatten zu entwischen. Vielleicht betrachteten sie ihn auf Grund seiner Leibesfülle als Bedrohung ihres Dinners. In einem Anfall von eifersüchtigem Zorn totgebissen. Und aufgefressen, um keine Spuren zu hinterlassen. Von Schweinshaxen zum Kannibalismus war schließlich nur ein Schritt. Ich kam zu dem Schluß, daß meine Nerven wieder mit mir durchzugehen drohten, und fing an, systematisch zu suchen.

Die Treppe hatte er bestimmt nicht genommen. Nicht mit den vielen Pfunden, die er schleppen mußte. Er hatte sicher Hunger bekommen und suchte jetzt ein Spiegelei oder eine Zuppa Romana.

In der Ferne, hinter der Wiese, zeichneten sich Ross und die beiden Hunde gegen den Himmel ab, ein Bild der Kraft. Er war wirklich ein wunderbarer Mann. Ich war überzeugt, daß er mich nie wegen eines Pyjamas angenörgelt hätte. Das heißt, ein Mann wie er würde überhaupt keine Pyjamas tragen. Aber ich war ziemlich erleichtert, daß sie in Krankenhäusern darauf bestanden, bei all den Lernschwestern und so.

Ich konzentrierte mich wieder darauf, Percy zu finden. Bis jetzt war noch nie ein Hund länger als ein paar Minuten verschwunden gewesen. Ich wußte jederzeit, wo sie waren. Ich brauchte (gewöhnlich) nur einmal zu rufen, und sie kamen angewedelt. Ich war plötzlich besorgt, äußerst besorgt. Faßförmige Damen in engen Seidenkleidern haben ein Faible für dicke haarige Tempelhündchen und neigen dazu, für deren Verlust hohe Schadenersatzforderungen einzuklagen. Als ich ihn zuletzt gesehen hatte, starrte er griesgrämig auf seine gekürzte Frühstücksration.

Er mußte durch die Tür geschlüpft sein, als sie offen gestanden hatte, während Ross und ich Rovers zweites Leben bestaunten. Die Tür hatte einen langsamen, automatischen Schließmechanismus. Er konnte es gerade noch geschafft haben, ehe sie ins Schloß fiel. Wenn jemand auch noch das Tor offen gelassen hatte, konnte er jetzt auf halbem Weg zum Dorf oder sogar mitten auf der Autostraße sein.

Ich bekam schreckliche Angst. Ich blieb kurz stehen und rezitierte ein paar ausgewählte Verse aus *In Memoriam* von Tennyson, aber sie waren zu anzüglich, und ich schaltete schnell auf die Portugiesischen Sonette um. Elizabeth Barrett Browning, die ihren Hund heiß geliebt hatte, wäre sicher glücklich gewesen, mir auf jede erdenkliche Weise helfen zu können.

Ross war auf dem Rückweg. Ich fuchtelte mit den Armen wie ein verzweifelnder Torwart, doch als er in Hörweite war, hatte ich eingesehen, daß ich den Eindruck erwecken mußte, wenigstens in *einigen* Krisen einen kühlen Kopf zu bewahren und sagte nur: «Der fette Pekinese scheint ausgeflogen zu sein. Ich fürchte, ich werde ihn suchen müssen. Ob Sie vielleicht hinter dem Haus nachsehen könnten, während ich die Zufahrt übernehme?» Ich rede mir immer gern ein, die Szene ähnele einer Kinoepisode, wo der Mikrofilm im Backenzahn des hochnäsigen Barsois der Heldin versteckt ist. Kein ernst zu nehmendes Sexsymbol sollte ein Faible für dicke Pekinesen eingestehen und eigentlich auch keine ernst zu nehmende Hundehotelbesitzerin zu viele Mißgeschicke.

Ross lachte. «Für Sie tue ich alles.» Er nahm meine Hand und lächelte. «Sie sehen aus, als wären Sie um fünf Uhr früh aus einem zerwühlten Bett gesprungen.» Es mußte scherzhaft gemeint sein. Ich kam mir eher vor, als hätte ich in fünf Zimmern den Fußboden geschrubbt und wäre danach in einen Fahrstuhlschacht gefallen.

Ich beschloß, ein möglichst großes Gelände abzusuchen, und begann am anderen Ende der Zufahrt, wo ich die Straßen gut überblicken konnte. Ich wußte, daß diese kurzen Beine und schweren Hüften nicht ohne viele, viele keuchende Verschnaufpausen auskommen konnten und einer von uns die Flucht beenden würde, ehe Percy zu weit gelaufen war. Rufend und lockend umstreifte ich die Gebüsche. Ich suchte an der langen, umrankten Mauer und im alten Küchengarten, wo Beerensträucher nach jahrelanger Vernachlässigung ungehindert wucherten. Ich suchte an den bewachsenen Rändern des Grundstücks – ein Dschungel von Disteln und Stacheln – und im Graben hinter dem Zaun. Nach zehn Minuten rannte ich zurück, um nachzusehen, ob er nicht einfach wie ein alter Mottenfifi in der Sonne lag.

Hettys Wagen stand am Feldweg. Daneben zwei Gestalten, dicht beieinander mit einem Bündel. Das Bündel war Percy. Hetty sah umwerfend, Ross eher interessiert und Percy sehr, sehr naß aus.

«Ich hätte Sie warnen sollen, daß er gern schwimmt», rief Hetty, als ich näher kam. Tränen der Wut und Erleichterung stiegen mir in die Augen. Zum Teufel, dachte ich, schon wieder ein Beinahe-Drama, und du mit deinen verdammten Gefühlen. Selbst wenn sich das dumme kleine Ding erholte, bedurfte es nicht mehr, um mein neues Experiment ebenso scheitern zu lassen wie all die anderen vorher.

«Wo war er?» Ich nahm eine seiner klitschnassen Pfoten. Sie roch abscheulich morastig. Percy sah mich trotzig und triumphierend an, ehe er nieste. Hatte er etwa Schluß machen wollen, weil er die Schlankheitskuren und alles, was damit zusammenhing, satt hatte? Ich hatte ja immer gesagt, sie seien ein Fehler. Vierbeiner scheren sich einen Dreck um ihre statistische Lebenserwartung.

«Er war schon immer eine Wasserratte», sagte Hetty, «und seit er so dick geworden ist, gibt es ihm ein Gefühl der Schwerelosigkeit. Im Sommer ermutigt ihn das Fell auch nicht gerade zum Herumlaufen, aber im Wasser schwimmt es oben und gibt ihm Auftrieb. Wenn er wieder mal fort ist, sehen Sie am besten zuerst im Teich nach. Die Frobishers nennen ihn manchmal Ophelia, was durchaus passend ist, wenn er mit ein paar Seerosen geschmückt aus dem Wasser gezogen wird.» Sie reichte ihn mir. Percy schüttelte sich so heftig, daß ich überall bespritzt wurde. Die Situation legte nahe, auf Gefühlsduseleien zu verzichten. Ross und Hetty lachten.

«... er sagte, Sie suchten einen großen dicken Pekinesen. Ich hab's natürlich sofort gewußt, wen er meinte, weil er ein Patient von mir ist, und deshalb ...»

«... sie fragte, ob es hier in der Nähe einen Fischteich gebe. Ich hatte tatsächlich einen auf dem Weg zum Obstgarten gesehen, und deshalb ...»

«Ach! Aber vorher haben Sie gefragt, warum? Glaubten Sie vielleicht, er sei lebensmüde?»

Sie fielen beide fast um vor Lachen. Ich stand schweigend und säuerlich daneben. Percy triefte. Dann wischte Hetty sich die Augen trocken – klare und blaue natürlich, leichter Lidschatten (wahrscheinlich Elizabeth Arden, sagte ich mir grausam, Pale Pearl), ein netter Kontrast zu meinen – blutunterlaufen und geschwollen.

«Wir haben ihn mit einer Wäscheleinestütze rausgefischt.»

«Lassen Sie ihn selbst zurückgehen. Sie sollten ihm jeden Tag eine große Schüssel Wasser geben.»

«Er *kriegt* jeden Tag eine große Schüssel Wasser», sagte ich wütend.

«Orientalen trinken ihr Badewasser nicht, meine Liebe, es ist gegen ihre Religion.» Wieder lachten beide. «Ich meine, um zu baden!» Hettys rosa Leinenkostüm war etwas bespritzt; es tröstete mich nur wenig. Sie sagte, das mache nichts. Ich muß jedoch zu meiner Schande gestehen, daß ich befriedigt registrierte, wie sie auf dem Weg zum Auto ein paar kurze besorgte Blicke auf ihren Rock warf. Ross begleitete sie, während ich mit Percy zum Haus ging, und sie standen einen Augenblick in der Sonne und freuten sich. Ich fand ein großes altes Frottiertuch und rubbelte den armen stinkenden Percy mit der Wut einer abgewiesenen Anita Ekberg ab.

Geschäft und Vergnügen gehen nicht zusammen, erinnerte ich mich und dachte an den Mann, der meine Kräuter gekauft und mir hinter der Petersilie in den Po gekniffen hatte. Ich hatte gedacht, wenn ich ein bißchen auf ihn einginge, würde das Geschäft um so mehr blühen, aber wir erwarteten beide mehr, als der andere zu geben bereit war, und der Handel platzte wie meine Kürbisse, als ich ihn auch noch versehentlich in die Frühbeete geschubst hatte.

Hetty kam mit ihrer Tasche zurück und betätigte sich eindrucksvoll mit dem Stethoskop an Rover. Sie sagte, es gehe ihm einigermaßen. Sie schien andeuten zu wollen, daß ich übertrieben oder sogar meinen neurotischen Todestrieb auf das unschuldige Tier übertragen hätte. Sie räumte ein, er sei vielleicht wegen des Ostwinds unterkühlt gewesen, weil kein Sonnenstrahl in die Küche falle und es unter den alten Türen so ziehe. Sobald ich seine Kiste in die Ecke zwischen Wand und Herd geschoben hatte, bewirkten die Wärme und die Wolldecke Wunder.

Kein Wort von der Mund-zu-Mund-Beatmung, denn es hätte rechthaberisch geklungen, daran zu erinnern. Ich dankte ihr fürs Kommen und beobachtete, wie sie zusammen gingen. Ich stampfte vor Wut mit den Füßen.

Eigentlich war ich ganz froh, wieder allein zu sein. Ich senkte meinen Adrenalinspiegel mit einer Portion Ella Wheeler Wilcox und hüpfte genußvoll von Vers zu Vers. Beharrliche Sentimentalität ist so lindernd wie heißer, süßer Tee bei Erkältung. Mit dem modernen Zeug komme ich natürlich überhaupt nicht zurecht. Ein paar Dutzend nackte Sätze aufs Geratewohl über eine Seite gestreut, die hintereinander gelesen keinerlei Sinn ergeben und nichts bewirken als ein lautes Gähnen, außer vielleicht beim Dichter selber. Reime und Alliterationen, Skandierung und Struktur, das sind alles ziemlich irrelevante Dinge, mit denen man ebensowenig angeben sollte wie mit der Fähigkeit, daß man an seinem eigenen großen Zeh nuckeln kann. Wobei ich sagen muß, daß letzteres manchmal sehr beruhigend sein könnte.

Ich mußte etwas gegen Marsha unternehmen. Ich beschloß, sie sofort anzurufen und sie zu warnen, daß wir eine verheerende Akneepidemie hätten.

Sie kam mir zuvor. «Schatz», flüsterte sie heiser. «Ich kann nicht kommen. Erinnerst du dich an Ham Skin? Er ist hier ...!» Sie wartete, bis ich das Ereignis in seiner ganzen Tragweite erfaßt hatte. Ich erfaßte es nicht, obgleich mir der Name irgendwie bekannt vorkam. «Wir haben uns wiedergetroffen, Schatz! Bei der Fürsorge!»

Ich sagte: «Fürsorge? Was hast du denn da gemacht?» Sie entgegnete, sie habe wieder keine Unterhaltszahlung bekommen, und manchmal sei die Fürsorge leichter, als zu

Anwälten zu gehen, die an Banken und Treuhänder und so etwas schreiben müßten, und dann dauere es Wochen, bis sie ein paar Scheine bekomme. Dazu sei der Wohlfahrtsstaat doch wohl da, oder? Damit man wohlfahre.

«Ham hat sich von der Gruppe getrennt, Schatz», vertraute sie mir an, «und er trommelt jetzt allein – verstehst du, er ist freischaffend? Kannst du ihn hören? Ist er nicht umwerfend? Und ist das nicht der tierischste Beat aller Zeiten?» Ein dumpfes Pochen im Hintergrund erinnerte mich an einen Brummschädel.

«Ich dachte, er sei der Pole, der Würste modelliert.» Marsha war ein bißchen sauer und sagte, nein, natürlich nicht. Das sei Terse Werd, und er arbeite mit rotem Ton. Ich fragte lieber nach Bongo, und ob er gehen mußte, als Ham auf der Bildfläche erschienen sei.

«Gehen mußte?» rief Marsha verblüfft. «Warum hätte er gehen müssen? Er betet Ham an. Betet ihn einfach an! Und Timmy mag er auch. Sie essen vom selben Teller und schlafen in unserem Bett, und Bongo will nun doch nicht zu dir kommen.»

Endlich dämmerte es mir. «Er ist ein *Hund*!» rief ich aus, als hätte ich den Schnupfenerreger isoliert.

Marsha sagte spitz: «Ich sagte es doch, ein Tibetaner, ein Lhasa-Apso. Ich habe ihn auf dem Markt gekauft, aber Timmy war zuerst schrecklich eifersüchtig und hat ihn in den Schwanz gebissen. Bongo fand es gar nicht lustig und hat Tortillas Afghanen aufgefressen.» Ich schrie leise auf. Die meisten Freunde Marshas hatten ausgefallene Haustiere, aber in ihren Mietshäusern mußten sie sich meist mit kleineren begnügen, zum Beispiel Aras oder schlichten Schlangen. Ihre Wohnung reichte sowieso kaum für eine friedliche Garnele aus. Ich erinnerte mich dunkel, daß Tortilla Grasmatten webte, die nach modrigem Heu rochen, und daß sie in einem umgebauten Besenschrank wohnte.

«Tortillas afghanischen Folkloremantel natürlich, du Dussel!» zischte Marsha.

Zum Glück erreichte das Trommeln jetzt ein Crescendo und zugleich sie, so daß wir auf Wiedersehen schrien und ich beruhigt zu Bett gehen konnte.

Alles in allem war die Bilanz des Tages nicht so übel. Einmal ins Schwarze, und ein paarmal dicht daneben.

10

Ende der Woche war alles mehr oder weniger in Schwung gekommen. Die Gewinnphase schien zu beginnen. Eine sichere Existenz. Täglich kamen zwei oder drei Gäste und es wurde fleißig vorausgebucht. Die meisten waren nette und liebenswerte Familienhunde, unkompliziert, artig, sauber und anpassungsfähig. Ihre Besitzer sorgten sich um ihr Wohlergehen und kamen gern, sie für einen Tag zu holen, wenn sie in Hotels am Meer wohnten. Ich stand mit den Fremdenverkehrsvereinen in zwanzig Kilometern Umkreis in Kontakt und rief ein paar von den größeren Hotels an, nannte Hetty (auf ihren Rat) als Referenz und bat um Empfehlungen. Ich ließ Karten drucken und Werbezettel, die jeder, der wollte, seinen Prospekten beilegen konnte. Ich hatte wieder – am Telefon – mit der grauhaarigen Dame gesprochen, die den Kater namens Fusty hatte und in der Anzeigenannahme des Wochenblatts saß, und sie hatte vorgeschlagen, die nächsten paar Wochen weitere Inserate in lohnenden Rubriken aufzugeben und meine ursprüngliche Annonce weiter zu veröffentlichen. Es sah alles sehr vielversprechend aus. Kein Blitztelegramm, in dem Ross' Anwalt mir mitteilte, sein Klient sei umgebracht worden, keine schlechten Nachrichten aus der Rekonvaleszensklinik, nichts, was ich nicht bewältigen konnte. Sogar Rover schien es besserzugehen. Es muß mein Atem gewesen sein. Daß ich solche heilenden Kräfte besaß, war eine sehr angenehme Vorstellung.

Ich hatte eine Dauerbestellung beim Tierfutterlieferanten aufgegeben und Steve, den Metzger, angerufen, um ihm zu sagen, daß ich die Sachen doch nicht holen könnte. Es war eine ungeheure Erleichterung, endlich keine Schweinsköpfe mehr tranchieren zu müssen, obgleich es dafür andere Teile sein würden. Aber Steve ließ sich nicht abschrecken. «Keine Angst, Baby», sagte er in einer recht guten Imitation seines neuesten Fernsehvorbilds. «Stevieboy läßt Sie nicht im Stich. Ich bring sie Ihnen, keine Sorge!» Ich hatte die schreckliche Gewißheit, daß er es auch tun würde.

Lady war Dauergast. Adam war bis zu den Sommerferien wieder im Internat und hatte mir bereits geschrieben, seine Mutter sei verreist, ich brauchte sie also nicht anzurufen. Bustle bekam Ansichtskarten («Dies ist Mamis Hotel, Bustle-Darling, und unser» – «mein» war durchgestrichen – «Zimmer ist das mit dem X»). Die erste fraß sie, sie hatte wohl genug von Lampenschirmen, aber die anderen reihte ich im Schlafzimmer so nebeneinander auf, daß sie sie nicht erreichen konnte. Willy hatte keinen Anfall mehr bekommen, und Teddy war durch die Kraft des Gebets noch ausgeglichener geworden. Ich begann zu glauben, daß ich es wahrscheinlich schaffen könnte.

Dann hatte ich ja noch Fritzi, einen schwarzen Dackel. Sein Frauchen, eine Miss Pelham-Posford, die genauso lang und dünn war wie der Hund, erklärte mir warnend, sie seien beide erkältet. «Er steckt sich sehr leicht an», sagte sie besorgt. «Ich hoffe doch sehr, daß es hier keine Krankheiten gibt. Fritzi hat erst neulich von meinem Neffen die Masern bekommen, und letztes Weihnachten hatte er Gicht. Sie müssen auf ihn achtgeben.» Ich versprach, ihn in Quarantäne zu nehmen. Zum Glück hatte die Flohtherapie gewirkt, weil Fritzi sonst bestimmt welche bekommen hätte. Im Moment nieste er nur, seine Nase tropfte, und sein Bellen klang entschieden nach Polypen.

Krümel war ausgesetzt worden. Er war ein kleiner rundlicher schwarzer Mischling, und ich fand ihn an die Bank im Garten gebunden, als ich eines Morgens aufgestanden war und hinausging. Er saß da und zitterte, denn die Nacht war sehr kühl gewesen, und seine großen, braunen traurigen Augen schwammen in Tränen. Außerdem hatte er Hunger. Ich trug ihn ins Haus und setzte ihn ab, und er leckte alle Toastkrümel vom Frühstück auf, ehe ich auch nur anfangen konnte, ihm eine richtige gute Mahlzeit vorzusetzen.

Krümel war ein wirklich süßer kleiner Hund, höchstens sechs Monate alt, aber nicht stubenrein. Vielleicht hatte man ihn deshalb ausgesetzt. Wegen der anderen, besonders der Hündinnen, war es nicht leicht, ihn zu erziehen, doch ich ließ ihn die meiste Zeit draußen in der Sonne, so daß er einfach das Beispiel der anderen befolgte. Nach ein paar Wochen war er kein Problem mehr. Als eine Mrs. Maisley anrief und unter einer Flut von Tränen ihre Buchung absagte, weil ihr Hund von einem Auto auf ihrer Zufahrt angefahren worden war und ihr nichts anderes übriggeblieben sei, als ihn einzuschläfern, bot ich ihr Krümel an. Es war ein Risiko. Womöglich würden seine Besitzer eines Tages aufkreuzen und ihn zurückhaben wollen, aber Leute, die einen Hund aussetzen, einen hungrigen und verängstigten und unterkühlten Hund, sollten davon abgebracht werden, überhaupt einen zu haben, und ich war durchaus bereit zu behaupten, ich wisse nichts über seinen jetzigen Aufenthaltsort. Soweit ich weiß, ist er immer noch bei Mrs. Paisley, die ihn später oft hergebracht hat, und sei es nur für einen Tag, wenn sie in London zu tun hatte. Sie wußte, daß er bei uns glücklich sein würde.

Als Kind hatte ich oft einen Traum gehabt. Ich setzte ein Puzzlespiel zusammen, aber jedes einzelne Teil war ein herrenloser und flehender Hund, und jedesmal wenn ich ein Stück an der richtigen Stelle eingesetzt hatte, hatte ich ihm ein Heim besorgt, in dem er glücklich sein konnte. Der Traum war so real, daß mir, wenn ich wirklich Puzzles zusammensetzte, die Teile immer noch wie Spaniels und Scotch-Terrier und kleine rundliche schwarze Mischlinge à la Krümelchen vorkamen. Ich bin nicht sicher, daß das irgend etwas beweist – ich glaube sowieso nicht, daß Träume viel mit der Wirklichkeit zu tun haben –, aber es sagt mir, daß ich Tiere schon immer geliebt habe. Oder vielleicht schutzlose Wesen überhaupt, denn viele Kinder anderer Leute waren bei uns ein und aus gegangen, als meine eigenen Kinder noch klein waren: Sie hatten uns nicht nur besucht, sondern waren je nach Bedarf für kürzer oder länger bei uns geblieben. Wir waren keine richtigen Pflegeeltern, sondern nahmen sie, wie ich nun erkannte, ungefähr so auf wie jetzt die Hunde, die zu uns kamen – und wieder gingen.

Das Haus war voll. Die Zwinger waren leer. Ich hatte eine zusammengefaltete Zeitung auf dem Kühlschrank liegen, die ich laut auf den Tisch knallte, um drohende Tumulte im Keim zu ersticken. Nicht daß ich es oft tun mußte. Eines Nachmittags warf ich einen Blick auf das Datum und wurde mir bewußt, daß sie in fünf Wochen nur zweimal benutzt worden war. Vielleicht lag es daran, daß die Hitze die Hunde so mitnahm oder müde machte, aber sie schienen alle die meiste Zeit herumzuliegen und zu dösen – vielleicht warteten sie nur darauf, daß ihre Besitzer zurückkamen, oder sie träumten einfach von aufregenden Dingen. Sie freuten sich auf die Spaziergänge, bei denen ich einige an der Leine hatte und andere frei laufen ließ, und genossen die Stunde am Nachmittag, wenn sie auf der eingezäunten Wiese herumtoben durften. Die Mahlzeiten wurden in Gruppen eingenommen, die langsamen und pingeligen zusammen, die gierigen und schnellen extra, wie Schauerleute in einer Hafenbar.

Die meisten blieben eine Woche oder vierzehn Tage. Einige blieben länger, und manche waren nur tagsüber da, weil ihre Besitzer auswärts zu tun hatten. Die Hunde gewöhnten sich daran, daß dauernd neue Gäste kamen, und begrüßten sie ohne Überraschung oder großes Interesse. Hunde spüren Gefahr und Zorn und Vibrationen, die auf innere Unausgeglichenheit zurückgehen, und reagieren entsprechend. Sie schaffen sich ihre eigenen sozialen Regeln. Es sind wenige genug, aber Hündinnen scheinen sich untereinander wohler zu fühlen, weil sie von Natur aus ein anderes Temperament haben als Rüden. Da ich genug Platz hatte, war das kein Problem, und da sie sich mehr oder weniger über das ganze Haus verteilten, hatte ich es noch leichter. Nur die Küche war immer ein bißchen übervölkert, aber das mag ich genauso wie unordentliche Zimmer. Die hatte ich ebenfalls. Ich nehme an, es liegt an der Unordnung in meinem Kopf.

Manche Gäste waren neurotisch, manche aggressiv, manche einfach sauertöpfisch. Nettie, ein Neufundländer, hätte eigentlich Nessel heißen müssen, weil sie schrecklich reizbar war. Ihre Besitzerin, eine gewisse Mrs. Broadwater, hatte mich eines späten Abends angerufen und mit einer Stimme, die eher eine Bombe als einen Hund vermuten ließ, nachdrücklich gewarnt, sie werde sie gleich herbringen. Ich wollte gerade zu Bett, aber sie klang so aufgeregt, daß ich erschöpft zusagte, solange aufzubleiben.

Ich sollte es bereuen. Sie blieb, bis der Morgen graute, schluchzte und trank Kaffee mit Cognac und erzählte mir zwischendurch ihre Lebensgeschichte, die aus einer monotonen Kette von Katastrophen zu bestehen schien. Und nun, schloß sie, ziehe ihr Mann aus. Er habe einmal zu oft mit seiner Schreibkraft geschäkert (sie sagte, das Wort «Sekretärin» sei ebenso zweideutig wie «Modell», und beide bedeuteten ein und dasselbe), und es habe ein großes showdown gegeben. Mrs. Broadwater wollte fürs erste zu ihrer Schwester ziehen, aber sie sah nicht ein, warum ihr Mann den Hund *und* den Vogel haben solle, deshalb solle er zu mir. Die arme Nettie hatte keiner nach ihren Wünschen gefragt, und ich machte ihr eine gemütliche Ecke neben meinem Bett, wo ich sie den kurzen Rest der Nacht streicheln und beruhigen konnte.

Morgens tauchte Mr. Broadwater auf, aber Nettie versteckte sich hinter der Badewanne. Ich blieb fest und erklärte, nach den getroffenen Vereinbarungen könne ich sie einzig und allein an Mrs. Broadwater aushändigen. So ließ er Nettie eine Schachtel Fruchtbonbons da, weil sie die am liebsten auf der Welt habe, und verschwand wieder. Mr. Broadwater war sicher nicht das, was sie auf der Welt am liebsten hatte, denn sie wagte sich erst nach drei Stunden aus dem Badezimmer heraus und zuckte vor den Fruchtbonbons zurück, als wären sie mit Rattengift bestreut.

Eine Woche verging, ohne daß die Broadwaters von sich hören ließen. Dann standen sie Hand in Hand in der Tür. Die Versöhnung erstreckte sich allerdings nicht auf die arme Nettie, die heftig protestierte, als sie zum Wagen gebracht wurde und den ganzen Weg zur Straße hinunter zum Steinerweichen heulte.

Eines Tages kam ein fabelhaft aufgetakeltes Mädchen, ihren Yorkshire-Terrier zu bringen. Sie wollte nach Dänemark, und sie weinte, als sie ihn zum Abschied küßte. Er war unglaublich liebenswert. Alle Yorkshires sind unwiderstehlich, aber dieser war den anderen noch voraus. Er hieß Bilko und war ein großer Angeber und Chauvi, aber nur, wenn ich in der Nähe war. Sobald er mit den größeren Hunden allein war, verkroch er sich irgendwo. Immer wenn ich im Begriff war, aus dem Haus zu gehen, ärgerte er gerade Toby oder die Afghanen, mit einem Auge auf mich, und wenn ich draußen war, lief ich schnell ans Fenster und sah, wie er in den Schrank hopste, um sich der Vergeltung zu entziehen. Er hatte die hinreißende Angewohnheit, sich auf den Rücken zu legen und an seinen Pfötchen zu knabbern, wie ein kleines Baby an seinem großen Zeh.

Das aufgetakelte Mädchen kam mit einem mürrischen Mann wieder, den sie als ihren Verlobten vorstellte, und ich gab ihr Bilko nur sehr ungern zurück. Ich machte mir wochenlang Sorgen um ihn. Ich war sicher, daß der mürrische Mann seine kleinen Spielchen nicht dulden würde. Dann kreuzten sie wieder auf, Bilko kam aufgeregt vor ihnen ins Haus gewuselt und schwang erneut das Zepter. Der mürrische Mann hatte sich total verändert. Er war jetzt beinahe lebhaft, und der Abschied fiel ihm viel schwerer als dem Mädchen. Er war auch derjenige, der jeden Abend anrief, um sich nach dem Befinden des kleinen Lieblings zu erkundigen.

Zu meinem Mann sagte ich am Telefon: «Diese Woche hab ich achtzehn.» Ich war sehr stolz. Es bewies, daß ich meinen Anteil leistete und daß man kaum von mir erwarten konnte, durchs halbe Land zu sausen, um ...

Pa war nicht weiter beeindruckt. «Großer Gott, das ist schrecklich viel! Sie werden alles auf den Kopf stellen. Ich dachte, du wolltest höchstens zwölf auf einmal nehmen!»

Ich war sprachlos. Nie hatte ich ein Limit erwähnt. Nie hatte ich auch nur daran gedacht, ein Limit zu setzen. Laßt alle Hunde dieser Erde zu mir kommen, und ich würde sie mit offenen Armen – und gezücktem Portemonnaie – willkommen heißen.

Einigermaßen logisch sagte ich: «Zwischen zwölf und zwanzig ist kein großer Unterschied.»

«Das haben sie bei der Heilsarmee wahrscheinlich auch

Sein Portemonnaie zu zücken …

... gehört eigentlich immer zu den angenehmeren Gesten: entweder man nimmt Geld ein, oder man gibt Geld aus.

Noch besser ist es, wenn man dazwischen etwas anstellt mit seinem Geld: es sicher und zinsgünstig anlegt, zum Beispiel.

Pfandbrief und Kommunalobligation

Meistgekaufte deutsche Wertpapiere - hoher Zinsertrag - schon ab 100 DM bei allen Banken und Sparkassen

Verbriefte Sicherheit

gesagt, als der erste Tramp hereinspazierte. Ich möchte jedenfalls nicht in einer Korbecke schlafen, wenn ich dabei bin, wieder auf die Beine zu kommen.»

Ich war echt geschockt. Schließlich handelte es sich um mein gewohntes Steuerfinanzierungsprojekt, meinen Schwimmgürtel, wenn das Schiff zu kentern drohte. Ich hatte sogar einige Ambitionen für eine künftige Hunde-UNO, als gutes Beispiel für die streitsüchtige Menschheit. Friede zwischen deutschen Schäferhunden, Welsh-Corgis, irischen Wolfshunden, venezianischen Windspielen, belgischen Vorstehhunden, englischen Hühnerhunden – alle teilen miteinander und sorgen füreinander. Ich zielte mit dem Zeh nach dem Hinterteil eines vorwitzigen Mini-Collies, um ihn daran zu erinnern, daß wir hier alle Freunde waren und seine unwillkommene Aufmerksamkeit von einem Basset mit Plattfüßen und einer schwachen Blase abzulenken.

«Na ja», sagte ich, «wir werden sehen, wenn du wieder nach Hause kommst, aber wenn du unbedingt willst, Schatz ...» Damit hatte ich ihn sofort ins Unrecht gesetzt.

«Hör mal, man kann nicht vorsichtig genug sein», warnte er mich. «Erst heute morgen habe ich zu dem alten Eric gesagt, daß Tollwut die Nebenhöhlen angreifen kann, und nebenan ist einer an Strahlfäule gestorben, kurz bevor ich herkam.»

Vorsichtshalber vergaß ich zu erwähnen, daß die achtzehn Hunde noch nicht alles waren. Ich hatte noch eine Schildkröte namens Shelmerdine, die in einem rosa Laufstall lebte, den seine Besitzerin dagelassen hatte, als sie einen fröhlichen Spaniel mit nur anderthalb Ohren brachte. Ich fand keinen überzeugenden Grund, Shelmerdine abzulehnen. Ich konnte einen kleinen Pensionspreis berechnen und brauchte den Laufstall nur täglich umzurücken und mit neuen Salatblättern und anderen knackigen Köstlichkeiten zu bestreuen. Ich hatte Noodle, den

Wellensittich des Milchmanns, und zwei Meerschweinchen, «Mister» und «Misses», die in ihrem über der Haustür hängenden Käfig turtelten. Der Käfig hieß Zankbude, aber wohl kaum wegen seiner friedliebenden Insassen, sondern wegen ihrer Besitzer, die sich dauernd in den Haaren lagen, welches Meerschweinchen wem gehörte, wer an der Reihe war, den Käfig zu reinigen, wann gefüttert werden müsse und so fort. Einer von ihnen (ein frecher Siebenjähriger) fiel bei Butlins ins Wasser und wäre fast ertrunken, doch als er zurückkam, fiel mir eine merkliche Besserung in seinem Benehmen auf. Ich habe seitdem oft gedacht, daß manche Siebenjährige öfter mal ins Wasser geschubst werden sollten, damit sie erträgliche Zeitgenossen werden.

Hettys Kunde, der Mann mit den vielen Ziegen, hatte mir eine dafür angeboten, daß ich seine beiden Hunde aufnahm, und dann und wann seinen Hirtenstar (das ist ein Vogel), wenn er Urlaub machte. Sobald ich zugestimmt hatte, kam er mit dem Hirtenstar und einer Tüte Spezialfutter an, das aus toten Fliegen und getrockneten Ohrwürmern zu bestehen schien. Der Hirtenstar hieß Major.

Kein Wunder, daß Major den ganzen Tag kreischte. Ab und zu äffte er ein bißchen Vera Lynn mit *Now is the Hour* nach, täuschend ähnlich, einschließlich des Schluckaufs, aber meist begnügte er sich damit, mit dem Kopf nach unten zu hängen («Wie eine gemeine Krähe», schalt Hetty ihn, aber ich habe noch nie eine gemeine Krähe gesehen, die mit dem Kopf nach unten hängt, es sei denn als Warnung für ihre Artgenossen über dem Kohlfeld) und einen Schiefergriffel zu imitieren. Es trieb mich fast zum Wahnsinn. Dann stellte ich seinen Käfig neben den von Noodle, und sie staunten sich derart an, daß sie die Stimme verloren, jedenfalls bis sie wieder abgeholt wurden.

Tauschgeschäfte waren an der Tagesordnung. Der Dorffriseur hatte einen Boxerwelpen, den ich eine Woche für einmal Haarewaschen und Ausschneiden nahm, und ein Gärtner aus der Nähe, der seinen Pudel für eine Woche brachte, bot mir sogar an, nach seiner Rückkehr an ein paar Abenden den Rasen und die angrenzenden Blumenbeete in Ordnung zu bringen, statt den Pensionspreis zu zahlen. Ein Hund mehr oder weniger spielte kaum eine Rolle, was man von den Kosten für Dienstleistungen aller Art nicht sagen konnte.

Ich hatte das Gefühl, die Sache im Griff zu haben. Ich war sehr zufrieden. Vielleicht ein bißchen selbstgefällig. Bis Hetty mit der Ziege kam. Ich rückte gerade Shelmerdines rosa Laufstall woandershin.

«Mein Gott», sagte sie offensichtlich beeindruckt und sah in ihrem Jeanskittel mit – so weit ich sehen konnte – nichts darunter zum Anbeißen aus.

«Kommt jetzt *das* an die Reihe?»

Ich sagte züchtig: «Ich will die Kunden glücklich machen. Von nun an werde ich ein neues Motto haben: ‹Bringt alles her, von großen Ehemännern bis zu kleinen Flöhen›.»

«Aber davon haben Sie doch schon ein paar.»

«Wovon? Ehemänner?» Ich vergewisserte mich, daß eine Ecke vom Laufstall im Schatten der Büsche stand. Shelmerdine krabbelte seitwärts, im Krebsgang, zu dem frischesten Salatblatt.

«Natürlich», sagte Hetty.

«Möchten Sie einen abhaben?»

Sie machte ein nachdenkliches Gesicht. Sie redete selten über Mike, ihren Mann, den Ingenieur, der immer unterwegs war, aber ich glaube, sie führten eine sehr gute Ehe. Die Tatsache, daß sie ein Auge für andere hatte, bedeutete wie in den meisten solchen Fällen nur, daß sie mit dem Mann, den sie hatte, glücklich war. Ein toller Bonbon hält einen nicht davon ab, sich für andere Leckereien zu interessieren, während einer, der bitter schmeckt, einen sehr, sehr vorsichtig macht.

«Hier gibt es keine Flöhe», versicherte ich ihr hochnäsig. «Das habe ich wirklich hinter mir. Das Fell bei der Ankunft kurz gesprayt, jeden Morgen eine Blitzuntersuchung, alle paar Tage eine reichliche Dosis Insektenpulver, und hier hüpft nichts mehr herum.»

«Wie tüchtig», sagte Hetty zynisch. «Wieder mal ein Scheintod zu melden? Nein? Kaum zu glauben. Sie sollten Ihren Atem auf Flaschen ziehen lassen und an Krankenhäuser verkaufen.»

«Ich werde die andere Wange hinhalten und Sie zu einer Tasse Kaffee einladen», sagte ich.

«Nicht ehe Sie in meinen Anhänger geguckt haben.» Hetty war mit ihrem größeren Wagen gekommen, einem Ford Capri, der einen Anhänger ziehen konnte. Ich blieb auf dem Weg zur Hintertür stehen.

«Hetty, ich habe darüber nachgedacht. Ziegen müssen gefüttert werden.»

«Ich wußte, daß Sie noch dahinterkommen», sagte sie. «Jeder sieht, daß Sie nicht nur ein hübsches Gesicht haben, sondern auch Grips. Ja, der schwache Floh braucht nur dann und wann ein Tröpfchen von unserem Blut, aber die Ziege meckert nach Futter. Möchten Sie sie nicht kennenlernen?» Sie ging ins Haus und sprach mit Noodle.

Das Zicklein war so winzig, daß ich Toby am Halsband festhalten mußte, nur für den Fall, er werde es als kleine Zwischenmahlzeit betrachten. Dahinter stand die Mutter, nicht so niedlich, aber entschieden nützlicher. Ich streichelte ihre Nase und gab geeignete Willkommenstöne von mir und überlegte, was ich als nächstes tun sollte. Es schien flegelhaft, sie draußen zu lassen wie einen gütigen Pfarrer, der auf der Veranda warten muß, während man das Wasser aufsetzt.

Zum Glück kam Hetty heraus und trat zu mir. «Rover geht's gut», sagte sie, als ob ich es nicht wüßte. Sie strich sich mit ihren lilienweißen Händen über ihre langen, wohlgeformten Arme. Ich kam nie aus dem Staunen heraus, daß sie tatsächlich all die anstrengenden und kraftraubenden Dinge mit den Rindern anstellte. Wenn schon Ärztinnen so verführerisch wie Striptease-Tänzerinnen in Soho sein sollen, warum dann nicht auch Tierärztinnen, pflegte sie zu sagen. Ich klärte sie nie darüber auf, daß die Ärztinnen, die ich gehabt habe, immer abstoßend häßlich, verknöchert, abgestumpft, gefühllos und Mannsweiber gewesen waren.

«Wieviel Milch gibt sie denn, und wieviel braucht das Baby?»

«Wir werden es in ein paar Tagen absetzen ... sagen wir, in ein paar Wochen. Auf jeden Fall wird es nicht viel brauchen, wenn wir ihm zwischendurch Gras und ein bißchen Kälberfutter oder etwas Ähnliches geben. Machen Sie nicht so ein Gesicht. Es bedeutet bares Geld. Im Grunde brauchen Sie nur zu nehmen, was kommt.» Das Zicklein hieß Amanda und hatte, fand ich, entschieden Ähnlichkeit mit Nurejew ... «Sie meinen ... ich muß sie melken?» ... wenn er bei seinen Pirouetten die Nase in die Luft reckt.

«Jawohl», sagte sie trocken. Dann sah sie mich wieder an. «Großer Gott, Sie werden doch ein Säugetier melken können, oder? Sie sind doch selber Mutter und müssen wissen, woher die Milch kommt?»

Schnippisch sagte ich: «Ich hatte *drei*, also weiß ich es wahrscheinlich besser als Sie!» Dann fügte ich hinzu: «Außerdem *kann* ich Ziegen melken. Vor Jahren, als die Kinder noch klein waren, hatten wir mal eine, das heißt sogar zwei. Und ich kann mich noch sehr gut daran erinnern.» Vor allem daran, daß eine eines Tages verschwand und die Wäsche einer Nachbarin auffraß, während die andere einmal heimlich im Gemüsegarten verschwand und sämtliche jungen Triebe abknusperte, so daß der Gärtner fast einen Schlaganfall bekam. Und dann entdeckte eine ihre Liebe zu den Rhododendren und fraß sie, und ich hielt drei Nächte hintereinander in einem Liegestuhl auf der Veranda Wache, mit einer Flasche Napoleon neben mir. Natürlich gab es ein paar Augenblicke, in denen mir der Liegestuhl nichts ausmachte – aber die Ziege wußte es nicht zu schätzen und ging an dem Cognac ein.

O nein, dachte ich, nicht noch mal. Selbstmitleid regte sich. Tränen drohten zu fließen. Aber ich riß mich zusammen, dieses eine Mal.

«Das Melken dauert wahrscheinlich nicht so lange wie der Plausch mit dem Milchmann», sagte Hetty ungeduldig, «und Sie haben da draußen mehr als genug ungemähte Wiese mit einem unterprivilegierten Gaul darauf.»

«Das stimmt nicht.» Wir machten die Stricke los und führten die Ziegen die Ladeklappe herunter. Miranda trippelte wie eine Debütantin bei einem Galaempfang in den zwanziger Jahren. Ihre Tochter Amanda rutschte und hopste mit kleinen aufgeregten Schreien hinterher.

«Wo lasse ich sie bloß heute abend?» Ich erinnerte mich plötzlich, daß ich keine geeignete Unterkunft für sie hatte. Die Ställe waren immer noch voll von leeren Teekisten. Die anderen Nebengebäude mußten zumindest gereinigt werden.

«In den Zwingern?» Mir fiel kein Einwand ein, obwohl ich es irgendwie unpassend fand. Ich sagte zusammenhanglos: «Was meinen Sie mit meinem unterprivilegierten Gaul?» Er hieß eigentlich Harebell, aber aus irgendeinem vergessenen Grund wurde er nur noch Bubbles genannt. Keiner der beiden Namen paßte zu ihm. «Er» war eine Stute, sehr alt, kein Mensch wußte genau, wie alt. Wir hatten sie vom Tierschutzverein bekommen, weil kein anderer bereit gewesen war, ein so großes Tier zu nehmen. Sie war braun und hatte eine weiße Blesse und eine gewisse

Ähnlichkeit mit diesen zottelfüßigen Ungeheuern, den früheren Brauereipferden. Wir hatten sie als Freund und Kamerad der beiden alten Ponies zu uns genommen, die wir unseren Kindern verdankten; ein urgemütliches Reittier, wie ein holpernder Schaukelstuhl. Nichts Rassiges, aber sehr geeignet für ängstliche Zeitgenossen. Inzwischen waren ihre Kameraden zu unserem großen Kummer von uns gegangen, und Bubbles genoß friedlich, distanziert, aber zufrieden ihr Gnadenbrot. Ich bürstete sie fast jeden Tag und plauderte mit ihr wie mit einer sehr alten, etwas verkalkten Dame, die aufmerksam zuhört, aber nie richtig mitbekommt, was man sagt.

«Daß sie *eventuell* sehr alt ist», meinte Hetty, «bedeutet noch lange nicht, daß ihr ein bißchen leichte Arbeit nicht gefallen wird.»

Wir hatten den letzten Zwinger erreicht. Ich machte das Tor auf und schob Miranda hinein, während Amanda, ihre Tochter, herumhüpfte und sich an die Mutter drückte. Hetty und ich blieben am Maschendrahtzaun stehen und sahen zu.

«Arbeit?» fragte ich, weil ich einen Augenblick lang dachte, sie meine vor einem Pflug.

«Sie könnten sie ab und zu langsam um das Feld reiten. Ich schlage nicht gerade das Grand National vor, aber es würde euch beiden vielleicht guttun.»

«Holen wir ein bißchen Stroh», sagte ich. In der Scheune und den Ställen, die an einen Bauern aus dem Dorf vermietet gewesen waren, als das Haus auf den nächsten Besitzer gewartet hatte, lag noch eine ganze Menge. Während wir hingingen, murmelte ich vor mich hin: «Aber wo soll ich bloß die Zeit hernehmen?»

Hetty sagte, ihr falle gerade ein, daß sie unbedingt zu einem Bullen müsse, der schrecklich Durchfall habe, aber sie würde auf dem Rückweg noch einmal hereinsehen. Es war ein Glück für mich, daß sie unten am Tor vorbei mußte, wenn sie zu ihren Patienten fuhr. Oder? Ich dachte in einem fort an die Rechnung. Es war zwar großartig, daß sie so oft zu uns kam und nach dem Rechten sah, auch ohne konkreten Anlaß. Aber wenn die Rechnung bezahlt werden müßte, würde es nicht mehr so großartig sein. Das Problem stand wie eine Mauer zwischen uns.

Ich ging zurück und musterte Miranda kritisch. Sie sah entschieden blöde aus und schien ihre mangelnden Geistesgaben durch Bescheidenheit kompensieren zu wollen. Wenn sie ging, wirkte sie freilich einigermaßen aufreizend; sie wiegte sich schamlos in den Hüften, und ihr großes pralles Euter schwang unanständig hin und her. Der Anblick war jedoch nicht unästhetisch, und wenn bei einem Tausch etwas Milch für uns heraussprang, würde es wohl die Zeit und Mühe wert sein.

Der Hundezwinger bot genug Raum für die beiden. Mit der Strohschütte war er sogar ideal. Nachdem ich mich vergewissert hatte, daß sie gut untergebracht waren, ging ich ins Haus, um Noodle in den Vorratsraum zu bringen. Dann brachte ich Shelmerdine in den Setzschuppen und legte sie – laut Anweisung – in ihre eigene strohgepolsterte Kiste. Percy kam auf die Veranda, weil er frische Luft brauchte, und Major kam samt Käfig in die Garderobe, deren Tür ich schnell hinter mir zumachte, weil er plötzlich angefangen hatte, irgendein schauriges Kinderlied zu kreischen, und immerzu die einzelnen Verse vertauschte.

Als ich wieder in der Küche war, setzte ich mich hin und legte die Füße auf den Gemüseständer. Ich blätterte schnell die Zettelsammlung durch, die mein Gästebuch bildete, und nahm dann das Algebrabuch aus der längst vergessenen Schulzeit irgendeines Unbekannten, dessen leere Seiten meine Notizen über die kleinen Eigenheiten der Gäste enthielten. Daisy zum Beispiel (ein unwahrscheinlicher Name für einen Neufundländer) bekam bei Regen immer «aufgeweichte Pfoten». Wenn sie wegen der

«Bedürfnisse», wie dort stand, ins Freie mußte, sollte ich ihre Pfoten bitte durch kleine Plastikbeutel schützen. Ein anderer Kunde hatte gesagt: «Lassen Sie ihm bitte Zeit, wenn er das Bein hebt. Er hat einen schlechten Abfluß.» Die meisten Besitzer drückten sich reichlich prüde aus, wenn es um die intimeren Körperfunktionen ging. Eine Dame hatte gebeten: «Wenn er die wichtigen Sachen bis halb zehn nicht gemacht hat, ermutigen Sie ihn bitte ein wenig.» Sie meinte Paraffinöl, hätte aber genausogut von einem faulen Pianisten sprechen können, den man zum Üben zwingen müsse.

Ich las noch einmal den Brief von Adam, der am Morgen gekommen war. Er schrieb, er spare tüchtig, um Ladys Rechnung bezahlen zu können, und fügte als PS – meine Tochter sagte immer «Pis» – hinzu: «Sagen Sie Lady, ich hole sie in den Ferien ab.»

Ich empfand echte Zuneigung für meine Gäste und ihre Besitzer. Leute, die ihre Hunde und Katzen lieben – ich meine, *wirklich* lieben –, haben etwas gemein, das über bloße Güte hinausgeht. Sie bringen der unterdrückten Kreatur ein Stück vom verlorenen Paradies zurück. Außerdem ist eine tiefe Liebe zu Tieren die einzige völlig selbstlose Liebe, die es gibt. Ihre übertriebene Fürsorge brachte mich zwar oft an den Rand der Verzweiflung, aber ich lachte nie über die seitenlangen Maßregeln, die Pillen, Tropfen, Salben und Wässerchen. Wenn ich es als Geschäft betrachtete, hatte ich sogar einen guten Grund, eine höhere Rechnung auszustellen.

Ehe ich zu Bett ging, kam noch ein Anruf von einer Hundebesitzerin, die fragte, ob es mir etwas ausmache, wenn ihr altenglischer Schäferhund blaßgrün ankomme. Ich sagte, wenn es ihr nichts ausmache, warum dann mir? Sie erläuterte, er sei an ihrem Mann vorbeigelaufen, der gerade Farbe an eine Wand gesprüht habe («Gott sei Dank abwaschbare», sagte sie erleichtert). «Scrumpy ist so groß, daß ich ihn nicht baden kann, und außerdem habe ich sowieso keine Zeit dazu, bei all dem Packen und den Kröten.»

Sie sah sich zu einer weiteren Erklärung veranlaßt. «Den Kröten, die sich begatten», sagte sie mit fester Stimme. «Ist Ihnen klar, wie sehr die Insektenvertilgungsmittel, die die Bauern auf die Felder sprühen, die Krötenbevölkerung dezimieren? Wir päppeln alle auf, die wir finden können. Diese beiden habe ich in einem verseuchten Teich gefunden. Sie begatteten sich gerade. Ich habe sie bei unserem Entwässerungsgraben ausgesetzt, wo noch keine Umweltschäden sind. Ich füttere sie nach den Anweisungen, die ich mir von der tierärztlichen Fakultät habe schikken lassen, und ich werde den Laich in allen Teichen verteilen, die noch nicht von diesen Giftmischern verseucht worden sind. Pestizide sind die neueste Geißel des Menschen gegen die Natur!» Sie hoffte, der Sinnenrausch werde bis Ende der Woche abgeschlossen sein, aber wenn nicht ...? Nein, sagte ich hastig, die Verantwortung wäre doch zu groß.

Auf dem Weg ins Bett blieb ich vor einem Stickereibild stehen, das ich bei einem Trödler gefunden hatte. Es zeigte eine Dame, die sich elegant auf einem Liegestuhl rekelte und ein Buch las. Darunter stand:

Die Kuh ist im Korn,
Der Hund ist im See
Das Schwein ist im Klee
Wozu da der Zorn?

Sobald du Zeit hast, wirst du deine eigene Version sticken, beschloß ich.

11

Miranda war leider nicht so ergiebig, wie ich gehofft hatte. Selbst nachdem Mandy entwöhnt war, lieferte sie gerade genug, um unseren Eigenbedarf zu decken, und aus meinem Traum, die ganze Umgebung mit lebensverlängernder Ziegenmilch zu versorgen, wurde nichts.

Außerdem knabberte sie entschieden zuviel. Sie knabberte die Wäsche an, meine Jacke, die ich über den Zaun gelegt hatte, meine Jeanstaschen, als ich mich bückte; sie knabberte zwei Seiten aus dem Bestellbuch des Bäckereiboten heraus, als er versuchte, mir Liebestörtchen aufzuschwatzen. Sie knabberte auch Bubbles' Schwanz an, als sie ihr eigentlich Gesellschaft leisten sollte. Danach sperrte ich sie trotz Hettys Lächeln auf den alten Tennisplatz. Im Sommer braucht man einen buschigen Schweif, um die Fliegen vertreiben zu können, und ein kahler Stummel ist ein ernsthaftes Handikap.

Marsha hatte mich einigermaßen in Ruhe gelassen, seitdem sie eines Mitternachts angerufen und mir unter Tränen erzählt hatte, Ham sei davongelaufen. Obgleich ich schrecklich gähnen mußte, täuschte ich Mitgefühl vor. Später rief ich zurück, um zu sehen, ob sie tatsächlich von ihrem Balkon im fünften Stock gesprungen sei, und sie sagte, sie habe unten im Pub bei einigen ihrer alten knauserigen Freunde Trost gesucht. Sie sei mit einem wahnsinnig süßen Jungen zurückgegangen, der sich um einen Zuschuß von der Kunstförderung bemühe, um auf einer Autostraße seilzuhüpfen, in einem Leichentuch und mit einem schwarzen Seil. Er wolle die ständige Gegenwart des Todes demonstrieren. Bis jetzt habe er aber noch nicht die behördliche Genehmigung erhalten, weil es antiquierte Straßenverkehrsverordnungen gebe.

Also schloß er sich gerade einer Gruppe an. Die Gruppe bemühte sich irgendwo um einen Zuschuß, um auf alten Regenschirmgriffen Choräle zu spielen.

Ich sperrte den Mund auf. Es ließ alles, was ich machte, so langweilig und stinknormal erscheinen wie Versicherungspolicen verkaufen.

Humphrey kam zweimal täglich. Die viele Post, die ich bekam, imponierte ihm. Das meiste waren Ansichtskarten mit Schotten in Schottenröcken. Einige waren an die Gäste selbst adressiert und enthielten liebe Gedanken aus der Ferne, doch auf den meisten wurde ich gebeten, stellvertretende Liebkosungen zu verteilen. «Geben Sie Kirsty ein Küßchen von mir», oder: «Ein großes Kuschelwuschel für Charlie.» Alles in allem sorgten sich die Leute mehr um ihre Hunde als um ihre Kinder, die im Ferienlager waren oder eine Klassenfahrt nach Paris machten. Das ist ganz logisch. Selbst Kinder sind nicht so hilflos wie Tiere.

Das Telefon hörte nicht auf zu klingeln. Lady starrte es jetzt nur noch böse an. Sie sprang, heulte und schnappte schon lange nicht mehr danach. Ich brauchte ihr nicht einmal mehr Kekse zuzuwerfen, um ihre Zähne zu beschäftigen.

Es bimmelte wieder. «Hallo?» Und dann: «Wie geht's?»

«Noch nie besser gegangen», sagte mein Mann fröhlich. «Hier hat's geregnet. Aber mittags ist es wieder aufgeklart.»

Wie aufregend. Ich konterte: «Hier war's bis eben sehr windig.» Eine ziemlich abgekühlte Beziehung. Jedenfalls am Telefon.

«Ich hab eine Karte von Robin und Myra gekriegt», sagte er stolz. «Sind verreist. Amsterdam.»

«Ich habe einen Brief von Antonius und Kleopatra gekriegt», antwortete ich. «Nil.»

«Wie schön.» Ich wußte, daß er gar nicht zuhörte.

Dann sagte er: «... aber das Frühstück ist ganz gut. Porridge und *oder* ein Ei *oder* ...»

«Oder was?» fragte ich verwirrt.

«Räucherhering. Und abends Scrabble.»

«Mit Curry?» fragte ich, um die Atmosphäre aufzulokkern.

«Nein, mit Buchstabenspäßen. Gestern abend haben sie mich furchtbar zur Schnecke gemacht.»

Ich fragte: «Wieso? Was ist passiert?» Ich sehnte mich danach, mir alles von der Seele zu reden, obgleich ich wußte, wenn ich ein Wort über die Ziege und die Möglichkeit eines Schweins sagte, würde er Angst bekommen, daß ich ihn mit einer Rinderherde und einem Rudel Sattelrobben empfinge.

Wir sprachen nie davon, wann er heimkäme. Der behandelnde Facharzt hatte mir in einem kurzen Schreiben mitgeteilt, sie wüßten, daß wir in eine andere Gegend gezogen seien, und hielten es für besser, ihn dort weiter zu beobachten und nicht hier, wo es sehr schwierig sein würde. Man hätte meinen können, wir seien auf eine einsame Insel ohne Strom und Wasser gezogen.

Als nächstes erfuhr ich, daß er mit vier anderen im Kino gewesen sei und einen Film über ein Zeppelinunglück gesehen habe, und beim Absturz seien sämtliche Passagiere zu Mus gegangen. Er sagte, der Film sei sehr gut gewesen. Ich glaubte ihm aufs Wort.

Als er jedoch aufgelegt hatte, empfand ich wieder das alte Selbstmitleid. Ich fühlte mich allein. Verlassen. Schlimmer noch, betrogen. Da lag er den ganzen Tag faul herum mit Räucherhering *oder* und Buchstaben und Filmen, in denen Leute zu Mus gingen, und ich saß hier, auch schon fast zu Mus und weit und breit kein Hering. Ich fragte mich, ob man Skorbut oder etwas Ähnliches bekommt, wenn man keinen Fisch ißt. Der Bäcker kam, die Lebensmittel wurden ins Haus gebracht, Steve brachte mir zusammen mit den Abfällen, den Schweinsköpfen und Füßen für die Hunde «etwas vom besten Hack», und der Hundefutter-Mann bot mir manchmal Kohl an, wenn er mit den Pansen und Lungen kam. Aber ich hatte plötzlich einen gierigen Appetit auf Sprotten oder geräucherten Schellfisch.

Ich saß auf dem Fußboden und heulte. Es war eine jener Gelegenheiten, bei denen man gewöhnlich jemanden anschreit: «Es ist alles *deine* Schuld!» Ich schubste Rosie und zwei andere fort, die gekommen waren, mich zu trösten. Für meine momentane Verfassung waren sie völlig ungeeignet. Die Tränen flossen schneller. Ich schniefte laut, um mir zu beweisen, daß ich sehr deprimiert war. Frilly machte ein oder zwei Nummern – sie fischte eine unschuldige Blume aus der Vase auf den Tisch und riß die Blütenblätter ab. Dann fühlte ich plötzlich, wie mir etwas in den Schoß gelegt wurde. Etwas Warmes und Weiches. Dankbar und liebevoll streichelte ich es.

Es war ein Schweinskopf frisch aus dem Backofen. Ich kreischte los und sprang auf. Toby hatte mir in seiner Sorge ein Geschenk gebracht, um mich aufzuheitern. Meist wählte er einen Pantoffel oder einen Handschuh oder ein Geschirrtuch, aber welche Geste zeigte mehr Liebe als seine nächste Mahlzeit?

Ich bezweifle jedenfalls, daß es etwas Wirksameres hätte geben können. Ich wusch mir die Hände, ging nach oben, zog andere Jeans an und fand ein Buch mit Gedichten von Dorothy Parker. Sie wiederzulesen, die Worte schwarz auf weiß zu sehen, die Reime mehrmals auszukosten, all das war noch besser als eine ganze Seite *Hiawatha* aus dem Gedächtnis zu rezitieren.

Ungefähr in diesem Augenblick ging mir ein Licht auf. Langsam, aber so überwältigend, daß ich mich ein paar Minuten nicht rührte, um die Erkenntnis zu verkraften. Wir saßen im selben Boot, ich meine, die Hunde und ich. Wir fühlten uns allein gelassen, und keiner von uns wußte mit Sicherheit, ob wir je wieder erwünscht sein würden!

Es hatte vom ersten Tag an auf der Hand gelegen, aber ich erkannte es erst jetzt. Vielleicht hatte ich es auch nicht sehen wollen. Die Hunde besaßen irgendeinen sechsten oder auch siebten Sinn, der ihnen Mut und Zuversicht und Hoffnung gab. Ich armes Menschenkind hatte nur ein überentwickeltes Gehirn, das sich ein Dutzend Gründe ausdenken konnte, die es jeden Tag plausibler erscheinen ließen, daß niemand zu mir zurückkehren würde. Entweder war mein Mann so krank, daß sie ihn um seines eigenen Wohls willen dortbehalten mußten, oder es ging ihm so gut, daß er jederzeit gehen konnte, es aber nicht tat, weil er eben nicht zurückkommen wollte. Je mehr ich darüber nachdachte, desto offensichtlicher war es. In letzter Zeit hatten wir beide nicht ein einziges Mal gesagt, wie sehr wir uns danach sehnten, wieder zusammenzusein. Es war wie ein Tabu. Ich hatte vor allem deshalb geschwiegen, weil ich befürchtete, er werde sich in den ungestrichenen Räumen nicht wohl fühlen, und die vielen Hunde, die Pflichten, die Hektik, das Gekläffe, das Durcheinander, die viele Arbeit, der Geruch von Schweinsköpfen und der Mangel an heißem Wasser würden ihn verrückt machen. Die Kohlen waren zwar gekommen, aber das Wasser wurde nie richtig heiß. Vielleicht taten es die alten Rohre nicht mehr. Den Luxus eines Installateurs konnte ich mir nicht leisten.

Ich mußte es jemandem erzählen, Marsha war meine älteste Freundin, aber ich entschied mich für Hetty. Ich wartete bis zum Morgen, ehe ich anrief.

«Könnten Sie vorbeikommen?» fragte ich. «Irgendwann. Das heißt ich dachte, vielleicht noch heute morgen ...»

«Augenblick», sagte Hetty. Ein lautes Bellen von ihrem Ende der Leitung echote das Kläffen in meiner Küche, wie Schüsse, die im Tal widerhallen. «Okay. Ein Patient, der einen Fingerhut ins Ohr bekommen hat. Also, was ist mit wem?»

«Nichts Besonderes, aber es geht um mich. Ich sage es nicht gern, aber ich brauche einen Rat, und diesmal für mich selbst.»

«Großer Gott», sagte Hetty erschrocken. «Sagen Sie bloß nicht, Sie hätten auch Flöhe bekommen?»

«Es ist ein emotionales Problem», sagte ich leichthin, aber ich wußte, daß es ihre Aufmerksamkeit erregen würde.

«Ich komme nach der Sprechstunde. Auf dem Weg zur Grunzfarm, okay?»

Das war ein riesiger Schweinezuchtbetrieb, der von zwei Männern geführt wurde, die aussahen, als hätten sie ihr Lebtag nichts als fetten Speck gegessen. Ich habe nie erfahren, ob es ein Spitzname war oder ob das Unternehmen wirklich diese werbewirksame Bezeichnung trug.

Sie hatte einen dünnen Overall aus rosa Baumwolle an, sehr sexy. Die Ärmel waren hochgekrempelt. Wir waren beide braungebrannt, aber Hetty war waldhonigfarben. Ich war nur braun.

Ich sagte: «Tolle Arbeitsklamotten!» Sie meinte, berufstätige Frauen brauchten nicht wie Ackergäule auszusehen, sollten sich zumindest um einen Kompromiß bemühen.

«Um einen schwulen Klempner zum Beispiel?» sagte ich.

«So schlimm kann das Problem nicht sein», entgegnete sie kurz, und ich machte uns einen Long Drink, damit wir etwas abkühlten. Der Sommer sprach allen Wettervoraussagen hohn und schlug jeden Tag neue Rekorde. Es schien immer heißer zu werden.

Ich erzählte ihr, was mich letzte Nacht alle paar Minuten aus meinen Angstträumen gerissen hatte.

Sie nahm einen vorbeitrippelnden Shi-Tsu hoch, der einen Monat bleiben sollte, weil sein Besitzer geschäftlich unterwegs war, um chirurgische Bestecke vorzuführen.

Dann sagte sie: «Wollen Sie, daß er zurückkommt?» Sie meinte meinen Mann.

«Selbstverständlich», sagte ich entrüstet. Aber wollte ich es wirklich? Ja, ich wollte es. Die Tatsache jedoch, daß ich mich erst fragen mußte, beunruhigte mich.

«Sehen Sie, Sie sind nun mal zwei eigenständige Partner, die auch allein zurechtkommen können. Sie haben es in letzter Zeit mit dem Hundehotel getan, weil Ihnen nichts anderes übrigblieb. Wenn Sie sich gegenseitig etwas vorjammern, würde das nur zeigen, daß Sie beide egoistisch, unzulänglich und unsicher sind. Zum Glück sind Sie es nicht. Er wird früher oder später zurückkommen, denn dies ist nicht nur Ihre Heimatbasis, sondern auch seine, egal wie sehr Sie sie geprägt haben» (letzteres klang nicht unbedingt bewundernd), «und Sie haben es inzwischen einigermaßen geschafft. Es wäre dumm, wenn Sie jetzt herumjammerten und einander das Leben noch schwerer machten, als es ohnehin schon ist.»

«Sie reden wie eine Suffragette», sagte ich und wünschte, sie sähe auch so aus. Dann lachten wir beide. Ich zwang mich einzusehen, daß sie recht hatte, aber es war keine große Hilfe.

Hetty trank ihr Glas aus und verabschiedete sich. «Wenn Sie möchten, komme ich heute nachmittag noch mal vorbei», sagte sie. «Bis dahin könnte ich mir noch ein paar gute Ratschläge ausdenken. Zum Beispiel ‹Nehmen Sie Baldrian in einem doppelten Gin›.»

Aus dem Auto rief sie mir noch zu: «Was ist eigentlich mit den *Hühnern*?»

«Mein Gott, sie ist wirklich sehr hartnäckig», murmelte ich und rief: «Nein, ich *hasse* Hühner.» Ich haßte im Moment alles, was mich zu Hause anband.

Als sie fort war, sah ich kurz den Wagen zu, die die Schnellstraße wie Glasperlen an zwei parallel laufenden Schnüren hinauf und hinunter flitzten. Die Sehnsucht, in einem davon zu sitzen, war zu groß. Ich lief ins Haus und fing an, die Küche zu streichen, und trotz der üblichen Arbeit, die ich auch noch erledigen mußte, war ich am späten Abend fertig. Ein sattes Braun, das sehr gut trocknete. Morgen würde ich meine hübschen Sinnsprüche auftünchen. Ich ging sie schnell im Geiste durch. Am besten gefiel mir im Augenblick *Es geht alles vorüber*.

Und das, wurde mir mit einem Stich im Herzen klar, galt auch für das Leben. Meines glich einem kleinen blauen Auto, das nicht mal Scheibenwischer hatte und mit geschlossenen Fenstern die Kriechspur der Zeit entlangrollte. Mit einem Plattfuß und ohne Reserverad.

Es geht alles vorüber – und alle sausten an mir vorbei.

12

Das Telefon klingelte, als ich um sieben Uhr aufwachte. Ein Wagen hatte vor dem Haus gehalten, und die Hunde machten einen ohrenbetäubenden Krach, wie ein Opernchor ohne Aussicht auf Abendessen nach der Vorstellung. Und Ross würde gleich kommen, um die Affis abzuholen. Was den Rest des Tages betraf, war die Sonne recht zuversichtlich.

Ich hüllte mich in einen Frotteebademantel und lehnte mich über das Balkongitter.

«Was wollen Sie?» fragte ich unfreundlich. Drei Männer standen neben einem großen roten Pritschenwagen, und einen schrecklichen Augenblick lang dachte ich, Einbrecher seien wieder gekommen, um die paar Sachen zu holen, die sie letztes Mal vergessen hätten.

«Fernmeldeamt», rief der größte. Ich dachte sofort, das

sei auch einer von diesen schmutzigen Tricks. Ich vergaß das Frühstück.

«Was ist denn?»

«Wir müssen die Leitungen über Ihrem Grundstück nachsehen. Wir haben ein Formular geschickt.»

«Moment bitte», sagte ich – zu ihnen, zu mir selbst und zum Telefon, das aufgehört hatte und jetzt wieder anfing. «Ich komme sofort runter.»

Ich nahm im Vorbeigehen ab und nannte meine Nummer.

Eine Frauenstimme sagte: «Mrs. Fish hat Sie mir empfohlen.» Wer? «Sie hat ihre Willy bei Ihnen gelassen, als sie auf Hochzeitsreise ging.» Oh! Mrs. Dish und Willy, die Epileptikerin – natürlich. «Würden Sie unseren Tiddles für eine Woche nehmen?»

«Tut mir leid», sagte ich. «Ich nehme keine Katzen.»

«Aber er macht keine Mühe. Liegt nur in der Sonne und ißt Eichhörnchen.»

«Eichhörnchen?» wiederholte ich kraftlos.

«Na ja, sie nennen es Mickeybits, aber irgend jemand hat meinem Mann erzählt, es sei in Wirklichkeit graues Eichhörnchen, und deshalb nennen wir es jetzt immer so.»

«Ich sagte Ihnen schon, es tut mir leid.»

«Ich habe Ihre Anzeige gelesen, und darin heißt es: ‹Bringen Sie den guten alten Rex zu uns.› Unsere Katze ist ein Devon Rex. Ich könnte Sie wegen Verstoßes gegen das Warenbezeichnungsgesetz belangen.» Ich dachte, sie wollte witzig sein. Man kann nie wissen. Sie sind zu allem imstande, wenn Ibiza winkt.

Draußen warteten die Fernmeldetechniker, und drinnen kläfften die Hunde immer noch. Ungeduldig sagte ich: «Meinetwegen, bringen Sie ihn her. Aber ich lehne jede Haftung ab, wenn ihm was passiert, die Hunde hier haben nicht unterschrieben, daß sie keine Katze anrühren werden.» Sie war jedoch so sehr damit beschäftigt, mir zu danken, daß sie gar nicht hinhörte. Da es so schwer war, nein zu sagen, schien ich einer nicht endenden Flut von Haustieren ausgesetzt zu sein. Meist war es auch gar nicht der Mühe wert, nein zu sagen. Einen Goldfisch vierzehn Tage zu füttern, war leichter, als zehn Minuten lang zu protestieren. Meines Wissens gibt es noch keine Goldhamsterpensionen, und ich habe noch nie gehört, daß jemand ein Ferienheim für Wellensittiche aufgemacht hat, obgleich es sehr angebracht wäre. Viele Leute sind in ihren Wellensittich genauso vernarrt wie andere in ihr Baby. Aber ich kümmere mich trotzdem am liebsten um Hunde. Sie können nichts ausplaudern, wenn sie wieder zu Hause sind.

Die Männer sagten, das Fernmeldeamt habe mir einen Brief mit einem Formular geschickt, auf dem ich ankreuzen sollte, zu welchen Zeiten mir ihr Besuch am besten passe, und da ich nicht geantwortet hätte, sei man im Amt der Meinung gewesen, es sei mir egal, ob die Leute sich einen Tag aussuchten, der ihnen am gelegensten käme.

Es hatte keinen Sinn, ihnen zu sagen, daß ich ganz bestimmt keinen Brief bekommen hatte. Sie erklärten, keine Antwort bedeute, daß ich einverstanden sei, und deshalb seien sie jetzt da. Für ein paar Tage, nicht wahr, Jim?

Jim meinte auch, für ein paar Tage. Ich fragte ihn, ob er Hunde möge? Er sagte, na ja, man müsse sie so nehmen, wie sie seien – oder vielmehr, *er* nehme sie so, wie sie seien, und du, Dave? Dave dachte ähnlich. Cyril wurde nicht gefragt, aber Cyril sah aus, als habe er genau das getan und schlechte Erfahrungen gemacht, denn er ging nervös rückwärts zum Pritschenwagen zurück.

«Es ist nur, weil ich zufällig gerade zwanzig da habe», sagte ich, «und ich kann sie schlecht ein paar Tage im Haus einsperren. Einige sind natürlich ziemlich gutmütig ...»

Jim sah Dave an, und Dave kratzte sich am Hinterkopf.

Cyril stieg in den Wagen und knallte die Tür unmißverständlich zu. Im Haus raste Toby wie ein zorniger Bulle, und Mattie bellte wie ein großer, scharfer, reizbarer Schäferhund, der jeden beißt, der ihm vor die Nase kommt. Jim meinte, es habe vielleicht Zeit, bis es der Dame besser passe, und Dave stimmte erleichtert zu.

Sie sausten in einer Staubwolke davon, und ich freute mich, daß diese Runde an mich gegangen war. Ich bin der Meinung, daß solche Jobs zwar die Jungs bei Laune halten, aber niemanden sonst. Störungen müssen warten, bis den Jims und Daves dieser Erde danach ist, ein paar Tage in angenehmer Umgebung auszuspannen, und dann kommen sie und zwacken eine völlig intakte Leitung durch, die dann ein paar Wochen defekt ist. Solange mein Telefon noch funktioniert, kann das Fernmeldeamt sich einen anderen Picknickplatz suchen.

Der Erfolg stieg mir zu Kopf, und ich aß zwei Scheiben Toast mit fingerdick Honig. Eine Frau bat mich, Custard (ihren Kanarienvogel) zu nehmen, der viel Gesellschaft brauche, weil er sonst Depressionen kriege. Ich sagte, da sei er hier gerade recht.

Teddy war inzwischen natürlich fort, aber sein christlicher Einfluß hing weiter wie ein Segen über dem Haus. Lady wurde als Familienmitglied betrachtet, obgleich oft Briefe von Adam kamen. Am Ende des Schuljahrs war er auf schnellstem Weg nach Frankreich expediert worden, um bei seinem Vater zu bleiben. Ich schrieb beruhigende Briefe mit Pfotenabdrücken, aber der kleine Kerl, der zwischen seinen Eltern hin und her geschoben wurde, während sein Herz offensichtlich bei dem Hund war, tat mir schrecklich leid. Außerdem verdiente der Hund seine Liebe offensichtlich viel mehr als die Eltern.

Ich fragte Humphrey nach dem Haus von Adams Mutter, einem großen abweisenden Backsteinbau, der auf einem baumlosen Grundstück stand und «Die Tannen» hieß. Angeblich war er in den dreißiger Jahren von einem wohlhabenden Industriellen gebaut worden, dessen Name noch jedem Kind in der Gegend geläufig war: Er hieß Bill Bradie und hatte sich zu Tode getrunken, nachdem er aus einem der oberen Fenster eine Musiktruhe nach seiner Frau geschleudert hatte. Das Ereignis würde sicher noch lange einen wichtigen Punkt in der Lokalchronik einnehmen. Kein glückliches Haus, nicht mal damals. Ich fragte Humphrey, wo die Bäume geblieben seien, und er sagte, sie seien gefällt worden, weil sie Zapfen auf den Rasen geworfen hätten. Es war ungefähr so, als hacke man sich den Kopf ab, weil man unter Schuppen leidet.

Humphrey war mein wandelndes Lokalblatt. Morgens kam er meist auf eine Tasse Kaffee ins Haus, oder er trank Tee, den ich in Ermangelung eines Besseren immer noch aus der Kaffeekanne einschenkte. Obgleich ich eine ganze Reihe weiterer Kisten ausgepackt hatte, war die Teekanne nicht aufgetaucht. Humphrey sagte, er habe wieder mal Schüttellähmung. Humphreys Schüttellähmung war ein plötzliches Zittern von Arm und Hand. Er sagte, es sei ein Überbleibsel aus dem Krieg.

Sein Kunststoffauge blickte mich schräg an, während er aufstand und sich verabschiedete, so daß ich endlich die Post aufmachen konnte. Der erste Brief war vom Filialleiter der Bank, der höflich anfragte, wann ich etwas gegen mein überzogenes Konto zu tun gedächte.

Was für dumme Fragen die Leute stellen. Aber wie dem auch sei, ich war überzeugt, *daß* ich bereits etwas dagegen tat, obgleich ich zugeben mußte, daß die Schecks, die meinen Schreiben beilagen, sich eher wie Spenden für ihren Pensionsfonds ausnahmen. Ich schaffte es einfach nicht, die richtige Mischung von Optimismus und Effektivität zu finden. Der Filialleiter hatte aber auch kaum Gefühl für die Realität. Er sah nicht, daß ich mir aufrichtig Mühe gab, seine Angst zu mindern, die im übrigen größer war als meine. Ich erwähnte mehrere Möglichkeiten, solvent zu werden, zum Beispiel die alte Schulfreundin meiner Mutter, die versprochen hätte, mir ihre silberne Kaffeekanne zu hinterlassen. So nützlich sie, ich meine natürlich die Kanne, in diesem Abschnitt meines Lebens gewesen wäre, er würde doch die Erstoption darauf haben. Ich wies auch darauf hin, daß ich bestimmt bald beim Rennen gewinnen oder mein Traumhaus mit Auslegeware in dem Augenblick verkaufen würde, in dem der Teppich gelegt worden sei. Außerdem wartete ich darauf, daß fünf Staatsanleihen fällig würden. Steinböcke, habe ich einmal gelesen, haben alle sieben Jahre Glück, und ich war seit wenigstens einundzwanzig Jahren überfällig. Während ich den Brief schrieb, hielt ich ihn für sehr wirkungsvoll, doch als ich ihn unterzeichnet hatte, zerriß ich ihn. Mit einer Ausnahme hatten alle Filialleiter, die ich kannte, keinen Sinn für Humor.

Die Hunde bekamen weiter Ansichtskarten. «Gruß und Kuß, Schmatz und Klaps, Dein Frauchen» bedurfte keines Kommentars, und «Herzliche Grüße an die nette Dame» war ein Wink mit dem Zaunpfahl, wie ich ihn selten erlebt hatte. Der Brief einer Freundin, die in Italien Urlaub machte, zeugte von dem üblichen schlechten Gewissen. «Das Problem sind die *Männer*», schrieb sie. «Sie lassen einen *keinen Moment* in Ruhe! Schlimmer als die Mücken in Finnland. Sie bringen sich natürlich um für einen, aber trotzdem ... Du weißt ja nicht, was für ein Glück Du in Deinem einsamen Refugium hast.» Ich kochte innerlich. Ich wäre zufrieden gewesen mit einem Mann, der mir geholfen hätte, den Zentner Hundefutter zur Speisekammer zu wuchten und vor Sonnenaufgang zu sortieren. Ich las weiter: «Es ist so heiß, daß sogar Martinis mit Eiswürfeln im Shaker verdampfen. An Schlaf ist gar nicht zu denken, aber weil es praktisch jeden Abend irgendeine Fiesta gibt, kommen wir sowieso nie vor drei ins Bett ...» Ich zerriß den Brief und warf die Fetzen ins Klo. Ich war sicher, daß sie nur in Bognor, Sussex, war.

13

Ich wollte mich gerade aufraffen und mein Tagespensum in Angriff nehmen, als das Telefon klingelte. Pa sagte – ein bißchen zerknirscht, wie mir schien: «Hallo, wie geht's?»

«Gut.» Ich sagte immer «Gut». Ich bin allerdings nicht sicher, was es bedeutet. «Und dir?»

«Na ja, eigentlich auch ganz gut. Aber sie sagen, ich hätte etwas, daß sie sich genauer ansehen müßten, und deshalb liege ich heute wieder.»

«Etwas? Was zum Beispiel?»

«Etwas Interessantes, hat die Schwester gesagt.» Ich konnte sehen, wie er grinste.

Ich murmelte: «Alter Angeber!» Aber ich war doch ein bißchen besorgt, bis er sagte: «Gott sei Dank darf ich trotzdem heute nachmittag zur Regatta.»

Meine Sorge legte sich sofort. Im Hintergrund hörte ich Rufe wie «... nicht so zimperlich! Hose runter» und viel Gelächter.

Mißtrauisch fragte ich: «Wo bist du überhaupt?»

«Auf einer Liege auf der Veranda. Ein paar von uns warten auf die Spritzen, ich auch. Ein paar sind in die Stadt gefahren.» Ich fragte mich, welche ich gerade hörte.

«Gut», sagte ich, «sag mir Bescheid, was sie finden. Und viel Spaß nachher bei der Regatta. Ich bin mit der Arbeit in Verzug.»

«Du hast heute gar nicht geschrieben. Halt mich auf

dem laufenden! Ich möchte noch etwas anderes bekommen als schmutzige Genesungswünsche von Joe und Trish. Die Simpsons haben übrigens ein Päckchen geschickt. Sehr nett von ihnen, aber ich brauche wirklich nicht *noch* mehr Bücher und Zeitschriften und Süßigkeiten. Ich habe mehr als genug davon im Nachttisch. Aber trotzdem ist es natürlich sehr nett von ihnen ...»

«Schick mir ein paar!» rief ich unter Tränen der Wut, um den Lärm an seinem Ende zu übertönen, der sich anhörte wie das Triumphgeschrei eines Enterkommandos auf einem Schlachtschiff. Und ich wünschte, man würde auch schießen, ich wünschte es wirklich.

Er lachte. «Ich muß sie aufheben für die Nachtschwester!» Er brüllte vor Lachen. Offensichtlich ein stehender Witz auf den Stationen – falls sie überhaupt Stationen hatten. Ich hatte eher den Eindruck, es sei ein Massagesalon, der als Fitnesszentrum getarnt war. Aber sei doch froh, daß er so schöne Tage hat, sagte ich mir. Dann sagte ich mir, du bist im Begriff, eine Lügnerin zu werden.

Später rief Ross an, den ich am Nachmittag erwartete. Er könne die Hunde erst in ein paar Tagen abholen, sagte er. Er würde es später erklären. Er hoffe, es mache mir nichts aus. Er klang beschäftigt. Mir wurde klar, wie sehr ich mich darauf freute, ihn wiederzusehen. Mein männlicher Umgang bestand nur noch aus dem schüttelgelähmten, einäugigen Humphrey und Steve, dem Besserwisser. Gelegentliche Besucher wie Jim und Dave zählten nicht.

Die Afghanen waren kein Problem, bis auf ihr Fell, aber beide waren dankbar für jede Aufmerksamkeit. Ich glaube wirklich, man hätte ihnen ohne örtliche Betäubung die Zähne ziehen können – sie hätten sich nur zurückgelehnt und majestätisch dreingeschaut. Voll innerer Befriedigung über ihre Schönheit waren sie gefeit gegen die Schlechtigkeit der Welt. Toby folgte mir wieder überallhin, seit Angel sich mit Frilly angefreundet hatte. Toby war mein

Leibwächter, mein Tröster, und wenn er mich gelegentlich anrempelte, weil ich unvermittelt stehengeblieben war, wertete ich das als willkommenen Beweis seiner Treue. R. Shane ließ nichts von sich hören. Ich hoffte fast, er habe die beiden ausgesetzt.

Rover schien weiterhin unschlüssig, ob er die Schwelle zur Ewigkeit überschreiten solle oder nicht. Der Colonel rief ab und zu an, aber er hörte schlecht und bestritt die kurzen Gespräch praktisch allein; sie bestanden ohnehin nur aus der Mitteilung, er müsse doch noch etwas bleiben und wäre sehr dankbar, wenn ich Rover bis zu seiner Rückkehr bei mir behalten könnte. Ich war nicht sicher, ob ich Rover bei mir behalten konnte, aber ich mußte so tun, als sei ich es.

Ich fragte mich gerade, warum ich Waffeln und Teegebäck machte, wo Ross so ungefähr der letzte war, der sich von hausfraulichen Fähigkeiten beeindrucken ließ, als die Lebensmittel kamen. Zur Abwechslung wurden sie diesmal von der älteren Miss Priddle gebracht. Ich schob schnell die besten Tassen nach hinten und bat sie ins Haus, um zu kosten.

Die beiden Priddles waren außer Hetty meine einzigen Freundinnen in der Gegend geworden. Meine telefonischen Bestellungen und ihre Besuche führten zu einer Beziehung, die so weit ging, daß sie mir dann und wann ein paar Sonderangebote mitbrachten, die ich andernfalls verpaßt hätte, weil ich nicht mehr in den Laden kam. Ich borgte ihnen dafür meine Nähmaschine für ihre neuen Vorhänge und meine Schreibmaschine, als ihre generalüberholt werden mußte. Ich gab Miss Maidie Priddle Ratschläge zum Tomatenanbau, und Miss Ursula Priddle brachte mir ihr bestes Kostüm zum Ändern für eine Dorfhochzeit. Es war Miss Ursula, die jetzt hereinkam und sich mit mir an den Küchentisch setzte, auf dem ein pompöses Teetablett mit Spitzendecke prangte. Sie war groß und sehr dünn, in einen ungeheuerlich genoppten Tweed gehüllt.

«Reichlich windig draußen», sagte ich. «Hier ist es gemütlicher.»

Sie sah sich um. «Ich *mag* dieses Zimmer», sagte sie, wie um zu zeigen, daß sie gelegentlich Abstecher in die Bohème zu schätzen wisse. «Und wie ich sehe, haben Sie da oben einen neuen.» Sie meinte eine hausgemachte Warnung in weißer Tünche. Sie lautete *«Nimm nie die Großpackung – wer weiß, wie lange du noch lebst?»* und sollte mich vor Extremen bewahren, zu denen ich leider neige.

Ich wurde rot. «Es ist mehr im übertragenen Sinne gemeint», entschuldigte ich mich. «Es soll mich eigentlich nur daran erinnern, nichts zu übertreiben.»

«Sie arbeiten zuviel, nicht wahr?» sagte sie mißbilligend. «Und deshalb, na ja, deshalb sollten Maidie und ich Sie nicht um etwas bitten, das ... Nun, eigentlich wollten wir Sie gestern abend anrufen und ...» Sie verhaspelte sich.

Ich hatte keine Ahnung, wovon sie redete, aber ich wußte sehr gut, daß es nur sehr wenig Leute gibt, die zuviel arbeiten. Sie tun, was ihren Kräften entspricht, aber das ist nie zuviel, es sei denn, sie fallen vor Erschöpfung um, was heutzutage nur noch sehr selten vorkommt. Außerdem gibt es zahllose Entschädigungen, und es hat keinen Sinn, auf einer Wiese mit Butterblumen nur den Telegrafenmast zu sehen. Die Arbeit und die fehlenden Fernseh-Chips hatten mich drei Kilo abnehmen lassen, was mich erstens freute und zweitens weiter anspornte. Der herrliche Sommer verschönerte die Welt draußen so sehr, daß es mir wie Zeitverschwendung vorkam, mich zu sehr drinnen mit den Zimmern zu beschäftigen. So braun wie jetzt hätte ich höchstens in der Sahara werden können, und die Sonne hatte meinen Haaren einen hellen Ton geschenkt, den nicht mal Vidal Sassoon zustande gebracht hätte. Selbst Humphrey hatte gesagt, wenn ich so weitermache, werde ich noch beim Film landen.

«Worum wollten Sie mich denn bitten?» fragte ich neugierig.

«Oh, wir dachten, ob Sie ... na ja, ob Sie uns etwas abnehmen könnten.» Verlegen hielt sie inne. Angstvoll starrte ich durchs Fenster auf den kleinen Lieferwagen vor dem Haus. Weit und breit nichts Behaartes oder Gefiedertes, Gott sei Dank. Und ich schuldete ihr nichts. Also?

«Eigentlich ist es zuviel verlangt», murmelte sie. So fangen meist Leute an, die einem den undichten Welpen bringen wollen, wenn Großmama übers Wochenende kommt. Ich fragte mich, ob sie mir eine Teilzeitarbeit im Laden anbieten würde. Ich sah mich bereits dort, mit Toby, der sämtliche Dosen und Kohlköpfe von den Regalen fegte, und Rover, der unter dem Tresen starb, und den beiden Afghanen, die sich überlegten, ob sie den unwürdigen Ort steifbeinig verlassen sollten. Ich blickte zweifelnd.

«Sie brauchen wirklich nur nein zu sagen, meine Liebe. Wir wissen, daß Sie bereits mehr als genug um die Ohren haben. Wir wissen, wie großartig Sie sind.» Mit Speck fängt man Mäuse. «Und wie gütig.» Ich machte ein bescheidenes Gesicht, wie um zu sagen, daß ich öfter ein paar Gäste um die Ecke brachte, um die Zahl niedrig zu halten. «Aber Sie haben hier eine Menge Platz. Es geht nämlich um unseren Ben.» Sie verstummte und sah mich scharf an. Ich fragte mich, ob ich nun erbleichen und zusammensinken sollte. Aber wer oder was war Ben?

Wenn er ein Scotch-Terrier oder Spitz war, wäre sie gleich damit herausgerückt. Er mußte ein großes haariges Ungeheuer mit spitzen Zähnen sein. Wahrscheinlich ihr Wachhund. Auf den Mann abgerichtet. Er würde mich für den Rest des Sommers aus dem Haus graulen, nicht zögern, nach mir zu schnappen, wenn die Haxen nicht knusprig genug waren, und als Gegenleistung würde sie mir einen Rabatt auf Frolics gewähren. Aber ich konnte es nicht riskieren, das liebe alte Ding vor den Kopf zu stoßen.

«Ich würde ihn gern nehmen», sagte ich unaufrichtig. «Das wissen Sie, aber leider ist das Haus voll bis zum Dach. Nirgends ein Zimmer frei.» Frilly saß da und lauschte aufmerksam. Ich dachte oft, daß sie eine Nebenbeschäftigung beim Finanzamt hätte. Hinten auf dem Feld führte Mattie einen kleinen Stoßtrupp zu den Kaninchenlöchern. Die anderen hielten ein Nickerchen. Ich bewundere die Genügsamkeit und Klugheit von Hunden. Die Fähigkeit abzuschalten, zu relaxen und alles ringsum zu vergessen. Sie haben zwei Welten, eine reale und eine imaginäre, und wenn ihnen die eine zuviel wird, betreten sie sofort und mühelos die andere. Es ist besser als Urlaub in Benidorm.

«Nein, meine Liebe. Ben ist unser Neffe», sagte Miss Priddle.

«O nein!» sprudelte ich hervor. «Ich habe aber kein Hotel für Menschen.»

Sie lächelte ziemlich traurig. «So kann man Ben leider auch nicht guten Gewissens bezeichnen.»

Es war schlimmer, als ich befürchtet hatte. «Ich würde Ihnen ja gern helfen ...» begann ich, aber sie unterbrach mich.

«Mein Bruder, sein Vater, arbeitet gerade im Ausland. Seine Mutter ist nie sehr stark gewesen. Der Druck, allein in London mit Ben zurechtzukommen, war zu groß und hat sich angestaut, und jetzt hat sie einen Zusammenbruch gehabt. Sie ist in einer, hm, in einer geeigneten Klinik ...» Sie zögerte. «Und ich mußte hinfahren und Ben zu uns holen. Aber er ist nicht sehr gut im Laden zu gebrauchen» (oder irgendwo anders, dachte ich grimmig, außer auf der Zuschauertribüne des Fußballstadions) «und wir haben kein Zimmer für ihn. Er ist dreizehn, und das Sofa ist wirklich zu kurz. Wir bekommen zwar ein Feldbett, aber es ist alles so schwierig in dem winzigen Häuschen neben dem Laden.» Ich wußte, daß sie bereits zwei Zimmer als Lager benutzten. Ich merkte, wie sich mein Mitgefühl ins Unermeßliche steigerte. Es passierte dauernd, und was hatte ich davon, daß ich mich immer wieder beschwatzen ließ? Inzwischen eine Katze im Zwinger, Zwerghühner auf dem Baum, tatsächlich Hühner auf dem Tennisplatz und ein Schwein in der Scheune – oder in der Küche.

«Er könnte Ihnen eine Menge abnehmen», sondierte sie ängstlich, «weil er Tiere mag. Er ißt natürlich viel» (nun, er hätte hier eine große Auswahl), «aber er kann sich sein Essen selbst machen. Zu Hause mußte er es auch, verstehen Sie? Er mag ganz einfache Sachen, Cornflakes und Obst zum Beispiel, so daß er leicht zufriedenzustellen ist» (und teuer), «aber wir werden natürlich für alles bezahlen. Sein Vater hat übrigens schon angerufen und 12 Pfund die Woche vorgeschlagen, und außerdem würden wir Ihnen nur noch unseren Einkaufspreis berechnen, und die Dinge, die er braucht, liefern wir selbstverständlich umsonst.» Ich starrte sie an. Es war die goldene Lösung. Unerhoffte Reichtümer. Sicher, es war nicht der Hauptgewinn beim Fußballtoto oder Pferderennen, aber ein Licht am Ende des Tunnels.

«Wir würden vorschlagen, daß sie es beide für eine Woche miteinander probieren», fuhr sie fort. Ich war immer noch stumm vor Überraschung. «Und von uns alles umsonst, bis es geregelt ist.» Sie klang verzweifelt. «Oder was Sie möchten.»

«Es kommt alles ein bißchen zu plötzlich», sagte ich zuletzt. «Hören Sie, gehen wir es noch mal langsam der Reihe nach durch. Er ist wie alt? Dreizehn?» Sie nickte. Es war wie eine Entschuldigung und ein Flehen.

«Ein schwieriges Alter», stimmte sie zu. Obgleich es wahrscheinlich leichter ist als dreißig, wenn alles gesagt und getan ist. Nur daß selten alles gesagt und getan ist.

«Er ist ein aufgeweckter Junge. Vielleicht sollten Sie ihn sich mal ansehen.»

Wir einigten uns, daß er zum Tee kommen sollte, und wenn er nicht das Haus in Brand gesteckt oder im Wohnzimmer Marihuana geraucht hätte, ehe er ging, könne er für den Rest der Schulferien wiederkommen. Bis dahin würde ich wahrscheinlich auch einen Zusammenbruch haben.

Es war natürlich das Geld, das mich reizte. Ich bin nicht so edel und aufopfernd. Allein die Tatsache, daß es ein regelmäßiges, wenn auch bescheidenes Einkommen bedeutete, war doch schon was. Ich hätte eine künftige Vermögensgarantie, ohne mit der Wimper zu zucken für ein sofortiges wöchentliches Taschengeld hingegeben. Ich bin so unerschütterlich wie ein Schilfrohr im Wind.

Als Miss Ursula gegangen war, rief ich Hetty an. Ich mußte es jemandem erzählen, und schließlich war sie diejenige, die mich dauernd drängte, meinen Horizont zu erweitern. Hetty war gerade auf dem Sprung. Sie kam oder ging immer gerade. Ich erzählte schnell von Ben. Sie sagte: «Na so was, haben Sie mir nicht gesagt, Sie würden niemals Zimmer vermieten? Sie hätten keine Zeit für menschliche Wesen?»

«Ich vermiete keine Zimmer», protestierte ich. «Ich kümmere mich nur um einen Dreizehnjährigen, bei dem man manchmal nicht weiß, ob er ein menschliches Wesen ist.» Zu meiner Verteidigung fügte ich hinzu: «Wer würde schon ein Zimmer in einer halben Ruine mieten, in der alles mögliche Viehzeug verrückt spielt?»

«Ich kenne einen Haufen Leute, die gern in einer einzigartigen Umgebung sind, so schrecklich sie auch sein mag», sagte Hetty dunkel. «Viele blättern sogar Geld hin, um auf

Safari zu gehen, nicht wahr?» Sie hielt inne und spielte die Möglichkeiten durch. «Zumindest könnten Sie dann zum Abendessen kommen, da er auf die Hunde aufpassen kann.» Sie wollte mich hinauslocken in die gefährliche Welt.

«Falls ich nicht auf *ihn* aufpassen muß!»

«Oh, na ja, viel Spaß.»

Sie klang verärgert, so daß ich schnell hinzufügte: «Am besten kommen Sie zum Essen hierher und lernen ihn kennen. Es wäre mir sehr angenehm. Ich hole das Crown-Derby-Porzellan und das Baccarat aus dem Schrank. Für den Weinkeller kann ich mich allerdings nicht verbürgen.» Ich hatte nur noch einen billigen Rosé.

Hetty lachte. Sie erklärte, sie wolle mir lieber nicht sagen, was ich mit meinem Crown Derby besser anfangen könne, aber beim Baccarat sei sie schon mal ausgezogen worden. Manchmal könne sie richtig vulgär sein, sagte ich, fügte aber einen schamlosen Eigenkommentar hinzu. Das Gespräch sank auf ein niedriges Niveau, und als ich aufgelegt hatte, fand ich mich damit ab, die Supermarktteller und die spülmaschinenfesten Weingläser, nicht von Bleikristall zu unterscheiden, auf den Tisch zu stellen.

Ben war genauso, wie Miss Ursula ihn beschrieben hatte. Dreizehn. Auch was den Rest betraf, hatte ich recht gehabt. Ein großes haariges Ungeheuer mit wachen Augen und vorstehenden Zähnen, er schien aber harmlos zu sein. Seine Haare reichten bis zu den Schultern, und er trug ein T-Shirt mit der Warnung *«Nicht anfassen – heiß!»* Seine engen Jeans waren wie eine zweite Haut, aber ich wage die Prognose, daß die nächsten Generationen bereits so ausstaffiert zur Welt kommen werden. Er war im Stimmbruch, aber nicht unangenehm, und ich brauchte mich wenigstens nicht anzustrengen, einen neuen Akzent zu verstehen. Der Ton ist viel wichtiger als das Aussehen. Man kann woanders hingucken, aber Weghören ist schwer, und permanentes Nuscheln oder Piepsen ist schlimmer als Krieg. Er nahm einen Hund auf den Arm, als er hereingekommen war, und ließ ihn nicht los, während er näher trat und mit mir redete und automatisch über die anderen hinwegstieg, als sei er mit Risiken groß geworden. Einmal stolperte er über einen, es war Suki-poo, ein grämlicher Mops, aber der war offensichtlich mit Absicht im falschen Moment aufgestanden. Die meisten Leute drückten sich nervös um die Tiere herum und hatten Angst vor allem, was größer war als ein neugeborener Basset, und wo bis dahin alles Ruhe und Friede waren, herrscht plötzlich eine unbehagliche Atmosphäre.

«Raus mit dir, blöder Gaul», fauchte Ben den Mops an. Ich seufzte erleichtert. Runde eins an die beiden Priddles. Runde zwei an Ben und Runde drei, hoffte ich, an mich.

Wir setzten uns nach draußen und unterhielten uns. Über Fulham in der nächsten Spielzeit, und wie man sich vor Kunsterziehung drücken kann. Ich sagte, Fulham werde seinen Sturm verstärken müssen, und ich hätte gehört, daß sie Bob zurückholen wollten. Die meisten Mannschaften haben einen Bob oder einen Ex-Bob: Einen guten Sturm brauchen sie alle. Ich sagte, Kunsterziehung sei nur eine andere Art, den Geist zu üben, wie Geometrie. Er sagte, er könne Geometrie genausowenig ausstehen. Ich sagte kühn, sie habe ihre nützlichen Seiten, und ich hätte mal einen Hund (übrigens eine Bulldogge) Dreieck genannt, wegen seiner Rückansicht. Er sah mich mit einem gewissen Respekt an.

Er sagte, er könne vor allem seinen ehemaligen Lehrer nicht ausstehen, der Unterricht sei nicht das Schlimme. Ich nickte. Als er wünschte, sein Vater würde zurückkommen, fehlten mir die Worte, und ich wartete ab. Frilly sprang auf sein Knie, und ein Pudel kam um die Ecke gehumpelt und mußte seine Pfote untersuchen lassen.

Wir schlenderten zur Wiese, um Bubbles und Miranda zu besuchen. Baby, das Schwein, kam uns mit einer Auswahl von Freunden nach. Plötzlich sagte Ben: «Hier ist es Spitze.» Es gibt nur wenige Bemerkungen, die mehr auf mich gewirkt haben. Und das plus 12 Pfund plus Cornflakes gratis. Er fuhr fort: «Und das ist so ungefähr der tollste Blick, den ich kenne», und er sah zur Schnellstraße hinunter. Jesus, dachte ich, eine Wucht. Liebe auf den ersten Blick. Wir würden in der Tat glücklich bis an unser Ende leben. Oder zumindest bis zum Ende der Ferien. Ben war mehr wert als ein menschliches Wesen.

Gegen Abend kam er wieder, samt Fahrrad und Wickelbär. Der Wickelbär hieß Eric und war der erste seiner Art, den ich je zu Gesicht bekommen habe. Ich kann nicht sagen, daß ich angenehm überrascht war. Ich verstand, warum die beiden Priddles kein Wort von Eric gesagt hatten, denn sobald Ben ihn abgesetzt hatte, hüpfte er in eine Schale mit eingemachten Birnen. Er wurde herausgefischt und zärtlich geschüttelt, und dann lehnte er sich zurück und leckte sich den Saft ab. Danach schlief er, als hätte er Veronal genommen, und sauste dann plötzlich den Vorhang zur Gardinenleiste hoch wie eine Ente bei Dürre das Abflußrohr. Ben war ungerührt. «Wenn er genug hat, wird er von selbst wieder runterkommen», sagte er sehr sicher. Ich hoffte, er würde nie genug haben.

Ich konnte nicht umhin, die Lässigkeit zu bewundern, mit der er die Dinge nahm, denn irgendwie spiegelte sie meine eigene. Keine neurotischen Nummern, keine großen Diskussionen und keine Versuche, sich rauszustreichen. Wir fanden es beide so selbstverständlich, mit all den Viechern zusammen zu leben, daß ich schätzte, uns würde es nicht mal erschüttern, wenn das Haus einstürzte, es sei denn, ein Dachsparren träfe uns auf dem Kopf.

Angesichts der winkenden Delikatessen aus dem Dorfladen rief ich Hetty an und sagte ihr, das Festmahl werde morgen stattfinden. «Gut», sagte sie, «aber bitte keine Umstände.» Es fiel mir leicht, ihr das zu versprechen. Ich wünschte sowieso, ich hätte etwas weniger von meinen Kochkünsten erzählt. Ich fürchtete, sie hatte den Eindruck, ich hätte mindestens bei Bocuse gelernt. Ein ärgerliches Dilemma.

Der Karton, den Ben mitbrachte, war voll von Cornflakes, Keksen, Bananen und gebackenen Bohnen. Ich sah auch Graubrot und Butter. Und Miss Maidie hatte Apfelsinen und Wurstbrötchen und ein Glas eingelegte Zwiebeln dazugetan, bunte Lakritzbonbons, Fruchtdrops und Marzipan. Ich hatte nicht die Hoffnung, daraus etwas machen zu können, das auch nur entfernt an Cordon Bleu erinnerte. Vielleicht würde Steve mir etwas bringen, hoffte ich. Er ließ oft ein Kotelett oder ein bißchen Leber, ein paar Herzen oder ein gutes Bratenende da, als kleinen Beweis seiner Wertschätzung, wie ich annahm. Ich versuchte immer, ihm Geld dafür zu geben, aber er weigerte sich standhaft, von seinem Macho-Podest herabzusteigen und Bares anzunehmen. Ich wußte, daß ich es nicht fertigbringen würde, ein Huhn zu kochen, nicht mit den Hühnern unten im Hundezwinger. Die Leber und die Herzen gab ich meist Rover, denn seitdem ich ein Spezial-Schlachtermesser für die Schweinsköpfe in unserer Vorratskammer hatte, konnte ich nicht mal mehr daran denken, irgendwann wieder Fleisch zu essen.

Ich drehte mich die ganze Nacht von einer Seite auf die andere und zerbrach mir den Kopf über gebackene Bohnen und Wurst, und ab und zu drängten sich Erdbeeren in Dosen und Bananen dazwischen, bis sich mein Magen ebenfalls drehte. Doch mit der Sonne kamen auch meine Entschlüsse, und ich schlief selig ein.

Ben war den größten Teil des Tages damit beschäftigt, sein Zimmer wohnlich zu gestalten – den großen leeren Raum gegenüber von meinem Schlafzimmer, in der anderen Ecke des Hauses, mit Blick auf die Autostraße und einem ganz ähnlichen Balkon. Dann setzte er sich an meine Schreibmaschine und begann einen Brief an seinen Vater. Ich leerte ein paar Kisten, bis ich das Buch fand, das ich suchte – *Kochen für sprachlose Gäste*. Ich hatte ein bestimmtes Kapitel im Sinn. Ich machte eine kurze Liste mit den Zutaten, die Ben noch mit dem Fahrrad besorgen sollte, aber die meisten Sachen ließen sich ein bißchen variieren oder angleichen. Ich konnte viel besser improvisieren als kochen.

Die Hunde freuten sich, wenn ich beschäftigt und zufrieden war. Ben war genau die richtige Gesellschaft; er war die meiste Zeit nur «da» und kam mir nicht dauernd in die Quere. Er machte vernünftige Bemerkungen über die einfachsten Dinge, nicht gerade weltbewegend, aber es entsprach in etwa meinem eigenen Niveau. Sachen über BBC 2 und den Weltraum und Fahrradglocken.

Hetty würde um sieben Uhr kommen. Ben und ich sorgten dafür, daß die Hunde früh schlafen gingen, die Ziege gemolken und die Hühner eingesperrt wurden. Die Zwerghühner hatten sich endlich von den Bäumen herunterbequemt, und Steve hatte einen alten Taubenschlag abgeladen, den sie sofort akzeptierten. Gegen halb sieben war alles bereit.

Wir wollten draußen essen, so daß ich Lampen hinausgestellt hatte. Die Schirme hatte ich mit rosa Seide drapiert, passend zum Tischtuch und zu den Servietten. Wir nahmen den runden Eisentisch für unsere Teller und die lange Bank aus der Diele für die Schüsseln. Die Wirkung war verblüffend. Als es dunkel wurde und die Lichter angingen und die Straße im Hintergrund blitzte, glaubte ich, einen Preis für «Das Auge ißt mit» verdient zu haben. Die schicken Leute in Chelsea hätten es nicht besser machen können. Ben erbot sich, ein sauberes Hemd anzuziehen und sogar eine Krawatte umzubinden. Ich fand ein langes, wallendes Gewand aus lila Seidenjersey und schlüpfte in meine eleganten hochhackigen Sandalen. Mit gewaschenem Haar und all den Schminkstiften und Lidschatten war ich nicht wiederzuerkennen.

Die rosaroten Kletterrosen am Gartentor sahen aus, als wären sie passend zur Tischdekoration aus Seidenpapier gefertigt worden. Kranzschlingen und Vergißmeinnicht-Arrangements schmückten den Tisch und die Bank. Ich kam mir beinahe zivilisiert vor.

Hetty brachte den Wein mit. Miss Ursula hatte mir eine Flasche Sherry gebracht. Wir tranken zusammen auf der neu ernannten Terrasse – ich hätte auch Patio sagen können – und bewunderten einander. Hetty war in cremefarbener Seide, sie hatte keine Schuhe an, und ihre Fingernägel und Zehennägel waren golden lackiert. Sie trug eine breite Goldkette, die mit glänzenden, farbigen Steinen besetzt war, und an einer Hand einen dazu passenden Ring. Sogar Ben war beeindruckt. Wir standen da wie Fremde, während Charles Aznavour im Hintergrund unbekümmert schmachtende Sachen sang. Wir hielten unsere Gläser in unnatürlichen Winkeln, wir posierten – wer hätte das gestern noch gedacht! Ben sah in seinem gestärkten Oberhemd und den sauberen Jeans bemerkenswert adrett aus, aber irgendwie komisch. Seine Tennisschuhe, die zusammen mit Akne, Zähnen und Ohren zu seinen unveränderlichen Merkmalen gehörten, wurden zum Glück halb vom Schatten verborgen. Ich stellte ihn Hetty vor, dann trank ich – endlich – mit Hetty Brüderschaft, und anschließend rauschte ich ins Haus, um ein paar Cocktailzwiebeln zu holen und die kleine Schale mit den Oliven aus dem Glas, das, Teil meines guten Rufs als Gastgeberin, zwischen anderen Raritäten irgendwo hinten im Kühlschrank gestanden hatte.

Es war nicht leicht, überhaupt etwas zu tragen. Die Spannung, die plötzlich in der Luft lag, beunruhigte Toby, der nun so dicht neben mir ging, daß ich die Schalen in Schulterhöhe tragen mußte, um seiner Nase nicht mit den Ellbogen in die Quere zu kommen. Es wirkte wie ein triumphaler Einzug, und ich mußte an die Geschichte aus der Bibel denken, die mit dem Kopf auf der Platte. Kurz darauf, als Baby mit lautem Freudengeheul in die Arena stürzte, hatte ich den schrecklichen Verdacht, der Vergleich könne sehr passend sein. Baby, der wütend gewesen war, weil ich ihn so früh ins Bett gesteckt hatte, konnte sich nicht lassen vor Vergnügen über seine gelungene Flucht, und brachte das ganze Partykonzept durcheinander. Er sauste mir zwischen die Füße, und ich strauchelte, und die Zwiebeln und Oliven regneten auf den Plattenspieler und dahinter. Aznavour hickste, die Schalen gingen zu Bruch, und ich ergriff Baby, der furchtbar zappelte und quiekte, während meine hohen Absätze im Begonienbeet einsanken. Die Hunde im Haus erwachten und fingen an zu kläffen, während die, die bis eben friedlich draußen geschlafen hatten, uns zu Hilfe kamen und über Stühle, Tische und Bank sprangen. Die ganze wundervolle Dekoration war hin. Eine Lampe knallte zu Boden, dann ein Stuhl. Hetty schien an etwas zu ersticken und lief krebsrot an. Ich dachte, ihr müsse wenigstens eine Nuß im Hals steckengeblieben sein, aber dann sah ich, daß sie nur lachte.

«Fabelhaft!» versicherte sie keuchend und sich die Augen wischend. «Unglaublich! Welch Begrüßungstableau – ich glaube, so hat man im alten Rom die Ehrengäste willkommen geheißen ...» Und dann erstickte sie wieder vor Lachen und zerrte Toby gleichzeitig von der Butter, auf der sein wertvolles Teil ruhte, denn er stand nun über der Bank, um mir noch näher zu sein, und starrte mir besorgt in die Augen.

Ben kam her und nahm mir Baby ab. «Ich bringe ihn zurück», sagte er entschuldigend. «Ich muß vergessen haben, den Riegel vorzuschieben. Ob er ruhig bleibt, wenn ich Amanda zu ihm sperre? Oder Rosie?»

«Nein, nein, bloß nicht», sagte ich hastig. «Zu zweit werden sie nur ein neues Katastrophengebiet schaffen.» Ich glättete meinen arg mitgenommenen Seidenjersey und schüttelte meine Haare glatt. Mattie, die sich sonst immer abseits hielt, hatte inzwischen eine tote Ratte aus einer Sammlung von Leichnamen geholt, die sie für solche Notfälle bereithielt, und tat wieder mal ihr Bestes, mich noch verlegener zu machen. Dazu gehörte allerdings nicht viel. Ich registrierte ohne Überraschung, daß Aznavour das Handtuch geworfen hatte. Jetzt sang Frank Sinatra *Strangers in the Night*. Sehr passend, dachte ich erneut.

Beim Essen beruhigten sich die Gemüter. Der Wein war kühl und angenehm, die Consommé geeist und der Salat knackig. Meine selbstgebackenen Brötchen waren frisch aus dem Ofen, und die Butter war mit einem Blumenmuster verziert. Das Hauptgericht war Moussaka à la provençale, mit Orangenscheiben garniert, und zum Nachtisch gab es eine Bavaroise. Miss Priddle hatte ein großes Stück Stilton und eine Schachtel mit Petits Fours spendiert. Zwei Weinflaschen standen leer neben dem Tisch, als Hetty den Drambuie holte. Ich hielt ihr mein Glas hin.

Aber dann blickte ich zufällig zum offenen Küchenfenster und sah dichte Rauchschwaden herausquellen. Ich brach in Tränen aus und verlor das Bewußtsein.

14

Manche Hunde sind natürlich freundlicher und rücksichtsvoller als andere, genau wie manche intelligenter oder reizbarer sind und manche gefräßiger oder fauler. Und manche haben mehr Humor. Sie sind in Wahrheit wie wir, nur nicht ganz so differenziert. Pudding zum Beispiel war ein Hund, bei dem man sich nie schuldig vorkam. Wenn ich mich mit seinem Essen verspätete, hopste er herum und freute sich, daß es zuletzt doch noch kam, statt wie Mattie in der Ecke zu hocken und zu schmollen. Beim Kämmen drehte er sich auf den Rücken und lachte, fegte mit seinem buschigen Schwanz den Fußboden und erhob nie den leisesten Einwand, wenn ich ihn an einer verfilzten Stelle ziepen mußte. Er wiegte sich vor Glück und Zufriedenheit hin und her, wenn er ging. Er beobachtete mich freundlich und bewundernd und liebevoll. Nur wenige Menschen erreichen diesen Grad an Vollkommenheit.

Die meisten Hunde lächeln ab und zu. Manche natürlich öfter und mehr als andere, und Sybil, eine etwas langbeinig geratene Yorkshire-Dame, die ihre prämiierten Artgenossen beschämt hätte, lachte richtig. Wie alle Lebewesen mit einem ausgeprägten Sinn für Humor war sie intelligenter als die meisten anderen, und sie hatte einen sechsten Sinn, der mir oft als Warnung diente, während sie bei uns war. Sie witterte Regen und Besucher im voraus und spitzte die Ohren, ehe das Telefon klingelte. Sie hatte ein dünnes, ingwerfarbenes Fell und große schwarze Augen, die immer ein bißchen tränenfeucht waren. Aber vor Lachen, nicht aus Kummer. Und wenn sie lachte, senkte sie den Kopf etwas, drehte ihn schräg nach oben, zog die Lefzen hoch und zeigte ihre schiefen Zahnreihen (als Welpe hatte sich ein Neufundländer auf sie gesetzt und ihren Kiefer verrenkt). Dieses Lachen, bei dem das Hinterteil höher war als der Kopf, war so unwiderstehlich liebenswert, daß ich nicht anders konnte, als mich zu bücken, sie in die Arme zu nehmen und mitzulachen. Später kam Sybil wieder und blieb für immer bei uns. Sie ist erst kürzlich gestorben, mit vierzehn Jahren. Sie gehört zu den Wesen, die ich am liebsten hatte und immer vermissen werde.

Im Augenblick hatten wir gerade einen aprikosenfarbenen Pudel, der Emma Hamilton hieß und dem Ortsfriseur gehörte. Die beiden hatten mit einem kleinen Auto abgelegene Dörfer besucht und den dortigen Damen den Segen von Waschtönungen und Dauerwellen beschert, bis eines Tages ein paar Kinder das Auto aufmachten, in dem Emma geduldig wie immer auf ihr Herrchen wartete, und sie mitnahmen. Sie spielten eine Weile mit ihr, banden sie dann in einem Schuppen an und vergaßen, mit Futter und Wasser zurückzukommen. Sie wurde zwei Tage später gefunden und ihrem Besitzer, der inzwischen die ganze Grafschaft in Aufruhr versetzt hatte, gegen eine saftige Belohnung zurückgegeben. Danach weigerte Emma sich jedoch standhaft, wieder mit dem Auto zu fahren, und kam drei Tage in der Woche zu mir, wenn ihr Frauchen arbeitete. Da sie nur tagsüber da war, räumte ich dem Friseur einen Sondertarif ein.

Im Gegensatz zu Sybil war Emma – vielleicht wegen jenes schrecklichen Erlebnisses – ein sehr ernster kleiner Hund und brauchte viel Zuspruch und Liebe. Als sie das erste Mal bei uns war, hatte ich sie die meiste Zeit auf dem Arm, auch bei der Arbeit. Später folgte sie mir überallhin, und zuletzt folgte sie Toby. Da Toby auch Angel im Schlepptau hatte, die wiederum in unzertrennlicher Freundschaft mit Frilly verbunden war, bildete sich ein vollständiger Hofstaat.

Übermäßige Zuneigung war eine Gefahr, der ich entgegensehen mußte. Einen Hund, den ich zu sehr liebgewonnen hatte, ihn einem gleichgültigen Besitzer zurückzugeben, war manchmal furchtbar schwer und nahm mich so sehr mit, daß ich, wahrscheinlich ohne ausreichenden Grund, schlaflose Nächte und Angstträume hatte. Übermäßiges Vertrauen war ein anderes Risiko.

Die erste Balgerei erschütterte meine bisherigen Theorien und weckte ein gewisses Mißtrauen, das auf die anderen abfärbte. Von nun an konnte ich nicht mehr sicher sein und begann höchst widerstrebend, die Schafe von den Wölfen zu trennen. Die großen und tyrannischen von den kleinen und wehrlosen. Ich sperrte alle Hunde, deren Ahnen auf den Menschen abgerichtet worden waren – Schäferhunde, Rottweiler –, wenigstens für einen guten Teil des Tages in die freien Zwinger. Ich versuchte, die Wohnräume für die kleineren Haus- und Zwerghunde zu reservieren, die von dort auf die Terrasse und in den Rosengarten konnten, aber nicht in den Gemüsegarten und auf die Wiese, die nur von der gegenüberliegenden Küche erreichbar waren.

Die Rauferei kam wie ein Blitz aus heiterem Himmel. Ich war beim Kuchenbacken. Bella, ein Welsh-Corgi, der erst vor ein paar Stunden angekommen war, lag in ihrem Korb, den ich unter ein Geschirrbord geschoben hatte. Sie schien ganz brav und friedlich zu sein. Ich stand neben ihr und redete ihr gut zu, als die anderen kamen und sie beschnupperten und allmählich akzeptierten. Jeder bekam ein Ingwerplätzchen, und dann überließ ich sie wieder ihrer eigenen Beschäftigung. Ich fing gerade an, den Teig auszurollen, als ich ein leises Knurren hörte. Ich blickte nach unten und sah, daß Bella auf Spot zuging, der sich mit einer Vorlegerfranse vergnügte. Ehe Spot oder ich sie aufhalten konnten, hatte Bella sich auf den armen Kerl geworfen, und dann rollte ein knurrendes und kläffendes und angstvoll jaulendes Hundeknäuel durch die Küche und warf Stühle und andere Hunde um, und zuletzt standen nur noch Toby und ich aufrecht, entsetzte Zuschauer in den Kulissen.

Ich griff nach der Spülschüssel, die mit kaltem Wasser gefüllt war, und kippte sie über den Raufenden aus, trat mutig in die Lache, packte Bella, versetzte einem oder zwei anderen einen heftigen Tritt und schrie mit einer Autorität, die nicht von Herzen kam.

Bella hatte sich in Spots Ohr verbissen, und Spot baumelte an ihr, und ich warf beide in die Spülküche. Als sie gelandet waren, nahm ich Spot hoch und sperrte ihn in den Besenschrank. Ich zitterte vor Angst um die anderen, weniger kampferprobten Mitwirkenden und malte mir bereits aus, wie ich sie ihren Besitzern in Fetzen zurückgab. Ich wußte mir nicht anders zu helfen, als um mich zu schlagen und zu treten, bis endlich wieder Ruhe herrschte. Abgesehen von kleineren Bißwunden und Abschürfungen und einem großen, schmerzhaften blauen Fleck an meinem Bein, das einen Schlag mit dem Besen abbekommen hatte, der eigentlich für einen der Hunde bestimmt gewesen war, kamen wir einigermaßen unbeschadet davon, obgleich Spots einwöchiger Aufenthalt dafür draufging, sein Ohr wieder vorzeigbar zu machen. Ein oder zwei andere humpelten noch ein paar Tage, aber mehr aus Protest und selbstgerechter Empörung als auf Grund ernsthafter Schäden. Ich glaube sogar, daß einige von ihnen es genossen hatten, wie militante Streikende, die ihre mutmaßlichen Rechte verteidigen. Ich sperrte sie alle in die Zwinger, während ich aufräumte, aber mir war zu meinem Schrekken klar, daß die friedliche Atmosphäre, die sich allen neuen Gästen mitgeteilt hatte, dahin war. Meine Befehlsgewalt war in Frage gestellt worden, und ich entwickelte nunmehr eine Wachsamkeit, die ich bisher nicht gekannt hatte.

Sie kamen natürlich wieder ins Haus, aber immer nur ein paar zur Zeit, unter Aufsicht. Sie nahmen wieder ihre

Stellung in der Gemeinschaft ein, doch jetzt fing ich an, die potentiellen Unruhestifter möglichst frühzeitig auszumachen, um drohende Gefahren abzuwenden. Corgis, Schäferhunde und einige andere Rassen, die ursprünglich als Schutz- und Wachhunde gezüchtet und auf den Mann abgerichtet wurden, waren am schlimmsten, und dazu kamen die gelegentlichen Problemhunde mit irgendeiner verborgenen Angst oder Krankheit, die nicht auf den ersten Blick zu erkennen war.

Ich rief Hetty an, als es überstanden war, in der Küche wieder Ordnung herrschte und meine Hände nur noch so schwach zitterten, daß ich einen Drink halten und eine Nummer wählen konnte. Sie war gerade zur Tür hereingekommen, und ein Unfall wartete. Ich sagte «Hier war auch einer» und erzählte es ihr. Dann brach ich in Tränen aus.

«Hast du denn wirklich geglaubt, du würdest solche Zwischenfälle vermeiden können?» fragte sie freundlich, aber mit gereiztem Unterton.

«Ja, warum nicht?»

«Wenn die Geschichte es nicht geschafft hat und immer noch nicht schafft, warum dann du?»

«Weil ich der liebe Gott bin, wenn es das ist, was du hören willst», sagte ich patzig.

«Ich komme nach der Sprechstunde mit ein paar guten Nachrichten vorbei. Relax ein bißchen und trockne deine Füße.» Und dann legte sie auf, und ich war wieder allein auf dem Schlachtfeld.

Ich blickte zu den weisen Sprüchen an den Wänden, nahm einen großen Schwamm, machte ihn naß und wischte alles ab. Ich sah in dem Moment keine Möglichkeit, sie weiterhin ernst zu nehmen. Statt dessen weißelte ich: *«Kämpf weiter, wenn du versagt hast.»*

Aber der Kampf war vorbei. Das Gefühl, versagt zu haben, blieb.

15

Als Hetty kam, aß ich Marzipan, das gute alte Hausmittel gegen Depressionen.

«Tu's weg», sagte Hetty. «Sonst wirst du dick und häßlich.»

«Wen würde das schon stören?» fragte ich düster. Ich erzählte ihr von einem Anruf Pas. Er hatte mir vor fünf Minuten mitgeteilt, er werde entlassen, wolle aber noch mit einem Freund eine Angeltour machen, ehe er nach Hause komme. Ich jammerte: «Kein Mensch will hierher, und ich kann nirgends hin. Am liebsten wäre ich eins von den Fischweibern auf dem Markt, wo Hunde keinen Zutritt haben. Ich geb's auf.»

«Nein, das wirst du nicht tun. Du hast gerade erst angefangen. Du bist von nun an Psychoanalytikerin für Hunde. Dein erster Patient wartet vor der Tür. Deine Honorare sind astronomisch, und bald wirst du das Hundehotel vergessen und dich auf einen oder zwei schwere Fälle zur Zeit konzentrieren können.»

«Hetty, ich bin zu *nichts* nutze. Die Hunde raufen sich, wenn sie jetzt in meine Nähe kommen. Ich gerate in Panik. Eben hätte ich um ein Haar Worcestersauce statt essigsaure Tonerde benutzt. Ich habe einen schwachen Willen, ich habe keine Widerstandskraft. Und was schlimmer ist – ich verstehe von nichts was.»

«Aber du kannst eine erstklassige Schweinshaxen-Bouillon machen», sagte sie. «Oh, hör auf zu jammern, du kommst sehr gut mit den Hunden zurecht. Du hast eine Antenne für sie.»

«Kein Mensch würde mich für voll nehmen als Hunde-Fred.»

«Freud.»

«Meinetwegen, Fred Freud. Meine Freunde würden sich totlachen.»

«Deine Freunde interessieren uns nicht.»

Hatte ich überhaupt Freunde? Mir fielen zwei oder drei ein, aber wo waren sie gewesen, als ich sie brauchte?

Jedenfalls hatte ich nichts zu verlieren. «Na gut», seufzte ich. «Roll ihn rein.»

Ich mußte realistisch denken. Hettys Rechnung schwebte immer noch wie ein Damoklesschwert über mir. Sie zuckte nur mit den Schultern, wenn ich darauf zu sprechen kam, und sagte jedesmal: «Vielleicht kannst du mal was für mich tun.» Es mußte etwas ziemlich Tolles sein, aber womöglich war dies jetzt der Anfang. Also folgte ich ihr nach draußen, fuhr aber fort, zum Schein zu protestieren.

«Ich kann dir doch nicht die Patienten wegnehmen! Ich würde meine Zulassung verlieren.»

«Du hast gar keine», sagte sie sachlich, «und es geht nicht um Tumore oder Nierenversagen oder Steißdrüsen. Natürlich nicht. Aber ich bekomme eine Menge psychosomatischer Fälle. Lach nicht!» Sie zischte es so böse, daß ich sofort aufhörte. «Es ist manchmal sehr traurig. Meist sind es Hunde. Katzen leiden nicht so. Sie haben einen besseren Überlebensinstinkt. Eine Art inneres Rückzugssystem. Was Goldhamster und Wellensittiche betrifft, bin ich nicht sicher. Aber Hunde leiden genau wie wir – unter Einsamkeit, übertriebener Fürsorge, Anpassungsschwierigkeiten in einer neuen Umgebung. Sie sind so domestiziert, daß sie durcheinandergeraten, wenn sie nicht alles verstehen. Wenn sie aus Selbstschutz aggressiv werden, bestraft man sie, und das macht es noch schlimmer. Wenn man sie überfüttert, kriegen sie Verstopfung und werden reizbar, genau wie Opa und Oma. Ich kann Tabletten gegen Nervosität und Stress verschreiben, aber meist sind es die Besitzer, die Hilfe brauchen. Ich kann Ratschläge geben und eine Diät empfehlen, weil ich oft sehe, wo das

Problem liegt, aber ich habe keine Möglichkeit, dafür zu sorgen, daß die Therapie durchgeführt wird, und zwanzig Minuten im Sprechzimmer sind kein Heilmittel für Dauerzittern und seelischen Kummer.» Sie machte plötzlich ein verwirrtes Gesicht, als wisse sie nicht, wie sie fortfahren solle. Das war überraschend bei Hetty. «Ich habe immer gewünscht, daß diese psychischen Fälle eine Weile einfach bei jemandem *sein* können, der sensibel ist und wirklich erkennt, was für ein Problem sie haben ... der mit ihnen fühlt und ihnen hilft.» Sie zuckte mit den Schultern. «Während sie bei dir sind, könnte ich vorbeisehen, und wir könnten über die Symptome und den Heilungsfortschritt diskutieren. Es wäre ähnlich wie bei Menschen, die in einer psychiatrischen Klinik behandelt werden und einen Arzt ihres Vertrauens haben. Zumindest würde es ihnen helfen, ihre Identität wiederzufinden, wenn sie eine Zeitlang von ihrem Besitzer getrennt sind.»

Heute die Hundepsychiatrie, dachte ich, und morgen der Nobelpreis für ... ach was, für irgend etwas. Vielleicht qualifizierte ich mich noch für einen Platz unter den Unsterblichen dieser Erde. Wie üblich, fing ich wieder an, von einem großen Erfolg zu träumen.

Aber mir kamen trotzdem noch einige Zweifel. «O Hetty!» wandte ich ein. «Mit hysterischen Hunden würde ich nicht fertig werden.»

«Was hast du denn die letzten Monate anderes getan?»

Bustles Bedürfnisse nach physischer Nähe, Rovers Unsicherheit, Teddys Gebete. Und der Schäferhund, der Ruthless hieß. Er war am ganzen Leib zitternd auf einen Apfelbaum gesprungen, als ich mit seinem Besitzer sprach, während Frilly unten stand, triumphierend mit dem Schwanz zuckte und ihn unheildrohend anfauchte.

Ich hatte mich natürlich entschuldigt. «Sie ist erst ein paar Monate alt und hat so was noch nie gemacht ... Sie ist allerdings ein bißchen herrschsüchtig.»

Ich nahm Frilly hoch und schimpfte der Form halber ein bißchen mit ihr.

Der Hund hatte flehend eine Pfote ausgestreckt und gejault. Der Besitzer sagte beschämt: «Ich fürchte, er ist bei Katzen immer so. Ich schäme mich jedesmal, aber auf einen Baum ist er noch nie gestiegen. Ich habe alles versucht – ihm eine kleine Katze geschenkt, Weidenkätzchen in seinen Korb getan, ihn versohlt.»

War ich damals einem sechsten Sinn gefolgt? Man hätte es natürlich Vulgärpsychologie nennen können, aber ich protestierte trotzdem: «Mit Gewalt schafft man kein Vertrauen. Verstehen Sie das nicht? Es ist zu einer Phobie geworden, wie bei Spinnen.» (Das war eine, gegen die ich nie ankommen würde.) «Er assoziiert Katzen und Kätzchen mit Ihren tiefsten Emotionen, weil Sie so stark reagieren. Es beunruhigt ihn. Er springt vor Angst auf den Baum, weil er Angst davor hat, Ihre Liebe an eine Katze zu verlieren. Ein ehemaliger Polizeihund, sagten Sie? Ich nehme an, er wurde darauf abgerichtet, keine Katzen zu jagen, und er hat sich die Lektionen zu sehr zu Herzen genommen.»

Womöglich war das keine sehr einleuchtende Logik, aber der Besitzer gab leicht verbittert zu: «Sie haben uns nie gesagt, warum sie ein freundliches Heim für einen so jungen Hund suchten, und ich habe auch nicht nachgefragt – das hätten Sie doch auch nicht, oder?» Ich hätte es getan, aber es war ein bißchen zu spät, es zu sagen, und er fuhr bereits fort: «Vorzeitige Pensionierung, haben sie gesagt. Aber bei der Ausbildung erwartet man natürlich Furchtlosigkeit und bedingungslosen Gehorsam. Wir hätten nie gedacht, daß er ein Weibchen ist. Deshalb haben wir ihn auch Ruthless genannt, sehen Sie?»

Ich sah es. Ruthless hockte so verlegen auf dem Baum, daß es offensichtlich war. Der Mann erzählte, sie hätten sich so sehr einen Hund gewünscht. «Einen *Hund*, keine

Dame», betonte er. Ich hätte ihn am liebsten einen Sexisten geschimpft. «Und als sie uns einen anboten, kamen wir gar nicht auf die Idee nachzusehen. Erst hinterher ... Aber von Hündinnen kann man gar nicht erwarten, daß sie auf Einbrecher losgehen, oder?» Seine Naivität war rührend. «Und sie sieht doch aus wie ein Hund, nicht wahr? Ich meine, wie ein *Rüde*. Wir wollten unbedingt einen Wachhund haben – meine Frau hat ein paar ganz schöne Klunker im Schrank liegen –, also nahmen ihn, und dann stellten wir fest, daß er Ruth hieß und ein Weibchen war ...» Ich verstand ihn, obgleich es mir widerstrebte. Ein Mann hat seine Frauen gern weiblich, sein Auto schnell, seinen Hund männlich, und alle drei sollen tun, was er ihnen sagt, um seine eigene Identität zu festigen.

Ich nahm Ruthless gern, weil ich mich irgendwie in ihr wiedererkannte – heillose Angst vor einer kleinen Spinne, aber todesmutig in die Bresche springen, wenn selbst der stärkste Mann versagt. Wir blicken alle in einen Zerrspiegel, wenn wir uns ein Haustier aussuchen, und wenn wir uns dann selbst erblicken, bekommen wir nach dem ersten Entzücken Depressionen.

Ruthless nahm ihre Chance wahr und fand schnell ihren Platz unter den anderen. Wie mir damals klarwurde, half das Leben in der Gemeinschaft den meisten psychisch gestörten Tieren viel mehr als jeder Tierpsychiater. Der Überlebensdrang ist der große Wunderdoktor, und nach einem letzten enttäuschten Blick auf Ruthless nickte ihr Herrchen erleichtert und ging zurück zu seinem roten Auto, um mit seiner blassen Frau nach Cornwall in Urlaub zu fahren. Das Problem hatten sie bei mir abgeladen.

Ich glaube, der Mann hatte das Gefühl, versagt zu haben, und kam sich vielleicht schuldig vor. Die meisten Besitzer haben ein schlechtes Gewissen, wenn sie einen treuen Freund ihrer Gesellschaft, ihres Lieblingssessels und des langweiligen Abendspaziergangs zum Pub berauben. Aber in allen Fällen, die ich behandelte, war der gute alte Hasso nach den ersten vierundzwanzig Stunden recht zufrieden. Ein Knochen, ein Ball und ein auf der Auslaufwiese aufgegabeltes blondes Weibchen genügten, und wahrscheinlich amüsierte er sich in seinen Ferien mehr als Herrchen in Rimini.

Ruthless hatte sich vom Baum helfen lassen. Dankbar beschnüffelte sie meine Hand, leckte sie und sprang erleichtert umher. Wenn es noch einer Bestätigung des wahren Geschlechts bedurfte, dann hatte ich sie hiermit. Ein Rüde hätte sich einmal klapsen lassen, um dann triumphierend mit dem Schwanz zu wedeln und von dannen zu schreiten, als hätte er eine besonders ruhmreiche Schlacht gewonnen. Der Besitzer hatte gesagt, daß er sich schäme, wenn Ruthless in der Öffentlichkeit nicht das Bein hebe. «Ein Schäferhund, der sich *hinhockt*!» bemerkte er kummervoll. «Es sieht absolut lächerlich aus!» Die arme Ruthless sah mich immer etwas befangen an, wenn sie im Begriff war, ihr kleines Geschäft zu verrichten.

Es muß sehr schwierig für Ruthless gewesen sein, denn sie war nie ganz sicher, welches Geschlecht vorherrschte. Nach langem Überlegen fiel mir zuletzt ein, Ruthless leide einfach an erziehungsbedingtem Transsexualismus, und dabei ließ ich es bewenden.

Sobald der Druck nachgelassen hatte und wir alle wußten, wo wir standen, ging alles mehr oder weniger reibungslos. Ruthless paßte sich an (weil sie mußte, obgleich es ihr schwerfiel), und nur in den ersten Tagen machte sie einen großen Bogen um Frilly, paßte jedoch genau auf, was die tat. Als sie festgestellt hatte, daß die kleine Katze keine Bedrohung war, weder eine physische noch eine emotionale, ignorierte sie sie fast völlig. Als sie abgeholt wurde, war sie selbstsicher und sogar ein bißchen aggressiv. Ich dachte sogar, sie würde das Bein heben, ehe sie ins Auto sprang.

Stolz erzählte ich Hetty die ganze Geschichte. Ich fand, sie würde mein Talent beweisen und ihren Glauben an meinen therapeutischen Scharfsinn bekräftigen. Ich sagte ihr auch, sie irre sich mit dem Überlebensinstinkt von Katzen, weil wir einmal einen Siamesen gehabt hätten, der in eine heiße Bratpfanne mit Speck gesprungen sei und lieber Currypulver als Fischköpfe gegessen habe. Er wollte nur in geschlossenen Schubladen schlafen und mußte jeden Abend in den Schreibtisch geschoben werden, so daß ich mich gezwungen sah, frühmorgens hinunterzuschleichen und nachzuschauen, ob er nicht erstickt war. Dann erklärte ich, falls ich später in den Buckingham-Palast zitiert werden sollte, um die Welsh-Corgis dort auf den rechten Weg zurückzubringen, würde ich Ihre Majestät einfach überreden, sich statt dessen Yorkshire-Terrier anzuschaffen.

«Ich weiß, es klingt kindisch, aber verstehst du, es würde das Personal und unser Verteidigungsprogramm ungeheuer entlasten. Alle diese angeknabberten Posten, und was das Nationalitätenproblem betrifft, so hat man die Waliser schon viel zu lange bevorzugt ...» Aber Hetty gähnte und sagte: «Du läßt dich gern von deiner eigenen Begeisterung hinreißen, nicht wahr? Ben schreit sich wegen irgendwas die Kehle aus dem Hals und ...»

Ben schrie gerade: «... jemand hat auf die Brücke in der Diele gebrochen!» Ich kehrte mit einem Feudel zur Erde zurück.

Hetty sah mir zu. «Ich möchte, daß sie lernen, zu Hause zurechtzukommen. Im normalen Alltag.» Ich zog die Augenbrauen hoch. «Nichts Verrücktes.» Ich lachte dumpf. Auf dieser Gesundheitsfarm war nichts verrückt. Aber normaler Alltag? «Nur die entspannte Atmosphäre, die du geschaffen hast.» Ich schwang meinen Eimer, und sie sprang schnell einen Schritt zurück.

Als ich die Brücke über die Leine gehängt hatte, ging ich

wieder ins Haus und bekam gerade noch mit, daß Ben Hetty von den Tonbandaufnahmen erzählte, die er neuerdings von den Hunden machte. «Komisch, wenn man darüber nachdenkt. Sie haben Jahrhunderte Zeit gehabt, um wenigstens ein bißchen von unserer Sprache aufzuschnappen, man sollte also meinen, daß sie wenigstens fragen können, wie spät es ist. Ich war nur zehn Tage mit der Klasse in Frankreich, und ich konnte schon nach einem Tag auf französisch ‹Zieh Leine!› und ‹Wo ist das Klo?› sagen.» Wenn das alles war, was er gelernt hatte, dann hatten die Hunde recht, sich keinerlei Mühe zu geben, fand ich. Sie brauchen sowieso nicht zu wissen, wie spät es ist. Die Uhr überlassen sie uns. Ich sah allmählich, daß in Hunden eine Menge mehr steckte als Knochen und Kläffen.

«Ich werde meine Ergebnisse jedenfalls studieren», sagte Ben wichtigtuerisch. «Vieles muß aber noch geklärt werden. Wenn Leute kommen, bellen sie dann zur Begrüßung oder als Drohung? Oder beides? Oder nacheinander? Und wenn ja, wer wird wie angebellt – und warum?» Ich sagte, die meisten Besucher bellten überhaupt nicht.

Aber er hatte im Moment keinen Sinn für vorlaute Bemerkungen, so daß Hetty und ich zu ihrem Auto gingen, wo mein erster stationärer Patient wartete. Hetty sagte: «Ben hat nicht ganz unrecht, findest du nicht auch?» Sie klang amüsiert. «Was für ein Hund ist das hinter ihm?»

«Der Collie? Das ist Pathos, ein köstlicher Hund. Sein Besitzer nannte ihn Pathos, weil er dachte, einer der drei Musketiere heiße so. Erst Jahre später stellte er fest, daß er in Wahrheit Porthos hieß. Aber der Name paßt trotzdem. Er entkam dem Tod in einem Hundeasyl, als seine Zeit gerade abgelaufen war, genau wie in einem Schauerstück von Alexandre Dumas. Er braucht ständig jemanden um sich herum, sonst fühlt er sich nicht sicher, und er hat Ben gewählt. Ben mag ihn ebenfalls. Er schläft in seinem Zimmer.» Ich wollte sagen, der Hund schlafe in Bens Zimmer, aber in diesem Haus lief es auf dasgleiche hinaus.

Ich weiß nicht, was für einen Pflegefall ich im Auto erwartet hatte. Jedenfalls keinen Chihuahua in einem Nähkörbchen. Vielleicht einen kraftlosen Barsoi mit ängstlichen Augen oder einen traurigen Neufundländer. Aber nicht dieses spitzohrige, knopfäugige Mini-Monster, das mich von oben bis unten taxierte und schnell zu dem Schluß kam, ich entspreche nicht seinen Erwartungen.

«Das kann nicht weiter schlimm sein», erklärte ich zuversichtlich. Ich streckte die Hand aus, um den seidigen Kopf zu streicheln und den boshaften Augenausdruck zu vertreiben. In der nächsten Sekunde lutschte ich winzige Blutstropfen von meinem Finger, in den sich nadelspitze Zähne geschlagen hatten.

«Ich hätte dich warnen sollen», murmelte Hetty schadenfroh. «*Das* nämlich ist das Problem!» Der Chihuahua leckte sich die Lefzen, als habe er gerade einen Vorgeschmack vom Tagesmenu bekommen.

«Er wird dein Testfall sein», sagte Hetty und gab sich Mühe, nicht loszuwiehern. «Und wenn du ihn erst davon abbringst, nach jedem zu schnappen, der in seine Nähe kommt, kannst du *alles* schaffen.»

«Du meinst, dann kann ich auch wie Jesus auf dem Wasser gehen? Er ist kaum größer als ein Grashüpfer, scheint aber eine richtige kleine Giftnudel zu sein.»

«Die Besitzer sind völlig verzweifelt. Ich habe ihnen alles über dich erzählt. Ich sagte, du hättest eine fabelhafte Antenne für Hunde, und sie werden sich vor Dankbarkeit nicht lassen können. Sie lieben das kleine Biest, und er ist einen Haufen Geld wert. Der schönste Chihuahua weit und breit.» Ich sah schon, wie er bei der nächsten Hundeausstellung auf einem silbernen Tablett thronte und den Preisrichtern nacheinander die Finger abbiß.

«Meinetwegen», sagte ich geschäftig. «Und nun zum Krankenblatt. Name des Besitzers?» Hetty, die Handschuhe anhatte, hielt das Nähkörbchen auf Armeslänge von sich entfernt. Es war mit gestepptem rosa Satin ausgeschlagen. Ich hatte Notizblock und Kugelschreiber gezückt.

«Keine Namen, tut mir leid. Sie wollen unbedingt anonym bleiben. Offenbar hat jemand gedroht, sie zu verklagen, weil er ihn im Vorbeigehen gebissen hat. Und sie haben Angst, daß sie verlieren, wenn bekannt wird, daß er in Behandlung ist. Du fungierst lediglich als Pensionswirtin, und wenn es dabei bleibt, kann nichts passieren.» Jawohl, Sie können sich auf unsere Diskretion verlassen, gnädige Frau.

«Dann frage ich nur nach den Umständen.»

«Junges Ehepaar, wohlhabend, viel außer Haus. Der Hund wird von Putzfrauen und Au-pair-Mädchen versorgt. Nur daß sie keine Putzfrauen und Au-pair-Mädchen mehr bekommen, seitdem er damit angefangen hat.»

«Vernachlässigt», folgerte ich und legte den Kugelschreiber hin, als wäre das Problem gelöst.

«Sicher», stimmte Hetty zu. «Wer ist das nicht? Die Frage ist nur, was man dagegen tut.» Sie stand auf und wollte gehen.

Ich rief: «Warte mal! Wie heißt *er* denn?»

«Jumbo», sagte sie. «Kurzform Jet.» Sie sauste fort.

Jumbo bleckte seine spitzen Zähne, als ich versuchte, sein Nähkörbchen an die Wand zu rücken. Er sah aus wie ein Drache, den man mir einer Bewegung des Zauberstabs auf Westentaschenformat verkleinert hatte. Ich wünschte, der Zauberstab wäre zweimal geschwungen worden.

Ben kniete auf dem Boden und versuchte, der liebenswürdigen Pudding beizubringen, wie man Männchen macht. Sie plumpste jedesmal hin, versuchte es aber immer wieder. «Sie würde es schaffen, wenn ihre Hinterbeine etwas dicker wären», bemerkte Ben, und mir ging zum erstenmal auf, daß man nie genau weiß, wie es unter einem dicken Fell aussieht.

«Das ist Jumbo», sagte ich. «Er beißt.»

«Nicht hier. Nicht wenn er weiß, was gut für ihn ist», sagte Ben grimmig.

Ich blickte mich um und sah, wie die wachsamen Augen die Lage peilten. Sie schienen Schwierigkeiten schneller vorauszusehen als ich. Ich stellte das Nähkörbchen wieder hin und schickte die anderen zum Leistungssport, wie Benn es nannte, nach draußen. Er sagte, es sei genau wie in der Schule – ob Regen oder Schnee, jeden Mittwoch nachmittag würden sie hinausgejagt, um einen Ball durch die Gegend zu treten oder zu werfen, während die Lehrer irgendwo, wo sie nicht zu sehen seien, ihre eigenen Spielchen trieben. Ich schubste Jumbo mit einem hölzernen Kochlöffel aus dem Korb. Er sah aus wie ein Plastikspielzeug. Winzig, fein geformt und zerbrechlich. Wenn sein Kopf noch etwas kleiner gewesen wäre, hätte er ein Spatzenhirn gehabt. Warum glaubte ich überhaupt, daß er keines hatte? Sah er denn nicht, daß es hier alle gut mit ihm meinten?

Ben fragte nach dem Abendessen. Tagsüber aßen wir wann, wo und was wir wollten, aber der Abend verlangte etwas Offizielleres, und bis vor ein oder zwei Tagen hatte ich immer ein Essen mit richtigen Beilagen auf den Tisch gebracht. Dann, vor ein paar Tagen, sagte Ben plötzlich, nachdem er mir zugesehen hatte, er würde auch gern mal kochen. Wie es mit morgen abend wäre. Ich willigte sofort ein. Ich ließ ihn allein in der Küche wirken und staunte über das Mahl, das er zustande brachte, obgleich es beinahe zehn war, als wir endlich Messer und Gabel in die Hand nehmen konnten. Rot vor Stolz und Weinprobieren (es gab Coq au Vin) bot er mir an, von nun an immer zu kochen – oder jedenfalls, bis er keine Lust mehr hatte, und das, nahm ich an, würde der Fall sein, sobald der Reiz des Neuen verflogen war. Aber wer sieht einem geschenkten Gaul ins Maul, wenn es voller Heu ist?

Als Ben einen Umzugskarton mit Kochbüchern durchwühlt hatte, war er auf einige Schmöker mit anderen Themen gestoßen, zum Beispiel auf einen mit dem anspruchsvollen Titel *‹Dein Hund – Zucht und Charakter›*. Ich fand es auf dem Gemüsebord wieder. Ich setzte mich auf den Boden und schlug *Chihuahua* auf.

Die Abbildung bestätigte zumindest Jumbos Herkunft. Südamerikanische Damen, las ich, pflegten die winzigen Hündchen mit dem Kopf nach hinten unter dem Arm zu tragen, damit unwillkommene Caballeros, die ungesehen Annäherungsversuche machten, durch wohlgezielte Bisse in empfindliche Körperteile abgeschreckt wurden. Es schien einen Zusammenhang zum gegenwärtigen Problem zu geben. Außerdem bewies es die Theorie, daß Hunde, die in längst vergangenen Zeiten für bestimmte Zwecke gezüchtet worden sind, den betreffenden Instinkt nie ganz verlieren und auch unter völlig anderen Umständen entsprechend reagieren können. So daß Arbeitshunde selbst in unserer Epoche des Müßiggangs gern arbeiten. Und Hunde, deren Vorfahren auf Menschen abgerichtet wurden, kaum etwas dafür können, wenn sie den Mann von nebenan zu Boden werfen, der sich nur einen Flaschenöffner leihen wollte. Sogar Schoßhündchen wie Jumbo haben also den angeborenen Drang, ihre Zähne in fremdes Fleisch zu schlagen, wenn auch nicht unbedingt in das von zudringlichen Caballeros.

Das Dumme war, daß der Verfasser nicht den kleinsten Tip gab, wie man den Impuls auf friedliche Ziele umdirigieren könnte.

Ich warf noch einen Blick in den Karton und entdeckte das Tierbuch von Dr. Foster wieder. Sein Ansatz war realistisch, seine Ratschläge waren drastisch. Ich hatte früher schon einige mit sehr guten Ergebnissen befolgt. Ich schlug Kapitel 5 auf, *Hunde,* und dann einen Abschnitt mit der Überschrift *Rassen.* Jede Rasse hatte eine Rubrik «Häufige Probleme», mit Ursachen und Therapien, a) physische und – nicht zu glauben – b) seelische. Das Buch war 1904 erschienen. Dr. Foster muß seiner Zeit sehr weit voraus gewesen sein, wenn er auch nur erwogen hatte, Hunde könnten eine Seele haben.

Ich konnte mein Glück nicht fassen. Das war die Rettung, das Fundament meines künftigen Erfolgs als Tieranalytikerin. Erleichtert und zuversichtlich lehnte ich mich zurück und stützte mich auf einen Ellbogen hoch.

Er erläuterte seine Behandlungsmethoden an Hand von Fallgeschichten. Unter «Seelische Ursachen und Therapien» stand: «Ein Herr aus meiner Bekanntschaft brachte mir unlängst seinen außergewöhnlich bösartigen Hund, eine sonderbare Kreuzung von Elch und Pointer, und bat mich, mein Wissen und meine Erfahrung zu benutzen, das Tier zur Räson zu bringen. Ich schlug vor, mir den Hund für mehrere Tage zur Beobachtung und Behandlung zu überlassen» (He! War *ich* nicht der erste Hundepsychiater?), «und zum Glück, zu meiner Erleichterung sogar, möchte ich sagen, willigte er ein.»

Unten auf der Seite, die sehr klein gedruckt war, sah ich die Worte «vollkommene Heilung» und kam zu dem Schluß, die Abhandlung sei zu wichtig und ausführlich, neben einem alten Karton mit der Aufschrift «Lux flüssig» auf dem Küchenfußboden gelesen zu werden. Ich ging mit dem Buch in die Garderobe, wo relativer Friede der Konzentration förderlich ist. Ich mache mir nicht viel aus Klos, die aussehen wie Vorzimmer von Boudoirs der Belle Epoque, und ich versuche auch nicht, mein Badezimmer zur Bräunungshalle umzufunktionieren. Dann lieber gleich nach Mallorca. Die Zeit wird kommen, wo man die Modeklosetts vergessen und vergoldete Schnörkelarmaturen, Topfpalmen und Muschelwaschbecken auf den Müll werfen wird, um weiße, funktionelle, schöne und unkomplizierte Dinge einzubauen. Dann werden wir auf dem Klo wieder denken können. Wenn ich Geld gehabt hätte, hätte ich mir ein High-Tech-WC entwerfen lassen. Es gibt nichts Aufbauenderes, als ein Trendsetter zu sein.

Dr. Foster glaubte, kurz gesagt, ein Hund sei so etwas wie ein Ausländer, der die Kultur, Verhaltensregeln und Sprache der Einheimischen nicht verstehen könne. Manche Ausländer eigneten sich schnell alles an. Andere brauchten zwar länger, kämen aber doch irgendwie zurecht, und einige wenige bekämen den Bogen nie raus, begriffen überhaupt nichts, entwickelten eine arrogante oder trotzige Abwehrhaltung und kehrten aus Selbstschutz zu ihren Ursprüngen zurück.

Im Behandlungsabschnitt sagte er dann, es habe gar keinen Sinn, den Hund grün und blau zu schlagen, um ihn unterwürfig zu machen. Er appelliere vielmehr an das Gute im Hund, um seine Sympathie zu erringen.

Ich las mit wachsendem Interesse weiter. Irgendwo klingelte das Telefon. Ich überließ es Ben. Wie hatte Dr. Foster es geschafft? Ich sah ihn vor mir, wie er in seinem untadeligen edwardianischen Schwalbenschwanz, mit zurückgeschobenem Zylinder auf allen vieren herumkroch und jaulend und kläffend an das Gute im Hund appellierte. Aber er meinte etwas anderes. «Der Hund muß wissen, daß Sie sein Freund sind und ihn mögen», schrieb er, um dann nicht ohne Zynismus fortzufahren: «Selbst wenn Sie ihn nicht ausstehen können. Er muß wissen, daß Sie *ihn* nicht beißen werden.» (Nicht allzu schwer – er würde zumindest als erster beißen.) «Seien Sie traurig, wenn er auf Sie losgeht» (noch leichter), «und was Sie auch tun, zeigen Sie ihm, wie bekümmert Sie sind. Weinen Sie laut, ringen Sie die Hände, laufen Sie wie gepeinigt auf und ab. Hunde sind von Natur aus sehr barmherzig. Wenn Sie seine Sympathie errungen haben, wird er Sie nicht mehr angreifen, sondern verteidigen und anbeten.»

Ich war hingerissen. Die Methode war viel einfacher als der übliche psychiatrische Ansatz und leuchtete mir sofort ein. Mit anderen Worten, ich konnte es schaffen. Ich würde die Sarah Bernhardt unter den Psychiatern sein. Ich konnte es kaum erwarten zu beginnen. Ich rannte in die Küche zurück.

Das Nähkörbchen war leer. Jumbo war weg.

«Ben», sagte ich langsam, «hör mal kurz zu. Wo ist der neurotische Patient?»

Er schlug gerade Sahne für den Biskuitboden. Aber die Menge hätte gereicht, den Hafen von Sydney zu füllen. Er sah kaum auf.

«Vielleicht hat er sich unter einem Eierbecher versteckt?»

Er konnte schrecklich nerven. Ich mußte Jumbo finden, ehe Hetty auf dem Rückweg von der Rinderherde, um die sie sich momentan kümmerte, wieder bei uns vorbeikam. Der Besitzer war ein Pop-Star, der Hof, Herde, Haus, Maschinen und sogar den Verwalter und das übrige Personal von dem Geld gekauft hatte, das er mit dem Entblößen seiner behaarten Brust, seinem dämonischen Hüftwackeln und seinem Gebrüll verdiente. Aber im Radio war er ein Genuß, weil man ihn dort nicht sah und all der Dekadenz teilhaftig wurde, ohne unmittelbar betroffen zu sein. Deshalb haben Pop-Stars ihren Reichtum verdient. Sie sind die Prügelknaben für uns laue Zeitgenossen. Sie leben unsere geheimen Laster aus und beglücken uns mit Ausschweifungen aus zweiter Hand. Der Hof war laut Hetty ein vorbildlich geführter Betrieb, weil Geld keine Rolle spielte, wenn es um das Wohlergehen von Mensch und Tier ging. Die Leute verdienten gut und waren zufrieden, der Allgemeinheit wurde ein Dienst erwiesen. Was machte es da schon, wenn der Besitzer bei Konzerten und in der

Presse als Farmer-Harry gefeiert wurde und den Eindruck erweckte, er sitze die meiste Zeit beim Kühemelken im Stall? Oder bei strömendem Regen im Overall auf dem Traktor? Von gewissen Politikern wird das ja auch behauptet. Während die Bauern heutzutage auf Chefsesseln in luxuriösen Büros sitzen und Computer statt Kühe bedienen.

Ich ließ mich auf alle viere nieder und suchte unter dem Spülschrank, den niedrigen Stühlen, dem Schrank mit den Reinigungsmitteln, dem Kühlschrank und dem Herd. Ich blickte sogar angstvoll in der Wasserschüssel und unter Bens großen Füßen nach. Ich richtete mich wieder auf, meine Kehle war wie zugeschnürt. Ich starb fast vor Angst. Es wäre schlimm genug, bei meinem ersten Fall zu versagen, aber ihn auf diese Weise zu verlieren ...

Ben nahm den Biskuitboden vom Regal, wo er zum Abkühlen gestanden hatte, und fing an, die Schlagsahne darauf zu verteilen. Geistesabwesend sagte er: «Du könntest auch in den Blumentöpfen nachsehen.» Auf der Fensterbank stand eine Reihe von Geranien, die ich dauernd zu gießen vergaß. Wenn sie protestierend erschlafften, ertränkte ich sie in Entschuldigungen und Wasser und stellte sie für ein paar Tage neben die Hintertür in den Schatten. Einige Töpfe waren leer, wie freigewordene Betten auf einer geriatrischen Station, da ihr Inhalt in die gute Erde draußen zurückgekehrt war. In einem davon hockte Jumbo wie eine kulleräugige Pflanze und starrte mich herausfordernd an. Er rührte sich nicht. Ich streckte die Hand aus, um die aufgerichteten Ohren zu beruhigen – und zog sie hastig wieder zurück, denn schon hatten mich die nadelspitzen Zähnchen erwischt.

Ich stand auf, wischte mir die Augen, leckte meine Finger ab und stampfte mit den Füßen.

«Ich bin nicht sicher, ob ich mich mit diesem neuen Beruf anfreunden werde», sagte ich wütend. «Ich werde eine

Gefahrenzulage verlangen müssen. Zumindest muß ich Schmerzensgeld haben, und ich brauche eine Invaliditätsversicherung. Ich muß mich erkundigen, wieviel man für den Verlust eines Fingers bekommt. Vielleicht wäre es aber am besten, die Finger ganz davon zu lassen, solange sie noch vollzählig sind.» Mein Finger blutete ziemlich stark.

Ben stellte den Kuchen in den Kühlschrank. Er stellte alles in den Kühlschrank oder in den Backofen. Bens Essen war entweder glühendheiß oder gefroren. Befriedigt drehte er sich um und sagte mit hochgezogenen Augenbrauen: «Was, du willst schon aufgeben? Vor dieser größenwahnsinnigen Maus kapitulieren?»

Mir fiel ein, daß die anderen Hunde Schokodrops mochten. Ich habe noch nie einen Hund gekannt, der nicht mit Kakao in dieser oder jener Form herumzukriegen war. Ich nahm ihn oft für Tabletten – ich zerrieb die Pillen und vermischte sie mit Kakaopulver, und sie leckten es auf, ohne argwöhnisch zu werden. Ich brach ein kleines Stück Schokolade ab und reichte es auf einem Kochlöffel zum Blumentopf hin und vergaß nicht, lockend zu gurren. Ich hätte natürlich einen Handschuh überstreifen können, aber jemand, der so wachsam und mißtrauisch war wie Jumbo, hätte sich davon nicht täuschen lassen. Der Brokken wurde lange beäugt und dann blitzschnell geschnappt. Sehr schön, dachte ich, wir sind einen Schritt weiter. Bleiben wir auf diesem Weg. Wenn du jetzt den Griechen traust, die Geschenke bringen, kannst du sie auch zum Tee einladen. Ich ging zum Tisch zurück und holte die restliche Schokolade. Ich hatte mehr als genug Zeit.

Hatte ich einst nicht gedacht, es müsse eine weniger lächerliche Art geben, sein Geld zu verdienen? Doch letztlich war es gar nicht so übel, jetzt hier in der Sonne zu sitzen, die durch die hohen Fenster schien, und einen Floh in einem Blumentopf mit Krumen zu versorgen. Ich wußte, daß ich an primitive physische Instinkte appellierte, statt mit psychologischem Feingefühl zu arbeiten, aber es handelte sich schließlich um einen Fall, der nur wegen seiner primitiven – wenn auch fehlgeleiteten – physischen Instinkte so schwierig war.

Ich hatte inzwischen wieder angefangen, nützliche Weisheiten an die Wände zu tünchen, und über mir stand *«Steter Tropfen höhlt den Stein»*. Dieser nette Sinnspruch kann vielerlei bedeuten, falls er überhaupt etwas bedeutet. Er kann einen trösten, wenn nicht mehr genug heißes Wasser im Boiler oder wenn der Heizkessel ausgegangen ist, und er kann einen anspornen, etwas zu tun, das man auf die lange Bank geschoben hat. Die Tatsache, daß er so entgegengesetzte Dinge beinhaltet, mag erklären, warum er oft gar nichts bewirkt, aber jetzt beherzigte ich eine dritte Möglichkeit und sagte mir: Du mußt aushalten. Mit Geduld und Spucke fängt man eine Mucke.

Nach einer Weile legte ich den Kochlöffel hin und riskierte es wieder mit dem Finger. Jumbo schnappte blitzschnell zu – aber nach der Schokolade! Ich war unendlich stolz. Ben war oben und nahm gerade Clover auf Band. Clover war ein weiblicher Scotch-Terrier mit Asthma. Ich wies immer wieder darauf hin, daß die Töne, die sie erzeugte, Ausdruck ihrer Beschwerden und nicht von Gefühlen seien, aber Ben erklärte, er brauche alles Material, das er bekommen könne, und ein mürrisches Schnaufen sei so gut wie das andere. Offenbar hatte ich eine ideale Gelegenheit, Dr. Fosters unschätzbare Ratschläge in die Praxis umzusetzen.

Jumbo war so weit, daß er Kekse von mir annahm – von meiner Hand. Er erkannte mich an. Akzeptierte mich sogar. Meine besänftigenden Worte wurden immer flehender. Ich mußte seine Sympathie erringen, ehe er von Keksen genug hatte! Ich verzog leidend das Gesicht und versuchte es zunächst mit einem herzzerreißenden Schluchzen, einem langen Stöhnen und einem tränenfeuchten Schniefen. Nicht sehr überzeugend; eher wie hinter den Kulissen bei der Aufnahmeprüfung für die Königliche Schauspielakademie. Oder vielleicht nach der Prüfung, wenn die Ergebnisse bekanntgegeben werden?

Die Ohren richteten sich auf, die Nase zuckte. Der kleine Kopf ruckte zur Seite. Ermutigt fuhr ich fort, Verzweiflung zu mimen.

«Jumbo! Jumbo!» rief ich in dem Ton, den ich immer anschlage, wenn jemand den Soßenlöffel auf das frische Tischtuch fallen gelassen hat. «Du brichst mir das Herz und tust mir in der Seele weh! Warum tust du mir das an, Jumbo?» Ich erstickte ein Kichern. Ich wußte, er würde die leiseste Unaufrichtigkeit heraushören. Ich versuchte, an etwas sehr Ernstes zu denken, etwas, bei dem ich wirklich weinen mußte. Wie die Meinen oft sagen, bin ich die einzige Fernsehzuschauerin, die bei Werbespots für Scheuerpulver jeden Lebensmut verliert und anfängt zu heulen. Es war zu blöde, daß meine Augen jetzt, wo es darauf ankam, nicht feucht werden wollten. Es gelang mir einfach nicht, an etwas Tragisches zu denken. Ausgerechnet in diesem Moment schien mir, daß es überhaupt nichts gebe, was Tränen lohne. Verzweifelt dachte ich darüber nach, daß es doch irgendeine große Enttäuschung in meinem Leben geben müsse.

Da waren ein oder zwei Kunden, die noch nicht bezahlt hatten, aber ich wußte schon seit längerem, wie man mit solchen Leuten umgehen muß. Wenn sie nicht beim Abholen zahlten, schickte ich zwei Rechnungen und schließlich eine Mahnung über den doppelten Betrag. Daraufhin bekam ich dann immer prompt einen Brief mit einem Scheck, und in dem Begleitbrief stand, *dies* sei die vereinbarte Summe, und sie dächten gar nicht daran, einen Penny mehr zu zahlen usw. usw. Eigentlich tat mir die Briefmarke leid, mit der ich meinen Entschuldigungsbrief frankieren mußte, aber er erhielt sie mir gewöhnlich als Kunden, wenn sie mich brauchten.

Ich versuchte, auf andere Gedanken zu kommen, und ließ mir wieder einen dramatischen Monolog einfallen. «Jumbo, was hast du mir angetan? Was hast du mir Schreckliches angetan?» (Ja, was denn?) «Du liebst mich nicht, und mir bricht das Herz. Ich könnte mir was Lustigeres vorstellen!» Ich verdarb die ganze Therapie, weil ich lachte. Ich hätte nicht so pathetisch sein wollen, aber in schwierigen Fällen stellt sich oft Hysterie ein – nicht nur beim Patienten.

Ich riß mich zusammen. Jumbo sah entschieden entsetzt aus. Kaum die Reaktion, die ich auslösen wollte. Ich fing noch mal von vorn an. Diesmal richtig ernst.

«O Jumbo, Jumbo!» Das folgende sagte ich mit einem abgrundtiefen Gähnen: «Oooh, Jumbo. Was soll bloß aus uns werden? Hilf mir! Rette mich! Verlaß mich nicht, Jumbo!» Ich hob meine bebende Stimme: «Hab Mitleid mit mir, Jumbo!» Das viele Gähnen trieb mir Tränen in die Augen, und ich fing an, heftig zu schluchzen. Ich lehnte mich ans Tischbein, rutschte dabei auf dem harten Fußboden ein Stückchen weiter und ruckte mit der Schulter am Tischtuch. Eine Tasse mit kaltem Kaffee, die gefährlich nah am Rand gestanden hatte, rutschte herunter, und die braune Flüssigkeit durchnäßte meine Bluse. Aber ich ließ Jumbo nicht aus den Augen und meinte eine deutliche Reaktion wahrzunehmen – Interesse, gefolgt von Besorgnis. Ich war begeistert. Noch ein paar Schluchzer, und ich hatte es geschafft. Und all das verdankte ich Dr. Foster. Ich schöpfte Atem für eine letzte Anstrengung und bemühte mich gleichzeitig, das kalte Naß zu ignorieren, das mir in den Ausschnitt rann. «Ich liebe dich, Fernando, ich liebe dich!» rief ich wild und schmerzvoll und mobilisierte alle schauspielerischen Fähigkeiten, die in mir schlummern mochten. Henrik Ibsen hätte wohl kaum applaudiert und Laurence Olivier höchstens die Hände über dem Kopf zusammengeschlagen, aber dem Patienten schien es zu gefallen. Ich hätte am liebsten den Kopf an die Tischkante geknallt, als ich herzzerreißend schluchzte: «Jetzt bleibt mir nur noch ein Tod in Schande.» Ich heulte verzweifelt auf.

Ben, der plötzlich hinter mir stand, sagte beschwörend: «Ich glaube nicht, Mr. Shane. Normalerweise ist sie nicht so. Wenn Sie vielleicht einen Moment warten würden ...»

In Tränen, Schweiß und Kaffee gebadet sprang ich auf. In der Türöffnung stand ein großer Mann, auf seiner Schulter thronte Angel, und neben ihm stand Toby, der aussah, als hätte er einen Sack Markknochen gewonnen.

Ich wischte den Staub von meinen Jeans und reichte ihm eine zerbissene, schwärzliche und krümelbedeckte Hand. «Guten Tag», sagte ich verlegen. «Entschuldigen Sie bitte. Ich habe Sie nicht kommen hören ...» Er schien eher belustigt als unangenehm berührt. Ich schlug einen würdevoll-professionellen Ton an. «Ich behandle gerade einen psychisch gestörten Patienten. Die seelische Therapie nach Foster, wissen Sie.» Und dann, weil ich sah, daß er seine Hand verstohlen an Tobys Fell abwischte: «Zusammen mit Keksen.»

Zuletzt setzten wir uns alle an den Tisch und tranken Tee. Ich war eigentlich nicht böse, als Mr. Shane, der von einem Trip zum Kontinent zurückgekehrt war, mit Angel und Toby ging. Aber ich wußte, daß Toby mir sehr fehlen würde, obschon sein buschiger Schwanz nicht mehr jeden Beistelltisch und jedes Regal im Haus leerfegen würde und meine Ohren endlich Ruhe vor seiner langen, hechelnden Zunge hatten.

Ehe sie gingen, erzählte Mr. Shane uns, Toby habe Angel aus einem Fluß in Schottland gefischt, wo sie Urlaub gemacht hätten. «Wir hatten es eigentlich auf Lachse abgesehen», sagte er lachend, «aber Toby fing statt dessen eine kleine Katze – sie war erst ein paar Wochen alt. Wir wissen nicht, ob sie ins Wasser gefallen war oder hineingeworfen wurde. Toby war schon immer so. Er stöbert überall herum und kommt mit irgend etwas an. Diesmal mußte er die Verantwortung für das übernehmen, was er gefunden hatte, und er schaffte es irgendwie, obgleich er sie oft so ungestüm in den Milchnapf tunkte, daß sie um ein Haar wirklich ertrunken wäre. Deshalb sind sie auch so unzertrennlich.»

Sie fuhren in einem großen Auto fort, nachdem R. Shane einen Scheck über den doppelten Betrag ausgeschrieben hatte. Diesmal hatte ich aber nicht mehr verlangt, als mir zustand, sondern er sagte, er wolle sichergehen, daß ich die beiden wieder nähme, wenn es nötig sei.

Als sie fort waren, stieg Jumbo wieder in den Blumentopf und giftete den Rest des Abends vor sich hin. Ich würde morgen von vorn anfangen müssen. Doch für die Nacht stellte ich sein Nähkörbchen in den Schlafzimmerschrank, wo er uns nahe sein würde, selbst wenn er sich nichts daraus machte. Ich war geschmeichelt, als er sich mit seinen winzigen Krallen am Korbrand festhielt, ohne ein einziges Mal nach mir zu schnappen.

Ben mochte Jumbo nicht sehr. Die Abneigung war jedoch gegenseitig. Sie war nicht besonders ausgeprägt – die beiden ignorierten einander einfach. Jumbo hielt sich tagsüber in seinem Blumentopf auf, bis auf die Zeit, die ich ihn in Shelmerdines Laufstall herumhetzte, damit er ein bißchen Bewegung hatte. Ich hatte den Laufstall mit Maschendraht umwickelt, weil er sonst wie der Blitz davongelaufen wäre, aber da er zu Hause auch nur einen extra für ihn eingezäunten Teil des Gartens benutzen durfte, gewöhnte er sich bald daran.

Dr. Foster muß ziemlich beschlagen gewesen sein; denn nachdem ich ein paar Tage geschluchzt und gefleht und an das Gute in Jumbo appelliert hatte, gab er tatsächlich nach. Ben meinte, Brigitte Bardot wäre lieber ins Kloster gegangen, als mich noch einen Tag länger zu ertragen. Nachdem Jumbo den leichtesten Weg gewählt und angefangen hatte, sich einzuleben, entwickelte er eine Leidenschaft für Silly Tilly, einen Bedlington-Terrier mit einem Rücken wie das Ungeheuer von Loch Ness und haarlosen ledrigen Ohren. Tilly stand keinen Augenblick still und war ungefähr so helle wie eine Fünfzehn-Watt-Glühbirne. Aber sie war ein Wonneproppen, und sie faszinierte Jumbo. Die beiden spielten unaufhörlich und ärgerten Mattie und ein paar andere. Jumbo bekam manchmal von den älteren Hunden eine runtergehauen, und mir blieb das Herz stehen, als ich mir vor Augen führte, daß ein Biß reichen würde, um ihm den Garaus zu machen.

Aber er überlebte, und schon die Herausforderung, sich in einer Hundegemeinschaft zu behaupten, zwang ihn, seine bisherigen Launen und Tricks abzulegen. Er war ständig in Gang, interessiert und neugierig. Er hatte von morgens bis abends Abwechslung und war viel zu beschäftigt, um allem und jedem die Zähne zu zeigen.

Am Wochenende wurden mehrere Gäste abgeholt, und nur ein neuer kam. Ich war erleichtert und ärgerlich zugleich, doch als Hetty vorbeisah und den geheilten Jumbo erblickte, war sie so begeistert, daß sie mir eine lange Warteliste für die Hundepsychiatrie prophezeite. Ich schlug vor, Jumbo solle von seinen Besitzern wie ein richtiger Hund behandelt werden und nicht wie ein zerbrechliches Schaustück, und sie sollten mal überlegen, ob es nicht angebracht sei, ihm einen Kameraden zu kaufen. Ich glaube, das Problem lag zur Hälfte darin, daß er trotz seiner Zwergenhaftigkeit als Hund für voll genommen werden wollte. Wie zu klein geratene Politiker versuchte er, die fehlenden Zentimeter durch selbstsicheres Auftreten wettzumachen.

Das war jedenfalls meine Erklärung. Ben meinte, es liege an der Ohrfeige, die er ihm gegeben habe, als er nach seinen Fingern schnappte. Vielleicht liegt es auch daran, daß man sich mehr herausnehmen kann, wenn man klein ist, und daß einem dieses Privileg bald zu Kopf steigt.

Ich erzählte es Marsha. Vermutlich war ich sehr aufgeregt über meine Leistung, denn ich rief sie gleich an und berichtete alles haarklein, von den ersten Sitzungen bis zum Lob, mit dem man mich überhäuft hatte, und zuletzt erwähnte ich beiläufig den enormen Scheck, der meinen Erfolg gekrönt hatte.

«Oooh, wie schön», meinte Marsha und erwähnte, daß sie unten im Pub den Trompeter N. E. Price kennengelernt habe und sie für ein Wochenende in den Westen gefahren seien, und ich solle mal raten, wen sie dort getroffen habe! Meinen Mann. Er habe phantastisch ausgesehen. Braun gebrannt und mopsfidel.

«Du brauchst dir wirklich keine Sorgen zu machen, Schatz! Er scheint es sehr gut zu haben. Ich soll dir ausrichten, es gehe ihm gut.» Sie klang nur *etwas* hämisch.

Und ich? Er hatte eine Woche nicht geschrieben und seit Sonntag nur ein einziges Mal angerufen, weil es angeblich so unangenehm sei, von einem fremden Apparat Ferngespräche zu führen. Wenn ich ihn anrief, war er immer gerade fortgegangen, und irgendein guter Geist – weiblich – richtete mir alberne Belanglosigkeiten aus.

Mein großer Augenblick war ruiniert. «Fabelhaft», sagte ich, «aber ich muß jetzt Schluß machen. Unten wartet jemand.» Ich senkte die Stimme, damit es nach einer wilden Affäre klang, Vollzug im Zwinger. Es war leichter, meinen Mann anzurufen und ihm die Hölle heißzumachen.

Pa war im Haus. «Marsha? Ach Gott, ja, ich habe sie gesehen. Leider hat sie mich zuerst gesehen! Wieso? Was hat sie gesagt?»

«Was mich gestört hat, war nicht das, was sie gesagt hat, sondern das, was sie offensichtlich *nicht* sagen wollte.»

«Zum Beispiel?»

«Nicht weiter wichtig.» Sehr von oben herab. Warum hatte ich bloß den Eindruck, er sei mit jemandem wie Angharad Rees zusammen, die barfuß und zum Anbeißen süß über die Klippen von Cornwall kletterte?

«Ich habe diese Ziege noch nie ausstehen können. Sie kam mit einem glatzköpfigen Kerl in viel zu engen Hosen aus dem teuersten Hotel, und da lief ich ihr in die Arme.»

Ich fühlte mich ein bißchen besser, aber nur ein bißchen. Später fragte ich mich, warum es mir soviel ausmachte. Und sogar, ob es mir etwas ausmachte. Ich begann mich zu fragen, wer er eigentlich war, weil es so lange zurücklag, seit ich ihn zuletzt gesehen hatte, und weil inzwischen so viel mit uns beiden geschehen war. Ich war den ganzen Sommer an einem Ort eingesperrt gewesen, allein und an das Haus gekettet. Jedenfalls war ich ein anderer Mensch geworden. Wie sehr ich mich verändert hatte, wußte ich nicht, aber ich war nicht mehr so wie früher. Er war dem Tode nahe gewesen und hatte sich wieder aufgerappelt. Er hatte sich erholen können, ohne einen Gedanken an die täglichen Sorgen zu verschwenden. Und nun standen wir auf getrennten Inseln, und zwischen uns ein tiefer Graben.

Physische Trennung ist nichts gegen eine emotionale Kluft. Wir wußten beide, daß sie im Laufe der Monate entstanden war. Ich nahm ihm zu Recht oder Unrecht übel, daß er mich so lange allein gelassen hatte, und er warf mir meinen Broterwerb insgeheim als Verrat vor. Ich sah keine leichte Möglichkeit, die Kluft zu überbrükken. Ich war nicht einmal sicher, ob ich es wollte.

Ich erzählte es Hetty. «Vielleicht ist es besser so», bemerkte sie. Ich schwieg entsetzt, denn es stimmte, wie fast alles, was sie sagte. Wieder unter einem Dach zu leben, obgleich wir es beide gar nicht richtig wollten, konnte nur Probleme schaffen. Solange wir getrennt waren, waren wir zumindest zufrieden. Warum sollten wir das aufs Spiel setzen?

«Vergiß es», sagte Hetty, «jedenfalls im Moment. Dein nächster Fall ist unterwegs.» Damit legte sie auf. Sie sprach fast nie von ihrem Mann Mike. Er reiste dauernd in der Weltgeschichte umher. Er baute Brücken, Überführungen, Straßen, die ihn monatelang im Ausland festhielten. Vielleicht wußte Hetty also, wie es in mir aussah.

Sie behielt letzten Endes immer recht.

16

«Das ist Smudge», verkündete Hetty. «Oder Fudge ...» Sie machte eine Pause. «Nein, ich bin sicher, er heißt Smudge.» Sie hielt ein kleines, wuscheliges weißes Bündel hoch. «Übrigens ein sehr kranker Smudge.»

Ich nahm ihn auf den Arm und bekam einen Schreck. Er wog fast nichts. Smudge war zumindest ein neuer Name. Die Tiggys und Mitzis und Susies kamen und gingen und nahmen den Platz der Lassies und Rovers und Prices ein, die es in meiner Kindheit gegeben hatte. Es bewies nur, daß die Frauen endlich aufgeholt hatten, nicht nur in der Welt der Menschen. Hündinnen waren beliebter als Rüden. Das Weibliche zieht uns hinan. Es dauerte seine Zeit, bis man es einsah, aber nun, da sich die Erkenntnis durchgesetzt hat, können wir etwas hoffnungsvoller in die Zukunft sehen.

Hetty wird die Smudge-Episode wohl nie vergessen. Ich auch nicht. Und Smudge bestimmt ebensowenig. Aber an dem Tag, als er kam, verzweifelte ich, noch ehe ich gefragt hatte, was mit ihm los sei. Bei ihm schien jede menschliche Hilfe zu spät zu kommen, ganz zu schweigen von meiner.

«Er stirbt ja an Auszehrung!» rief ich mit dem Pathos einer viktorianischen Romanheldin. Hetty lehnte am Tisch. Ihre Haare waren gewachsen, seit wir uns kennengelernt hatten, und wellten sich jetzt an ihren Schultern statt an den Ohren. Sie trug eine Hose aus Wildseide mit dazu passenden gelbbraunen Wildlederstiefeln und ein T-Shirt. Sie hätte jeder *Penthouse*-Nummer zur Ehre gereicht. Als ich am Spiegel vorbeiging, warf ich einen Blick auf meine Haare. Verglichen mit ihren sahen sie aus wie ein plusteriger Mop, aber das taten auch einige der nettesten Hunde, die ich kannte. Fürs Fachorgan *Küche und Keller* waren wir immer noch gut genug.

Hetty nahm den Becher mit der Aufschrift *Schlürf mich schnell* und streichelte den Kopf des neuen Patienten. «Armes kleines Ding ... Er gehört einem reizenden Ehepaar in den Vierzigern, die ihn über alles lieben. Er ist wahrscheinlich eine Mischung von Malteser und Lhasa-Apso. Vier oder fünf Jahre alt. Bis jetzt gesund, bis auf ein paar Kleinigkeiten, einen Dorn in der Pfote und Ohrenentzündung und das übliche.» Ich wartete. Sie tat Zucker in ihren Kaffee. An Hettys Hüften rundeten sich keine Kalorien.

«Aber er frißt nicht?» fragte ich überflüssigerweise. Natürlich lassen alle Hunde ihr Futter dann und wann stehen. Das ist im Grunde gar nicht schlecht. Sie tun es instinktiv, weil es ihrer Gesundheit zuträglicher ist, wie sie noch vieles andere instinktiv tun. Den meisten von uns würde es auch dann und wann guttun. Gönnt den Innereien eine Ruhepause. «Ist das alles?»

«Schon seit zehn Tagen nicht mehr!»

Er war schlaff und widerstandslos wie ein Schwerkranker. Ich fühlte die hervorstehenden Rippen, sah Speichel aus dem halb geöffneten Maul rinnen, leblose Augen. Ich empfand nicht nur Schreck und Mitleid, sondern auch eine furchtbare Angst. Ich war ihre letzte Hoffnung, und wenn *ich* nichts tun konnte, würde dieses arme, liebe kleine Wesen verhungern.

«Anorexia nervosa?» vermutete ich, selbst nervös, um meine Gefühle mit schwarzem Humor zu überspielen.

«Ich habe ihn gründlich untersucht. Kein Fieber, keine Verstopfung, kein Magen-Darm-Befund. Nichts, was darauf hinweisen könnte, warum er nicht frißt, und die Besitzer haben ebenfalls alles versucht. Es bleibt nur der Schluß, daß es psychosomatisch ist.» Ich prägte mir das großartige Wort ein, um es in meinem Referat vor der Veterinärmedizinischen Gesellschaft zu benutzen, zusammen mit «Gamellen» und «Gameten», vor deren Wirkung ich überzeugt bin, vorausgesetzt, ich bekomme endlich heraus, was sie bedeuten.

«Hetty», sagte ich, «die Verantwortung ist zu groß. Ich meine, wenn du nicht rausfindest, was ihm fehlt, wie um alles auf der Welt soll *ich* es dann?»

«Weil ich meine, daß es jemand tun muß, der unbefangen ist. Jemand, der ihn völlig unvoreingenommen sieht.» Nach einer Pause fügte sie hinzu: «Wenn du es nicht versuchst, können wir nichts mehr machen.»

«*Was* versuchen?» rief ich beinahe außer mir.

«Einfach versuchen», sagte Hetty. «Ich habe ihnen versprochen, du würdest es versuchen. Du bist ihre letzte Hoffnung.» Damit verschwand sie.

An jenem ersten Abend lag Smudge apathisch auf einer dicken Wolldecke in seinem Korb am warmen Herd und zitterte. Ich beobachtete ihn, während ich den anderen ihr Essen gab, und hoffte inständig, es würde seinen Appetit anregen. Hunde, die sich zieren, ändern sich oft schlagartig, wenn sie in Konkurrenz zu anderen treten, und fressen dann alles, was man ihnen hinhält. Aber Smudge war kein Leckermaul. Er war ätherisch. Ich gab die üblichen Locktöne von mir, lobte die gehackte Zunge, die ich für die anderen gemacht hatte, schlug ein Ei in Milch, probierte es mit Schokolade. Aber er wandte nur ängstlich und angewidert den Kopf ab, und ein Speichelfaden zog sich über die verschmähte Köstlichkeit. Selbst frisches kaltes Wasser rief nur einen furchtsamen Blick hervor, und als ich ihn losließ, sank er kraftlos zurück.

Hetty hatte gesagt, seine Kehle sei offenbar leicht entzündet und trocken, aber ich konnte sehen, daß seine Zunge eine schreckliche Färbung aufwies. Als die anderen zur Ruhe gegangen waren, nahm ich Smudge mit ins Badezimmer, wo es warm und ruhig war und wo uns niemand stören würde. Ich wiegte ihn auf den Knien, während ich mir den Kopf zerbrach, was bloß mit ihm los sei. Dort konnte ich stets gut nachdenken, denn ich wurde weder von geweißten Ratschlägen noch vom Klingeln des Telefons abgelenkt. Ben hatte sich bereit erklärt, die Festung für eine Stunde zu halten. Ich war entschlossen, dem Problem auf den Grund zu kommen, ehe ich zu Bett ging. Falls ich es nicht schaffte, wollte ich endgültig aufgeben. Ich nahm mir wirklich vor, endgültig aufzugeben, weil ich zu wissen glaubte, daß Smudge mir sonst zuvorkommen würde, ehe der Morgen graute. Seine Augen waren halb geschlossen. Man sah das Weiße. Er keuchte schwach und hatte so gut wie keinen Puls.

Hetty hatte ihm Traubenzucker oder etwas Ähnliches injiziert, damit er ihr nicht unter den Händen wegstarb. Ich war eisern entschlossen, seinen Lebenswillen zu wekken, und wenn ich ihn hypnotisieren mußte. Ich war sicher, daß es kein psychologisches Problem war. Ein Hund kann schwierig, laut, mürrisch oder hektisch werden, aber er verhungert nicht, weil er unglücklich ist. Ein Mensch vielleicht, aber Hunde haben mehr Verstand, wenigstens in dieser Hinsicht. Es mußte etwas sein, woran er nicht viel ändern konnte. Hetty hatte jedenfalls gesagt, seinen Besitzern zufolge habe sich in seiner häuslichen Umgebung nichts Grundlegendes geändert, keine Umwälzungen, keine neuen Einflüsse. Sie hatte auch gesagt, die beiden führten eine gute Ehe und hätten praktisch nie Krach. Sie hätten sogar betont, ihr Sexleben sei intakt. Hetty meinte, sie habe genickt, als sei dies ein sehr wichtiger Faktor. Die Leute sehen so viel fern und hören so vieles über eheliche Spannungen und ihre Auswirkungen auf Kinder, daß sie einfach den Schluß ziehen müssen, mangelnde Leidenschaft im Bett führe bei den Kleinen unmittelbar zu Straffälligkeit, Skorbut und möglicherweise Selbstverstümmelung. Ich bezweifle, daß Rotznasen plötzlich eine Eins in Betragen bekommen, weil ihre Eltern anfangen, öfter miteinander zu schlafen, aber ich bin überzeugt, daß es zumindest den Eltern Spaß macht.

Ich fuhr fort, Smudge zu streicheln und zu kraulen, während er regungslos mit herunterhängendem Unterkiefer dalag, die Schnauzhaare naß von Speichel. Ich wischte die feuchten, traurigen Augen aus. Ich wünschte, Teddy wäre da und betete für uns. Ich versuchte, es selbst zu tun.

Das eigentliche Problem schien das Schlucken zu sein. Hetty war der gleichen Ansicht gewesen, hatte aber gesagt, es gebe einfach keinen Grund, warum er nicht schlucken könne oder wolle. Wann war es *mir* bloß schon einmal schwergefallen? Halsentzündung – nun, dann würde er wenigstens trinken. Eitrige Mandeln? Ich versuchte, wieder in seinen Mund zu gucken, aber es tat ihm offensichtlich so weh, daß ich aufgab. Der Zahnarzt! Als Kind hatte ich den Zahnarzt aus einem einzigen Grund gehaßt. Während sie heutzutage ein kleines Absaugrohr für den Speichel haben, das sie einem einfach in den Mund hängen, kam man damals in eine schraubstockähnliche Zwinge und konnte überhaupt nicht mehr schlucken, und sie stülpten einem ein riesiges Ding in den Mund. Etwas im Mund ... etwas, das Hetty übersehen hatte, als sie seine Zähne untersuchte und für gesund befand.

Ich nahm eine Taschenlampe und knipste sie an. Dann sagte ich: «Tut mir leid, mein Kleiner, aber es muß sein. Es tut vielleicht ein bißchen weh, aber es dauert nur eine Sekunde.» Wie der Onkel Doktor zu kleinen Patienten.

Smudge leistete kaum Widerstand. Er war zu schwach. Ich steckte einen Finger hinein und fand hinten im Mund seine Zunge. Ich wagte kaum weiterzumachen, aber ich überwand mich und tastete vorsichtig den Raum zwischen Zähnen und Kiefer ab, und er zuckte zusammen. Mein Finger berührte etwas Weiches, Langes – Wolle! Ein Wollfaden! Ich fuhr daran entlang bis zum Ende des Kiefers – und hatte, was ich suchte.

Kein Entdecker, der Land am Horizont sichtete, war jemals aufgewühlter. Meine Finger arbeiteten sich unendlich behutsam vor, meine Hand zitterte nur ganz wenig vor Aufregung. Die Operation war unendlich heikel. Eine falsche Bewegung und alles mögliche konnte passieren. Ich war an der Schwelle zwischen Leben und Tod. Und dann hatte ich es geschafft. Ich zog eine kurze Nähnadel mit einem braunen Wollfaden aus seiner Schnauze. Wir zitterten beide heftig.

Ich drückte den Patienten an mein Gesicht, und meine Tränen benetzten sein Fell. Dann lehnte ich mich zurück und beobachtete, wie er zu schlucken versuchte, sehr langsam, als wäre es das erste Mal. Der Schwanz bewegte sich schwach, aber freudig. Ich setzte ihn in sein Körbchen, und er leckte mir die Hand. Das Leben kehrte zurück in die braunen Augen: Die Erlösung von der Pein bewirkte mehr, als jede medizinische Behandlung je hätte erreichen können.

Die Zunge würde noch eine Weile wund und zerstochen sein und weh tun, aber sie würde verheilen. Ich rannte nach unten und holte einen Napf mit Wasser, das Gehackte und ein Hähnchen aus der Dose, das ich für große Feste parat hielt. Konnte es ein größeres Fest geben?

Er aß, nur winzige Bissen zur Zeit, sehr langsam, aber der Teller wurde leer. Die Milch mit Ei, die dann an der Reihe war, bereitete ihm weniger Mühe. Ich wusch seine Schnauzhaare, spülte seine Augen, bürstete behutsam das zottige Fell und die Ohren. Ich kam mir vor wie Christiaan Barnard nach der ersten Herztransplantation.

Doch nun zu Hetty. Dies war mein großer Augenblick, der Beweis, daß ich sie übertroffen hatte. Endlich.

Ich betete, daß sie zu Hause sein würde, aber ihre Sprechstundenhilfe nahm ab. Hetty war zu einem Notfall gerufen worden.

Beiläufig sagte ich: «Richten Sie ihr aus, sie möchte bitte zurückrufen, wenn sie einen Augenblick Zeit hat?»

«Geht es um Smudge?»

«Ja. Wenn sie morgen kommen könnte, um ihn sich anzusehen?»

«Sie geben auch auf?»

«Das hat sich erübrigt.»

«Sie meinen, er ist *tot*?»

Ich frohlockte, konnte kaum reden. Doch ich faßte mich wieder und sagte betont gelassen: «Nein. Er ist geheilt...»

«Wie ... was? Er ist *was*?» Ich hatte zwar nicht Hetty am Apparat, aber es war trotzdem Balsam, das Gefühl höchsten Triumphs.

«Er hat eben sein Abendessen gefressen – gehackte Zunge.» O Gott, wie hatte ich so taktlos sein können! «Und Hähnchen und ein geschlagenes Ei mit Milch. Ich will langsam anfangen, weil man seiner Verdauung noch nicht zuviel zumuten sollte.»

«Er *frißt*?»

Ich wurde ungeduldig. «Ja, das sage ich doch die ganze Zeit. Natürlich keine Schlagsahnetorte, aber vielleicht einen Likör zum Kaffee.»

«Das ist doch nicht Ihr Ernst?»

«Nein, jedenfalls nicht der Likör. Ich finde, Vierjährige sollten noch keinen Alkohol kriegen, aber ich glaube nicht ...»

«Wie, was meinen Sie? Einen Moment bitte, ich glaube, sie kommt gerade.»

Eine Tür fiel ins Schloß, und ich hörte aufgeregtes Getuschel, ehe Hetty ans Telefon kam und sagte: «Ich hab dir ja gesagt, du würdest es schaffen, oder?» Sie war ganz ruhig. «Ich dachte nur, es würde etwas länger dauern.» Sie fragte nicht mal, was ich gefunden hatte.

Ich war erst um zwölf im Bett. Nichts war erhebender, als dazusitzen und zuzusehen, wie Smudge sich immer mehr erholte: Er schlief friedlich, trank ein paar Schluck Wasser, machte mutig, wenn auch auf wackeligen Beinen, einen kleinen Gang um die Terrasse. Und dabei lächelte er mich die ganze Zeit an, sagte mir mit seinen Blicken und seinem Schwanz, wie dankbar er war. Es gibt nichts Traurigeres als ein krankes Tier. Selbst ein Kind kann auf Schmerzen hinweisen, Beschwerden ausdrücken und sich mit lautem Protest Luft machen. Ein Hund leidet stumm, und die Stille ist schwerer zu ertragen als ein schmerzhaft verzogenes Gesicht. Ich verstand immer besser, warum Hetty von der Humanmedizin zur Tiermedizin übergewechselt war.

Sie kam am nächsten Nachmittag. Ich hatte den ganzen Tag ungeduldig gewartet und immer wieder die Zufahrt hinuntergeblickt, so daß Ben zuletzt vorschlug, ich solle mich doch mit einem Schemel an die Straße setzen und derweil den Passanten aus der Hand lesen, um mir die Zeit zu vertreiben. Als Hetty dann endlich erschien, verbrachte sie die ersten fünf Minuten damit, Ben über Eric auszufragen, der jetzt anfing, kurze Streifzüge durch die Speisekammer zu machen.

Schließlich wollte sie Smudge sehen. Ich holte ihn triumphierend herein. «Eine Nähnadel», sagte ich achselzuckend. «Eine ziemlich große Nähnadel. Jemand muß sie ganz schön vermißt haben! Zwischen zwei Zähnen, mit einem braunen Wollfaden. Stell dir vor, du versuchst, mit einem solchen Ding im Mund zu schlucken. Bei jeder Bewegung zerschrammst du dir die Zunge, und wenn du schlucken würdest, würde die Nadel mit runtergehen. Ein kluger Hund wie Smudge wollte das natürlich nicht riskieren. Er hat lieber gewartet, daß jemand kommt, der das Ding findet. Jemand wie ich zum Beispiel.»

Hetty hätte jedes Recht gehabt, mir diesen Hochmut übelzunehmen, aber sie tat es nicht und brach statt dessen in Begeisterung aus. Sie gab uns beiden einen Kuß und sagte: «Weißt du was? Du bist absolut Spitze!»

Ich warf mich ein bißchen in die Brust.

«Es ist nur nicht ganz das, was man Psychoanalyse nennt», sagte ich und sah den Nobelpreis wieder entschwinden. «Nicht das, was einem die Goldene Couch einbringt.»

«Ich weiß nicht», sagte Hetty langsam. «Zugegeben, es war kein seelisches Problem, aber du hast es mit deinem psychologischen Einfühlungsvermögen gelöst. Ich würde sagen, es ist so etwas wie eine Nebendisziplin.» Wir kicherten.

«Und jetzt rufe ich seine Leute an», sagte Hetty praktisch, «und überbringe die gute Nachricht.»

«Hast du es denn nicht gleich gestern abend getan?» fragte ich erstaunt und ein bißchen ärgerlich.

«Natürlich nicht. Ich mußte ihn doch vorher sehen und mich vergewissern. Nicht daß ich daran gezweifelt hätte, aber ich bin direkt verantwortlich, und außerdem hätten sie dann gedacht, es sei ein bißchen zu leicht gewesen.»

«Nun, vielleicht sollte er noch einen Tag bleiben. Damit ich ihn etwas aufpäppeln kann.»

«Und dein Portemonnaie auch ...»

«Nein, das ist es nicht», antwortete ich scharf. «Ich

finde vielmehr, er sollte erst wieder nach Hause, wenn er wieder richtig auf dem Damm ist.» Doch, um die Wahrheit zu sagen, das Geld lockte selbstverständlich auch!

«Sieh mal, du kannst etwas daraus lernen», sagte Hetty. «Es hängt mit der Psychologie des Menschen zusammen. Sie schätzen nur das hoch ein, was viel Geld kostet. Name und Ruf, der Status bei den Freunden und Bekannten, all das richtet sich letztlich nach der Höhe deiner Rechnungen.» Sie beobachtete, was für ein Gesicht ich machte. «Es trifft keine Armen, sie könnten noch viel mehr zahlen, ohne daß es ihnen etwas ausmachen würde. Und du kannst das Geld gebrauchen. Du mußt ganz einfach alles berücksichtigen, deine Zeit, deine Erfahrung, dein Wissen, deine Liebe, was du um ein Tier leidest, was du gibst und dann noch ihre Erleichterung und Dankbarkeit. Tust du ihnen nicht sowieso einen Gefallen, indem du ihr Gewissen erleichterst?»

Ich hörte auf, die uneigennützige Helferin zu spielen. War ich nicht ohnehin die Größte?

«Dein nächster Fall wartet schon», sagte Hetty und packte ihre Utensilien zusammen. «Ich habe gesagt, du seist noch einen oder zwei Tage mit einem besonders schwierigen Patienten beschäftigt. Sie sitzen am Telefon und können es kaum abwarten. Ich sag ihnen morgen Bescheid. Bis dann.» Mit einem kurzen Nicken sauste sie zur Tür hinaus. Man wußte nie, wann Hetty es ernst meinte und wann nicht.

Diesmal meinte sie es jedoch ernst. Sie rief am nächsten Tag an, als ich gerade den Sittichkäfig und die Kakadustange säuberte. Clancy, der Kakadu, war für einen Monat da. Zum Glück war er einigermaßen gutmütig, obgleich man beim Anblick seines Schnabels zunächst einen Schreck bekam. Die Sittiche waren in einer Miniaturvoliere untergebracht: Ich hatte vier, und einer von ihnen schien bei den anderen so unbeliebt zu sein, daß ich ihn in einen Extrakäfig getan hatte. Ich konnte es nicht ertragen, wie sie ihn angifteten, wenn er schmollend in einer Ecke hockte, und wie sie auf ihn zusausten und nach ihm hackten. In den ersten Tagen ließ er eine ganze Menge Federn, und da ich fürchtete, es könnte ein schlimmes Ende nehmen, sah ich mich genötigt, etwas zu unternehmen. Jetzt saß er allein in seinem Käfig und blies Trübsal, während die anderen drei ihn aus der Voliere ankeiften. Ich fragte mich, was er wohl haben mochte. Da ich jetzt Tierpsychiater war, hätte ich ihn analysieren sollen, aber vor Sittichen schreckte ich noch zurück.

Ben mochte Clancy sehr. Sie plauderten dann und wann ein Weilchen, aber Ben war zu sehr mit seiner Hunde-Hitparade beschäftigt. Er stellte sie jede Woche auf und heftete sie an die Schranktür. Meist stand Rover an erster Stelle – unser ältester Gast und nicht mehr fähig, Punkte zu verschenken, indem er die Hühner jagte oder Baby anbellte. Die Preise bestanden aus Schokodrops.

Der Hochsommer lag schon eine Weile zurück. In ein paar Wochen war Michaeli, aber die Sonne schien nicht aufgeben zu wollen. Die Ferien gingen zu Ende, und wenn immer weniger Gäste kamen, trafen dafür wenigstens mehr Schecks ein. Auf Bubbles' Wiese hatten wir noch einen Esel, der ein Dauergast zu werden versprach. Ich hatte nur zwei Bewerber abgelehnt, einen Affen und eine Schlange. Mir schwante, daß sie Schwierigkeiten machen würden, und mein Selbsterhaltungstrieb war stärker als die Liebe zum Geld.

Marsha war in Marokko gewesen, mit einem «süßen Knaben mit *tollen* Schuhen», wie sie mir erzählte. Ich meinte, es klinge, als wären sie aus Satin und mit Brillanten besetzt, aber sie sagte ziemlich sauer, er stelle Schuhe her, ich käme mir wohl sehr originell vor, wie? Er sei zuerst mit ihr Shopping gegangen und habe sie überschüttet mit Pucci und Gucci und Fiorucci ... Wir lachten beide, aber ich hörte einen bedauernden Unterton heraus. Abrupt sagte sie plötzlich, sie würde viel lieber zu mir kommen und helfen. «Er ist nicht sehr lustig», meinte sie bekümmert. «Was kann man schon von Schuhfabrikanten erwarten?»

Ich wies nicht darauf hin, daß sie ja niemand gezwungen hätte mitzufahren. Sie mußte einfach fahren. Ihr Leben verlief in jener Bahn, meines in dieser. Das ist Schicksal.

Ich berichtete ihr dann noch einmal von meinem Erfolg bei Smudge, aber es war nichts gegen jemanden, der Erfolg bei Bürschchen mit tollen Schuhen, Trompetern und Group-Boys hatte, wie sie sich ausdrückte. Ganz oben wird die Luft natürlich dünn. Es ist schwer, immer ein Stück weiter zu sein als die anderen.

Rajah war der fetteste Cockerspaniel, der nicht im Guinness Buch der Rekorde stand. Hetty führte ihn langsam den Gartenweg hoch, und sein Bauch streifte fast den Boden.

«Das kommt vom Rassismus», sagte sie entrüstet. «Sie brachten ihn zu mir, weil seine Krallen nach innen wuchsen. Sein Glück, sonst hätte er sich endgültig totgefressen.»

«Wieso Rassismus?» fragte ich. Ich beugte mich nach unten und streichelte ihn. Er schnaufte wie eine Lokomotive. Seine Augen waren trübe, sein Fell glanzlos.

«Sie hatten früher immer Windhunde – ließen sie sogar bei Rennen laufen. Irgend jemand schenkte ihrer kleinen Tochter dann den Spanielwelpen. Er ist einfach unter ihrer Würde. Sie scheinen es auf eine perverse Art zu genießen, ihn mit Futter vollzustopfen und sich dann an ihre schlanken Rassehunde zu erinnern. Sie sind eigentlich nicht grausam, sondern unbedacht, wie viele Hundebesitzer. Außer dem Mädchen, sie betet Rajah an. Er ist ihr ein und alles, weil die Eltern fast nie da sind. Sie sind beide berufstätig. Sie hat übrigens ein verkrüppeltes Bein und kann schlecht gehen. Das ist eine große Enttäuschung für die Eltern, und sie nehmen ihr die Liebe zu dem Hund unbewußt übel. Ich habe irgendwie den Eindruck, daß es mit diesen emotionalen Problemen zusammenhängt. Du wirst vielleicht dahinterkommen. Er muß eine Menge abnehmen und darf nicht mehr soviel schlafen. Das klingt ganz leicht, aber es geht natürlich nicht von heute auf morgen. Außerdem wird es ihm nicht gefallen.»

Sie sah mich an. Hetty wußte, was in mir vorging, wenn ich einen Hund «zu seinem eigenen Besten» der geliebten Schmankerln zwischendurch berauben mußte. Schon bei Menschen ist das schwer genug, obgleich man es ihnen erklären kann, aber bei einem Tier, das Futter ebenso als Beweis unserer Zuneigung betrachtet wie ein gelegentliches Kraulen, kann es eine schreckliche seelische Krise hervorrufen.

«Er ist den ganzen Tag mit dem kleinen Mädchen zusammen, und da sie kaum geht, geht er auch nicht. Sie wird verwöhnt mit Süßigkeiten und Kuchen, er auch. Die Eltern finden seine Trägheit, seinen üblen Mundgeruch und die anderen Kontraste zu ihren Windhunden langsam unerträglich, aber Emily, die Tochter, liebt ihn abgöttisch, sosehr er auch riecht und zunimmt. Als er wegen der Krallen zu mir kam, baten sie mich, etwas gegen seinen allgemeinen Zustand zu tun, und nach ein paar Fragen schlug ich dich vor. Emily hätte nie dazu überredet werden können. Sie ist erst acht und wird zu Hause unterrichtet. Ein sehr einsames Kind.»

«Es wird einige Zeit dauern», sagte ich. Wie wenn man den Mount Everest abtragen müßte ...

«Sie fahren in die Ferien. Ich würde mageres Fleisch vorschlagen, sonst nichts, höchstens einen Hundeknochen. Eine kleine Portion pro Tag. Er muß abnehmen.»

«Quatsch!» sagte ich hitzig. «Ich muß ihm helfen abzunehmen, was nicht weiter schwer ist, aber ich muß auch dafür sorgen, daß er nicht allen Lebensmut verliert, und das ist eine ganz andere Sache.» Hetty zuckte mit den Schultern. Ich fügte hinzu: «Ich persönlich wäre lieber fett und glücklich als dürr, hundert Jahre alt und lebensmüde.»

«Aber so glücklich ist er gar nicht.» Ich mußte ihr recht geben. Er schnaufte wie eine Dampfmaschine. Seine Augen waren schleimunterlaufen und stumpf. Neidisch beobachtete er Rosie, die unter den Büschen herumschnüffelte. Ich schenkte Tee aus der Kaffeekanne ein. Da er sich in einem sehr anmutigen Bogen in die Tasse ergoß, hatte ich aufgehört, die Teekanne zu suchen.

Ben machte mit viel gebackenen Bohnen und Zuckerrübenkraut sein Spezial-Cowboy-Stew. Ich sah, wie Rajahs Nase zuckte. Ich wünschte, es gäbe Salat, denn der riecht wie kaltes Wasser.

In den nächsten Tagen pustete und keuchte und röchelte und ächzte er weiter dahin, und Ben schnitt alles mit, und ich nahm ihn auf den Schoß und streichelte ihn (widerwillig, da er einen Krankengeruch verströmte) und gab ihm mageres Fleisch in winzigen Stücken. Er blickte mich ab und zu flehend an, und ich hätte ihn am liebsten mit irgendwelchen harmlosen Dingen vollgestopft. Aber es gab nichts, in dem nicht einige Kalorien oder Kohlehydrate lauerten. Ich schüttete allen Hunden Weizenkleie auf das Abendessen und gab Rajah doppelt soviel davon wie den anderen. Ich wußte aus eigener bitterer Erfahrung, daß man nur dann abnehmen kann, wenn man weniger ißt.

Es war Ben, der auf Karotten kam. Wenn man wirklich vor Hunger stirbt, sagte er, würde man in allergrößter Not auch Karotten oder Sellerie oder Salatblätter essen, sogar Rajah würde das tun. Die meisten Hunde mögen irgend*ein* Gemüse. Ich schnitt eine Karotte in Scheiben und versuchte es. Rajah schlang sie gierig hinunter. Seine

Portion wurde jetzt größer, denn ich mischte geraspelte Karotten und Sellerie darunter, und zwischendurch bekam er als Beweis unserer Liebe ein paar Salatblätter.

Sehnsüchtig beobachtete er die Dropsdose, wenn ich sie vom Regal holte. Ich versuchte, es zu tun, wenn er nicht in Sicht war, aber er roch es jedesmal und kam angewatschelt. Abermals hatte Ben den rettenden Einfall. «Der Geruch macht ihn hungrig. Wie Schweinebraten oder Eintopf uns.» Er wisse schon, was zu tun sei, und ob er die Küche eine Weile für sich (und eine Handvoll Hunde und den unvermeidlichen Rover) haben könne?

Er braute etwas zusammen, das er «Schokoretten – für Fidos Figur» nannte. Uns war an jenem Tag gar nicht klar, welch zugkräftigen Slogan er gefunden hatte.

Ich glaube, er kochte Karotten und Weizenkleie auf, gab es in den Mixer, rollte den Brei zu kleinen Kugeln und bestäubte diese, wenn sie kalt waren, mit einer Spur Kakaopulver. Sie rochen zweifellos ein bißchen nach Schokolade, für mich aber auch nach Karotten und Weizenkleie. Aber den Hunden machte es nichts aus. Sie fanden sie unwiderstehlich.

Nach dem erfolgreichen Test schlug ich Ben vor, das Produkt weiter anzufertigen. Ich würde einen Batzen Geld für echte Schokodrops sparen und tat den Hunden außerdem noch einen Gefallen, wenn sie Übergewicht hatten. Wir kamen überein, daß ich die Zutaten kaufen würde und daß er sie verarbeitete, und ich würde ihm pro hundert Drops eine kleine Summe zahlen. Was ich nicht einkalkulierte, war seine Geschäftstüchtigkeit. Als er seine Tanten am Sonntag zum Tee besuchte, überredete er sie, eine gewisse Menge zu bestellen und im Laden weiterzuverkaufen, und er schwatzte ihnen sogar geeignete Behälter ab. Alsdann entwarf er das Etikett – ein Yorkshire-Terrier, der auf einem Stammbaum Männchen machte und eine Schokorette in der Schnauze hatte. Die Aufschrift lautete *«Bens Schokoretten – Genuß ohne Reue»*. Sie verkauften sich so gut und schnell, daß wir uns einigten, den Gewinn zu teilen und Ben zu beschäftigt sei, weiterhin für uns zu kochen. Das war in gewisser Hinsicht erfreulich, weil wir nun wieder von Salat und verlorenen Eiern lebten und ich zusammen mit Rajah ein paar überschüssige Pfunde loswerden konnte.

Der Colonel hatte angerufen und sich wieder entschuldigt. Seine Frau sei immer noch so krank, daß er nicht nach Hause könne. Die Ärzte hätten ihm jedoch versichert, daß sie auf dem Weg der Besserung sei, und er hoffe, in ein oder zwei Wochen zurückzukommen. Dann würde er Rover abholen, und sie würden sich ein paar Tage ausruhen, um dann wieder zu ihr zu fahren. Ich erzählte es Rover, der sich inzwischen in alles zu ergeben schien. Ich hatte aufgehört, mir jedesmal Sorgen zu machen, wenn er regungslos in seiner Kiste lag; denn ich wußte, es war der innere Friede der späten Jahre.

Drei- oder viermal täglich machte ich einen kurzen Spaziergang mit Rajah und benutzte Toffee, einen langen, munteren Dackel, als Leittier, da er jeden mit seinem Charme herumkriegte. Er wackelte auf seinen lächerlich kurzen Beinen voran und drängte Rajah, der ihn wegen seiner Giacometti-Figur bewunderte, es ihm gleichzutun.

Humphrey sagte, Rajah mache sichtliche Fortschritte. Er kam dauernd mit neuen Tips an. Ireen, seine Frau, war eine richtige Kräuterhexe, und ich hatte inzwischen ein Regal mit Dingen wie Dillwasser (gegen Hundeblähungen?), Gartenraute (gegen Hühnermauser) und Frauenminze (gegen, wie er andeutete, intime Leiden). Ben schwor jedenfalls, ihr Löwenzahnsaft habe seine Akne geheilt und ihre Rosmarinspülung löse alle seine Schuppen auf. Er stand in Verhandlungen, um einige Mittel zu vermarkten, mit Vorher- und Danach-Fotos.

Die Nachrichten aus dem Westen waren spärlich und

unregelmäßig. Er sagte, es gehe ihm *gut*, ich sagte, mir gehe es auch *gut*. Er sagte, das Wetter spiele verrückt, ich sagte nicht, ich auch. Ich sagte, es werde bald Winter sein, ließ das «Was dann?» aber unausgesprochen. Die Gespräche waren kurz und unergiebig, kühl und gleichgültig. Es war immer noch «das Telefon von jemand anders», und sie schienen immer in Hörweite zu sein. Ich schlug eine Telefonzelle vor, und er versuchte es, aber es war noch schlimmer; denn jedesmal, wenn ich ernsthaft mit ihm reden wollte, hatte er kein Kleingeld mehr zum Nachwerfen.

Lady hatte Toby abgelöst. Offensichtlich hielt sie es für ihre Pflicht, auf mich aufzupassen. Ich hatte sie sehr liebgewonnen, nicht nur, weil sie ein wahnsinnig netter Hund war, sondern auch, weil sie mich zum Lachen brachte. Sie war ein großes Wuschelbündel. Ein Lockengebirge. Ein erwachsenes Kind. Wenn das Telefon klingelte, nahm sie Habachtstellung ein und wollte mich vor dem drohenden Bimmeln beschützen. Abends sprang sie manchmal urplötzlich auf, sauste zur Hintertür hinaus, hetzte ein paarmal um das Rosenbeet herum, kehrte zurück, ließ sich auf den Teppich plumpsen und schlief die ganze Nacht, ohne sich noch ein einziges Mal zu rühren. Ihr Unbewußtes schien dann und wann vage oder fröhliche Erinnerungen freizugeben, und der kurze Blick in eine glückliche Vergangenheit half ihr, mit der Gegenwart fertig zu werden. Hunde können Menschen, die sich an das Gewesene klammern, eine ganze Menge beibringen.

Sobald ich Rajahs Diät und den Verlust des ersten Pfunds gemeldet hatte, besorgte Hetty mir einen anderen Fall. Bei Rajah, argumentierte sie, brauche lediglich die Nahrungsaufnahme überwacht zu werden. Nelson dagegen würde mich als Psychoanalytikerin fordern.

Nelson gehörte zu den Kläffern dieser Welt. Zu denen, die sich immerfort einmischen und meist auch noch aggressiv werden. Er war ein Yorkshire-Terrier, klein, schnauzbärtig, seidig und zum Anbeißen niedlich. Wenigstens, bis er anfing zu bellen. Und wenn er anfing, konnte er nicht mehr aufhören. Er war ein Acht-Tage-Uhrwerk und wurde erst still, wenn seine Stimmbänder versagten. Die anderen Hunde bellten zur Begrüßung, um mich zu warnen oder auf sich aufmerksam zu machen. Sie konnten mit einem Wort zum Schweigen gebracht werden, doch nichts, aber auch gar nichts, ließ Nelson verstummen.

Seine Besitzerin wohnte in einem Mietshaus und hatte Schwierigkeiten mit den Nachbarn. Sie brachte ihn auf Hettys Rat selbst zu mir. «Er wird immer so hysterisch», sagte das Mädchen, das große dunkle Augen hatte, tiefblau wie die Rosetten des Oxford-Achters. «Wenn er erst einmal anfängt, meist beim Aufwachen und wenn er gerade ißt, hört er gar nicht wieder auf.»

Er war ein Hochzeitsgeschenk von ihrem Mann, einem Offizier der Handelsmarine. Er sollte ihr Gesellschaft leisten, wenn er auf See war. Sie war so sehr in ihn verknallt (in den Hund – ihren Mann erwähnte sie nicht weiter), daß sie ihn auf die Hochzeitsreise mitnahm. Sie hatten ein Cottage gemietet, und er mußte ins Badezimmer gesperrt werden.

«Er wollte zwischen uns ins Bett», erklärte sie, «und selbst als wir weich wurden und ihn raufspringen ließen, bellte er weiter. Ich glaube, er wollte, daß mein Mann aufstand und sich ins Körbchen legte. Zuletzt stellten wir das Körbchen ins Badezimmer, und er baute sich genau hinter der Tür auf und bellte die ganze Nacht. Die Flitterwochen waren mehr oder weniger im Eimer. Er hat sie verdorben. Wir stritten uns die ganze Zeit, was wir machen sollten. Ich kann Ihnen gar nicht sagen, was mein Mann alles vorschlug!» Der Mann würde bald wieder an Land sein. Es drohte eine Entscheidung zwischen beiden zu werden, und als ich sah, wie sie Nelson küßte, schwante mir, wer den Sieg davontragen würde.

Er war so niedlich, daß ich ihn am liebsten dauernd gehätschelt hätte. Aber das konnte er nicht ausstehen. Er gab sich nicht damit zufrieden, verbal zu protestieren, sondern bekam einen Koller und biß um sich. Es handelt sich um eine milde Form von Hysterie, die anfangen kann, wenn das Tier als Welpe nicht genug erzogen wird, und wenn sie einmal da ist, wird das Tier so verwirrt und überdreht, daß alle Erziehungsmaßnahmen nicht mehr greifen.

Die Besitzerin versicherte mir, sie habe alles versucht, was in solchen Fällen geraten werde. Ein Verweis beim ersten Bellen, ein Klaps, drohendes Rascheln mit der Zeitung. Ihr Bruder, der zu Besuch da war, hatte konkretere Maßnahmen ergriffen, doch selbst nach einer kräftigen Tracht Prügel hörte Nelson nie auf zu bellen. Hysterie ist ein schwieriges Problem, und ich konsultierte Humphrey. Vielleicht war auch dagegen ein Kraut gewachsen.

Er saß am Tisch und verschüttete seinen Tee, weil seine Schüttellähmung, wie er sagte, immer schlimmer wurde, wenn der Wind vom Meer kam. «Sie könnten es mit Salbei versuchen. Und wenn das nicht hilft, nehmen Sie am besten Rosmarin oder Lavendel.» Der Rauch seiner Zigarette kräuselte sich zu seinem Kunststoffauge hoch. Nelson bellte und bellte.

Ich rief: «Ich würde *alles* versuchen, Humphrey», und es war mir bitterernst. «Vielleicht eine Droge, zum Beispiel Opium? Eventuell reicht Goldmohn.» Er wucherte zusammen mit allen möglichen anderen Gewächsen überall im Küchengarten. Nelson hörte kurz auf und schnappte in der kurzen Pause nach Humphreys Knöchel.

Humphrey versetzte ihm einen heftigen Tritt, der ihm nichts auszumachen schien. «Ireen würde Hopfen empfehlen, aber ich bin nicht sicher.» Es kam mir zu drastisch vor. «Besser Gartenraute oder auch Kümmeltee, ungefähr viermal täglich. Und wenn das nichts nützt, nehmen Sie Enzian.»

Aber er war nicht sehr zuversichtlich, und ich ebensowenig. Es klang recht vage und dauerte zu lange. Es mußte etwas sein, das sofort wirkte – wie Zyankali.

«Wir haben hier in der Gegend eine Redensart, ‹Ein Hund im Wind bellt nicht›», grübelte er. «Wenn er das Maul aufmacht, pustet der Wind seinen Atem weg, verstehen Sie?» Ich nahm an, es gäbe noch eine subtilere Bedeutung, sah aber nicht welche. Und in einem Flitterwochen-Cottage konnte man sowieso nicht rund um die Uhr mit einem steifen Nordost rechnen.

Ich dankte ihm und sah ihm nach, während er die Zufahrt hinuntersteuerte, mit einem Auge auf der Straße und einem Gedanken im Kopf: die nächste Adresse zu erreichen, ehe der Kaffee dort kalt wurde. Humphrey funktionierte nur, wenn er in regelmäßigen Abständen heiße Flüssigkeit tanken konnte, so wie ein Verbrennungsmotor mit Benzin gespeist werden muß. Immerhin hatte er mich auf eine Idee gebracht …

Ich pustete. Hunde können es nicht leiden, wenn sie angepustet werden. Erstens überrascht es sie, und zweitens ist es ein irgendwie ungezielter Angriff, gegen den sie kein Mittel wissen. Es hat wenig Sinn, nach einem Luftzug zu schnappen. Nach zwei Tagen war ich außer Puste, aber Nelson hatte begriffen. Ehe er das Maul aufmachte, um zu bellen, plierte er mich an – ich holte tief Luft, und er ließ das Maul zu, drehte sich um und ging stumm fort. Ich behielt ihn eine Woche da, und zuletzt hatte er es nur noch auf Knöchel abgesehen. Ich versuchte, auch dagegen zu pusten, aber es erforderte die Gelenkigkeit eines Schlangenmenschen, und ich beschloß, die Besitzerin lediglich in meine Therapie einzuweihen. Man hatte mich schließlich nur beauftragt, etwas gegen das Bellen zu tun, nicht gegen das Beißen, und der Auftrag war erledigt.

Das umwerfende Mädchen mit den meerblauen Augen kam, ihn abzuholen, und hatte einen ebenso umwerfenden Mann dabei, den ich für Rupert, ihren Mann, hielt. Im Wagen lag ein Koffer, und sie sagten, sie wollten übers Wochenende verreisen. Ich schlug vor, Nelson solle am besten allein schlafen, dann könne nichts passieren. Sie tauschten einen amüsierten Blick. Ich konnte sehen, daß mein Rat unnötig war. Ein zweiter, erfolgreicherer Honigmond, dachte ich. «Ein schöneres Geschenk konnten Sie der Braut gar nicht machen», sagte ich, als wir das Auto erreicht hatten. Der junge Mann drehte sich überrascht um. «*Ich* hab ihr einen Teewagen geschenkt», sagte er, und mir ging auf, daß er doch nicht der «gute alte Roo» war, sondern der Trauzeuge. Komisch, daß man einen Teewagen wählte statt eines Yorkshire-Terriers, mochte er noch so sehr bellen. Ich hoffte im stillen, Nelson werde nach seiner Pyjamahose schnappen.

Ruthless, der Schäferhund, der Angst vor Katzen hatte, wurde am nächsten Morgen geholt. Mehrere andere Gäste auch. Das Haus begann, leer und hohl zu klingen. Ich kam um zehn ins Bett. Ich konnte bis acht liegenbleiben. Ich fühlte mich überflüssig. Nutzlos wie ein Rasenmäher zu Weihnachten.

Weihnachten! Ohne ein Wort aus dem Westen, zu stolz, um die Initiative zu ergreifen, verlassen wie die letzte Ratte auf einem sinkenden Schiff – Weihnachten war etwas, das ich allein überstehen mußte, es sei denn, ich schlüge Angharad Rees, der Meisterin der zärtlichen Berührungen und gewinnenden Umgangsformen, vor, zu uns zu kommen. O Gott, dachte ich, wetten, daß sie nie auf den Gedanken käme, Kläffer anzupusten! Jedem das Seine.

Ben erfand gerade ein Hilfsmittel, das er «Stubenrein, leichtgemacht» nennen wollte. Es war die Kleinausgabe einer Plastikflasche, wie sie am Nachttisch bettlägeriger Patienten hängt, und sie sollte den Hunden untergeschnallt werden. Sie war für Tiere bestimmt, die zu faul waren, das Bein zu heben, und würde, glaubte er, zahllose Wohnungen vor geschädigten Teppichen bewahren und die Aggressionen der Hundebesitzer abbauen. Ben war ein einfallsreicher, unternehmungslustiger und sehr kreativer Junge, und der Zwangsaufenthalt in einer anregenden Umgebung hatte alle diese Eigenschaften entscheidend gefördert.

Nichtsdestoweniger war es schwierig, die düsteren Vorahnungen abzuschütteln, die mich beschlichen. Mir drohte die große Leere, und ich wußte einfach nicht, wie ich sie ausfüllen sollte. So chaotisch und strapaziös die letzten Monate auch gewesen waren, sie waren besser als die Aussicht auf eine Zukunft, so grau wie Brotpudding. Ich blickte hinunter zur Schnellstraße, zu den lockenden Lichtern, bis ich kaum noch widerstehen konnte.

Ich mußte mit Ireens Weidenaufguß schlafen gehen.

17

Das Streichen war alles andere als leicht. Nasse Farbe zog Fliegen, Mücken, Hunde und Bens Ellbogen an. Ich drohte immer wieder aus der Haut zu fahren, und das erschreckte mich. Gewöhnlich war ich jedermanns Sonnenschein, verbreitete schon frühmorgens Lebensfreude und hatte selbst bei häuslichen Katastrophen ein Lächeln auf den Lippen. Ich vertrieb alle Sorgen, nur nicht meine eigenen. Jetzt gab es auf einmal Zeiten, in denen ich nicht ansprechbar war. Ich maulte, wenn der Bäcker nicht mein geliebtes, pappiges Weißbrot in Scheiben gebracht hatte, sondern gesundes Vollkornbrot, das ich – eben weil es so schrecklich gesund ist – hasse. Ich giftete mit Frilly, wenn sie eine Pfote in den Pfannkuchenteig steckte, und ich schrie Pathos an, wenn er einen toten Frosch hereinbrachte und liebevoll auf Bens Stiefel legte.

Humphreys Freund Oliver sollte kommen und die Decken streichen. «Ich kenne niemanden, der besser ist, was Decken betrifft», hatte Humphrey verkündet. Das klang sehr verlockend für jemanden, der nicht nur tote Fliegen untermischte und den Pinsel mit Spinnweben schmückte, sondern auch jede Spinne einarbeitete, die nicht schnell genug davonlief. Dem Frosch wäre es genauso ergangen, wenn Pathos ihn mir in den Weg gelegt hätte.

Ich glaubte, wir könnten fertig sein, ehe der Winter anfing. Vielleicht ehe Ben wieder zur Schule mußte, ein Verhängnis, von dem wir beide lieber nicht sprachen. Die beiden Priddles würden bald mit dem großen Ausverkauf beginnen und dann nach Newhaven ziehen: Das Leben verließ seine gewohnte Bahn. Das gefiel mir nicht. Als ich jedoch am nächsten Morgen aufwachte, schien die Sonne so hell ins Zimmer, als wollte der Sommer sich noch lange nicht verabschieden. Bis auf die üblichen wärme- und liebebedürftigen Vierbeiner allein im Bett, lag ich da und sah einen großen Trümmerhaufen rings um mich herum. Wenn Ben fort war, wenn die Gäste fort waren, wenn der Sommer vorbei war, was würde bleiben, um ihren Platz einzunehmen? Ein gelegentlicher psychiatrischer Patient? Ich war auf dem besten Weg, selber einer zu werden ... Aber Sorgen morgens um sieben machen grauenhafte Falten. Ich kam zu dem Schluß, daß ich dringend einen Ruhetag oder einen Tapetenwechsel (haha) nötig hatte: Um an etwas anderes zu denken als die Ziege, die gemolken werden mußte, die Hühner, die gefüttert werden mußten, Baby, der nach Liebe grunzte. Aber tun wir das nicht alle? Ich stand auf und zog mich gähnend an.

Bei den aufgewärmten Semmeln mit Landbutter wandelte sich Verzweiflung in Entschlossenheit. Ich erinnerte mich, daß um elf Uhr ein Bus vom Dorf zur Küste fuhr. Ich überlegte kurz, holte einen Bikini, meine Tasche, ein Badetuch und Bens Fahrrad, legte einen Zettel für Ben auf den Küchentisch und floh.

Das Gefühl, urplötzlich frei zu sein, stieg mir zu Kopf. Ich sauste den Hang zum Dorf hinunter und zwang mich, nicht an all die furchtbaren Dinge zu denken, die in meiner Abwesenheit zu Hause passieren konnten. «Herrlicher Tag heute», sagte ich freundlich zu dem Schaffner, einem Mann, dessen Gesichtshälften so verschieden waren wie zwei Liebesaffären. «Bitte hin und zurück. Wann geht ein Bus zurück? Etwa gegen eins.» Dann hätte ich anderthalb Stunden, um zu baden, Fischspezialitäten zu kosten, einen braungebrannten Rettungsschwimmer zu becircen und mich lächerlich zu machen.

«Heute frei?» fragte er mit der Seite eines Mundes, die in ein unrasiertes Kinn absank.

«Ja, endlich!» antwortete ich und wunderte mich, wie er von meiner entschlossenen Flucht aus dem Kerker erfahren hatte. «Geht um die Mittagszeit ein Bus zurück?» Aber er wandte mir ein übergroßes taubes Ohr zu und schritt nach hinten zu einer Dame, die einen schreiend bunten Bettvorleger knüpfte. Als er zurückkam, sagte er: «... erst um drei. Vorher nichts.» Die andere Seite seines Gesichts verzog sich triumphierend. Meine Euphorie legte sich jäh. Wenn Ben nun erst mittags aufwachte? Und wenn der Jagdhund sich die Kaninchen vornahm? Baby könnte den wehrlosen Rajah verstümmeln? Irgend jemand könnte eine unheilvolle Büchse der Pandora öffnen, und Tod und Verderben würden über das ganze Haus kommen. Mein Zustand grenzte an Panik, als endlich das gleißende Meer in Sicht kam, eine unbewegte Weite, ein leichter Ausweg ... Ich sprang an der ersten Haltestelle auf der Promenade ab.

Verzweifelt suchte ich ein Telefon. Ich könnte zumindest versuchen, Ben zu wecken. Ich könnte ihn warnen, anflehen, bestechen, ich könnte sogar ein Taxi rufen und sofort zurückfahren. Aber alle Fernsprechzellen waren gestört, standen vor mir wie eine Reihe rotgesichtiger, geschändeter, verlassener viktorianischer Ladies. Auf die letzte Zelle hatte jemand «Joe ist ein Spasti» geschmiert, und ich hakte es mit meinem Lippenstift ab, ehe ich weiterrannte, um endlich ein Telefon zu finden.

An jeder Ecke gab es öffentliche Toiletten, aber keine weitere Telefonzelle. Ich beschloß, Mr. Posford zu besuchen. Mr. Posford war der Direktor eines der Hotels, die mich an Hundebesitzer unter ihren Gästen empfahlen. Er hatte am Telefon immer sehr nett geklungen. In seinen Briefen versicherte er, mir stets zu Diensten zu stehen. Jetzt kam seine große Chance.

Kurz bevor ich das *Grand Miramar* erreichte, löste sich mein Sandalenriemen. Ich humpelte hinein und sah ihn an der Rezeption, wo er mit dem Mann hinter dem Tresen redete. Sie sahen beide ein bißchen überrascht aus, besonders, als ich mich vorstellte. Er faßte sich jedoch schnell genug, um mir einen Drink anzubieten. Ich hoffte auf ein Lunch, aber der Drink war zumindest ein erster Schritt, einfach weil Angst, Humpeln und Sex mich stets schrecklich hungrig machen. Zwei der Umstände hatte ich ja schon genossen, und der dritte wartete vielleicht in nächster Nähe; wenn Mr. Posford nur etwas mehr Ähnlichkeit mit Ross Washington gehabt hätte. Da dem nicht so war, schien Essen immerhin eine gute Alternative zu sein.

Ich überlegte, daß es kaum noch einen Sinn hätte, jetzt zu Hause anzurufen. Vielleicht stand Ben gerade am Sittichkäfig und ließ die Tür offen, während er zum Telefon lief. Die Sittiche würden wegfliegen und von Frilly verspeist werden, der sicher ein Federkiel im Hals steckenblieb, so daß sie verrückt wurde und Rover zerkratzte. Oder etwas Ähnliches.

Mr. Posford bestellte einen Martini für mich und entschuldigte sich dann. Er sei sehr beschäftigt, sagte er. Ich unterdrückte meine Enttäuschung über das entgangene Lunch, aß alle Erdnüsse, die auf der Theke standen, und trank mein Glas aus. Dann ging ich zum Strand. Wenigstens würde ich etwas Sonnenschein und Seeluft bekommen, selbst wenn das mit dem Rettungsschwimmer nicht klappte.

Der Strand drohte gerade von einem Sturm fortgeweht zu werden, der mit Stärke neun über ihn hinwegheulte. Mützen, Handtücher und Windsegel hoben sich, flogen fort und wurden wieder geborgen. Ich hielt meine Habseligkeiten krampfhaft fest, suchte bibbernd Schutz hinter einem Wellenbrecher und bekam jedesmal Sand in den Mund, wenn jemand kühn über mich hinwegsprang. Je tiefer ich mich duckte, um so sicherer schien ich zu sein. Ich war von der anderen Seite schon gar nicht mehr zu sehen, als ich Stimmen hörte, die vorschlugen, sich dort niederzulassen. Ich erkannte die Stimme der Frau sofort. Sie war kaum zwei Meter von meinem Ohr entfernt.

«Ich kann es einfach nicht fassen, wie Winnie das tun konnte. Steck ihn bitte weg, Schatz. Er nützt mir nichts mehr, wenn er voll Sand ist. Aber Winnie war schon immer so vertrauensselig.» Die Frau hieß Willis. Sie war eines Tages mit ihrer Schwester bei mir erschienen und hatte zwei Kanarienvögel gebracht, und als sie Wochen später wiederkam, hatte sie über die Rechnung genörgelt. Sie meinte, sie äßen so wenig, daß es mich kaum ein paar Pennys gekostet haben könnte. Was sie nicht berücksichtigte, waren die Verantwortung, das tägliche Reinigen des Käfigs, die Routineuntersuchungen und das unaufhörliche Trällern, das ich hatte ertragen müssen.

«Sie bei einer *solchen* Person zu lassen!» fuhr sie fort.

«Und sie hatte die Frechheit, mindestens hundertmal so viel zu verlangen, wie die paar Körner gekostet haben konnten, und mit Zuckerchen und Schnuckerchen hat man doch so gut wie keine Arbeit ...» Mir schwante schon damals, solche Namen für Kanarienvögel ließen nichts Gutes erwarten.

Die Frau redete immer weiter: «Sie sagte zu Louise, George könne doch bei ihr schlafen, wenn er wolle! Ich würde George nicht mal im Umkreis von zehn Metern um mein Bett dulden, er riecht doch so furchtbar. Und als Lou sie bat, sicherheitshalber auf den Papierkram zu achten (du weißt schon, was ich meine), hat sie bloß gelacht!» Ich erinnerte mich an die schamhafte Umschreibung. Die Frau war sichtlich zusammengezuckt, als ich gefragt hatte, ob sie seine Verdauung meine. George, ein niedlicher, gutmütiger Spaniel, war wesentlich netter als alle zusammen. Er hätte sich Louises Freundin nicht mal auf einen Kilometer genähert.

Nach einer kurzen Pause sagte der Mann: «Dann stecke ich ihn eben wieder weg. Du willst im Augenblick ja doch nicht, oder?» Er klang gereizt.

Ich wartete gespannt auf eine Antwort. «Ich finde es ein bißchen albern, vor allem am Strand», sagte sie schnippisch. «Spiel doch selber damit, später.»

Der Wind wehte eine Papiertüte über den Wellenbrecher. Dann erschien eine Hand, sie zu haschen, es folgte ein Gesicht, und unsere Blicke trafen sich. Wir starrten uns aus wenigen Zentimetern Entfernung an, dann legte sich die Verblüffung auf ihrem Gesicht, und das Flüstern zeigte, daß sie mich erkannt hatte.

Jetzt würde ich nichts mehr hören können. Da der Sturm heftig an meinem Bikini und meinen Haaren zerrte, stand ich auf, um zu gehen, und gestattete mir einen schnellen Blick auf das Paar hinter dem Wellenbrecher, das nun keinen Pieps mehr sagte. Sie hockte wie ein grimmiger

Fettkloß auf einem kleinen Klappstuhl und versteckte sich hinter einer Sonnenbrille und einem dicken Mantel. Neben ihr lag ein dürrer Mann mit Shorts und Gänsehaut. Ein Stück weiter sah ich einen metallenen Detektorempfänger, der halb von seiner Jacke zugedeckt war.

Ich rief Ben von der Bushaltestelle an. Ich fror, ich hatte Hunger, ich war todmüde. Im Hintergrund hörte ich Musik und dann und wann ein Kläffen. Ich wünschte mir im Augenblick nur eines – dort zu sein. «Hi! Amüsierst du dich?» fragte Ben. Sein Mund war voll gebackener Bohnen.

«Nein, du dafür bestimmt!» jammerte ich.

«Natürlich. Wie ist das Wasser? Soll ich schon das Bett für den Rettungsschwimmer machen?»

«Das Wasser ist tödlich, wie mein rechter Fuß beweist, der halb erfroren ist», sagte ich bitter. «Außerdem ist ein Sandalenriemen gerissen. Die Rettungsschwimmer sind vom Winde verweht. Und ich hab Hunger!»

Tröstend sagte Ben: «Komm nach Hause, und alles ist vergeben. Ich hatte ein paar Anrufe, aber nichts Weltbewegendes. Ich mußte Smokey einen Dorn aus der Pfote ziehen. Und ich habe alles erledigt, was du liegengelassen hast. Frilly ist auf den Fliederbusch geklettert, um ein Eichhörnchen zu fangen. Sie sitzt immer noch da oben. Und der Deckel von der braunen Auflaufform ist mir hingefallen.»

Ich fragte nicht, ob er zerbrochen sei. Er war zerbrochen. «Also das Übliche», sagte ich sonderbar beruhigt. Es hatte keinen Sinn, sich wegen Frilly aufzuregen, wenn sie irgendwo raufkam, kam sie auch wieder runter. Es machte ihr nur Spaß, einen auf die Folter zu spannen. «Der Bus fährt in einer Minute.»

Auf dem Rückweg saß Miss Bloomer, die Haushälterin des Pfarrers, neben mir. Sie beugte sich zu mir und murmelte diskret: «Und was macht unser kleines Projekt?»

«Könnte nicht besser gehen», behauptete ich peinlich berührt. «Absolut phantastisch!» Ich weiß nicht, warum ich so übertrieb. Leise Stimmen machen mich nervös.

«Wie viele haben Sie denn jetzt?» fragte sie. Ihr Atem roch nach Filz und ihr Jumper nach getrockneten Veilchen.

«Oh, da muß ich überlegen, ich glaube, ungefähr ein Dutzend», sagte ich leichthin, als könne man nur von meinem Ersten Stallmeister erwarten, die genaue Zahl zu kennen.

«Viel Arbeit, all das Füttern, nicht wahr?» Ich schüttelte den Kopf. Dorfbewohner haben ein überliefertes Recht, neugierig zu sein. Oder glauben, es zu haben.

«Nein, nein», sagte ich. «Sie sind nicht wählerisch, Hauptsache, ihr Napf ist voll, dann stürzen sie sich darauf. Die Neuen und die Langsamen muß ich natürlich getrennt füttern. Und ich bekomme altes Brot vom Bäcker, meist Graubrot, das spart eine Menge und ist viel gesünder als Kekse.»

Sie zog die Augenbrauen hoch. «Ja, ja, natürlich. Dürfen sie überhaupt mal ins Freie?»

Ich hätte ihr am liebsten eine geknallt. Was dachte *sie* denn? «Sie kommen jeden Tag eine Stunde auf die Auslaufwiese», sagte ich barsch, «und außerdem gehen wir mindestens einmal spazieren, selbst wenn es gießt. Manchmal dürfen sie auch frei herumlaufen. Sie wissen ja, es gibt eine Mauer. Es ist praktisch unmöglich davonzulaufen.»

Eine kurze Pause entstand. Dann sagte sie: «Aber Sie haben doch bestimmt eine Menge zu waschen?»

Geduldig antwortete ich: «Es geht. Sie brauchen nicht oft gebadet zu werden, wenn sie bei mir sind, und sie bekommen meist ihre eigene Decke mit. Ich muß sie natürlich jeden Tag ausschütteln. Wahrscheinlich ist es ihnen lieber, wenn sie ein bißchen riechen.»

Lange Pause. «Und was macht der gute Ben?» fragte sie besorgt.

«Er ist eine große Hilfe», sagte ich begeistert. «Und er mag die Tiere. Im Augenblick schlafen drei bei ihm im Bett. Prue, ein kleiner Lhasa-Apso, ist nachts immer zu ihm unter die Decke gekrabbelt, und er fand es herrlich! Miss Pringle mußte lachen, als wir es ihr erzählten.»

Ich sah sofort, daß sie keinen Hund in ihrem Bett dulden würde. Ihr Gesicht war bleich und ihre Miene steinern, wenn nicht schlimmer, so daß mir ihre Nase vorkam wie eine Gartenhacke, die gleich auf mich niederfahren würde. Verteidigend fuhr ich fort: «Sie beten ihn an, und es scheint ihm überhaupt nichts auszumachen, daß er keine andere Gesellschaft hat.»

«Aber nehmen Sie denn nicht beide Geschlechter?» fragte sie eisiger denn je.

«Natürlich, Rüden und Hündinnen», sagte ich verwirrt.

Ein sehr viel längeres Schweigen entstand. Dann sagte sie: «Der Pfarrer und ich haben gedacht, Sie nähmen Kinder für einen Abenteuerurlaub, so eine Art Lagerleben ...»

Ich radelte heim mit der Geschwindigkeit eines Jets auf der Piste. Ich wünschte, ich hätte eine Muschel für Ben, einen Sonnenbrand oder auch nur eine Speisekarte. Etwas, um zu beweisen, daß alle recht hatten und daß ich einen freien Tag nötig gehabt hatte, obgleich mir im Augenblick eher danach war, in meinem ganzen Leben nie wieder einen freien Tag zu nehmen. Hatte er mir nicht gezeigt, daß der tägliche Trott doch das Größte ist?

18

Als ich zurückkam, saß ein Kind auf der Gartenbank. Ein kleines Mädchen mit einem langen Rüschenrock, runder Brille und Pferdeschwanz. Rajah saß vor ihr und blickte sie liebevoll an.

«Hallo», sagte ich, «du bist sicher Emily.» Warum war sie nicht mit ihren Eltern in die Ferien gefahren? Ich setzte mich neben sie. Sie war sehr blaß, dünn und ernst.

«Mami und Paps haben mich hier abgesetzt. Sie sind weitergefahren zu Tante Joyce. Sie holen mich auf dem Rückweg wieder ab.» Sie sah mich um Entschuldigung bittend an. «Ich war so traurig ohne Rajah.»

«Er hat dich auch vermißt», sagte ich. «Ich dachte, du würdest verreisen?»

«Nein, ich möchte nicht weg. Ich möchte mit Rajah nach Hause und dort bleiben. Ich kann Hotels nicht ausstehen.»

Spontan sagte ich: «Ich auch nicht!» Und dann: «Ich mache uns eine Tasse Tee.»

Ben war an der Hintertür. «Hetty hat eben angerufen», sagte er. «Der Colonel ist heute morgen gestorben.»

«Seine Frau», korrigierte ich und eilte an ihm vorbei.

Ben sagte traurig: «Nein, der Colonel. An Herzversagen.»

Ich stand mit dem Kessel in der ausgestreckten Hand am Spülbecken und starrte ihn an und konnte mich vor Entsetzen nicht rühren. Die Frau des Colonels stand an der Schwelle zum Tod; Rover würde bald sterben. Aber dieses zackige Mannsbild, ihrer beider letzte Stütze ... Ich war wie versteinert. Es gab Schlimmeres als einen Tag am Meer. Zuletzt ging ich zu Rovers Kiste und kniete nieder. Seine Augen waren geschlossen, und sein Atem flach.

Diesmal meint er es wahrscheinlich ernst, dachte ich. Ich streichelte seinen Kopf und weinte etwas. Rover wartete nur noch. Er würde nicht mehr kämpfen. Er war erlöst von einer langen Wache.

Ben brachte mich in den Garten zurück. «Ich kümmer mich um den Tee», sagte er. «Übrigens, ein Mann namens Pendle möchte für ein paar Tage einen zahmen Fuchs und eine kleine Schildkröte bringen. Und die Willoughbys wollen Bobby gegen acht holen, und ob du deinen Mann nach sechs anrufen könntest.» O mein Gott! Ich wette, er kommt zurück, dachte ich. Er wird sein Haus voller Farbtöpfe finden, sein Bett voller Hunde und seine Badewanne voller Schildkröten. Für den Fuchs blieb nur noch das Klo.

«Zwei Enten scheinen zu fehlen», fuhr Ben fort, «und Humphrey hat ein bißchen von Ireens Ackermennigtee gebracht. Sie dachte, du könntest vielleicht ein Tonikum gebrauchen.» Sie war also nicht nur Kräuterhexe, sondern auch Hellseherin! Ich brauchte in der Tat dringend etwas. «... und er hat dauernd was von Dachsen gesagt!»

«Auch das noch», sagte ich erschlagen. «Hier gibt es aber keine.»

«Doch, in den Löchern unter den Bäumen, sie lagern ihre Wintervorräte ein. Zum Beispiel Enten mit Laichkrautsoße.» Ich erschauderte nicht mal. Die Enten, noch ein Geschenk, das Hetty mir vermittelt hatte, trieben sich gern herum. Gewöhnlich kamen sie abends zurück, es sei denn, es regnete sehr stark, dann mußten wir sie suchen, oder sie hockten irgendwo unter einer Hecke. Enten dürfen von Gesetzes wegen öffentliche Straßen benutzen, Hühner aber nicht, und ich bin sicher, sie wissen es. Deshalb wurden Enten immer auf ihren eigenen Füßen zum Markt getrieben. Hühner dagegen getragen.

«Und Emily?»

«Es geht ihr gut. Es geht ihr wirklich ganz gut.» Es klang überrascht. «Ich rufe jetzt besser meinen Mann an», sagte ich. Wenn es etwas gab, das ich unbedingt wissen mußte, würde ich es am besten zusammen mit alldem anderen verkraften können. Endlich nahm er mal selbst ab.

«Du hast angerufen», sagte ich nach der Danke-auch-gut-Routine.

«Ja», sagte er. Dann mißtrauisch: «Du warst aus?»

Es war ein Vorwurf. Ich überhörte ihn. Er selber war fast nie da.

«Ja», sagte ich. «Was gibt's?»

«Mein Bein.» Seine Stimme wurde wehleidig. «Ich muß es hochlegen. Ich hab dir doch erzählt, daß ich hingefallen bin.» Er hatte mir überhaupt nichts erzählt, außer daß es ihm gutgehe. «Über den Stock, den ich benutzt habe, weil ich mir den Knöchel verstaucht hatte, als ich mir die Fußnägel schnitt. Jedenfalls glaubt der Arzt, es könne ein kleiner Bruch sein. Es wird morgen geröntgt.» Es klang jedenfalls wahr. Eine von den Sachen, die nur ihm passieren können. Einer seiner unbewußten Tricks, mit denen er sich vor der Schufterei hier drückte. Vielleicht zog er Unfälle an. Ich war schon wieder auf dem Psychiatertrip. Alle diese Verzögerungen, um nicht mal darüber sprechen zu brauchen, ob wenigstens eine entfernte Möglichkeit bestünde, daß er zurückkäme. Vielleicht konnte er gar nicht anders. Zumindest würde ich Zeit haben, die Schildkröte aus den Handtüchern zu wickeln. Vielleicht konnte ich sogar den Weihnachtstruthahn aus dem Ofen holen, ehe er es schaffte.

Wir tranken alle zusammen Tee. Ich versuchte, Emily zu erklären, warum Rajah keine Süßigkeiten und keinen Kuchen mehr bekommen dürfe. Ich nahm kein Blatt vor den Mund, denn Kinder verstehen so etwas. Ich sagte: «Wenn er weiter zuviel ißt, wird er so krank werden, daß er vielleicht stirbt.» Ich zeigte ihr Bens Schlankheits-Drops, und sie probierte doch tatsächlich zwei oder drei. Ich fragte mich, ob sie nachher auch einen Schweinsfuß essen würde. Sie schien in Gedanken meilenweit fort zu sein, und obgleich sie zuhörte, bezweifle ich, daß sie ein Wort von dem aufnahm, was ich sagte.

Als ihre Eltern kamen, war sie längst nicht mehr so entspannt. Sie sagte klar und deutlich, sie wolle nicht mit nach Hause. Nein, erklärte sie mit der Festigkeit einer reifen Neunjährigen, die zu oft ihren Willen durchgesetzt hat, sie wolle hierbleiben. Sie könne Hotels nicht ausstehen. Sie könne Dubrovnik nicht ausstehen. Sie könne Strände nicht ausstehen. Sie war mit Ben zum Teich gegangen und hatte ihm geholfen, die beiden fehlenden Enten zu suchen (sie saßen mit ihrem Schnabel unterm Flügel im Gras, eine leichte Beute für jedermann, zum Beispiel jugendliche Tramper, die ihren Hunger auf dem Weg zur Stadt stillen wollten), und sie hatte das Geschirr gespült. Es war, als erzählte sie von ihren Erlebnissen in Disneyland. Sie hatte beim Hundefüttern geholfen, Baby einen Eimer mit Futter gebracht, ausgemistet, und alles hatte ihr einen Heidenspaß gemacht.

Wir redeten mit Engelszungen, sie zur Heimfahrt zu bewegen, aber schließlich sagte ich: «Na gut, lassen Sie sie hier. Sie wird aber tüchtig arbeiten müssen, und Delikatessen gibt's bei uns nicht oft. Keinen Kuchen zum Tee, sondern jeden Tag Toast mit Bohnen, Eier, Porridge, Ölsardinen und eine Menge Salat aus dem Garten und Milch von den Ziegen. Vor allem mußt du dir alles selbst holen und besorgen. Wenn du Hotels nicht ausstehen kannst, habe ich eine gute Nachricht für dich: Dies ist das genaue Gegenteil.» Sie war begeistert.

Ich glaube, ihre Eltern insgeheim auch. Sie bestanden darauf, daß ich genausoviel nahm wie ein Hotel, und ich dachte inzwischen viel zu kommerziell, um groß zu protestieren. Ich hatte längst eingesehen, daß Verantwortung einen hohen Preis kostet. Emily zog mit Rajah in das kleine freie Zimmer, und am nächsten Tag kam ihr Gepäck. Miss Bloomer würde nie glauben, daß ich nur Hunde nahm.

Als Ben gerade die Telefonnummer von Mr. Pendle suchte, damit ich den Fuchs und die Schildkröte abbiegen konnte, kam dieser schon mit beiden an. Der Fuchs war nur ein Füchslein, und er war sehr, sehr süß.

Die Willoughbys hatten Bobby abgeholt, und im Laufe der Woche würden noch drei andere gehen. Ich fürchtete mich davor, daß das Haus wieder leer werden könnte.

Sidney, ein unwahrscheinlicher Name für etwas so Niedliches, war also sehr willkommen. Er war ein so lustiger kleiner Fuchs. Nur hatte er panische Angst vor Hunden. Vielleicht hatte seine Mutter ihm, ehe er Waise wurde, vom Jagdhorn erzählt, oder tief in ihm schlummerte die Furcht, mit der alle Füchse zur Welt kommen. Wohin ich auch ging, ich mußte ihn immer auf dem Arm mitnehmen, und als ich ihn einmal kurz absetzte, während ich die Toilette benutzte, stieß er einen so herzzerreißenden Schrei aus, daß ich ihn sogar dort auf den Schoß nahm und ihm versprach, ihn nie wieder loszulassen.

Ich hätte fast vergessen, daß Lady doch ein echter Gast wurde. Sie war lange bei uns und hatte sich gut eingelebt. Ihre Telefonreaktionen und die gelegentliche Hetze um die Rosenbüsche waren inzwischen voraussehbar geworden. Sie hatte viele gewinnende Eigenschaften: Wenn sich einer von uns bückte, um sie zu kitzeln, legte sie sich bereitwillig auf den Rücken; wenn sie mit Ben, in dem sie irgendwie Adam wiedererkannte, Verstecken spielen wollte, sah sie ihn so lange flehend an, daß er nicht nein sagen konnte. Ich hatte Adam, der den Sommer mehr oder weniger gegen seinen Willen bei seinem Vater in Frankreich verbrachte, Fotos geschickt und ihm versprochen, er könne für die letzte Ferienwoche zu uns kommen, wenn er zurück sei. Ich hatte versprochen, mit seiner Mutter darüber zu reden. Ich war einigermaßen sicher, daß sie nichts dagegen haben würde. Sie schien sich kaum etwas aus ihm zu machen. Als sie dann eines Morgens anrief, war ich so überrascht, daß ich kaum ein Wort hervorbringen konnte.

Sie hatte eine leise, kultivierte Stimme, die abrupt laut wurde, wenn sie nachdrücklich sein wollte, wie eine Frau, bei der sich in der Schlange an der Bushaltestelle jemand vordrängelt. Sie sagte, sie habe eben erst gehört, daß Adams Hund bei mir sei. Sie finde, man hätte es ihr mitteilen sollen. Sie müsse sich *sehr* wundern über dieses Komplott zwischen Adam und mir. Sie wäre sehr dankbar, wenn ich es ihr erklären könnte. Vielleicht könnte ich kurz vorbeikommen.

Ich sagte, vielleicht könnte sie kurz vorbeikommen. Ich sei sehr beschäftigt, und es gebe eine ganze Menge zu besprechen.

«Sie denken also, ich sei *nicht* sehr beschäftigt?» Als wäre es eine Tugend, eine sehr beschäftigte Dame zu sein, so ungefähr wie Jungfräulichkeit.

Ich ließ nur einen geringen Zweifel aufkommen: «Wir sind alle sehr beschäftigt. Ich habe so oft versucht, Sie telefonisch zu erreichen, daß ich glaube, Sie müssen fast so beschäftigt sein wie ich!» (So beschäftigt, verkniff ich mir hinzuzufügen, daß Sie Ladys Fortsein erst jetzt bemerkt haben.)

«Ich war in Italien, und jetzt muß ich nach New York. Ich muß noch auspacken, umpacken und neu packen. Ich muß meiner Haushälterin sagen, was Adam für das neue Schuljahr an Kleidung braucht. Ich bin völlig fertig, und –», sie schien meine Gedanken zu lesen wie ein offenes Buch – «was mich betrifft war dieser Hund schon *immer* fort.» Mir fiel ein, daß Adam gesagt hatte, er habe Lady wegen irgendwelcher Leute immer irgendwo versteckt. Wie gewöhnlich, wenn ich an Adam und Lady und ihre erzwungene Trennung voneinander dachte, mußte ich würgen. Etwas freundlicher sagte ich: «Dann sind wir also beide stark beschäftigt. Haben Sie übrigens einen Wagen?» Ich appellierte jetzt an niedere Instinkte.

«Natürlich», sagte sie.

Triumphierend entgegnete ich: «Ich nicht.» Mein Auto lauerte noch unversichert, unversteuert und unglücklich in der kleinen Garage, und sie erklärte seufzend:

«Morgen um zehn?» Ich sagte, ich freue mich.

Emilys Gepäck kam zusammen mit der Telefonnummer ihres Arztes. Ihr Koffer enthielt unzählige lange Röcke und einige Jeans. «Bei den Röcken sieht man mein Bein nicht», sagte sie mit einer Resignation, die mich traurig stimmte. Und plötzlich wußte ich, warum sie es haßte, in den Ferien in Hotels zu wohnen und am Strand lange Röcke tragen zu müssen, während die anderen Mädchen in Bikinis herumliefen. Ich sagte, in Anbetracht der Arbeit wären Jeans im Haus und im Garten das beste. Wir legten also die langen, feinen Röcke zusammen und packten sie für den Rest des Aufenthalts hinten in den Schrank. Ich wollte sie überreden, die Jeansbeine bis zum Rand der Gummistiefel hochzukrempeln und dann die Stiefel wegzulassen und die Hosenbeine vielleicht noch weiter hochzukrempeln, bis sie praktisch Shorts trug. Wenn das verkümmerte Bein Luft bekam, würde es vielleicht nach ein paar Tagen etwas gesünder aussehen und ihr weniger ausmachen. Aber wir hatten viel Zeit. Wir brauchten nichts zu überstürzen.

Am nächsten Morgen brachte ich um zehn vor zehn meine Haare in Ordnung, kramte mein Party-Lächeln hervor (ich glaube, es ist Nr. 2 – es war lange her, seit ich die Sammlung das letzte Mal benutzt hatte) und rezitierte auf dem Klo einige passende Verse aus Blakes *‹Liedern der Unschuld›*. Sehr beruhigend. Sehr tröstlich. Künstliche Hilfsmittel wie dieses hätten nach dem einigermaßen erfolgreichen Sommer, der hinter mir lag, eigentlich überflüssig sein müssen, aber die ungewisse Zukunft ließ keinen übertriebenen Optimismus aufkommen. Ich zog nicht mal eine saubere Latzhose an.

Adams Mutter war fast genauso, wie ich sie mir vorgestellt hatte, nur jünger. Groß, mit vollen, dunklen Haaren und sehr reiner Haut. Nur der Mund verriet, daß sie die egozentrische Person war, auf die ihr Tun und Lassen hindeutete. Münder verraten alles. Augen kann man schminken, Formen kann man vortäuschen, man kann so ziemlich alles Wahre verdecken, aber ein Mund trotzt allem Bemühen um Vorspiegelung falscher Tatsachen.

Sie war zimtbraun gebrannt, und ihr Leinenrock war so geschnitten, daß er ihrer ohnehin vollkommenen Figur noch schmeichelte. Die seidene Bluse hatte kein Designer-Etikett im Kragen nötig, exklusiv auszusehen. Sie stieg aus einer gewissen Sorte Auto, zu der normalerweise eine gewisse Sorte Mann gehört: gepflegt, sicher und protzig – beide, Mann und Auto. Galavorstellung garantiert.

«Hallo», sagte ich, stellte mich vor und streckte ihr die Hand hin. Ihre sah aus, als hätte sie nie etwas Schwereres berührt als einen Tropfen Joie von Patou. «Darf ich Ihnen etwas anbieten? Kaffee? Saft? Sonst etwas ...?» Ich hoffte, sie würde sich für Leitungswasser entscheiden. Es ist das einzige, das nicht beim Vergleich mit besseren Marken den kürzeren zieht.

«Ich hätte gern eine Tasse Tee», sagte sie. Das nahm mir ein bißchen den Wind aus den Segeln. Ich sah sie als Martini-mit-Zitrone-Typ, und wir hätten nur die Zitrone zu bieten. Ich rief Emily und bat sie, uns Tee zu machen und ihn in den Garten zu bringen. Die neuen Pflichten machten ihr bereits viel Spaß, und wenn sie wegen des Hinkens etwas verschüttete, konnten wir es immer noch auf das Stiefmütterchenbeet tun.

Ich fragte, wie es Adam gehe. «Sehr gut», sagte sie mißtrauisch. «Ich glaube, er segelt gerade mit seinem Vater vor Juan ...»

«Er ist ein umwerfender Junge», sagte ich begeistert. «Wir haben uns nur ein paarmal gesehen, aber er schreibt so lustige Briefe!»

Sie lachte wehmütig. «Mir leider nicht. Höchstens eine Ansichtskarte, wenn sein Vater es befiehlt.»

«Nun ja, sie sind in Wahrheit für Lady bestimmt», log ich schnell. Kürzlich hatte er mir sein Herz darüber ausgeschüttet, daß er nach Frankreich fahren müsse, daß sie an schulfreien Tagen nie mit ihm wegginge, daß sein Großvater ihm fehle. «Ich habe wirklich versucht, Sie telefonisch zu erreichen. Ich hatte ein ungutes Gefühl, weil ich Lady ohne Ihr Wissen hatte, aber Sie waren fort, und Adam war sicher, Sie würden ebenfalls der Meinung sein, daß es das Beste für sie sei. Lady bedeutet ihm so viel.»

«Ja», sagte sie seufzend, «wenn ich darüber nachdenke, haben Sie natürlich das Richtige getan.» Sie wandte sich etwas ab, und ich sah ihr Profil. Es erinnerte mich an einen Persischen Windhund namens Pepper, der mit einem juwelenbesetzten Halsband zu uns kam und sein Lebtag noch keinen Knochen bekommen hatte.

«Dann behalte ich sie gern weiter hier, so lange Sie es für richtig halten», sagte ich erleichtert. «Wir haben sie alle ins Herz geschlossen. Sie ist ein so guter Hund.»

Lady näherte sich, gefolgt von Ben mit dem Tablett. Er hatte Turnschuhe an und einen Kopfhörer auf. Emily humpelte neben ihm her, in der Hand einen Teller mit selbstgebackenen Zuckerkringeln, die jeden Augenblick Gefahr liefen, die Blaukissen zu verzieren. Ich stellte die beiden förmlich vor, dann entfernten sie sich, wobei Emily ihre Brillengläser behauchte und an ihrem T-Shirt blank putzte.

Ich sagte unbehaglich: «Sie sind für eine Weile hier ...»

«Sie nehmen auch *Kinder*?» Man konnte sehen, daß sie dachte, ich gehöre in eine Zwangsjacke.

Düster sagte ich: «*Und* Schildkröten, junge Füchse,

Hühner, Enten, Ziegen ...» Ich zuckte mit den Schultern. «Aber keine Affen oder Schlangen: Ich kenne meine Grenzen.»

Eine Pause entstand. Dann sagte sie mitfühlend: «O du meine Güte!» und ich kam mir vor, als wäre ich dabei ertappt worden, wie ich zwar einigermaßen Kopfstand machte, dabei aber meinen Schlüpfer zeigte.

«Dann wissen Sie vielleicht auch, was man in den Ferien mit einem Schuljungen anfängt?» fragte sie. «Soll ich mit ihm im Garten Kricket spielen? Zur Rollschuhbahn gehen? Ins Kino? Ich weiß nie, was ich unternehmen soll, wenn er da ist.» Sie klang ehrlich besorgt, und ich begann, Mitleid mit ihr zu haben – widerwillig, aber mit einem Funken Verständnis.

«Die meisten Kinder wollen nur, daß man zuhört, wenn sie reden. Wirklich zuhört, nicht nur so tut als ob. Und sie möchten daran teilhaben, was man tut. Ich glaube nicht, daß sie regelrecht ausgeführt werden wollen oder daß man mit ihnen spielen soll. Dafür sind gleichaltrige Kameraden viel besser geeignet.»

«Könnte er dann nicht hierherkommen, wenn er Ferien hat und ich nicht da bin?»

Ich mußte mich zusammenreißen, um nicht begeistert zuzustimmen. Hunde für vierzehn Tage waren eine Sache, aber kleine Jungen, egal wie nett sie waren, in regelmäßigen Abständen für unbestimmte Zeit – das war etwas ganz anderes. Ich dachte daran, daß es Adam war und nicht irgendein x-beliebiger netter kleiner Junge und sagte: «Natürlich! Wann Sie wollen. Wie wär's für den Anfang mit der letzten Ferienwoche?»

Sie seufzte und schenkte mir ihr erstes warmherziges und natürliches Lächeln. «Er hatte ein Kindermädchen, bis er acht war. Seitdem ist es sehr schwierig gewesen. Ich kann ihn nicht mitnehmen, wenn ich unterwegs bin, und Haushälterinnen haben nicht gern Kinder um sich. Mein

Vater liebte ihn sehr, aber als er starb ...» Sie zuckte mit den Schultern, und sie taten mir alle miteinander leid. Ein Vater, der den Jungen auf Grund des «Besuchsrechts» hatte. Eine Mutter, die ihn lästig fand, und eine Haushälterin, die ihn kein bißchen mochte. Wie gut, daß er Lady hatte. Als ich mich nach unten beugte und ihren Kopf kraulte, muß sie geahnt haben, was ich dachte. Sie ließ die Besucherin nicht aus den Augen, und ihre flach angelegten Ohren zeigten, wie unbehaglich ihr zumute war. Ich zupfte die Ohren hoch und kitzelte sie, um ihr zu sagen, daß sie keine Angst zu haben brauchte.

«Sehen Sie?» sagte sie. «Zu mir will Lady nicht kommen ...» Ihre Stimme klang enttäuscht. «Wir kennen uns sowieso kaum. Ich wünschte, ich ... aber dafür ist es zu spät. Selbst wenn ich mir Mühe gäbe, würde es wahrscheinlich mehr schaden als nützen. Wenn meine Mutter doch nur noch geblieben wäre, als mein Vater gestorben war, oder wenn Adams Vater ...» Sie verstummte, schien dann alles aus ihren Gedanken zu verbannen und lächelte mich herzlich an. «Der Gärtner hat ihn Adam geschenkt, als der Hund noch ein winziges Ding war. Er merkte wohl, daß der Junge einsam war. Er sagte zu Adam: ‹Es ist eine kleine Dame›, und seitdem hat Adam ihn Lady genannt. Er war immer so ein lustiger kleiner Junge.» Wieder hielt sie inne. «Aber ich habe sehr lange gebraucht, um das zu akzeptieren.»

Wir gingen langsam zum Auto zurück. Sie war mir jetzt beinahe sympathisch. Es mußte sie eine Menge gekostet haben, so aufrichtig zu sein. «Machen Sie sich keine Sorgen», sagte ich. «Ich achte schon darauf, daß sie sich wohl fühlen.» Hetty hätte gesagt, ich spielte wieder lieber Gott.

Wir schüttelten uns feierlich die Hand. Es hätte die letzte Einstellung eines Familienfilms gewesen sein können. «Mutter, unser bestes Stück» oder so etwas.

Wir winkten uns zum Abschied zu, ohne noch ein Wort zu sagen. Lady spielte vor Erleichterung verrückt, als wir wieder allein waren. Verglichen damit, wie sie sich jetzt aufführte, war dreimal um den Ententeich gar nichts. Ich nahm den Schädel eines ausgewachsenen Schweins, der ostentativ in Sichtweite gelegen hatte, und warf ihn über die Hecke. Er würde sicher früher oder später zurückkommen, dank eines pflichtbewußten Hundes.

Am nächsten Morgen kam ein Brief von Mrs. Adair, dem ein Scheck über 150 Pfund beilag. Sie hoffte, es sei genug für Ladys Aufenthalt den Sommer über und für die acht Tage, die Adam am Ende der Ferien bei uns sein würde. Wenn Lady während der Schulzeit wieder zu uns komme – und sie hoffe, das werde möglich sein –, würde sie einen ähnlichen Betrag zu Weihnachten vorschlagen.

Ob sie sich loskaufen wollte? Es war viel Geld, viel zuviel. Sollte ich es zurückschicken oder wenigstens einen Teil? Einer meiner getünchten Sinnsprüche – er stand am Fenster, von dem aus man die Autostraße sehen konnte – lautete *«Geld muß strömen wie Regen»*. Ein etwas schwächeres Thornton Wilder-Zitat, aber es nährte meine Hoffnung auf eine unbeschwerte Zukunft und erlaubte mir, donnerstags Torte zu bestellen. Ich beschloß, den Scheck den habgierigen Händen Mr. Wallabys anzuvertrauen, damit er mein Soll ein wenig verminderte.

19

In der Nacht starb Rover. Irgend etwas veranlaßte mich, nach unten zu gehen, als ich in den frühen Morgenstunden plötzlich wach wurde. Die anderen Hunde rührten sich kaum, was unter anderem beweist, wie überflüssig Versammlungen am Totenbett sein können. Tiere akzeptieren den Tod genauso gleichmütig, wie sie neues Leben begrüßen.

Ich wollte die anderen nicht stören, so daß ich gleich in die große alte Küche mit dem tickenden Regulator, dem gelegentlich knarrenden Hundekorb und den langen Schatten ging, die der Mond zwischen den Geranien auf der breiten Fensterbank in den Raum warf. Ich sah immer zuerst nach Rover, wenn ich morgens hinunterging, halb ängstlich, halb erwartungsvoll, doch aufs Unvermeidliche gefaßt. Sein Atem war immer flach, seine Reaktionen waren immer sehr langsam. Jetzt kniete ich neben der Kiste hin und fuhr mit der Hand automatisch den Innenrand entlang, um mich zu vergewissern, daß das alte Kissen unter der Decke nicht verrutscht war und seinen müden alten Körper vor den harten Brettern schützte. Und während ich das tat, wußte ich, daß er im Sterben lag. Sein Fell fühlte sich schrecklich strohig an, kein Muskelzucken zeigte, daß die Nervenreflexe noch funktionierten. Vor vielen Jahren hatte ich einmal die Hand meiner Mutter gehalten und zu meinem Schrecken gemerkt, daß ihr Leben zu Ende ging, obgleich sie bis zu jenem Augenblick für mich nur schwerkrank gewesen war.

Rover lag friedlich da und schien gern hinüberzugehen. Tränen liefen mir die Nase hinunter und tropften wie Weihwasser auf das schüttere Fell, den traurigen, dünn behaarten Kopf. Er bewegte sich ganz kurz. Sein

Blick traf den meinen und flehte um Verständnis, daß er sich aufgemacht hatte, seinen Herrn wiederzusehen.

Es hatte keinen Sinn, Hetty anzurufen. Selbst wenn sie etwas tun könnte, um ihn noch ein bißchen am Leben zu halten, wäre es nicht das, was er sich wünschte. Zu lange hatte er auf das Wiedersehen gewartet, zu lange hatte er die Tür beobachtet und gehofft, der Colonel werde sie öffnen und ihn abholen. Jetzt wußte er, daß die Situation umgekehrt war und daß der Colonel vielleicht irgendwo am goldenen Tor stand und darauf wartete, daß sein alter Kamerad zu ihm kam. Rover wußte, daß der Colonel tot war, da war ich ganz sicher. Er konnte die Wache endlich beenden.

Es war warm und still. Ich saß zwei Stunden da und streichelte ihn zärtlich, fühlte den Puls flackern wie die letzten Flammen auf dem Rost, wenn alle ins Bett gegangen sind, um zu schlafen, und dann erlosch er. Ein leises Seufzen, und Rover war nicht mehr.

Ich breitete eine Decke über die Kiste, aber ich blieb noch in einem eigenartigen Zustand der Selbsthypnose am warmen Heizkessel sitzen, irgendwo zwischen der Wirklichkeit und dem anderen dahinter. Alles war still, und nur einmal, vor ein paar Minuten, hatte sich etwas bewegt. Kurz bevor Rover starb, hatte die Hintertür leicht gezittert, als habe eine frühe morgendliche Brise daran gedrückt – oder als sei jemand dagewesen und habe hereinkommen wollen.

Erst später, als ich mich zwang aufzustehen und auf die Veranda trat, wo ich in meinem dünnen Morgenmantel fröstelte, während das Licht des Morgengrauens die feinen Dunstschleier ringsum zerstach, wurde mir bewußt, daß kein Wind wehte, keine Brise, nicht das kleinste Lüftchen. Und wenn es vorhin geweht haben sollte, hätten sich die losen Fensterladen ebenfalls bewegt, und die Bäume draußen auch – nicht nur die Hintertür, die so lange der Angelpunkt im Leben des alten Hundes gewesen war.

Es hatte keinen Zweck, wieder ins Bett zu gehen. Ich konnte es irgendwie nicht ertragen, Rover allein zu lassen, obgleich der irdische Teil von ihm gegangen war. Das Band zwischen uns war unglaublich stark gewesen. Ich war plötzlich so ruhig wie schon lange nicht mehr, viel weniger nervös und hektisch.

Hetty kam vor dem Frühstück und holte ihn. Ich hatte lange darüber nachgedacht, ob ich ihn beerdigen solle, aber es wäre eine überflüssige, sogar affektierte Geste gewesen – jedenfalls von meiner Seite. Hetty fand das auch: «Ich habe nichts gegen irgend etwas, das an ihn erinnert, aber zuviel Brimborium ist morbide und lächerlich. Pflanz doch einfach etwas ...» Also nahm ich eine Geranie aus einem der Töpfe, die bei seiner Kiste auf der Fensterbank standen, zog den abgestorbenen Busch aus dem Kübel an der Hintertür, tat frische Erde hinein und pflanzte die Geranie dort ein, mit Brunnenkresse zur Gesellschaft. Es war die falsche Jahreszeit zum Umpflanzen, und ich war sicher, daß sie es höchstens ein oder zwei Wochen machen würde, aber seltsamerweise hielt sie sich länger als die in dem Beet, aus dem sie gekommen war. Sie trug Samen und kam das nächste Jahr wieder.

Als ich gerade Geschirr spülte, kamen vier Foxterrier. «Entschuldigung», sagte die vielgeprüfte Besitzerin, als einer unter ihr Auto sauste, ein zweiter zum Ententeich lief und die beiden anderen anfingen, sich um einen Ball in ihrem Gepäck zu raufen. «Mr. Grimble in Moth End meinte, ich brauche mich nicht anzumelden. Er sagte, Sie nehmen alles und jederzeit.»

Sie wollte ihre Schwester besuchen, die von einem Berg gefallen war. Oder war der Berg auf die Schwester gefallen? Ich war zu sehr damit beschäftigt, die Foxterrier zu jagen und einzufangen und an Pfosten zu binden, und vergaß, sie danach zu fragen. Daß jemand vier Foxterrier haben konnte, war schon verwirrend genug. Zehn Minuten nachdem ihre Besitzerin erleichtert wieder gefahren war, ging ich mit einem leeren Eimer auf sie los, damit sie sich nicht gegenseitig zerfleischten. Die anderen Hunde hörten den Krach und wurden unruhig wie bei einem Schlachtruf. Ich steckte die Neuen in zwei Zwinger und redete ein ernstes Wort mit ihnen. Sie hießen Pansy, Posy, Primula und Picklepuss. Ich wählte andere Namen, die passender und weniger blumig waren.

Ben packte seine Sachen. Er hatte inzwischen eine enorme Menge von Habseligkeiten angehäuft, und als er das Gekläff hörte, kam er herunter, um zu sehen, ob er helfen könne. Da wir uns nicht einigen konnten, ob er tatsächlich einen Haarschnitt nötig habe, hatten wir die Frage bei einer Partie Scrabble entschieden, und dank eines ungewohnten Geistesblitzes – für die blöde Vokalkombination I, U und Y fiel mir *Mysterium* ein – hatte ich gewonnen, was man einen Bürstenschnitt nennen könnte. Widerwillig, voll Bangen über das Ergebnis, hatte er mich gewähren lassen. Dann aber war er begeistert, weil ich sie nur bis zu den Ohrläppchen abgeschnitten hatte, wo sie sich nun so reizvoll hochwellten, daß er befriedigt in jeden Spiegel sah, an dem er vorbeikam.

«Adam hat eine Karte geschrieben», sagte ich. «Er kommt ein paar Tage, ehe du gehst. Ich freue mich, daß du ihn kennenlernst, obgleich ich daran gedacht hatte, ihm dein Zimmer zu geben, aber jetzt ...»

Ben sagte: «*Mein* Zimmer?» Als wollte ich ihn um ein angestammtes Recht bringen.

«Nun ja, ich meine, wir haben es doch gestrichen und den Kreuzwortteppich hineingelegt (ein Teppich mit einem eigenartigen Viereckmuster, den Hetty uns geschenkt hatte, als sie in ihrem Wartzimmer Teppichboden legen ließ), und es ist doch viel hübscher als die anderen leeren Zimmer.»

«Und wo soll *ich* schlafen?»

«Du fährst nach Hause, Liebling ...» Es schien absurd, ihn daran erinnern zu müssen, wo er doch in eben diesem Augenblick gerade Bindfaden suchte, um seine Bücher über Kochen, Tonbandaufnahmen, Kommunikation mit Tieren (die hatte Hetty ihm geschenkt) zusammenzubinden, nicht zu vergessen den Band mit dem Titel ‹*Straßenbau und Entwicklung*›, den er im Büchereibus entdeckt hatte, als dieser das Dorf besuchte (und dann hatte er geschworen, er habe ihn verloren, so daß er ihn bezahlen und behalten konnte).

«Aber wenn ich wiederkomme?»

Ich hatte nie daran gedacht, daß er wiederkommen könnte. Ich wußte natürlich, daß er mir fehlen würde, aber er gehörte zu anderen Leuten, die woanders lebten. Das sagte ich mir jedenfalls. Jetzt war ich nicht mehr so sicher. Ich kam mir vor wie in einer Falle.

«Vielleicht nächsten Sommer, das wäre schön», sagte ich nachdenklich.

«In den Weihnachtsferien!» Er runzelte die Stirn. «Ich komme schon dann. Wenigstens für ein paar Tage.»

Ich hatte nichts einzuwenden. Das Thema war viel zu heikel. Ich wußte, ich ging über dünnes Eis, und sagte: «Dann bekommt Adam eben das Zimmer ganz hinten, und vielleicht haben wir noch Zeit, es ein wenig herzurichten. Wir haben ja noch den alten blauen Teppich, der in deinem Zimmer gelegen hat, er braucht nur shampooniert zu werden. Und die Vorhänge mit dem Gobelinmuster, die ich eigentlich für das Frühstückszimmer haben wollte ...»

Ich hatte gedacht, im September würde alles sanft ausklingen, aber es war lediglich ein Übergang. Wir sprachen gerade über Adams Ankunft, als Emily mit einem lahmenden Huhn hereinkam. Sie trug es unter dem Arm und setzte es auf den Tisch, damit ich mir das Bein ansehen und eine Therapie vorschlagen konnte. Während ich über die

Knoten zwischen den Krallen rätselte und hoffte, Hetty würde heute noch vorbeikommen, sagte sie: «Ich habe Mami geschrieben. Ich habe ihr gesagt, ich würde gern im Dorf zur Schule gehen und in den Ferien nach Hause fahren. Hätten Sie was dagegen?»

Ich war so überrascht, daß ich Rosemary, das Huhn, losließ, es hinunterflatterte und humpelnd und gackernd durch die Hintertür floh.

«Na ja ... nein, natürlich nicht, doch wir müssen abwarten, was deine Mutter dazu sagt. Aber wieso eigentlich?»

«Oh, ich habe den Unterricht zu Hause satt, und ich will nicht auf dieses riesige häßliche College gehen, wo alle schneller laufen können als ich und mich bestimmt dauernd aufziehen und so. Die Schule im Dorf wäre für ein oder zwei Jahre genau richtig. Ich kann mit dem Schulbus fahren, er kommt doch hier vorbei. Dann habe ich gedacht, daß ich bestimmt *manchmal* nach Hause fahren müßte, aber Mami und Paps sind doch nur in den Ferien da, also könnten wir dann zusammen sein. Es wäre ein bißchen wie Internat, nur schöner.» Es klang sehr plausibel – aber was hatte ich damit zu tun? Ich hatte das schreckliche Gefühl, manipuliert zu werden, und daran konnten weder freie Tage noch die treffendsten Wandsprüche etwas ändern. Ein Strom fremder Pläne schwemmte mich fort, und ich war zu kaputt, um mit ihm zu schwimmen oder abzudrehen und zum Ufer zu paddeln.

Max Beerbohm sagte einmal in einem schwachen Moment: «Eine Frau, die Hunde liebt, hat keinen Mann gefunden.» Ich war nicht sicher, ob ich etwas dagegen hatte, daß Emily hier zur Schule ging, und außerdem mußte ich in diesem Moment niemanden finden. Sie nahm mich einfach als gegeben hin – wie ein Möbelstück. Mein einziger Freund war Selbstmitleid, und ich hätte sehr gut auf ihn verzichten können. Wahrscheinlich war es höchste Zeit, mich wieder durchzusetzen, dachte ich, tu endlich etwas Konkretes, werde wieder produktiv.

Bei seinem letzten Besuch, als er die Afghanen abholte und mich von der drohenden Verantwortung für die Zukunft befreite, war Ross zum Lunch geblieben und hatte mir ein bißchen über sein Leben erzählt. Ich hatte ihm alles über mich erzählt, jedenfalls fast alles; denn die Tatsache, daß mein zweiter Zeh an jedem Fuß länger ist als der erste, oder die Art, wie zwei Knochen in meiner Hüfte knacken, wenn ich renne, schienen zu belanglos zu sein. Wenn eine Affäre jedoch aus verbaler Intimität und Augensprache bestehen kann, sie sich auf ein Essen und ein wenig Geschirrspülen und eine Stunde mit einem vergnügten Schwein in der Sonne über die Wiesen laufen beschränkt, dann war es eine. Ich glaube, jeder von uns verstand im anderen etwas, das er in sich selbst nur schwer begreifen konnte, und jeder Versuch, mehr daraus zu machen, hätte vielleicht nur das zerstört, was wir besaßen. Ross sagte, er werde mir die Hunde im Frühling, wenn nicht schon eher, wiederbringen. Doch ich war sicher, daß er es nicht tun würde, und wünschte mir aus vielerlei Gründen, daß es hier und jetzt zu Ende ginge. Er sagte aber auch noch, daß er die Entschlossenheit bewundere, mit der ich mich von einem Projekt ins nächste stürze, und bei dieser Bemerkung fragte ich mich plötzlich, ob nicht jetzt ein guter Zeitpunkt sei, etwas völlig anderes zu probieren, meinetwegen Bildhauen oder, was zweifellos lukrativer sein würde, Linoleumlegen. Es war schließlich gar nicht so leicht, etwas zu finden, was ich noch nicht gemacht hatte.

Ich beschloß, es mit kleineren Schritten anzugehen, indem ich mittags grillte, statt zu braten, und verbrannte eine Pfanne mit Rindfleisch und Gemüse, bis die Decke schwarz wurde. Ben seufzte und löste mich ab. Er hatte sich praktisch entschieden, in die Gastronomie zu gehen, und bereitete sich darauf vor, es seinem Vater zu sagen, der bald heimkam, und seiner Mutter, die bereits zu Hause war und sich wieder fürs Familienleben wappnete.

Ich glaubte, Ben würde eine sehr gute Figur als Küchenchef abgeben, vielleicht sogar als Maître d'hotel, aber im Moment wünschte ich, er würde sich nicht so schrecklich tief über den Teller beugen, sich nicht mit dem Daumen im Genick kratzen und nicht so hemmungslos gähnen, daß man einen ungehinderten Blick auf unzerkaute Bohnen hatte. Schulmahlzeiten und die Demokratisierung der Tischmanieren sind kein schöner Anblick für den Betrachter.

Im Morgengrauen rief mich Marsha an. Sie konnte nach einer Party offenbar kaum noch die Augen aufhalten und sich nicht vorstellen, daß andere Leute noch schliefen. «Es ist furchtbar, Schatz», lamentierte sie, «mein Luxusschuhmacher ... das Hotel war super, direkt über einem See, jedenfalls über etwas, das sehr naß war, eine Suite mit *Balkon*, wie bei Noël Coward und ebenso out, aber unglaublich friedlich, verstehst du?» Ich wünschte, ich verstünde es. Mir hätte es genügt. Ich stand da und gähnte und versuchte zuzuhören. «... er hat seinen wahren Namen und seine richtige Adresse benutzt, wegen der Kreditkarten und der Spesenabrechnung und all dem Zeug – und ich mußte ausgerechnet meinen süßen Spitzenslip im Badezimmer liegenlassen! Sie haben ihn prompt an *Frau* Schumacher geschickt – ich meine, an die *richtige*!» Sie machte eine effektvolle Pause. Ich gähnte zum dreizehntenmal. Nicht mal der Sonnenaufgang konnte mich trösten.

«Nicht daß ich ihr den Slip nicht gönne, Schatz», fuhr sie ernsthaft fort. «Immerhin hat er mir haufenweise Klamotten gekauft, aber das Hotel hat eine niedliche kleine Spielzeugmiezekatze dazugepackt, es ist ein Reklamegag von ihnen, und ich hab mir so sehr eine gewünscht. Das ist nicht fair. Ich meine, sie war eigentlich für mich bestimmt, weil der Hoteldirektor auf mich stand, so was merkt man ja, du verstehst, und am Halsband hing sogar eine kleine Nachricht. Er schrieb ...»

«Gute Nacht, Marsha», unterbrach ich. «Es interessiert mich einen Dreck.» Und ich ging wieder ins Bett und heulte los. Ich weinte all die Tränen fort, die ich zurückgehalten hatte, bei Rover, bei dem Rindfleisch, bei den sentimentalen Erinnerungen und der Wehmut wegen Ross.

Wenn jetzt noch die geringste Kleinigkeit passiert, kriegst du wirklich Zustände, dachte ich am Morgen. Ich war lange nicht mehr so verzweifelt gewesen – vielleicht nicht seit den Säumen, deretwegen ich meine Karriere als Weißnäherin aufgegeben hatte? Mit bebender Hand malte ich mit weißer Farbe *«Wir werden siegen»* oben über die Kommode, wo nicht mal der gute treue Toby es hätte ablecken können. Ich trat zurück und meditierte die drei Worte, strauchelte über einen Schemel, wankte erschöpft und gereizt durchs Zimmer und fauchte das Telefon an, als es klingelte.

Eine Mrs. Harris würde ihren Boxer erst in mindestens zwei Wochen abholen können. Ich stellte das Wasser auf. Niemand hatte den gewaltigen Neufundländer abgeholt, ein schläfriges Geschöpf, das in einer Ecke schnarchte, bis die Welt unterging. Der Besitzer hatte nie abgehoben, und die Dame von der Auskunft teilte mir kühl mit, unter der angegebenen Nummer sei kein Anschluß verzeichnet, und ich solle mich nicht wundern, wenn auch in Zukunft niemand abhebe. Ich mußte der ärgerlichen Tatsache ins Auge sehen, daß ich als Hundeasyl mißbraucht worden war. Für einen putzigen Terrier oder eine gelegentliche kleine Promenadenmischung konnte man meist ein neues Zuhause finden, aber wer will schon anderthalb Zentner mit schlechten Zähnen und Schlafkrankheit?

Beim Frühstück verkündete ich, daß wir weiter streichen müßten. Hetty hatte mich gewarnt, wenn Baby nicht in ein oder zwei Wochen zur Speck-Fabrik käme, würde er mit seinem Rüssel den ganzen Besitz verwüstet haben. Baby war ein riesiges und glückliches Schwein und hatte das Tor zu seinem Zwinger zweimal aus den Angeln gehoben, als ihn sein Freiheitsdrang überkam. Das Tier wieder einzufangen, erforderte eine Menge Zeit, Kraft und Mühe und trug mir zerfetzte Jeans, ein zerrissenes Hemd und eine zerschrammte Hand ein. Alles schien sich gegen mich verschworen zu haben. Es wurden kaum noch Hunde angemeldet, da die Saison so gut wie vorbei war. Nur noch ein paar Eintagsfliegen (sie blieben zwar zwei oder drei Tage, aber ich war *mehr* gewohnt) und dann und wann eine psychiatrische Nuß, die Hetty mir zu knacken brachte, damit ich in Übung blieb. Aber von Übung würde ich nicht leben können. Ich erwog ernsthaft, eine Zucht anzufangen. Hatte Hetty nicht früher mal gesagt, das würde mich den Winter über beschäftigen? Vielleicht Yorkshire-Terrier, klein und sehr beliebt. In zwei robuste Weibchen investieren, vielleicht von Zeit zu Zeit ausstellen. Aber der alte Schwung war dahin.

Wir schleiften die Leitern auf die Diele und arbeiteten den ganzen Morgen an den Wänden und Türen. Emily und Ben machte es einen Heidenspaß. Ich beneidete sie. Emily war sehr gut in den Ecken und Winkeln, wo Ben und ich unweigerlich pfuschten. Ihre stark vergrößernde Brille und ihre Liebe zum Detail waren bereits unschätzbar gewesen, als sie das Altartuch zu Ende bestickt hatte, und ich hatte ihr eine alte Schachtel mit Pastellfarben geschenkt, als ich ihre verblüffend guten Zeichnungen von Hunden gesehen hatte. Ben ermutigte sie bereits, ein Geschäft daraus zu machen. Er wollte ihre Arbeiten rahmen und zusammen mit seinen Schlankheits-Drops an die Besitzer verkaufen.

Über der Speisekammertür verblich der Spruch *«Heute*

ist der erste Tag deines restlichen Lebens». Gegen Tränen der Depression ankämpfend, überpinselte ich *restlichen* und ersetzte es tapfer durch *schöneren.* Leicht getan, aber schwer zu glauben. Ich zwang mich zu Lächeln Nr. 4 – «Nur Mut», nenne ich es. Kein bestrickender Anblick.

«Laßt uns die Diele zu Ende machen und mit Adams Zimmer anfangen», sagte ich nach dem Lunch und einem Spaziergang mit den Hunden. Ben stellte BBC 1 an, und wir schleppten die lange Leiter die Treppe hoch, verkeilten das untere Ende sicher an den Geländerpfosten, und ich stieg langsam nach oben, bis ich die Stelle erreichte, wo die Decke anfing. Mein Pinsel war an einen alten Besenstil gebunden, den ich sonst benutzte, um Baby zu dirigieren. Draußen kam ein frischer Wind von See her, der Regen brachte. Er trommelte an die Fensterscheiben wie gelangweilte Finger auf einen Schreibtisch. Ben strich die Innenseite der Tür, Emily machte die heikle Partie, wo die Tapete anfing, und ein gewisser Tony Blackburn feuerte uns an. Ich arbeite nicht gern in großen Höhen, doch abgesehen von einem gelegentlichen Schwindelgefühl kam ich ganz gut zurecht. Wenn ich fertig wäre, würde ich ins Bett kriechen und ein paar Stunden schlafen. Oder Tage. Oder immer ...

Aber dann läutete es an der Haustür. «Gehst du hin, Ben?» fragte ich in der Hoffnung, es sei der Besitzer des Neufundländers. Und stieg zu hastig hinunter. Trotzdem – wenn Baby nicht gerade Sidney, den Fuchs, durch die Diele gehetzt hätte, wäre ich nicht mit meinem bloßen Fuß hinter der letzten Sprosse steckengeblieben und unter lautem Gepolter die Treppe hinuntergerasselt und mit zahlreichen Prellungen und Schürfungen und Schrammen und Beulen und einem lauten Knall unten am Pfosten gelandet. Ich hörte gerade noch, wie mein Mann sagte: «Mein Gott! Was macht sie *nun* schon wieder?» ehe ich teilnahmslos und herrlich bewußtlos wurde.

Emily half, das Frühstück hereinzubringen, und das erste, was ich bemerkte, war die *Teekanne*. Sie war ein Symbol. Tränen traten mir in die Augen, denn zum erstenmal war das Haus ein Heim. Unten summte der Staubsauger. Das Fenster war offen und durch die Balkontür konnte ich Rajah und Rosie sehen, die sich die Zeit mit einem Kaninchenlauf vertrieben. Die Corgis kläfften. Ich erinnerte mich daran, wie sie gestern den ganzen Tag gekläfft hatten – war es überhaupt gestern gewesen? Ich erinnerte mich, wie ich die Treppe hinuntergefallen war und sich die Farbe aus dem umgestürzten Eimer auf mich ergossen hatte. Aber irgendwo fehlte etwas Wichtiges, wie das Lächeln in einem Puzzle der Mona Lisa. Ich versuchte, es herauszufinden. Ich *mußte* es herausfinden ...

Ich fand es. Ich versuchte, mich aufzusetzen, aber es ging nicht.

«Du? Das kann doch nicht wahr sein», sagte ich zu meinem Mann.

«Wer sonst bringt dir neuerdings das Frühstück ans Bett?»

Er setzte sich und nahm meine Hand. Sie roch nach Terpentin. Ich ließ meine Tränen ins Kissen rinnen. Ich war froh, daß sie kamen. Sie besagten etwas, das ich in all jenen Wochen trotz vieler Worte nicht hervorgebracht hatte. Vielleicht muß man einen Schlag auf den Kopf bekommen, um Ordnung in seine Gefühle bringen zu können. War es nicht fast schon das, wonach ich mich so oft gesehnt hatte? Im Radio zwar Popmusik, und draußen schien es zu regnen, aber sonst war Friede. Ich machte die Augen wieder zu.

«He!» rief er voll Angst vor einer neuen Ohnmacht oder etwas anderem, dem er nicht gewachsen war. «Alles im Griff, aber du wirst mir ein paar Tips geben müssen. Ich meine, die Tagessätze und die Sicherungen und wo der Honigtopf steht. Es ist zwar die größte Herausforderung meines bisherigen Lebens, aber ich mache für dich weiter.» Seine Stimme klang begeistert. «Du hast zuviel gearbeitet, und das ist schlimm, aber es ist fast noch schlimmer, wenn man wie ich praktisch nichts tun konnte. Ben und Em und ich halten die Stellung. Ein Freund von Oliver streicht die Wände fertig. Baby fühlt sich wohl in dem Zwinger neben den zänkischen Foxterriern, und er hat noch nicht mal versucht auszubrechen. Die Schildkröte ist beinahe ertrunken, deshalb haben wir sie in die Kupferschüssel gesetzt.» Ich öffnete den Mund, um zu protestieren, machte ihn aber wieder zu. Die Schildkröte war sehr klein. «Sidney ist im Laufstall im Wintergarten. Ich will zwar nicht behaupten, daß du nicht mehr gebraucht wirst, aber jetzt bin *ich* an der Reihe, mich nützlich zu machen. Und dieses Ei ist genau vier Minuten gekocht. Der Toast wird auch nicht lange warm bleiben.»

Er half mir beim Aufsetzen. Ich dachte, ich müsse verheerend aussehen. Er war braun gebrannt und duftete schwach nach Meer.

Mein Kopf, meine Schultern und mein Bein taten entsetzlich weh. «Oooh!» stöhnte ich.

«Hetty sagt, es ist nichts gebrochen, aber sie schickt sicherheitshalber ihren Hausarzt her.»

«Hetty?» Was hatte Hetty damit zu tun? Aber war sie nicht *immer* zur Stelle, wo was los war? Jedes Drama, jedes Trauma schien sie aus ihrem Bau zu locken wie einen neugierigen Dachs. Nein, das ging zu weit. Sie war wie ein unerwartetes Geschenk erschienen. Was hätte ich ohne Hetty angefangen? Sie war offenbar gekommen, als man mich aus dem Farbtümpel gerettet hatte.

«Ist sie nicht großartig?» fragte Pa.

Ich nickte. Der Tee aus meiner alten Kanne war herrlich, ganz anders als aus der Kaffeekanne. Lindernd, aber zugleich anregend. Hetty hatte mich gesäubert, zu Bett gebracht und die Räumarbeiten im Katastrophengebiet geleitet. Leichte Gehirnerschütterung und Prellungen, habe sie gesagt.

«Wirklich kein Bruch?» fragte ich etwas schnippisch. Er wurde rot.

«In Wahrheit lag es mehr daran, daß ich mir hier unerwünscht vorkam», gestand er. «Ich sah, daß ich nur im Weg sein würde. Es schien sinnvoller zu sein, das Ende der Behandlung abzuwarten, die Rehabilitation und all das, damit auch mein Knöchel wieder in Ordnung ist und ich dir nicht zur Last falle.» Hatte ich etwa so geklungen? Aber das spielte jetzt alles natürlich keine Rolle mehr. Wir brauchten keine Gründe, keine Entschuldigungen oder Erklärungen, und außerdem hatte er wahrscheinlich sowieso recht. In einer echten Beziehung braucht man sich nichts vorzumachen. Das einzige wahre Band zwischen Liebenden ist die Freiheit.

«Ich stehe auf, wenn ich fertig bin», sagte ich und dachte etwas anderes. Ben hatte die Kruste vom Toast geschnitten, die Butter zu Kügelchen geformt, den Eierbecher mit Primeln umkränzt. Ich hatte keinen Appetit, aber das Tablett kam mir äußerst zupaß. Tränen fielen in die Marmelade. «Es ist nichts», sagte ich und wischte sie mit der rosa Serviette ab, «nur die Rührung und all das, was du für mich getan hast.» Ich schniefte. «Warum hast du nicht Bescheid gesagt, daß du nach Hause kommst?»

«Ich wollte dich überraschen.»

«Und nachsehen, ob der Tauflöffel noch da ist.»

«Vielleicht. Aber ich glaube, es war hauptsächlich, weil du mir so sehr gefehlt hast.»

«Aber erst neuerdings.» Ich wollte natürlich noch mehr Balsam.

«Die ganze Zeit.» Nun, wie er mir. «Ich kam mir nur irgendwie ungleich vor.»

«Ungleich? Was heißt das?»

«All die Hektik.» Wovon redete er bloß? Es war hier

doch so friedlich. Dann hörte ich es, das Bellen, das Rufen, das Schnattern und Kreischen, das Radio, das Lachen – das Leben. Ein Hintergrund, so vertraut, daß er für mich schon lange so selbstverständlich war wie Atmen. «Gib das Ei bitte Mattie und das Brot den Vögeln. Ich kann nichts essen, wirklich nicht. Aber Ben und Emily sollen es nicht merken.»

Ich legte mich zurück und schloß die Augen. Ich hörte auf, die Zwinger mit den Äpfeln, Kräutern, Tomaten und Lilien der fernen Vergangenheit in eine Reihe zu stellen. «Gibt es einen Platz auf Erden, wo einen die Steuern nicht auffressen?»

«Komisch», sagte er eifrig, schob das Tablett fort, setzte sich aufs Bett und gab mir einen Kuß. «Ich hab hier eine Annonce, über eine kleine Insel vor der Küste, die anscheinend nicht unter britische Steuerhoheit fällt. Sie suchen einen Pächter, der bereit ist, Hanf anzubauen und Tang zu sammeln.» Es klang irgendwie dubios.

Er begann, die Anzeige und den daran geklammerten Briefwechsel zu studieren.

«Nein», sagte ich fest und sah durch die Balkontür zur Autostraße hinunter. Aus einem bestimmten Grund, den ich wahrscheinlich erst morgen würde formulieren können, hatte ich keine Lust mehr, sie entlangzufahren, zu Inseln vor der Küste oder den Lichtern der Großstadt. Nicht jetzt. Womöglich nie. Ich wollte bleiben, wo ich war, und zusehen, wie die anderen vorbeisausten auf der Suche nach dem Goldschatz am Ende des Regenbogens.

James Herriot

Der Doktor und das liebe Vieh
Als Tierarzt in den grünen Hügeln von Yorkshire
249 Seiten. Gebunden und rororo 4393

Dr. James Herriot, Tierarzt
Aus den Erinnerungen eines Tierarztes
256 Seiten. Gebunden und rororo 4579

Der Tierarzt kommt
256 Seiten. Gebunden und rororo 4910

Von Zweibeinern und Vierbeinern
Neue Geschichten vom Tierarzt James Herriot
256 Seiten. Gebunden und rororo 5460

rororo

C 1063/4

Paul Gallico

Meine Freundin Jennie
Roman (499)

Ein Kleid von Dior
Roman (640)

Der geschmuggelte Henry
Roman (703)

Thomasina oder Die rote Lori
Roman (750)

Ferien mit Patricia
Roman (796)

Die Affen von Gibraltar
Roman (883)

Immer diese Gespenster
Fast ein Kriminalroman (897)

Waren Sie auch bei der Krönung?
Zwei heitere Geschichten zu einem festlichen Ereignis (1097)

Jahrmarkt der Unsterblichkeit
Roman (1364)

Freund mit Rolls-Royce
Roman (1387)

Julian und die Seifenblasen
Roman (4173)

Mrs. Harris fliegt nach Moskau
Roman (4239)

ro
ro
ro

C 53/24